O GRIMÓRIO
DOS
Destinos
Sombrios

Diretor editorial
Luis Matos

Gerente editorial
Marcia Batista

Assistentes editoriais
Letícia Nakamura
Raquel F. Abranches

Tradução
Michelle Gimenes

Preparação
Ramon Queiroz

Revisão
Plínio Zuni
Nathalia Ferrarezi

Arte
Renato Klisman

Diagramação
Nadine Christine

Ilustração da capa
Katt Phatt Studio

Mapa
Virginia Allyn

Dados Internacionais de Catalogação na Publicação (CIP)
Angélica Ilacqua CRB-8/7057

G875

O grimório dos destinos sombrios / Preeti Chhibber... [et al.] ;
tradução de Michelle Gimenes ; criado por Hanna Alkaf, Margaret Owen.
-- São Paulo : Universo dos Livros, 2024.
384 p. : il.

ISBN 978-65-5609-629-2
Título original: *The grimoire of grave fates*

1. Literatura infantojuvenil norte-americana 2. Literatura fantástica
I. Chhibber, Preeti II. Gimenes, Michelle III. Alkaf, Hanna IV. Owen, Margaret

23-6361

CDD 028.5

Universo dos Livros Editora Ltda.
Avenida Ordem e Progresso, 157 — 8º andar — Conj. 803
CEP 01141-030 — Barra Funda — São Paulo/SP
Telefone: (11) 3392-3336
www.universodoslivros.com.br
e-mail: editor@universodoslivros.com.br

CRIADO POR

HANNA ALKAF & MARGARET OWEN

O GRIMÓRIO DOS Destinos Sombrios

Com histórias de
Preeti Chhibber, Kat Cho, Mason Deaver, Natasha Díaz, Hafsah Faizal,
Victoria Lee, Jessica Lewis, Darcie Little Badger, Kwame Mbalia,
L.L. McKinney, Tehlor Kay Mejia, Yamile Saied Méndez,
Cam Montgomery, Marieke Nijkamp, Karuna Riazi,
Randy Ribay, Kayla Whaley e Julian Winters

São Paulo
2024

Grupo Editorial
UNIVERSO DOS LIVROS

A todos que já quiseram se sentir Escolhidos:
a magia é sua também.

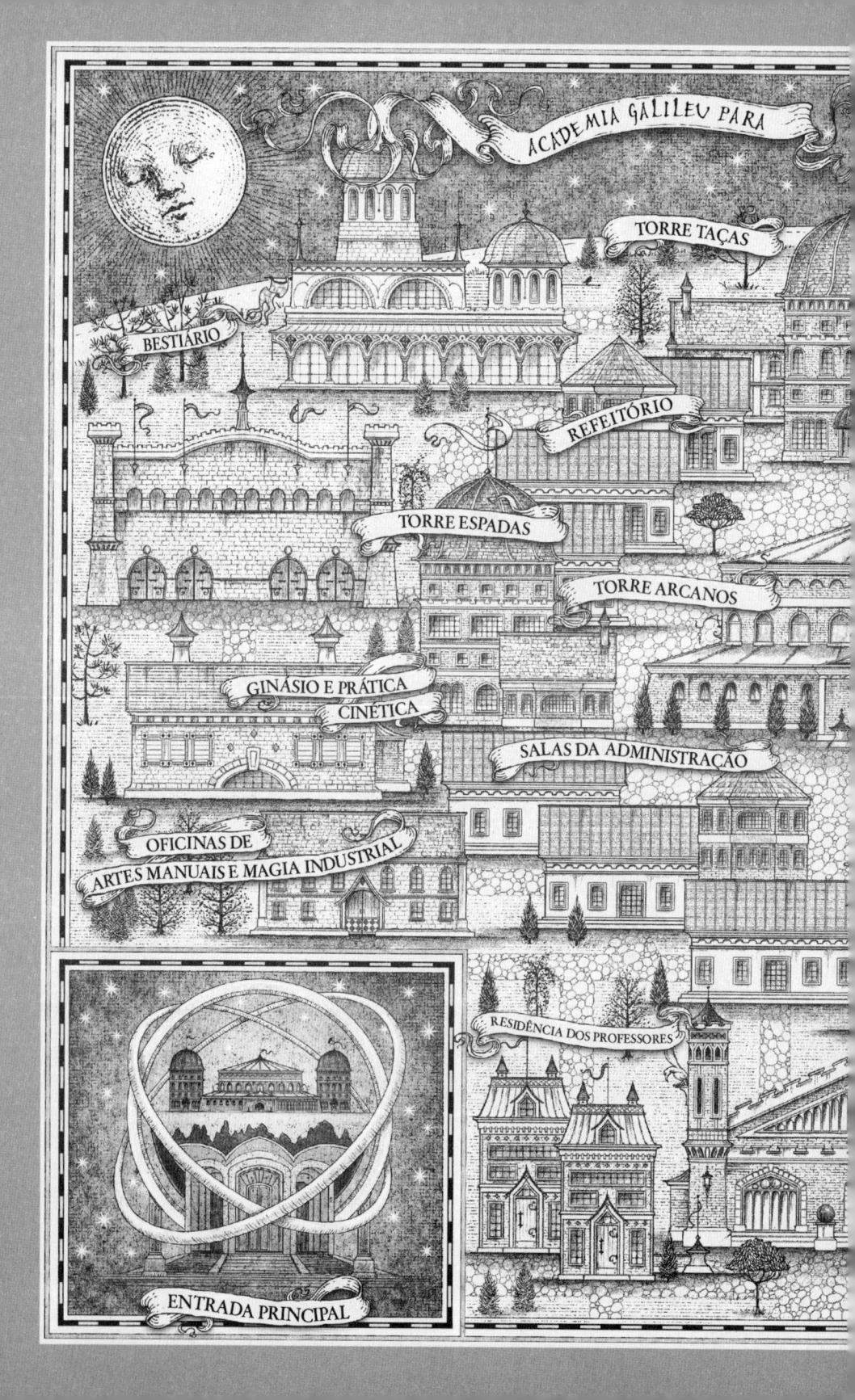

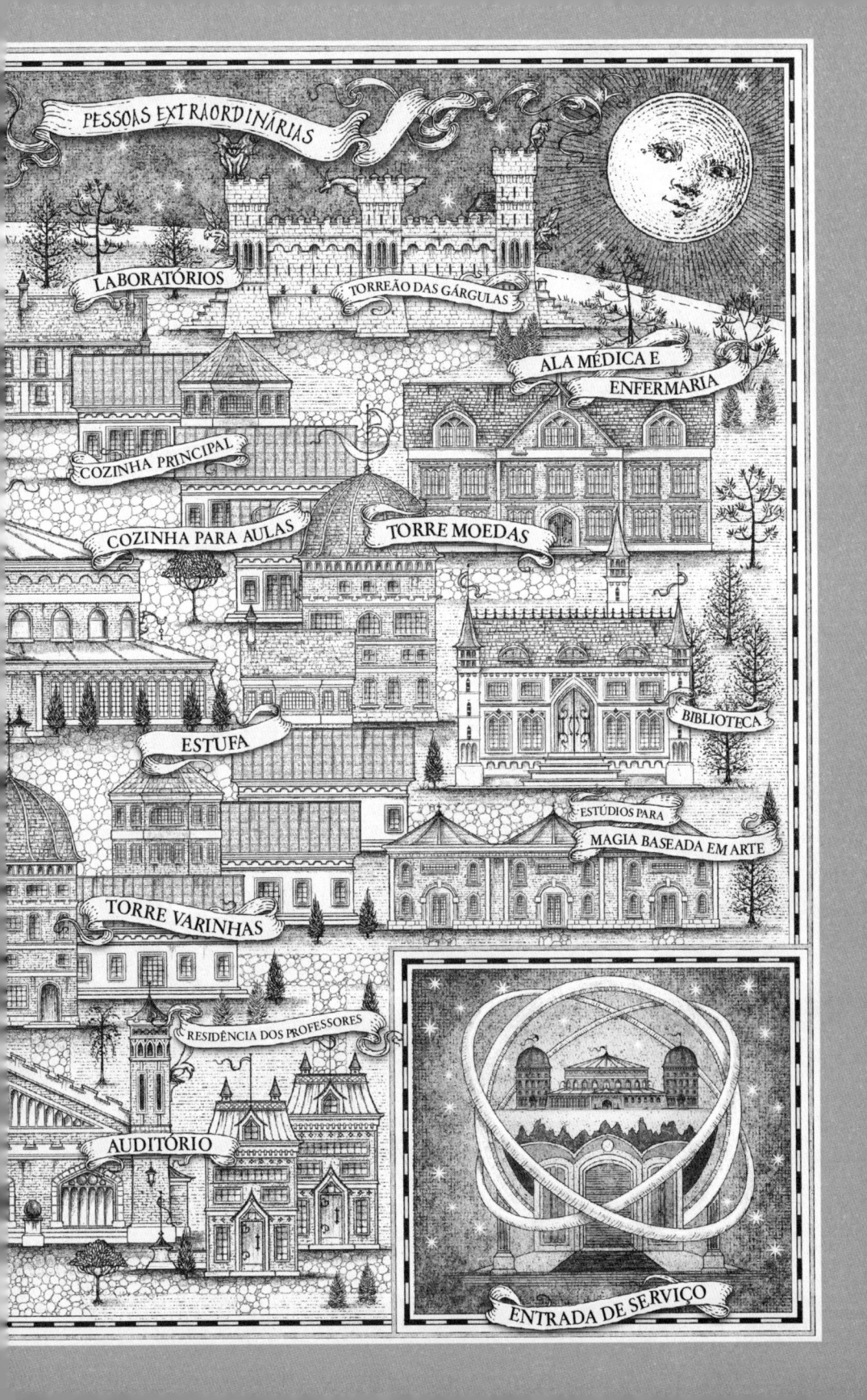

BEM-VINDOS À ACADEMIA GALILEU PARA PESSOAS EXTRAORDINÁRIAS

VALORES DA GALILEU

Há séculos, a Academia Galileu para Pessoas Extraordinárias prepara jovens para o futuro do mundo da Magia. Com um rigoroso currículo acadêmico, vasta gama de atividades extracurriculares e as mais avançadas técnicas de magia, além de uma equipe de professores extremamente dedicados, a Galileu fornece aos alunos a confiança para que possam impactar o mundo à sua volta.

Temos orgulho da diversidade de origens, culturas, temperamentos, opiniões e aptidões, tanto de nosso corpo docente quanto discente, e acreditamos que todos têm um lugar aqui. Acreditamos na criação de uma comunidade que cultive as diferenças, garantindo que cada pessoa tenha o espaço necessário para desenvolver seu potencial. Nosso objetivo é oferecer aos alunos um ambiente de aprendizado que não se limite à sala de aula, permitindo que aprendam uns com os outros tanto quanto aprendem com os professores.

HISTÓRIA

Originalmente localizada em meio aos recônditos selvagens do interior da Inglaterra, a Academia Galileu para Pessoas Extraordinárias foi fundada séculos atrás pelo maior Mago da Astronomia, Galileu Galilei, como um observatório secreto para conduzir seus experimentos. Conforme ele começou a aceitar aprendizes e discípulos, o observatório foi se tornando uma escola dedicada à inovação acadêmica. O lema da escola, *Eppur si muove,* originou-se na história de que, após reconsiderar sua teoria na qual a Terra girava em torno do Sol, Galileu resmungou para si mesmo: "E mesmo assim se move".

Nos últimos anos, o lema tornou-se quase literal.

Embora tenhamos orgulho de nossa longa e ilustre história e de nossa rica herança, a Academia Galileu não se prende ao passado. Em vez disso, seguimos adiante, sempre evoluindo e abraçando inovações, com o objetivo de oferecer a melhor educação aos nossos alunos. Por isso, a Galileu se desprendeu de suas raízes e agora viaja de país em país, oferecendo aos seus alunos uma visão mais global da magia. Além disso, reformulamos a estrutura curricular e suas exigências, com o intuito de sermos cada vez mais mais inclusivos e acessíveis, para honrar, assim, a parte mais importante do nosso nome: as "pessoas extraordinárias".

A ESCOLA

A escola está aberta para alunos com idades entre treze e dezoito anos. Nos dois primeiros anos escolares, os alunos têm aulas de teoria e técnicas de magia em geral, além de um robusto currículo acadêmico. Aos quinze anos, eles escolhem sua casa principal (e uma secundária, se aplicável). Neste momento, decidem se querem ir para a torre de sua respectiva casa ou se preferem permanecer nos dormitórios comunais da Casa Arcanos.

A Academia Galileu tem cinco casas, sendo cada uma delas voltada para uma área de estudo específica:

CASA	SÍMBOLO	ÁREA DE ESTUDO
Taças	Cálice	Matemática e Ciências
Moedas	Cinco moedas	Estudos Sociais
Varinhas	Duas varinhas cruzadas	Humanidades
Espadas	Três espadas sobre um triângulo	Cinética
Arcanos	Quatro coroas sobre um quadrado	Estudos Gerais/ Não informado

A escola, geralmente, passa um mês atracada em cada local antes de seguir para o seu próximo destino.

Nesse período, os alunos aprendem sobre a história e a cultura locais sem exploração, além de participarem de projetos de serviço comunitário previamente aprovados. Também temos muito orgulho de nossos renomados programas de intercâmbio cultural, no qual os alunos selecionados passam uma semana com uma família Neutra dos respectivos locais que estiverem visitando, ao passo que, em troca, jovens Neutros recebem a oportunidade de passar uma semana experienciando a vida estudantil da Academia Galileu.

Todos os nossos alunos devem passar por uma série de rigorosos exames de admissão, testes de aptidão e de habilidades mágicas básicas antes de serem aceitos. Oferecemos, também, bolsas de estudo; caso haja interesse em nossos programas de auxílio financeiro, entre em contato conosco e solicite maiores informações.

NOSSOS LÍDERES

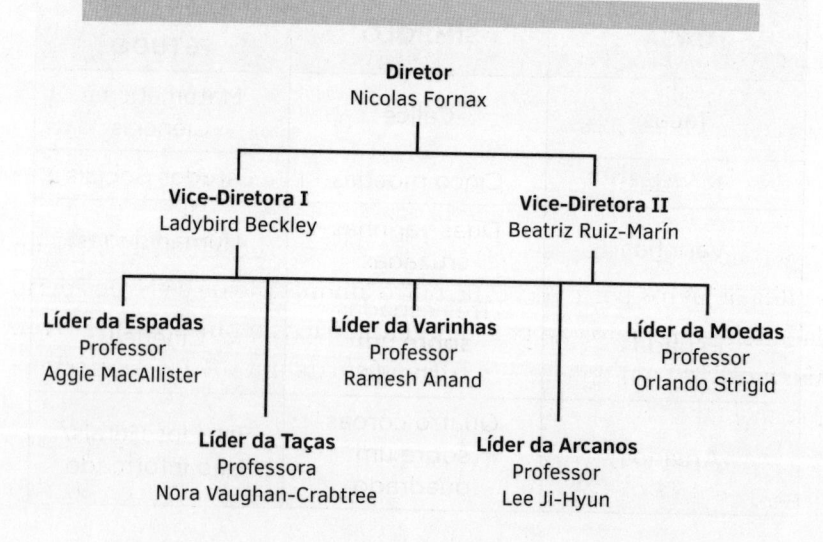

Diretor
Nicolas Fornax

Vice-Diretora I
Ladybird Beckley

Vice-Diretora II
Beatriz Ruiz-Marín

Líder da Espadas
Professor
Aggie MacAllister

Líder da Varinhas
Professor
Ramesh Anand

Líder da Moedas
Professor
Orlando Strigid

Líder da Taças
Professora
Nora Vaughan-Crabtree

Líder da Arcanos
Professor
Lee Ji-Hyun

Venha ser uma das nossas estrelas aqui na Academia Galileu para Pessoas Extraordinárias!

2H: WREN WILLEMSON, 16, ESPADAS

DE MARIEKE NIJKAMP

Em um pequeno quarto da Torre Espadas da Academia Galileu para Pessoas Extraordinárias, estava sentade ume jovem Mague que — de acordo com seu padrasto — havia nascido sem sorte. Wren estava sentade com as pernas cruzadas sobre a cama, enquanto uma aranha morta se arrastava pela colcha. Embora fosse madrugada, Wren ainda usava roupas diurnas. Um moletom escuro com capuz que era facilmente dois números maior do que deveria. Luvas de compressão. Uma pesada órtese de tornozelo, que havia saído do lugar outra vez. Elu ajeitou suas mechas de cabelos azuis e prateadas atrás das orelhas, e uma pequena bolha de luz mágica que flutuava acima da cama tremeluziu.

A luz mal iluminava o quarto estreito e sem graça, com suas paredes pálidas e seu guarda-roupa enorme. Wren nunca se esforçara para redecorar. Os únicos sinais de que um estudante vivia ali eram a pilha de livros perto da porta, outro amontoado de cadernos perto da janela — repletos de padrões geométricos e pinturas que Wren não mostrava a ninguém — e o esqueleto de um roedor na mesinha de cabeceira.

A aranha morta começou a tremer até que suas pernas desabaram e, finalmente, seu corpo enrodilhou-se num cadáver quebrado.

Wren franziu o rosto e, com um espasmo involuntário de aflição, atirou a aranha morta pela janela aberta. A bolha de luz sobre sua cabeça começou a oscilar, enquanto as mãos de Wren estremeciam.

— Pare — chiou Wren, e a luz se estabilizou. — *Foco* — disse elu para si de forma ríspida, mas suas mãos continuaram tremendo.

Havia, em seu âmago, um tipo de agitação que fazia seus dentes e suas articulações estremecerem. Embora a Torre Espadas estivesse silenciosa e a noite estivesse tranquila, Wren sentia como se seus ossos fossem sair de sua pele. Porque, toda vez que ele fechava os olhos, lembrava-se do encontro daquela tarde, no Torreão das Gárgulas, e cada pedacinho seu queria sumir.

Elu precisara ficar a sós depois de ter falhado espetacularmente em outro exame de Telecinese, e o bestiário estava cheio de alunos da Taças e das turmas de Biologia. Então, Wren continuara andando na direção do Torreão das Gárgulas para admirar aquelas majestosas criaturas de pedra — mas acabara se chocando com o Professor Dropwort, que ensinava História e era o maior intimidador da Galileu. Era o tipo de professor que olhava com desprezo para qualquer aluno que não fosse de família tradicional ou que não fosse, no mínimo, um belo rapaz cis, de corpo e alma. A mera existência de Wren como Mague não binárie era uma abominação ofensiva para Dropwort.

Sendo assim, parecia que o motivo da presença de Wren no Torreão das Gárgulas era apenas para afrontá-lo. Ele se afastou, alisou as roupas e empinou o queixo.

— Pensando em acrescentar "ataque a professores" à sua lista de fracassos, Willemson? — Wren balbuciou uma desculpa e se virou para ir embora, quando a voz do professor fez com que ele parasse. — Falei com o líder da sua casa. O Professor MacAllister disse que você é o pior dos alunos de todas as matérias, o que viola os termos de sua bolsa de estudos. Não há lugar para uma decepção como você aqui na Galileu.

Aquelas palavras familiares demais atingiram Wren como se fossem pancadas, e ele ficou paralisado, com os punhos cerrados, enquanto seu coração martelava o mesmo ritmo:

Amaldiçoade. Sem sorte. Fracassade.

O Professor Dropwort riu.

— Agora vá.

Wren não sabia como havia voltado para a Torre Espadas nem como chegara ao seu quarto. Elu devia ter jantado, mas aquele encontro continuava martelando em sua cabeça. Doía. Doía pra caramba.

Amaldiçoade. Sem sorte. Fracassade.

O Professor Dropwort podia ser um infeliz maldoso, mas não estava errado sobre os fracassos de Wren nos exames. O Professor MacAllister dissera a Wren a mesmíssima coisa pouco antes de a escola atracar em Estocolmo. A aptidão de Wren para cinética e manipulação de formas aprovadas de energia mágica era pífia, mal justificava uma educação em magia. Se elu fosse expulse, teria que voltar para um lar no qual não era bem-vinde, e seu padrasto saberia que elu era incapaz. Elu não poderia fazer nada para proteger a si mesme e à sua irmã Neutra da crueldade do padrasto.

— Eu o odeio, Rata — sussurrou Wren.

Elu socou seu travesseiro e fez a única coisa que *podia* fazer. Juntou toda a sua raiva e fúria e levou sua consciência para *longe*.

Mais cedo naquela noite, a escuridão fora opaca e impenetrável. Mas agora ela se abria para Wren e se enchia de cores. Verde-néon e laranja-claro. Os mais suaves tons de rosa e os mais intensos tons de púrpura. Um fio azul-claro se esticava e levava até o Professor Ram, líder da Varinhas e Mago têxtil mundialmente famoso. Parecia o fio mágico que ele usava para lançar encantos. Além disso, os suaves fios dourados da força vital do Diretor Fornax se espalhavam feito uma teia pela escola toda.

Wren desanimou.

Jamais encontraria palavras para descrever o que tinha visto. Era energia e magia, mas não como a energia sem graça que usavam em sala de aula. Era *vida*, e, sempre que Wren conseguia manter o foco, essa energia transformava a Galileu em um caleidoscópio de formas e cores em constante mutação, como os infinitos padrões que elu desenhava, embora nunca conseguisse entender bem essa sensação.

Com as mãos esticadas para a frente, Wren vasculhou o emaranhado de energia. Extravasou os limites de seu quarto na direção de sua vizinha, Saga, cuja energia ardia em uma tonalidade âmbar, como chamas estreitas que faiscavam e se afastavam dela. A energia era radiante quando Saga lançava feitiços — ou fazia comentários sarcásticos sobre Wren —, mas ainda era visível quando ela dormia.

Wren inclinou a cabeça e esticou a mão na direção das chamas. Invocou a própria energia — que brilhava feito afiadas facas de aço — e cortou um pedaço da energia de Saga. O calor das chamas escorreu para a pele de Wren como cera derretida, envolvendo seu tornozelo e anestesiando a dor. Na mesinha de cabeceira, Rata, o esqueleto de roedor, fez um movimento, virando seu rosto para elu e fazendo um ruído.

A testa de Wren se suavizou. Elu podia não ser excelente em cinética, mas pelo menos sabia fazer *isso*. Tinha essa habilidade de ver e controlar a magia do mundo ao seu redor. Ninguém mais sabia dessa sua aptidão, porque manipular energia e força vital era, como todas as formas de necromancia, proibido na Galileu e fora dela. Porém, ao contrário do que as pessoas diziam, aquela não era uma força destrutiva, e sim algo que ajudava Wren a anestesiar sua dor, a ver um mundo mais brilhante e se conectar com a Rata.

Nada mais.

Então, os guinchos da Rata deram lugar a um som diferente. Uma voz tão nítida quanto as cores mais vívidas.

Fome, sussurraram dezenas de vozes, em forma de pedrinhas e seixos, em meio a uma energia cinzenta rodopiante igualmente áspera.

Wren se assustou. Tentou se afastar da energia, mas, assim como fora impossível manter o foco a noite toda, agora era impossível desviar a atenção. Wren esticou a mão para a Rata e puxou o esqueleto mais para perto de si. Elu *via* a energia. Nunca a usava para se comunicar. Nem sabia que isso era *possível*.

— Quem está aí?

A voz de Wren vacilou um pouco. Com quem será que elu havia se chocado agora? O quarto continuou em silêncio. Até que... *Venha.*

Wren estremeceu.

— Apareça — elu tentou outra vez. Esticou mais as mãos. O desespero virou determinação. Wren pegou mais um pouco da energia de Saga. Com um estalo súbito, a energia de outro estudante mesclou-se à tempestade cinzenta. — Quem é você?

Morte.

Wren mordeu a língua. Uma vez, aos oito anos de idade, quando acidentalmente reanimara um gatinho, seu padrasto deixara dolorosamente claro que ele era amaldiçoado e inútil. Wren "flertava com a morte", ele dissera. Era isso que ele queria dizer? Para Wren, a necromancia nunca fora uma maldição, mas um consolo.

Wren rapidamente agarrou um feixe de energia bordô e tirou forças dele.

— Quem é você? O que você quer?

A resposta veio depois de uma longa e angustiante espera.

Wren.

A massa cinzenta rodopiou, e Wren esticou a mão em busca de mais energia — mais do que elu jamais tentara agarrar de uma só vez. Uma fita magenta dançou no ar e logo ligou Wren a Bhavna, uma das alunas da Torre Espadas. Um raminho rosa suave girou em volta de Wren e se encolheu, voltando para a Torre Varinhas. Wren reuniu toda energia que conseguiu, até que a voz soou alta e clara. A energia virou imagem. Os seixos viraram dentes. As pedras formaram garras. No lugar onde deveria haver olhos, surgiram cavidades escuras, como sorrisos irônicos, ferozes e famintos.

— Gárgulas! — Wren abriu os olhos e, em choque, perdeu o foco. A bolha de luz que flutuava acima delu se apagou. A Rata se enrodilhou e sibilou. E o som formou um rugido que atravessou os ossos de Wren antes de desaparecer, deixando para trás apenas o silêncio e a noite escura mais uma vez.

Wren praguejou baixinho. Suas mãos ainda tremiam, e elu se sentiu ainda pior do que antes.

— O que você quer? — Sua voz vacilou. Elu não esperava uma resposta. Havia perdido a ligação com a energia ao seu redor. A Rata continuaria desperta por, no máximo, mais alguns minutos, e Wren havia falhado nisso também — seja lá o que fosse *isso*.

Elu não sabia que gárgulas podiam se comunicar assim. Como faziam isso? E, o mais importante, por quê? E se tivessem um motivo relevante? E se estivessem precisando de ajuda? E se Wren fosse a única pessoa que pudesse ouvir...

Venha.

Wren quase deixou a Rata cair quando a voz ecoou à sua volta. A energia ainda não havia desaparecido por completo.

— O que houve? Como ainda posso ouvir você?

Venha.

Um chamado. Um apelo.

Wren ficou em pé. Passou a mão trêmula pelos cabelos.

— Por quê? Precisa de alguma coisa?

Venha.

As gárgulas não explicaram, mas Wren se deu conta de que a resposta era óbvia. Até onde sabia, não havia outros necromantes na escola. Mais ninguém que soubesse da energia vital existente ao redor. Wren era a única pessoa que poderia ouvir o chamado. Isso significava que era a única pessoa que poderia atendê-lo e que as gárgulas precisavam delu por algum motivo.

Aquela era sua maldição? Ou era uma chance? Elu havia aprendido a esconder sua aptidão ainda criança, mas esperava pelo dia em que isso não fosse mais necessário, quando as pessoas veriam que o que elu fazia, na verdade, era *bom*. Que sua necromancia não era algo a ser temido, mas compreendido. Wren queria encontrar maneiras de provar aos cretinos — como seu padrasto e os outros professores Dropwort espalhados pelo mundo — aquilo de que era capaz.

Sobretudo, queria provar a si mesme.

Provar que não era apenas ume alune fracassade da Espadas, cuja única proeza mágica oficial era ter conseguido erguer barreiras decentes e acidentalmente mover uma caneta por telecinese. Provar, ao menos uma vez, que não era apenas aquelu alune calade e *esquisite*. Amaldiçoade. Sem sorte. Fracassade.

Não mais. Elu reuniu tudo que tinha, sua determinação, sua raiva, e fez contato.

Venha.

— Estou indo.

Elu mostraria à Galileu seu valor.

Wren agarrou a Rata, puxou o capuz para cima e se preparou para sair do quarto, enquanto as vozes das gárgulas continuavam ecoando ao seu redor.

Morte.

Cerca de quinze minutos depois, Wren se movia sorrateiramente pelo corredor, com a Rata no bolso de seu moletom, espiando e guinchando baixinho.

— Já passa da meia-noite — murmurou Wren. — Não tem mais ninguém aqui.

A Rata grunhiu um protesto. Ela geralmente voltava a ser um esqueleto rígido pouco tempo depois de Wren perder seu foco, mas, desta vez, continuava desperta e cheia de opinião.

— Tudo bem, diga às gárgulas que não vou.

A Rata guinchou.

— Sim, eu sei que teremos problemas se formos pegues. Então, temos que garantir que isso não aconteça.

Mas outra coisa também estava diferente, notou Wren ao passar pela porta do quarto de Saga. A porta ainda brilhava com a mesma luz âmbar que elu vira mais cedo. Na verdade, se elu focasse *direito,* dava para ver que todas as portas do corredor continuavam brilhando com diversas cores. As energias, que geralmente se dissipavam assim que elu perdia seu foco, agora envolviam Wren. Esta noite, elu havia ido mais longe do que jamais fora e sentia que, como resultado, sua conexão estava mais forte do que nunca. Wren não entendia de onde vinha a energia, mas toda a extensão do edifício gótico, com suas sombras melancólicas e seus cantos tristes, *brilhava.*

Havia cor de fogo atrás de uma porta. Um brilho acobreado se projetava por baixo da seguinte. Ondas azuis tão escuras que eram quase pretas e nuvens de tempestade cor de ametista. Feixes de energia esmeralda que estalavam feito eletricidade.

A necromancia não era só totalmente proibida; também era considerada horripilante. Mas Wren não entendia como alguém podia ter medo dela. Era *linda.* Era ali que Wren queria estar.

Uma grande escadaria levava da Torre Espadas ao salão principal. Wren desceu os degraus com cuidado, enquanto pequenas ondas de dor subiam por seu tornozelo esquerdo a cada passo. Quando chegou ao pé da escada, Wren se arrependeu por não ter pegado pelo menos uma fatia do brilho acobreado ou um pedaço das nuvens de tempestade cor de ametista.

Mesmo naquele lugar mágico, onde escadarias viraram rampas e antigos diretores aceitaram, contrariados, que modificações de acessibilidade fossem feitas ao velho edifício, Wren ainda sentia dor. Todos os dias. Constantemente. A Galileu podia estar se esforçando para ser inclusiva e aberta, mas isso não significava que estivesse obtendo êxito. Como, por exemplo, aquele maldito teste de Telecinese, que não consistia apenas em mover coisas com o poder da mente, mas também correr e desviar de objetos, e no qual o Professor Mathews se recusara a dar a Wren um desconto. Ele dissera que elu precisava aprender a usar magia em condições "longe das ideais". Mas como é que algo que machucava poderia ser educativo?

Por outro lado, a necromancia não era macabra — ela ajudava. Mas como algo que curava podia ser nocivo?

Um sussurro acariciou a nuca de Wren. O eco de risadas encheu o imenso salão gótico, onde luzes suaves iluminavam retratos solenes de antigos diretores e professores.

Um brilho intenso surgiu na visão periférica de Wren, e a Rata guinchou alarmada. Sem tempo para pensar, Wren se enfiou no canto mais próximo, o lugar mais escuro que achou, e prendeu a respiração.

Na estranha visão dupla de Wren, os fantasmas eram mais brilhantes, e sua energia vital não era contida por nenhuma forma corpórea. Entretanto, embora alguns fantasmas fossem atraídos pelas conversas curiosas com um amigue Mague na privacidade de seu quarto, aqueles que patrulhavam os edifícios da escola não ficariam nada contentes em pegar Wren vagando por ali. Eles mantinham os corredores seguros à noite e seguiam um rígido código de conduta que os obrigava a ficar sempre visíveis para alunos e professores. Em outras palavras, levavam seu trabalho a sério.

A Rata voltou para dentro do bolso.

Wren permaneceu imóvel e buscou o feixe de energia mais próximo. Por um breve e desesperado momento, as únicas coisas que os cercavam eram as grossas paredes de pedras da escola e os olhares de censura de seus professores.

Então, um grupo de estrelas magenta brilhou na visão periférica de Wren. Elu agarrou um punhado de estrelas sem hesitar. Uma para se manter parade ali, sem tremer. Uma para aliviar a tensão de suas mãos travadas. Uma, duas, três para se manter oculte.

Morte, a voz veio de algum lugar mais abaixo. Wren franziu a testa. Elu esperava que as gárgulas estivessem lá fora, perto do Torreão. Em vez disso, o som vinha da direção oposta, de debaixo da escola, onde nenhuma gárgula deveria estar. Onde as docas de carga sob a estrutura giroscópica da escola ligavam a Galileu ao mundo exterior. Era um local proibido para os alunos. *Certamente* era um lugar proibido para gárgulas também.

E... a escola não deveria estar viajando esta noite?

Venha.

A voz continuava chamando.

O fantasma patrulheiro se aproximou flutuando, sua risada rouca cada vez mais alta.

O medo percorreu o corpo de Wren. Elu girou o tornozelo e focou na dor. Ergueu uma barreira à sua volta, como já havia feito centenas de vezes em sala de aula e inúmeras vezes para esconder sua verdadeira aptidão.

Mas, esta noite, em vez de usar seus parcos talentos cinéticos, usou energia vital na barreira. A luz magenta ficou mais escura ao se aproximar de Wren, e era essa a intenção. A barreira não existia apenas para protegê-le. Elu colocou medo e solidão em sua estrutura, bem como repulsa, para que qualquer um que olhasse em sua direção tivesse que desviar o olhar.

Dor. Talvez elu devesse ter tentado usar dor antes.

O fantasma se aproximou e Wren se encolheu contra a parede. Elu reconheceu a forma espectral de Castelli, um dos poltergeists mais antigos da escola. Castelli fora o primeiro aluno da Galileu e agora passava seus dias atravessando paredes, resmungando sobre a ordem natural das coisas e ficando totalmente impressionado consigo mesmo. Qualquer aluno que tivesse o azar de ser pego em infração por Castelli invariavelmente recebia um longo sermão quase inaudível em italiano, e Wren tinha o bom senso de ficar bem longe dele.

Castelli flutuou pelo lugar e olhou direto na direção de Wren por um segundo interminável, seus lábios se movendo sem parar.

— *E le medesime cose seguiranno quando ambidue fossero corpi calamitici in primo significato...*

Wren prendeu a respiração e se agarrou à barreira.

A Rata tremeu em seu esconderijo.

Castelli continuou resmungando enquanto se afastava devagar para retomar o patrulhamento.

Wren respirou, mas não se moveu. Só quando Castelli não podia mais ser ouvido elu riu. A Rata guinchou e saiu de seu esconderijo, o que fez Wren rir de novo, tendo que se esforçar para manter a barreira no lugar.

— Não achei que alguém pudesse enganar a patrulha dos fantasmas — sussurrou. — Não achei que fosse *funcionar*.

Elu olhou para suas mãos enluvadas e para a barreira que brilhava à sua frente, agarrando-se à sensação de poder. Uma barreira tão poderosa assim provava que elu não era inútil, não importava o que seu padrasto dissesse ou seus professores pensassem. Provava que elu merecia estar ali, entre os demais estudantes. Aqueles extremamente talentosos que intimidavam Wren *e* aqueles com os quais queria fazer amizade. Como Bhavna da Espadas, que se movia pela escola com tanta graça que Wren não sabia como ela conseguia. Ou Nadiya, com suas boinas lindas e suas sardas mais lindas ainda, que às vezes olhava para a escola à sua volta como se houvesse um desastre esperando para acontecer a cada esquina. Wren compreendia bem a prudência dela. Ou Irene, que parecia estar no caminho certo de assumir o controle do mundo um dia.

E até mesmo... Jamie. A única pessoa da escola — tirando a Enfermeira Fíbula Smith, é claro — cuja força vital Wren nunca conseguia ver ou sentir. Havia tentado várias vezes, mas Jamie era incompreensível. Não que ele fosse tão sem vida quanto suas roupas sugeriam, mas elu não conseguia *acessá-lo*. Isso intrigava e deixava Wren incomodado.

Mas o que importava era que Wren conhecia todos eles. Elu *via* todos. Queria ser digne deles.

A Rata guinchou e Wren a acariciou.

— Sei que você acredita em mim.

Talvez Wren também pudesse acreditar.

Venha.

O terreno da escola era de um verde vibrante espetacular quando Wren saiu da Torre Espadas. As ervas daninhas que brotavam por entre as pedras eram cercadas de flores, e pássaros noturnos deixavam rastros de cores suaves no céu. As estrelas pareciam uma pintura. Wren estava suade e fatigade, tentando controlar a adrenalina. Elu nunca havia sustentado sua magia por tanto tempo e não sabia ao certo o que fazer para interrompê-la. Mas era uma fadiga boa, não como aquela causada pela dor ou pela insônia. Essa era deliberada.

Wren se agachou e correu a mão por um punhado de papoulas que cresciam ao redor dos degraus da torre. Sua suave luz vermelha se prendeu aos seus dedos. Elu sorriu ao perceber que isso aliviava um pouco suas dores, embora as flores murchassem e se despedaçassem.

— O que eu faço não é maldade. — Wren esfregou uma incólume pétala caída entre o polegar e o indicador, e faíscas voaram à sua volta. — Veja isso, Rata. Não é cruel. — Elu nunca tirava dos outros mais energia do que eles poderiam dispor. E, se para eles não faria falta, por que Wren não podia usar essa energia?

Do lado de fora, as gárgulas também soavam mais altas, mas, como antes, o som vinha de baixo, de um lugar próximo da entrada principal da Galileu. Mas o que as gárgulas faziam lá? Elas geralmente não saíam do terreno da escola. O que as teria levado até lá? Por que chamavam Wren para ir até lá?

Morte.

Venha.

Wren acenou, mas elas não responderam. Mesmo que só a Rata e as gárgulas soubessem o que elu fazia ali naquela noite, Wren se recusava a falhar mais uma vez. Elu arrancou uma papoula e esmagou a flor em sua mão.

— Estou indo.

Quando Wren descobriu como chegar até a origem do chamado das gárgulas — com sua barreira erguida o caminho todo ao passar pela Torre Arcanos e pelo elevador que descia até a entrada principal e as docas de carga debaixo da escola —, estava cambaleando e bocejando, arrastando o pé, cujo tornozelo permanecia amarrado. Deixava atrás de si um rastro de papoulas despedaçadas.

Os edifícios da escola estavam suspensos acima de Wren no giroscópio mágico; gigantescos pilares criavam um ponto de ancoragem, enquanto a entrada principal e as docas de carga davam acesso à escola enquanto ela permanecia estacionada. Com a vista privilegiada da academia às margens da cidade, uma Estocolmo sonolenta apresentava-se diante de Wren, recoberta por luzes artificiais que a protegiam da escuridão noturna. Wren observou-a por um instante, imaginando como seriam as forças que corriam sob suas estradas sinuosas e casas antigas. Se os poderes de Wren eram fortes o bastante para que elu pudesse enxergar todas as energias da Galileu, como seria, então, se eles pudessem revelar-lhe a força vital de uma cidade inteira?

Enquanto isso, havia uma questão invadindo sua mente. A escola deveria estar viajando naquela noite. Por que ainda estava ali?

Foi então que uma grande sombra cruzou o céu, e Wren abaixou-se, tentando se proteger, ao passo que as cores à sua volta empalideceram pela primeira vez naquela noite. Uma gárgula magra e alta, com asas pontudas e garras ávidas, contornou os pilares, avançando em direção às docas de carga.

Fome.

Wren tampou os ouvidos, quase desabando de joelhos diante daquele chamado estridente.

— O que foi? — perguntou Wren. Talvez as gárgulas respondessem adequadamente agora que estava mais perto. — Estou aqui. O que vocês querem?

Fome.

Mais um chamado. E, então, vinda de algum lugar atrás de si, elu ouviu uma resposta.

Morte.

Venha.

Com um mau pressentimento, Wren juntou as peças.

Fome.

Morte. Venha.

Aquilo não parecia um pedido de ajuda. Soava mais como um convite para jantar.

As mãos de Wren coçavam. Será que as gárgulas chamaram Wren mesmo? Ou será que elu apenas ouvira, sem querer, a comunicação entre as criaturas? Elas tinham chamado Wren pelo nome ou...

Apenas perceberam que elu estava escutando?

Em todo caso, era uma chance para Wren provar suas habilidades e seu valor. Elu tinha que se agarrar àquela chance. Recusava-se a desistir agora.

Wren ficou atente ao céu para garantir que nenhuma outra gárgula se aproximasse e, com cautela, circundou a entrada principal e os pilares que serviam de apoio para a escola, indo na direção das docas de carga.

A Rata sibilou, e Wren enfiou uma mão trêmula no bolso para acariciar o esqueleto.

— Não sei o que elas comem, mas não vou deixar que devorem você. Não se preocupe. — Um sorriso triste surgiu em seus lábios. — Não que você tenha muita carne, não é?

Enquanto Wren circundava a entrada da escola, três grandes gárgulas entraram em seu campo de visão. Elas estavam reunidas ao redor de alguma coisa — uma espécie de sombra — em uma das docas de carga, na qual ficava a entrada de serviço da escola. A gárgula que passara por Wren voava acima delu, enquanto uma quinta voava alto, indo na direção do Torreão.

Wren puxou a barreira mais para perto de si. Tirou penas de energia das gárgulas, estrelas do céu noturno, anseios de sua própria dor, até ter certeza de que tinha a melhor proteção possível.

Deu um passo na direção do grupo e ouviu a mesma voz sussurrando repetidamente. *Fome*, dizia a gárgula que voava acima de sua cabeça.

Ouviu o mesmo chamado das três gárgulas que estavam na doca de carga. *Venha.*

Nenhuma delas notara sua presença. Wren cerrou os dentes. Era mesmo típico! Sempre achava que alguém estava acenando para ele, quando, na verdade, o cumprimento era para alguma outra pessoa que estava atrás delu, ou então, caso fosse para elu, era apenas um sorriso por questão de educação.

A Rata guinchou e Wren balançou a cabeça.

— Eu sei. Obrigade.

Uma energia fraca, de tom amarelado e doentio, envolvia as gárgulas. Um pouco além das feras gigantescas, havia outra figura. Elu se concentrou, tentando identificá-la, e então, quando finalmente reconheceu o que era aquilo, Wren perdeu o equilíbrio.

Um corpo.

E não um corpo qualquer.

Os tufos de cabelo grisalho. O bigode. Aquele terno tradicional, impecável, e sempre passado a ferro até o ponto em que suas lapelas estivessem tão afiadas quanto a língua do homem que o vestia, mas que agora estava rasgado e coberto de manchas vermelhas. Havia marcas de garras não apenas nas roupas, mas também em seu rosto.

Professor Dropwort.

Professor Septimius Dropwort. Inerte. Sem o brilho usual da magia que o envolvia. Sem qualquer sinal de vida, exceto aquele fiapo de cor.

Será que as gárgulas o tinham atacado? Wren sentiu um nervosismo borbulhando dentro de si e teve que sufocar o riso. Professor Dropwort, Wren e gárgulas. Era a combinação certa para um desastre, e elu desejou estar em qualquer outro lugar, menos ali. O que quer que tivesse acontecido na doca de carga, não era nada bom, e certamente elu não queria se envolver naquilo.

Só que havia aquela débil energia amarela brilhando em meio às gárgulas que pretendiam devorar o professor, esmaecendo a cada instante. Dropwort podia não estar mais vivo, mas também não estava totalmente morto.

Wren mordeu o lábio. Se não fosse sua insistência de provar que era capaz, se não fosse sua clarividência proibida, elu nunca teria encontrado o professor — ou o que restava dele.

Elu poderia facilmente fazer o que muitos faziam quando estavam por perto do Professor Dropwort. Fechar os olhos e fingir que não via a sua crueldade, ignorar as suas palavras duras. Todos os outros iriam embora.

— Pensando em acrescentar "assassinato" à sua lista de fracassos, Willemson? — resmungou Wren de forma maldosa.

Mas, assim que fez aquela pergunta, elu soube a resposta. Elu podia ser um *fracasso* em todas as matérias, *não pertencer* àquele lugar, apenas anestesiar a dor sem nunca encontrar uma cura, perder todo o foco que havia ganhado durante aquela noite. Mas ainda era melhor do que o Professor Septimius Dropwort.

Elu estava ali por um motivo.

Wren acariciou o crânio da Rata.

— Desculpa, amiguinha. Você não vai gostar disso.

Em um último esforço, com as mãos retorcidas, os joelhos dobrados e uma névoa de dor à sua volta, Wren puxou energia de tudo que estava ao seu redor, até o ponto limite antes que entrasse em combustão. Puxou energia do solo em que a escola estava atracada. Da cidade que a cercava. Das gárgulas. Dos ecos de outros feitiços. Da raiva que sentia por toda aquela injustiça. De dentro de si mesmo. E então, com um só movimento, atirou as gárgulas para longe.

Os monstros de pedra se espalharam feito pássaros, tropeçando uns nos outros à medida que buscavam um lugar seguro. As mãos de Wren zumbiam de tanta energia, e cada célula de seu corpo se encheu de força, determinação e propósito.

Wren permanecia de pé no centro de uma esfera de energia mágica, protegendo não só a si, mas também à Rata e ao Professor Dropwort das gárgulas.

— Deixem o professor em paz — ordenou Wren, garantindo que sua voz fosse levada pelo vento. Uma vez na vida, ele queria ser ouvide.

A uma curta distância dali, a maior gárgula inclinou a cabeça e seus lábios se abriram em um sorriso feroz, que crescia cada vez mais, até parecer que dividia seu rosto ao meio. Dentes afiados, feitos para arrancar a carne dos ossos. Olhos de pedra. Músculos duros e definidos.

Atrás dela, as outras duas gárgulas também olhavam fixamente para ele.

Wren. O tom mudou de reconhecimento para desafio e a mensagem era bem clara. Estudante fora da cama e em área proibida. Ele não devia estar ali.

Wren se empertigou.

— A presença de vocês aqui é tão proibida quanto a minha — respondeu ele, sua voz vacilando de leve. — Seu dever é proteger a escola, não devorar professores.

Fome.

Wren projetou o maxilar.

— Também estou com fome — respondeu.

Uma das gárgulas se afastou do grupo e correu na direção de Wren, mas se chocou contra a proteção. A maior gárgula grunhiu, enquanto as menores tentaram atacar Wren outra vez. Elas lançaram um olhar malicioso para a órtese em seu tornozelo. A quarta gárgula, que permanecia voando, gritou em desafio, mas não se aproximou.

— Posso continuar com isso a noite toda — disse Wren. Era uma mentira deslavada, mas ninguém precisava saber disso.

Elu olhou fixamente para as gárgulas, a Rata guinchando seus próprios desafios na segurança do bolso do moletom de Wren.

As gárgulas se aproximaram. Uma chegou mais perto, mas não atacou a barreira. As outras três continuaram pairando em formação sobre a barreira. E os braços de Wren começaram a tremer.

Wren agiu por instinto. Usou sua magia, moldada por maldições, mágoa e mal-entendidos, e a lançou em todas as direções, fazendo a maior gárgula ir parar uns bons metros depois da doca de carga. Quando ela recuperou seu equilíbrio, o sorriso tinha dado lugar a um grunhido.

— Tente de novo — disse Wren, provocando as criaturas de pedra, embora as únicas coisas que mantinham seu corpo em pé fossem sua órtese de tornozelo e sua animosidade. — Se não pararem com isso, vou chamar Sally para cuidar de vocês.

Sally, a tratadora de gárgulas, ficaria tão feliz de ver as gárgulas ali quanto Wren havia ficado, e talvez aquele fosse o último empurrãozinho que faltava àquelas enormes criaturas mágicas.

As gárgulas mantinham sua formação, mas se moviam de maneira hesitante.

Wren sustentou o olhar delas, fixando-se na gárgula maior. Elu sentia os segundos passando. A dor se espalhando. Até que a gárgula tomou sua decisão. Lançando um olhar de escárnio para Wren, ela desistiu e lentamente conduziu as outras para longe da doca. Pouco antes de sumir completamente de vista, a gárgula se virou para Wren, lançando-lhe um último olhar petrificante.

Lembre-se.

— Ah, vou me lembrar — prometeu Wren. Elu nunca se sentira tão forte e tão *certe* assim. — Vou me lembrar.

Wren esperou até ter certeza de estar sozinhe para, então, baixar a proteção e cair de joelhos ao lado do Professor Dropwort. Wren se engasgou ao ver o estado do professor. Suas roupas estavam rasgadas e uma das gárgulas mais ousadas havia comido um dos olhos dele. Outra havia mordido a bochecha do professor, expondo carne e osso da mandíbula. Mas, ao que parecia, não fora aquilo que o matara. Dropwort tinha cinco perfurações no peito, sua camisa estava rasgada e havia manchas cor de ferrugem nos pontos em que tinha sido apunhalado, mas estranhamente não havia sangue visível em sua pele.

Wren se obrigou a chegar mais perto para poder enxergar melhor. Elu esticou a mão e examinou as perfurações, concluindo que definitivamente não tinham sido feitas por garras de gárgulas. Elu verificou a pulsação do professor. Nada. Nem sequer um discreto batimento cardíaco.

Ele tinha sido morto antes de ser devorado.

— Professor Dropwort? — sussurrou Wren.

Embora débeis murmúrios de energia amarela continuassem girando em volta deles, a luz ficava cada vez mais fraca, e o que restava do Professor Dropwort desaparecia depressa. Sem hesitar, Wren esticou as mãos e o agarrou.

Os gritos das gárgulas ecoavam ao longe, mas Wren não ergueu a barreira de novo. Ele precisava usar o que restava de sua magia. Até então, só havia reanimado aranhas e ratos, e uma única vez, graças a um acidente infeliz, um gatinho.

Mas elu também nunca havia enfrentado um grupo de gárgulas. Professor Dropwort havia sido *assassinado*, e Wren não tinha dúvidas do que devia fazer. Se conseguisse descobrir o que havia acontecido e contasse sua história aos outros professores — ou, mais provavelmente, à Enfermeira Fíbula —, isso significaria alguma coisa. Mostraria que sabia fazer algo direito. Ele provaria seu valor à Galileu.

Wren se inclinou e quase caiu de exaustão. A Rata guinchou em protesto.

— Está tudo bem — murmurou Wren. — Vou ficar bem.

A fadiga tornava mais difícil para ele puxar a energia à sua volta. Elu considerou arrastar o corpo de Dropwort da doca até o elevador de carga, mas, só de pensar em fazer tal esforço, já sentia sua cabeça doer. E se as gárgulas soubessem que Wren estava sem forças... Elu precisava de ajuda, mas não tinha tempo.

Wren fez a única coisa que parecia fazer sentido. Puxou energia de si mesme — inúmeras plumas prateadas minúsculas — e a transferiu para o Professor Dropwort.

Uma corrente infinita misturou-se aos tons de amarelo doentio que cercavam o corpo do professor.

As bordas do campo de visão de Wren ficaram acinzentadas. Ele sentiu que ia desmaiar.

O corpo de Dropwort se agitou, então elu continuou transferindo a energia.

O campo de visão de jovem Mague se estreitou ainda mais. Uma dor lancinante se instalou atrás de seus olhos.

Wren conseguiu erguer um braço — o braço de Dropwort. Elu sorriu com frieza, e uma potente combinação de força e alívio inundou seu corpo. Havia funcionado. Ele teria odiado aquilo.

— Fracasso, professor? Quem tem o poder agora?

A fala de Wren estava toda enrolada, mas ele não notou, tamanha sua concentração na ligação. Só mais um pouco e conseguiria fazê-lo se sentar. Talvez ele devesse se deitar. Se mantivesse a energia fluindo, poderia dançar e dançar à vontade.

A Rata guinchou perto do ouvido de Wren, e uma dor intensa atingiu o lóbulo de sua orelha.

Wren cortou a ligação e se viu deitado ao lado do corpo espasmódico do professor. Ele se sentou e o mundo girou à sua volta. Teve que se esforçar para não vomitar.

Ele lançou um olhar para a Rata, que pulou de seu ombro para suas pernas.

— Por que você fez aquilo? Doeu.

A Rata guinchou e Wren franziu a testa.

— Eu tinha pleno controle e...

Sua voz morreu. O corpo do Professor Dropwort tinha terminado sua dança macabra e o eco de energia vital ao redor do corpo dele havia desaparecido. Ele logo recuperou seu aspecto inanimado.

Então, um contorno amarelo-claro brilhou ao redor do corpo do professor e um espectro saiu dele. Wren nunca havia pensado em como os fantasmas surgiam, mas agora sentia os puxões. Transferir energia para o corpo do Professor Dropwort não havia ajudado em nada seus ferimentos, mas havia fortalecido seu espírito. Só que agora o fantasma estava ligado a Wren.

E, pela cara dele, não tinha gostado nada daquilo.

— Wren. — O desgosto do professor era evidente, mesmo depois de morto. Seu fantasma desaparecia e reaparecia, suas palavras saíam com dificuldade. — Eu sempre soube... não presta para nada.

— Eu não fiz nada! — explodiu Wren. Sua voz ecoou na noite. — Tentei ajudar.

— Fracasso...

Wren quase cortou a ligação entre eles, mas ele não tinha chegado tão longe para permitir que Dropwort o afugentasse outra vez. Havia um assassino na Galileu, e isso importava mais do que o desgosto do Professor Dropwort. Mesmo que ele compreendesse o desejo de apunhalá-lo.

— Quem fez isso? O que houve? — perguntou Wren.

Os olhos sem vida do fantasma se fixaram em Wren.

— ... da sua conta.

— Diga o que aconteceu — insistiu Wren. — Você foi *apunhalado*. — A boca de Wren estava seca, mas ele sustentou o olhar do fantasma, combatendo o escárnio com a própria frustração.

— Você não pode... assassino... inútil. — O espectro de Dropwort tinha o mesmo sorriso desdenhoso que seu corpo exibia em vida. — ... sempre quer mais... merece.

Wren ficou de pé. A Rata guinchou e as gárgulas gritaram outra vez. Wren olhou para a escola giroscópica e balançou a cabeça. Elu não queria mais, só não aceitava menos.

— Você continuará sendo... fracasso — insistiu o fantasma.

Algo se agitou dentro de Wren.

— Não, professor. — Wren tremeu. As palavras de Dropwort eram parecidas demais com aquelas que elu ouvia em casa, mas ergueu o queixo e cerrou os punhos. Sua indignação dava força às suas palavras.

Wren tinha se ocultado da patrulha de fantasmas. Afugentado as gárgulas. Reanimado o fantasma que estava à sua frente. As estrelas em seu campo de visão flutuavam, mas como elas podiam dar azar?

— Não sou inútil; tenho muito poder. Ainda há lugar para mim na Galileu. — Se não houvesse, elu *criaria* um. Exigiria um. — Então, você pode me ajudar ou simplesmente sumir no além-mundo que acreditar, feito o covarde que é.

Wren estalou os dedos, mas o corpo do professor não se contorceu nem estrebuchou como elu imaginara. Em vez disso, apenas brilhou.

— Necromancia... Coisa maldita. — O fantasma parecia indignado, e Wren fez a única coisa que podia fazer: riu. Elu riu daquela justiça meio torta.

— Maldita, porém bela e cheia de potencial. E a sua incapacidade de ver isso diz mais sobre você do que sobre mim, não? — Era tão bom dizer aquilo, tirar tudo aquilo do peito. Mesmo que fosse para um fantasma que sumia e reaparecia.

O fantasma se calou. Inclinou a cabeça como se estivesse, de fato, pensando nas palavras de Wren. E então assentiu.

— Quando perguntarem... ampulheta.

Wren estreitou os olhos, ainda que o orgulho surgisse neles.

— O que isso quer dizer?

Mas o fantasma começou a sumir, resmungando como o poltergeist de Castelli havia feito, só que de forma menos audível e muito menos interessante.

— Quando descobrirem... um alvoroço.

Wren perguntou de novo, mas de nada adiantou. Perguntou mais uma vez sem sucesso. Pelo menos suas perguntas não foram respondidas com mais insultos. Seu campo de visão começou a estreitar e sua cabeça latejou. O maldito espectro tinha razão. Seria um alvoroço. Um dos professores da Galileu apunhalado na escola? O dia seguinte seria um caos. E pensar que podia haver um assassino na escola...

Havia dias em que Wren odiava a Galileu — a maioria dos dias —, mas ainda queria fazer parte dela, estar em *segurança* ali. Queria que o lugar fosse muito melhor do que era.

— ... vingança... importante — resmungou o fantasma.

— Quem se vingaria de você, velho? — zombou Wren. — Seu exército de bajuladores, que só se interessam em fingir que são importantes? Você é uma relíquia. — Elu sorriu repentinamente. Aquelas eram palavras tão óbvias, e o alívio era tão grande. — Talvez eu seja amaldiçoade. Mas você será esquecido. E é isso que você merece. Não há mais lugar para *você* na Galileu.

Wren se virou e começou a andar com dificuldade na direção da entrada da escola. O fantasma foi atrás delu — se por escolha ou porque estavam ligados, Wren não sabia e não se importava. A cada passo que dava, o espectro ia desaparecendo, e a dor nos limites da consciência de Wren ia aumentando.

Wren fechou os olhos, visualizando as plumas prateadas que flutuavam entre elu e o fantasma, e, com uma careta, esticou a mão e cortou a ligação.

A dor invadiu seu corpo. A exaustão também.

Quando Wren voltou a abrir os olhos, o fantasma do Professor Dropwort não estava mais à vista e seu corpo jazia sem vida na doca de carga. Wren estava sozinhe. A energia à sua volta começava a diminuir, mas a Rata ainda resmungava. Wren se sentia esgotade, mas a força obstinada que encontrara dentro de si ainda estava lá, e elu se lembraria daquela sensação. Ninguém podia tirar isso delu. Amaldiçoade. Sem sorte. E, um dia, extraordinárie.

Por enquanto, elu tinha um assassinato a informar. Wren tinha uma pista — "ampulheta" — que não fazia ideia do que significava. Mas já era um começo. Amanhã elu precisaria continuar praticando suas habilidades, tanto as novas quanto as antigas.

Cambaleou. Refez seus passos até o elevador que levava à Torre Arcanos. A escuridão à sua espreita começou a turvar sua visão, como nanquim derramado se infiltrando entre infinitas cores. Wren continuou seguindo em frente, determinade, mas não adiantou. A escuridão envolveu seu corpo e, de repente, a noite pareceu enorme demais, esmagadora demais. Esticou a mão para se apoiar, mas não encontrou apoio.

Elu caiu...

E a última coisa que viu foram as sombras que dançavam no chão. As formas pontiagudas da escola, como cacos da noite. Nuvens e formas que pareciam grotescas asas de gárgulas. E, por um momento breve e letal, uma figura humana em meio à escuridão, cruzando a doca, segurando um punhal, que brilhava à luz da lua.

Então o mundo girou para longe de Wren. Elu puxou a Rata para perto, ergueu uma barreira invisível e impenetrável em volta de si... e desmaiou.

<u>**PROVA A2**</u>
CASO: 20-06-DROS-STK

<u>**Tipo:**</u>
[X] Comunicado
[ ] Áudio
[ ] Resíduo de feitiço
[ ] Foto ou outra reconstrução visual
[ ] Objeto
[ ] Formulário ou registro
[ ] Outro: _____

Fonte: Registros telefônicos
Partes Relevantes: Nicolas Fornax, diretor;
Ladybird ("Birdie") Beckley, vice-diretora;
Beatriz Ruiz-Marín, vice-diretora; Salbiah
Hussein, tratadora
Descrição: Mensagens de texto trocadas após
a descoberta do corpo

(2h41) LB: A doca de carga está protegida e fiz o chamado dos oficiais do DCCAMN

(2h41) NF: Birdie, só falei para você isolar a área. Ainda não sabemos se precisamos das autoridades.

(2h42) LB: Diretor Fornax, o protocolo-padrão para qualquer morte dentro dos muros da escola é contatar o Departamento de Cumprimento de Convenções Anticonflito entre Magos e Neutros. Só os oficiais do DCCAMN podem determinar se a morte foi natural ou

(2h42) LB: Espere um pouco

(2h42) NF: Não importa. importa. Já discutimos isso. Eu te dei uma ordem

(2h42) NF: Não vou esperar nada

(2h43) NF: O que está havendo?

(2h44) NF: Responda!

(2h44) LB: A polícia de Estocolmo está aqui

(2h45) NF: Diga que eles não têm jurisdição, as docas de carga são parte da escola

(2h45) NF: Quem os chamou?

(2h46) LB: Salbiah disse que ela os chamou quando encontrou o corpo

(2h46) NF: Diga

(2h46) NF: Esquece, diga para esperarem por mim. Eu cuido disso.

(2h46) LB: Está tudo sob controle

(2h47) NF: Obviamente não está.

(2h47) LB: Beatriz está falando com a polícia de Estocolmo

(2h47) LB: Estou esperando os oficiais do DCCAMN

(2h48) NF: Não, eu falo com os oficiais do DCCAMN. Você vai ver se não há nenhum aluno desrespeitando o toque de recolher. Não quero que vazem fofocas sobre isso.

(2h50) NF: É uma ordem, Birdie.

(2h52) LB: Está bem.

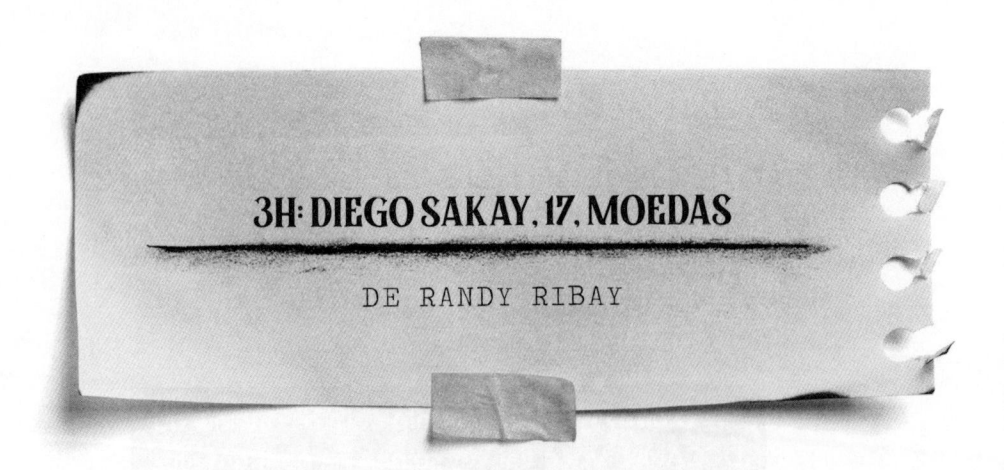

3H: DIEGO SAKAY, 17, MOEDAS

DE RANDY RIBAY

[Início da transcrição.]

<u>Vice-Diretora Beatriz Ruiz-Marín</u>: Este interrogatório está sendo conduzido pela Vice-Diretora Ladybird Beckley e por mim, Vice-Diretora Beatriz Ruiz-Marín, e está sendo transcrito por meu próprio feitiço Ipsis Litteris. Agora são… três horas da madrugada. Estamos na sala da Vice-Diretora Beckley, na Academia Galileu, atualmente localizada no espaço aéreo de Estocolmo. Jeff, meu gato, também está presente. Diego, pode dizer seu nome para fins de registro?

<u>Diego Sakay</u>: Você acabou de dizer meu nome.

<u>Vice-Diretora Ladybird Beckley</u>: Pronto, começou.

<u>DS</u>: *Ela* precisa estar aqui?

<u>LB</u>: Embora eu saiba que isto talvez seja incomum para você, sr. Sakay, recomendo que leve a sério.

<u>DS</u>: "Senhor"? Vai me vender um seguro?

<u>BRM</u>: [Suspiro.] Diego, por favor.

<u>DS</u>: Tudo bem. Diego Protasio Reguero Sakay.

<u>BRM</u>: Casa?

<u>DS</u>: Moedas.

BRM: Ano?

DS: Quase saindo daqui.

LB: Resta saber se será com ou sem diploma.

DS: *Masimot ka.*

LB: Em português, por favor.

DS: A Galileu não tem um idioma oficial, professora.

LB: É "Vice-Diretora Beckley" para você, sr. Sakay. E se você não...

BRM: Diego, a Vice-Diretora Beckley pegou você fora do seu quarto depois do toque de recolher, protegido por um feitiço Invisibilidade. O que você estava fazendo?

DS: Por que tanta formalidade? A sala, o feitiço Ipsis Litteris, vocês duas me interrogando como se eu tivesse matado alguém. Em geral, só levo uma advertência para aumentar a minha coleção e depois volto pro meu quarto.

LB: A única coisa com que deve se preocupar no momento é em responder às nossas perguntas com sinceridade. O que fazia fora do quarto depois do toque de recolher?

DS: O que *vocês* faziam fora do quarto depois do toque de recolher?

BRM: Diego.

DS: Tudo bem. Se querem mesmo saber, eu precisava tomar um ar.

BRM: Por quê?

DS: Para espairecer. Tudo que está acontecendo por causa daquela confusão é muito estressante.

BRM: Para fins de registro, pode esclarecer a que "confusão" se refere?

DS: Minha audiência da semana que vem.

LB: Ah, sim. Seu plágio na aula do Professor Dropwort.

DS: Meu *suposto* plágio. É uma merd...

LB: Olha a língua.

DS: Não era para eu falar em português?

BRM: Então você saiu para espairecer. A que horas foi isso?

DS: Pouco antes da meia-noite.

BRM: Aonde foi exatamente?

DS: Primeiro passei rapidinho no JB. Queria ver se ele ia comigo. Gosto de checar as transferências, para ver se está tudo certo.

BRM: E?

DS: Ele não quis. Disse que pessoas altas precisam dormir mais.

BRM: E depois?

DS: Fui falar com Changmin. Mas o rapaz também não quis dar uma volta comigo.

LB: Há um elemento comum nos dois casos.

DS: F...

BRM: Diego.

LB: Cutuquei a ferida, não?

DS: Enfim. Não tinha nada a ver comigo. Ele estava ocupado, preenchendo sua planilha de aves.

BRM: "Planilha de aves"?

DS: Sim, ele registra toda ave que vê. Espécie, cor, tamanho, local, entre outros detalhes. Não sei para quê, mas admiro a dedicação. Enfim, acabei indo para o hall de elevadores sozinho.

LB: Como driblou os encantamentos de segurança?

DS: Tenho meus métodos.

LB: Sr. Sakay, recomendo de verdade que você...

BRM: Depois falamos disso. Mas por que o hall dos elevadores, Diego?

DS: Para ver a escola partir. É a última parte a se soltar, uma visão legal.

BRM: Você sabe que os alunos são proibidos de ficar em qualquer andar abaixo da recepção durante a partida porque é perigoso.

LB: Ele sabe, só não se importa.

DS: Verdade. Faço isso sempre. É muito legal. Coloco os fones de ouvido, sento no portão e deixo as pernas balançando enquanto partimos.

BRM: Certo, então você foi até o hall dos elevadores sozinho por volta da meia-noite. O que fez quando passou da meia-noite e a escola não partiu?

DS: Eu ia perguntar por que ainda estamos aqui... Tem a ver com o fato de vocês interromperem meu sono para me interrogar feito um criminoso?

LB: Responda à pergunta, sr. Sakay.

DS: Que grosseria!

BRM: [Suspiro.]

DS: Fiquei tranquilo. Imaginei que fosse algum problema mecânico e que logo partiríamos.

BRM: Ficou lá por quanto tempo?

DS: Não lembro.

LB: Imagino que estivesse fumando algo que afeta a memória? Um pouco de abracadabra, talvez?

DS: Isso não é crime.

LB: Na verdade, é, sim. Você é menor de idade.

DS: Idade é uma coisa subjetiva, se pensarmos bem. Mas enfim. Eu fui lá para ver a partida da escola. Só isso. E, se eu estivesse fumando abracadabra — não estou dizendo que estava —, quem se importa? Não machuquei ninguém.

[Longo silêncio.]

DS: Por que estão trocando olhares?

BRM: Isso é muito importante, Diego. Se fosse dar um palpite, quanto tempo diria que ficou no hall dos elevadores?

DS: Uma hora. Talvez duas. Dormi um pouco.

BRM: E o que fez quando acordou?

DS: Comecei a voltar para a Moedas, mas Beckley me pegou antes que eu chegasse lá. Fim da história. Posso ir agora? Estou absurdamente cansado.

[Longo silêncio.]

DS: O que foi? Por que estão trocando olhares de novo?

LB: O que está omitindo, sr. Sakay?

DS: Nada.

LB: Então, por que está mentindo?

DS: Não estou mentindo.

[Longo silêncio.]

BRM: O feitiço Rastrear da Vice-Diretora Beckley mostrou que você não vinha direto dos elevadores quando ela o encontrou. Na verdade, você vinha da direção do Torreão das Gárgulas.

DS: Rastrear? Então foi assim que me acharam, apesar do meu feitiço Invisibilidade, hein? Se não me engano, em 1507, o Supremo Tribunal dos Magos decidiu que o feitiço Rastrear não era admissível como prova. Algo a ver com a possibilidade de manipular sua meia-vida, tornando o horário duvidoso.

BRM: Você não está num tribunal, Diego.

LB: Ainda não, pelo menos.

BRM: Birdie, por favor.

DS: Tudo bem. Admito. Fui até o Torreão das Gárgulas.

BRM: Por quê?

DS: Prefiro não dizer.

LB: Diga, sr. Sakay.

BRM: Diego, mais uma vez, enfatizo que se trata de um assunto extremamente importante e que é fundamental que você nos diga a verdade. Por que você foi até o Torreão das Gárgulas depois de acordar?

DS: [Murmúrio incompreensível.]

LB: O que disse?

DS: Eu disse que tinha que lançar uns feitiçozinhos no mundo.

BRM: "Lançar uns feitiçozinhos no mundo"?

DS: Defecar. Eu precisava defecar, tá? Urgentemente. O tsunami estava chegando na praia. Eu devia saber. Comida vegana não me cai bem. Mas, sinceramente, foi isso. Dormi enquanto esperava a escola partir e acordei com uma vontade louca de fazer cocô.

BRM: Mas por que ir até o Torreão das Gárgulas? Era mais longe do que a torre da sua casa.

DS: É segredo...

LB: Você não está numa situação boa para guardar segredos, sr. Sakay.

BRM: Por favor, Diego.

DS: Tudo bem. Se querem saber, o Torreão das Gárgulas tem o melhor banheiro de toda a escola. Sem dúvida. É agradável e espaçoso. Um único vaso sanitário. Encantado para exalar seu aroma favorito — os meus são: coco, sampaguita e mar. E pouca gente sabe disso, então está sempre limpíssimo e ninguém o incomoda quando você está lá meditando.

LB: Mas o feitiço Rastrear mostrou que você não entrou, de fato, no Torreão. Em vez disso, você deu meia-volta e saiu.

DS: Verdade.

LB: Por quê?

DS: Alarme falso.

BRM: O que quer dizer?

DS: A onda morreu antes de chegar à praia, se é que me entende.

LB: Muito conveniente.

DS: Isso é você quem está dizendo.

BRM: Então você foi para o seu quarto?

DS: Isso. Terminamos?

[Longo silêncio.]

BRM: Diego…

LB: Você não gostava muito do Professor Dropwort, não é, sr. Sakay?

DS: [Risos. Mais risos. Ele para de rir, recupera o fôlego e começa a rir outra vez.] Não.

LB: Observe, Beatriz, como uma única sílaba contém muito ódio.

DS: O sujeito me tratou com indiferença desde o começo. Assim como fez com meu *kuya* e minha *nanay* quando ela era aluna. Mas o que ele tem a ver com tudo isso?

LB: Diga, sr. Sakay…

DS: Espera aí… Perguntou se eu não "gostava" dele. No passado. Aconteceu alguma coisa com o Dropwort?

BRM: [Suspiro.] Você vai descobrir logo, então… o Professor Dropwort morreu.

DS: É sério?

LB: Pare com esse sorrisinho.

BRM: É. O corpo dele foi encontrado esta noite perto da doca.

DS: Então é por isso que ainda estamos em Estocolmo.

BRM: Exatamente.

DS: Puxa! O que houve? Ataque cardíaco ou algo assim?

LB: Algo assim.

DS: Tipo, ele foi morto?

BRM: Não temos certeza. Ainda estamos investigando.

DS: Se ainda estão investigando, isso significa que pode haver um assassino à solta na Galileu *neste instante* e vocês não avisaram ninguém?

[Longo silêncio.]

DS: Por que está me olhando desse jeito?

BRM: A Vice-Diretora Beckley não está olhando para você de nenhum jeito específico, Diego. Mas como você estava fora do quarto por volta do mesmo horário…

DS: Eu não gostava do cara, mas não o matei, professora. A verdade é essa.

LB: [Tosse.]

BRM: Claro. Mas pense bem, Diego. Por acaso viu algo estranho esta noite?

LB: Ou *alguém*?

DS: Tipo o quê? Tipo quem?

BRM: Não sabemos, Diego. Algo fora do normal.

DS: Humm…

[Longo silêncio.]

DS: Lamento, professora. Eu ajudaria se pudesse, mas não achei nada.

LB: "Não achou nada"? Escolha de palavras interessante...

DS: É, isto é... humm... não achei nada fora do normal. Tipo, não ouvi nada estranho nem vi ninguém antes de ser pego.

LB: Ele está mentindo outra vez, Beatriz. Veja como ele fica mexendo nesse piercing ridículo.

BRM: Você parece mesmo nervoso... Há algo que queira nos dizer?

DS: Sim, quero meu galo de volta.

BRM: O que disse? Seu... galo?

DS: Sim, é um *paraokan*. Penas negras como a noite. Uma ave grande e forte que parece um levantador de peso que se esqueceu de malhar as pernas.

LB: Sr. Sakay, pode falar sério um instante? Um homem morreu. Tenha respeito.

DS: Estou falando sério, professora. Quando forem inspecionar os aposentos do Dropwort, vão encontrá-lo, com certeza.

BRM: Por que acha que o Professor Dropwort pegou seu galo, Diego?

DS: Longa história.

BRM: Estou ouvindo.

DS: Tudo bem. A maioria das pessoas sabe que Espanha e Estados Unidos colonizaram nossas ilhas; talvez as pessoas também saibam da ocupação japonesa durante a Segunda Guerra. Mas os britânicos *também* botaram seus tentáculos gananciosos nas Filipinas entre 1762 e 1764, durante a chamada Guerra dos Sete Anos entre a Grã-Bretanha e a França. Éramos, obviamente, só um joguete nessas mesquinhas guerras europeias porque...

LB: Isso vai levar a algum lugar?

DS: Sim, mas primeiro é preciso contexto.

LB: Podemos procurar os detalhes depois, sr. Sakay. Vá direto ao ponto.

DS: Podem, mas duvido que vão fazer isso. Enfim. O que importa é quando os Dropwort cruzaram o caminho dos meus antepassados. Vejam bem, minha ta-ta-ta-ta-tataravó era *babaylan*, ou seja, uma xamã. Uma das pessoas mais poderosas do arquipélago e uma das líderes da resistência — primeiro contra os espanhóis, depois contra os britânicos que decidiram aparecer por lá. A certa altura, ela e seu pessoal mandaram vários navios britânicos para o fundo da Baía de Albay. Foi por isso que a ocupação britânica teve um fim em Manila. Então, no dia seguinte, esse almirante britânico apareceu por lá, todo pálido e com o rabo entre as pernas.

BRM: Um Dropwort?

DS: Não, mas havia um Dropwort no esquadrão dele. Enfim, eles chegaram e negociaram uma rendição, passaram a noite lá e partiram na manhã seguinte. O pessoal da vila logo percebeu que diversos objetos ancestrais haviam sumido. Umas coisas bem poderosas, que praticamente vibravam de tanto *kulam*. Tipo, uma espada *kris* encantada muito bacana, um *tabo* que se enchia automaticamente, o galo imortal da minha ta-ta-ta-ta-tataravó, entre outras coisas.

BRM: Como ela sabia que tinha sido o antepassado do Professor Dropwort que pegou os objetos?

DS: Magia de rastreamento.

LB: Se ela conhecesse magia de rastreamento, com certeza teria recuperado os objetos facilmente.

DS: Ela tentou, mas, antes que conseguisse alcançá-lo, ele encantou e vendeu os objetos.

BRM: Deixe-me adivinhar: um dos encantamentos era Ahistorica?

DS: Chamávamos por outro nome, mas era isso mesmo. Ele queria evitar que os possíveis compradores ficassem com medo de que os donos originais dos artefatos aparecessem para se vingar.

LB: Supondo que tudo isso seja verdade — e devo dizer que essa é uma suposição e tanto —, por que acha que encontraremos o galo da sua família nos aposentos do Professor Dropwort? Você não acabou de dizer que o antepassado dele vendeu os objetos que supostamente roubou?

DS: Porque, desde então, a minha família tem ficado de olho nos Dropwort, e temos indícios suficientes para deduzir que a família dele nunca vendeu o galo. Ele foi passado de uma geração para a outra, até chegar ao Professor Dropwort. Meu kuya não conseguiu encontrá-lo, então sobrou para mim.

LB: Por quê? O galo dá sorte ou traz fortuna?

DS: Não, nada disso.

LB: Então é apenas um galo muito velho?

[Barulho de algo se chocando contra uma superfície sólida e de alguma coisa sendo arrastada.]

BRM: Todo mundo calmo. Diego, pegue sua cadeira e baixe a voz.

LB: Sr. Sakay, esqueceu com quem está falando?

DS: Sei exatamente "com quem" estou falando!

BRM: Pessoal, calma, por favor. Diego, baixe a voz e sente-se. Ladybird, afaste-se de Diego.

[Longo silêncio.]

BRM: Obrigada. Ladybird, por que não faz uma pausa?

LB: Esse…

BRM: Eu continuo sozinha alguns minutos.

[Som de porta abrindo e fechando com força.]

BRM: [Expiração.] Entendo que esse galo é muito importante para você, Diego — sabe-se lá por qual motivo — e prometo ficar de olho quando chegar a hora de empacotar os pertences de Dropwort para mandá-los para a família dele.

DS: Agradeço, professora.

BRM: Mas agora preciso muito que você me diga a verdade.

DS: Era essa a verdade.

BRM: Refiro-me à razão de você estar fora do seu quarto esta noite.

DS: Ah. Humm… Também disse a verdade nesse caso.

BRM: Diego, o Professor Dropwort está morto. Sei que você não gostava dele — e não era o único que não gostava —, mas ele é um ser humano. Os filhos e os netos dele o amavam e sentirão falta dele. Eles não merecem justiça?

[Longo silêncio.]

BRM: E, aqui entre nós, suspeitamos que ele tenha sido assassinado. Então, até pegarmos o responsável, todo mundo está em perigo.

DS: Eu não fiz nada.

BRM: Eu não disse que fez.

DS: Beckley acha que fiz.

BRM: Esse é mais um motivo para você me dizer a verdade. E mais importante ainda: qualquer coisa que você saiba pode nos ajudar a resolver isso sem envolver os Neutros e antes que mais alguém se machuque.

[Longo silêncio.]

DS: [Respira fundo.] Certo. Tudo bem. A verdade? Não saí só para apreciar a vista.

BRM: Obrigada, Diego. Então, o que estava fazendo?

DS: Eu… estava procurando Dropwort.

BRM: Por quê?

DS: Ouvi dizer que ele faria algo *suspeito* esta noite.

BRM: Quem te disse isso?

DS: Eu mesmo.

BRM: Como assim?

DS: Outro dia, fui até a sala dele antes da aula, na esperança de convencê-lo de que essa história de plágio era bobagem. Para provar que eu tinha escrito aquele trabalho, sabe? Mas, quando cheguei lá, ele estava conversando com alguém.

BRM: Quem?

DS: Não faço ideia. Ele estava ao telefone, terminando uma conversa. Falava em voz baixa, sussurrando.

BRM: O que ele dizia?

DS: Não consegui entender tudo, mas eu o ouvi dizer que estaria nas docas de carga ontem à noite no horário combinado, e que era melhor a outra pessoa aparecer lá.

BRM: Isso é tudo?

DS: Mais ou menos. Ele prometeu que ninguém o seguiria e se despediu.

BRM: Então você tentou segui-lo?

DS: Óbvio.

BRM: Na esperança de que tivesse algo a ver com o galo?

DS: Talvez tivesse, talvez não. Mas eu tinha certeza de que o pegaria fazendo algo muito suspeito. Quer dizer, por que mais ele se encontraria com alguém de madrugada nas docas de carga pouco antes de deixarmos o país?

BRM: O que acha que ele estava tramando?

DS: Não sei. Mas minha *lola* sempre diz: "Raiz podre, fruta podre."

BRM: Espera aí… você pretendia chantagear um professor da Galileu?

DS: Não, eu só achei que o fato de ter informações que poderiam acabar com a carreira dele pudesse me ajudar a convencê-lo a deixar para lá essa história de plágio.

BRM: Isso é chantagem.

DS: Ah, certo. Então acho que eu ia chantageá-lo.

BRM: [Suspiro.] Deixe-me adivinhar: você chamou JB e Changmin para irem com você porque precisava que alguém confirmasse o que você visse lá?

DS: Bingo. Como sabe, não sou o aluno mais confiável do mundo aos olhos da Administração. Mas, no fim, isso não teve importância. Eles não quiseram ir comigo. Fracassei. Fiquei enrolando perto dos elevadores um tempo, mas ninguém apareceu. Então decidi ir lá dar uma olhada, para o caso de eu ter entendido mal aquela conversa que ouvi, mas Beckley me pegou não muito longe dali.

BRM: Então você não viu o corpo?

DS: Não.

BRM: E não encontrou nada?

DS: Não.

BRM: Tem certeza?

DS: Tenho.

[Longo silêncio.]

BRM: Agradeço por ter me contado tudo isso, Diego. Mas, para ser sincera, ainda sinto que está escondendo alguma coisa.

DS: Digamos que eu saiba uma coisa — não estou dizendo que sei. Se eu contasse o que sei, o que faria com essa informação?

BRM: Eu a passaria para o Diretor Fornax, é claro.

DS: Confia em Fornax?

BRM: Sim. Afinal, ele é o líder desta instituição.

DS: [Chupa os dentes.] Certo. Sem querer ofender, professora, mas, como muitas outras instituições, a Galileu nem sempre foi um modelo de justiça.

BRM: Fizemos progressos.

DS: Nós dois sabemos que é preciso mais do que uns anos de iniciativas de *diversidade* para reparar séculos de exploração, professora.

BRM: É verdade. Mas pode confiar em mim, Diego.

DS: Na boa, professora, não estou escondendo nada. Não vi ninguém nem encontrei nada.

BRM: [Suspiro.] Muito bem, então. Obrigada pelas informações que nos deu — certamente vão ajudar na nossa investigação. Espero que possamos resolver isso antes que mais alguém se machuque. Antes de chamar a Vice-Diretora Beckley de volta, tenho mais uma pergunta.

DS: Manda.

BRM: Há mais alguma coisa mágica no galo além de sua imortalidade?

DS: Eu não queria dizer na frente da Beckley, mas há, sim. Ele é o receptáculo ancestral da nossa família.

BRM: Sério?

DS: Sério.

BRM: Nunca vi um artefato como esse pessoalmente, mas, se ele permite mesmo que se invoque o espírito de qualquer antepassado... Não é de se admirar por que sua família o rastreia há anos.

DS: Exatamente. Imagine todo o conhecimento e a história que os colonizadores arrancaram de nós e que poderíamos recuperar.

BRM: Prometo devolvê-lo se o encontrarmos entre as coisas do professor.

DS: Obrigado.

BRM: Agora vou chamar a Vice-Diretora Beckley de volta.

DS: Isso é mesmo necessário?

[A porta se abre e então se fecha.]

LB: Ele confessou?

BRM: Ele não é culpado, Ladybird.

DS: Eu estou bem aqui, então pode...

LB: [Murmura o encantamento Cone do Silêncio e se dirige a Ruiz-Marín.] É claro que é. Ele andava por aí usando o feitiço Invisibilidade na hora que o assassinato aconteceu. E tinha motivos *muito* bons. Vamos encerrar o interrogatório e detê-lo. Notificarei as autoridades e assim eu... quer dizer *nós* solucionamos o crime.

BRM: Admito que Diego não é o aluno mais responsável do mundo, mas você acredita mesmo que ele tenha *matado* Septimius por causa de uma relíquia de família e uma acusação de plágio?

LB: Sim.

BRM: Bem, eu não. E estamos só no começo da investigação. Pense no que aconteceria se depois fosse revelado que você acusou injustamente um *aluno* de assassinato.

[Longo silêncio.]

LB: Tudo bem. Sem dúvida, ele está escondendo alguma coisa. Isso é óbvio. Se pelo menos eu pudesse usar um feitiço para…

BRM: Sei que você não está sugerindo nada ilegal.

LB: É claro que não.

BRM: Ouça, Birdie, já temos a declaração dele e a escola foi isolada. Podemos trazê-lo de novo para fazer mais perguntas, então vamos só…

[Há uma batida na porta. A porta se abre. Conversa inaudível.]

BRM: Bem, tenho que ir, Birdie. Pode terminar aqui? Dê uma advertência para ele por ter desrespeitado o toque de recolher e o mande de volta para o quarto. Conhecendo bem o Diego, duvido que isso adiante alguma coisa. Mas lance um feitiço Fique Aí no quarto dele, se isso a fizer se sentir melhor.

LB: Está bem, Beatriz.

[A porta se fecha.]

LB: [Murmura o encantamento para encerrar o Cone do Silêncio.]

DS: Odeio o Cone do Silêncio. É muito desrespeitoso. Aonde foi a Professora Ruiz-Marín?

LB: Ela tinha um assunto urgente para resolver. Agora me diga: o que disse a ela enquanto eu estive fora?

DS: [Riso.]

[Longo silêncio.]

DS: Então já vou indo, tá?

LB: Não tão rápido.

DS: Dá para se afastar? Não gosto que fique tão perto de mim assim... principalmente porque parece que acabou de escovar os dentes, professora.

LB: *Vice-Diretora*.

DS: Você se importa muito com isso.

LB: Sei que está mentindo, sr. Sakay. Quer saber o que eu acho?

DS: Na verdade, não.

LB: Imagino que tenha dito à Professora Ruiz-Marín parte da verdade. Não toda, mas o suficiente para que ela achasse que você confia nela. Suspeito que você tenha "encontrado algo" enquanto zanzava por aí, e é por isso que o feitiço Rastrear mostrou que mudou de direção de repente. Eu gostaria de saber o que você encontrou e por que está tão determinado a esconder esse achado.

DS: Não sei do que está falando.

LB: Posso não ser conhecida como a administradora "legal", como é o caso da Professora Ruiz-Marín, mas é má ideia continuar mentindo para mim, sr. Sakay. Afinal, sou a Vice-Diretora.

DS: Você é *uma* Vice-Diretora. E, sem o devido respeito, professora, isso faz de você apenas uma policial superestimada.

[Longo silêncio.]

LB: Sabe muito bem que, se estiver escondendo algo que não quer que eu encontre, um simples feitiço Buscar e Tomar revelaria o item oculto.

DS: E você sabe muito bem que, desde 1984, é proibido o uso desse feitiço por autoridades escolares em alunos. Além disso, você também sabe tão bem quanto eu que, se eu tivesse lançado um Obscurecer antes que me pegasse, ele tornaria inútil esse seu feitiçozinho de policial.

[Longo silêncio.]

LB: Tudo bem, então. Suponho que nos veremos na sua audiência disciplinar, na semana que vem.

DS: Espera aí... Como assim? Dropwort não está... você sabe... morto?

LB: Felizmente, ele já havia entregado um relatório completo.

DS: Como eu disse, a acusação de plágio é ridícula. Dropwort não encontrou a fonte de onde eu *supostamente* copiei o texto. Só disse que o trabalho estava "muito além" da minha capacidade e que era impossível que eu fosse tão "eloquente". Não entrego todas as tarefas, mas não é porque não consigo fazê-las. Pergunte ao Professor Strigid — ele lhe dirá. Juro que escrevi cada palavra daquele trabalho. Não tenho culpa se Dropwort achava que nós, alunos não brancos, não somos capazes de pensar com as próprias cabeças só porque não engolimos a história branqueada que ele tentava enfiar abaixo em nossas goelas.

LB: Fique tranquilo que não tem nada sobre sua raça no relatório dele, sr. Sakay.

DS: Ah, tudo bem. Ótimo. Então não era racista.

LB: Dependendo do desenrolar das coisas esta noite, talvez eu possa retirar a acusação.

DS: Como assim?

LB: Você não precisa se preocupar com isso.

DS: Tanto faz. Imagino que retiraria a queixa por pura bondade?

LB: Dificilmente.

DS: Então o que você quer?

LB: Diga o que encontrou e nada ficará entre você e seu diploma.

[Longo silêncio.]

DS: Não encontrei nada.

LB: É sua última chance.

[Longo silêncio.]

LB: [Suspiro.] Que seja. Vai receber uma advertência por ter desrespeitado o toque de recolher, uma por ter desrespeitado o código de vestimenta e...

DS: Código de vestimenta? É madrugada! Estou de pijama...

LB: E mais uma por falta de respeito e insubordinação.

DS: Ótimo, três de uma vez. Posso ir agora?

LB: Pode. Mas vá direto para o seu quarto e fique lá o resto da noite. Lançarei um feitiço Fique Aí que durará até o horário das aulas, então saberei se você puser um pé para fora do seu quarto.

DS: Ai, que medo!

LB: Vejo você na audiência na semana que vem, sr. Sakay.

DS: Certo, professora... *Gago ka*.

LB: O que isso quer dizer?

DS: Quer dizer "Não vejo a hora".

[Fim da transcrição.]

APTIDÕES

Cada aluno traz sua própria magia especial para a Academia Galileu para Pessoas Extraordinárias. Talvez você fale instintivamente com animais, invoque música das estrelas ou transforme um arremesso rápido em uma bola de fogo! Além da educação geral mundana, a AGPE ainda oferece aos seus alunos auxílio para que levem suas aptidões a outro nível. Também ficamos muito felizes em ajudá-lo a desenvolver suas habilidades em diferentes áreas, caso a sua aptidão não seja compatível com as suas metas profissionais.

MAGIA NÃO SUPERVISIONADA

Na AGPE, o nosso trabalho consiste não apenas em ajudá-lo a se desenvolver, mas, também, mantê-lo em segurança. Alunos do primeiro ano, transferidos e outros que ainda não obtiveram sua licença de praticante, caso utilizem magia sem a supervisão de um docente, poderão realizar apenas os feitiços pré-aprovados que constarem na lista oficial (consulte a página 67). Alunos sem licença e que forem pegos praticando feitiços não constantes na lista aprovada estarão sujeitos a medidas disciplinares proporcionais ao risco a que expuseram a si mesmos e aos outros, incluindo, entre outras: detenção, suspensão e expulsão.

LICENÇA DE PRATICANTE

Os alunos poderão realizar o exame para obtenção da licença de praticante após frequentarem a AGPE por um ano, ou também em prazo inferior, mediante a recomendação por escrito de um membro sênior do corpo docente. O exame consiste em um teste escrito e uma demonstração prática, e é aplicado no primeiro sábado e domingo de cada mês. Estão isentos de taxa *[extremidade queimada do papel]*

4H: JAMESON "JB" BRIG, 15, MOEDAS

DE KWAME MBALIA

Tipo de incenso: Vareta
Aromas associados: Alvorecer tempestuoso,
ozônio, pimenta-caiena
Traços: Explosivo, temperamental

Observações: Magos de fumaça de rara
liderança podem apresentar oscilações de humor,
principalmente durante a adolescência, e serão
sempre propensos a ter um temperamento explosivo

— Excerto de *Compêndio de Bruxaria de Esther Brig*

4h52

JB culpava suas roupas de segunda mão por sua atual circunstância catastrófica.

Todo membro da família Brig ganhava um guarda-roupa novinho ao completar dezesseis anos de idade. Camisas polo e jeans customizados, calças de alfaiataria, camisas e até conjuntos de moletom, tudo em diversas cores que complementavam o tom da magia de fumaça que o havia escolhido. Cada peça de roupa, incluindo meias, era tratada com o feitiço Impenetrabilidade de Chamas da Tia-Avó Laura. Com o feitiço Impenetrabilidade, as chances de a pessoa que usava essas roupas imolar a si mesma e incendiar tudo à sua volta diminuíam bastante. Caíam para 1%, diria GiGi Laura, não zero, porque "alguns idiotas não tinham jeito".

Jameson Brig, "JB" para todos menos GiGi, agora se sentia um idiota.

Ele faria dezesseis anos dentro de sete dias. Seu novo guarda-roupa esperava por ele na casa da Família Brig, no quarto de GiGi. Mas sua transferência para a Academia Galileu para Pessoas Extraordinárias não podia esperar até seu aniversário.

Eles haviam discutido por causa de sua partida. Outra vez. Ele explicara que seria só por um ano. E Big James, o avô em cuja homenagem ele fora batizado e quem, até uma semana atrás, seria seu futuro mentor, saíra pisando duro, deixando atrás de si nuvens azul-marinho que saíam das mangas de seu caftã ao bater a porta de seu escritório, gritando que os Brig sempre ensinavam os membros da família e que nenhuma escola chique aceitara a magia deles até então e por que começariam a aceitar agora? Outra vez.

JB suspirou e olhou para a própria camiseta, passada de um primo para outro várias vezes, suja de fuligem e salpicada de pontos queimados, com mangas que não chegavam aos seus pulsos. A quinta camisa que ele havia estragado desde que chegara, uma semana atrás. O velho James Brig se recusava a dar antes da hora um novo guarda-roupa a JB, mas, pelo menos daquela vez, esse não era seu maior problema.

Algo havia saído terrivelmente errado com o ritual, e o bilhete retangular que Diego lhe incumbira de encantar tinha começado a soltar faíscas em vez de queimar. Algumas delas chamuscaram seu pulso, ele recuara e... foi isso. Agora, JB olhava à sua volta num misto de frustração e pânico.

Quatro chamas mágicas ardiam no dormitório de JB. O tapete que fora de seu avô, uma das duas relíquias de família que Big James o deixara levar, e que deveria ter resistido a todo tipo de dano por fogo, queimava devagar. As cortinas antichamas que sua irmã enfiara em sua bolsa de lona, que ele sofrera para instalar ao chegar ali, e que agora, inexplicavelmente, tinham buracos com bordas em brasa que continuavam subindo pelo pesado tecido roxo. A maior parte de suas varetas de incenso queimava alegremente sobre sua escrivaninha, as chamas vermelho-sangue ameaçando se espalhar para seus livros e suas anotações das aulas do dia. E, como se aquilo não bastasse para deixá-lo em pânico, as pontas de todos os seus lápis ardiam em chamas.

Não os lápis, mas suas pontas.

Como aquilo era possível? Será que dava para piorar? A escola o mandaria de volta para casa — Big James adoraria isso, e, ao pensar na expressão arrogante de seu avô, outro tremor de frustração percorreu o corpo de JB. No entanto, ao ver outra nuvem de fumaça saindo das cortinas, a tentação de pedir ajuda — qualquer ajuda — era grande, nem que fosse para o seu avô, que certamente diria algo com um tom de *Eu avisei*.

JB olhou para a vareta vermelha de incenso sobre sua escrivaninha, a única que *não* estava queimando, e então desviou os olhos e cerrou os dentes. Não. Ele não ligaria para casa para pedir ajuda. Ainda não. Não antes de esgotar todas as opções que tinha. Não até descobrir como sair da sombra de Big James.

E havia o bilhete...

— Você errou o feitiço — disse uma voz grave no canto de seu quarto.

JB ignorou a voz.

— Aposto que foi o controle da respiração — continuou a voz. — Você sempre erra no controle da respiração. Ou talvez tenha sido o espirro no meio do ritual. São *tantos* erros.

— Obrigado, ajudou bastante — resmungou JB. Ele saiu de trás de sua escrivaninha, pois as faíscas tinham aumentado muito, e começou a vasculhar sua bolsa de lona em busca da única coisa que poderia controlar o incêndio. Na pressa, a bolsa virou, espalhando seu conteúdo pelo chão, e JB praguejou baixinho. E então se abaixou e afastou um banquinho sobre o qual havia um estranho suporte de madeira para incenso — que GiGi chamava de incensório. A parte superior do incensório, esculpido no formato de um homem de torso nu segurando um cachimbo, esticou e tentou dar um tapa nas mãos de JB.

— Cuidado! — gritou o incensório. — Como se já não tivesse coisa suficiente queimando aqui.

JB ignorou o incensório mais uma vez, embora, como sempre, aquilo não impedisse o recipiente encantado de falar.

— Juro que não fui feito para isso. Não fui feito para isso. Big James não me mandou até aqui só para queimar. O que vai parecer, hein? Ser queimado na sua primeira semana nesta armadilha voadora mortal? — O incensório cruzou os braços e balançou sua cabecinha de madeira. — Os ancestrais iriam me chamar de grandessíssimo idiota.

JB encontrou o que procurava e sacou da bolsa um pequeno apagador de chamas de latão que sua avó lhe dera de presente. Embora fosse geralmente usado para apagar velas, ela o encantara para realizar um feitiço Extintor. Agora, enquanto JB se ajoelhava no chão e passava o apagador de chamas sobre o tapete, o objeto sugava todo o oxigênio da área que queimava e extinguia as brasas ardentes. JB sentiu um pouco da tensão sumir de seus ombros. Era um problema a menos para resolver.

— Você *não* queima, Khep — disse JB ao incensório. Ele endireitou as costas e girou os ombros, olhando feio para o homem entalhado. — Você tem impenetrabilidade contra fogo, magia e outras coisas. É por isso que está aqui, *apenas* por isso, lembra? Era para você me ensinar e me ajudar a não botar fogo em tudo por acidente, que é exatamente o que está acontecendo *agora!* Então, bem que você poderia parar de reclamar e me *ajudar*. Você é o professor, então me *ensine*, ou nós dois voltaremos para casa humilhados.

JB gesticulou na direção das cortinas chamuscadas enquanto apontava o apagador de chamas para elas e, então, desabou de costas no chão usando a camiseta encardida para enxugar a testa.

— Está longe de ser um bom começo — resmungou JB.

O incensório encarou-o de volta. Depois de alguns segundos, tirou um pouco de cinzas de seu bojo.

— Tudo bem. Eu não quero voltar para casa humilhado, então preste atenção e apague essas faíscas antes que elas transformem este lugar em cinzas. Aqui não é lugar para um Mago de fumaça, não mesmo.

JB foi na direção de sua pilha de incensos e começou a apagá-los um por um, enquanto Khep limpava a garganta e começava a pegar pequenos cubos de incenso e guardá-los em seu bojo.

— Se quer aprender, terá que começar do começo. E a primeira regra da Tia-Avó Laura é: o que importa não é o recipiente, mas o que ele guarda. Entendeu?

JB assentiu.

— Big James chama isso de intenção mágica. — O avô estava ensinando-lhe a manter o controle pouco antes de JB receber sua carta de aceitação da Galileu. — O que importa não são os ingredientes do feitiço, mas o que eles representam como um todo quando queimados pela pessoa que o prepara.

— Exatamente! — Khep apontou para os cubos de incenso. — Vamos praticar.

Tipo de incenso: Espiral
Aromas associados: Ventos de outono, sombras da floresta, pinho
Traços: Astuto, traiçoeiro

Observações: Magos de fumaça apresentam níveis extremos de controle e coordenação, mas se esgotam facilmente, e são capazes de tecer várias trilhas de magia ao mesmo tempo

— Excerto de *Compêndio de Bruxaria de Esther Brig*

4h05 [QUASE UMA HORA ANTES]

Uma batida na porta assustou os dois. JB olhou para o relógio, enquanto Khep sumia com o pó cintilante do incenso de prática que estava em seu bojo. Passava das quatro da manhã. Quem estaria vagando por aí tão cedo? E, o mais importante, o que queria com ele?

JB estava a bordo da Galileu havia apenas uma semana e nesse tempo tinha conhecido algumas pessoas. Ele tentava esquecer aqueles encontros — "desajeitado" e "esquisito" eram seus melhores atributos em público. Conversar, então, era algo que ele sequer cogitava.

— Está esperando alguém? — perguntou Khep, alisando o pó até que parecesse um monte de cinzas. — Talvez seja aquela garota bonita em quem você tropeçou na segunda-feira.

JB se encolheu e continuou escondendo depressa evidências de sua prática de magia.

— Certo, talvez não. E aquele garoto bonito em quem você deu uma cotovelada na cara na quarta?

Agora, a única coisa que queimava eram suas orelhas. Big James tinha mesmo que ter enviado o incensório com ele?

Khep coçou a cabeça e deu de ombros.

— Tudo bem, nenhum dos dois. E aquela gárgula que você pensou que fosse um cabideiro? Acha que ela veio se vingar?

— Você não está ajudando — chiou JB ao se pôr em pé. Ele inspecionou a si mesmo e então foi até a porta. Seja lá quem fosse, aparentava ser alguém discreto, pois não parava de dar batidinhas leves e insistentes. JB umedeceu os lábios, abriu uma fresta de porta e espiou pela abertura. — Sim?

Era uma figura pequena, coberta com um capuz, e que lhe entregou uma folha de papel dobrada.

— Isto é para você — disse com uma voz grave.

Algo brilhou sob o capuz, e JB semicerrou os olhos.

— Diego? O que faz aqui? São quatro da manhã!

O capuz caiu e um garoto baixinho de pele marrom-clara e piercing no nariz olhou para ele com uma expressão desapontada.

— Como sabia que era eu? — perguntou. JB tocou no nariz e o garoto revirou os olhos. — Traído pelo piercing, a história de Diego Sakay.

Apesar do gracejo, o garoto baixinho mudava o peso do corpo de um pé para o outro sem parar, com os olhos atentos ao final do corredor, onde ficava a saída dos dormitórios. Ele estava com pressa?

— Está tudo bem? — perguntou JB. — Achei que você estivesse vendo a escola partir.

Ele conhecera Diego dias antes, quando estava com dificuldade para encontrar o dormitório. As piadas e o jeito engraçado de Diego foram as primeiras coisas que fizeram JB sentir que ter vindo para a

Galileu fora a decisão certa. Mais cedo, ele havia passado ali para ver se JB queria sair de fininho com ele para ver a partida da Academia, que deixaria Estocolmo e seguiria para a sua próxima parada. Mas uma gárgula mensageira havia acabado de entregar uma caixinha contendo varetas de incenso vermelho, com uma mensagem curta e grossa de Big James.

Para quando você perceber que eu tenho razão e estiver pronto para voltar para casa.

Ele dispensara o convite de Diego ("Nós que somos altos precisamos dormir mais", dissera brincando) e fechara a porta, desabando de frustração antes de retomar sua prática.

Agora Diego balançava a cabeça.

— Quê? Ah, sim. Bem, não exatamente. Preciso da sua ajuda. Tenho, tipo, cinco minutos, mas você pode pegar isto e ver o que diz aí? Tenho que ir. — Ele enfiou o bilhete na mão de JB, que ergueu a sobrancelha ao desdobrá-lo. O papel era grosso e caro, do tipo que Big James usava para mandar mensagens que queimavam sozinhas para clientes importantes de todo o país. Mas, ao abrir o bilhete, a única coisa que JB viu foi um curioso desenho de espirais em tinta preta esmaecida.

— É incrível — disse JB. Ele nunca tinha visto um feitiço como aquele. — Como fez isso?

— Não fiz. Dropwort... quer dizer, não importa. Consegue ler o que diz aí?

JB tirou os olhos do papel. Dropwort? Aquele intolerante? Ele havia encontrado o professor esnobe uma vez e já fora o suficiente. Dropwort olhara com ar de superioridade para JB, dera uma fungada, puxara um lenço do robe, cobrira o nariz e se afastara, resmungando algo sobre "fumaça de segunda mão". Um babaca. Eram pessoas como ele que provavam que Big James tinha razão e que fazia com que Magos de fumaça do mundo inteiro mantivessem seus talentos escondidos e se isolassem nos próprios territórios.

JB era o primeiro de sua família a sair de sua vila para estudar magia. Pessoas como Dropwort queriam que ele fosse o último. Se aquele bilhete era dele, talvez fosse melhor se afastar.

— Não é assunto para a administração da escola? Entregue isto a um professor ou algo assim. — JB estendeu o bilhete, mas Diego balançava a cabeça, furioso.

— De jeito nenhum. Se me pegam com isso, estou ferrado. Já fui interrogado hoje cedo.

JB se surpreendeu.

— Interrogado? Por quê?

— Não sei. Algo sério. — Diego hesitou, como se quisesse dizer algo. — Todos estavam nervosos. Tudo que sei é que tem a ver com Dropwort, e eu encontrei este bilhete protegido por um feitiço Segurança no hall dos elevadores...

— Feitiço Segurança?

— ... e se tiver algo a ver com meu galo, vai ter guerra...

— De onde veio esse galo?

— ... então, se você pudesse fazer isso por mim, seria ótimo.

Algo farfalhou no corredor e Diego se sobressaltou. Quando nada saiu da escuridão, ele se virou para JB e começou a se afastar.

— E então? Consegue usar sua magia? Descobrir o que é isso? Queimar a mensagem, como fez antes?

Diego era o único aluno que sabia dos poderes de JB, e só porque JB precisara de ajuda para encontrar um extintor de incêndio uns dias antes, pois se esquecera de seu apagador de chamas no momento de pânico. Sinceramente, qualquer um teria tido a mesma atitude se tivesse botado fogo na própria maçaneta. Na maçaneta! Depois disso, eles haviam se enfiado no quarto de Diego, onde JB, desesperado para impressionar alguém após seus embaraçosos três encontros anteriores com vida inteligente (excluindo a si mesmo, é claro), mostrou como sabia ler uma de suas varetas de incenso apenas acendendo-a e decifrando a fumaça. Ele até mostrou a Diego como podia fazer a fumaça sussurrar sua mensagem ou se transformar em palavras táteis, pelas quais ele passava os dedos para entender seu significado. Ele provavelmente *não deveria* passar suas próximas horas decifrando alegremente mensagens que poderiam fazê-lo ser suspenso por uma década, mas Diego estava muito agitado. Aquilo fazia JB se sentir parte de uma escola exclusiva.

Além do mais, de que adiantava a magia se não fosse acessível a todos?

Mas aquela mensagem cifrada tinha algo diferente. Algo perigoso. JB sentia isso pelo peso do papel, pela espiral de tinta traçada com floreios impressionantes. Era algo oficial com "O" maiúsculo.

— Err... — disse JB. Diego estava quase ofegante, todo tenso e agitado. Aquilo realmente o estava estressando. JB olhou para o bilhete, depois para os dois lados do corredor. Talvez um pouco de magia não fizesse mal a ninguém. Além do mais, Diego era o único amigo que JB fizera até então. Ele queria mesmo estragar aquela amizade, principalmente agora que o garoto baixinho parecia precisar de ajuda?

— Tudo bem — suspirou JB. — Farei isso.

— Ótimo! Pode ser realmente importante, do tipo que é importante demais para ser entregue às autoridades escolares. Jamais seriam sinceros quanto ao conteúdo do bilhete. Você é o único que consegue ler isso. Quando conseguir, me avise, tá? Valeu! — Diego saiu correndo.

E, de repente, JB se viu sozinho.

Bem, quase sozinho.

Khep falou antes que JB tivesse tempo de se virar.

— Manda ver — ele sussurrou, animado. — Acenda. Vamos ver que tipo de fofoca temos aqui. Ah, o braseiro lá do complexo vai arder de raiva quando souber disso. Aquele pedaço de cobre metido a besta se acha melhor do que eu só porque já queimou umas mensagens para o prefeito. Ele vai queimar de inveja. Vamos lá.

— Tem certeza? — JB revirou o bilhete em suas mãos. Será que ele *conseguiria* fazer aquilo? Diego ficaria impressionado. Assim como Ivy, a garota bonita em quem ele tropeçara ao tentar se apoiar displicentemente na parede durante o tour de orientação. E, pelo menos, JB ficaria impressionado consigo mesmo se conseguisse fazer aquilo.

E então ele começou o ritual...

Tipo de incenso: Pó
Aromas associados: Vento tempestuoso,
enseadas, gengibre
Traços: Paciente, teimoso

Observações: Poderosos Magos de fumaça capazes de manter níveis elevados de magia, embora a diversidade de feitiços permaneça baixa

— Excerto de *Compêndio de Bruxaria de Esther Brig*

4h55 [PRESENTE]

JB enxugou o suor da testa e se recostou, frustrado.

— Não consigo fazer isso — resmungou. O bilhete à sua frente aparentava ser indecifrável.

— O quê? Claro que consegue. Sei disso. — Khep parecia exausto, como só uma imagem entalhada em madeira que consiste em apenas um torso *poderia* parecer. Ele puxou uma camiseta da escrivaninha e se enrolou nela. — Vou só me proteger um pouco mais.

— Não, não posso continuar — disse JB.

Khep deu um tapa no pó contido em seu bojo.

— Não me venha com essa, garoto. Um minuto atrás você estava me implorando para ensiná-lo e agora não consegue...

— Nunca queimei algo assim! — gritou JB. Ele se levantou e começou a andar pelo quarto, suas pernas compridas e magras aparecendo por baixo de seu avental curto demais, mudando de direção a cada dois passos. Ele abria e fechava as mãos, erguia-as no ar e depois as deixava cair ao lado do corpo. — É por isso que Big James queria que eu ficasse em casa. Porque não consigo focar. Não me lembro de tudo que deveria saber. É primeiro isso, depois aquilo, uma confusão de gritos e instruções quando começo a invocar a fumaça.

Era o fim. *Para quando você estiver pronto para voltar para casa,* dissera seu avô, e ele estava certo. JB não pertencia àquele lugar. Até mesmo Dropwort, que nem o conhecia, deixara isso claro. Durante uma semana, JB não fizera outra coisa além de passar vergonha. Diego fora o único com quem fizera amizade, e JB não conseguia nem ajudá-lo quando ele precisava de um favor.

Ele bufou com sarcasmo. Era como se o bilhete estivesse protegido pelo feitiço Impenetrabilidade de GiGi. Quem o escreveu não queria que queimasse. Na verdade...

JB estreitou os olhos. Pegou o bilhete amassado caído no tapete. Passou o dedo indicador pela espiral de tinta.

— E se eu estiver fazendo isso errado? — JB perguntou a si mesmo.

Khep grunhiu sob a camiseta.

— E agora ele está dizendo coisas sem sentido. Ancestrais, *socorro*! O que foi que eu fiz para merecer isso?

— Estou falando sério! E se eu estiver usando uma magia genérica demais? — JB se levantou e recomeçou a andar. Ele examinava o tapete enquanto fazia isso. Examinava as cortinas. Esses dois itens supostamente deveriam resistir a tudo, exceto magia de alto nível. Então, se ele...

O incensório espiou por debaixo da camiseta.

— Estou ouvindo.

Mas JB estava concentrado. Determinado. Ergueu o bilhete até a altura do seu rosto e o cheirou, enchendo os pulmões de oxigênio, o suficiente para ele e as brasas que havia dentro dele, porque tanto ele quanto elas precisavam respirar, crescer e queimar: ele, seu conhecimento; e elas, seu combustível, ambos tentando impedir que suas fagulhas se extinguissem.

Ele *estava* fazendo aquilo errado. JB começou a correr o dedo devagar pelo desenho (não eram traços aleatórios de tinta, mas um símbolo! Havia uma intenção mágica ali!) que girava no papel de alta gramatura.

A tinta não tinha sido incluída *especificamente* no encanto que protegia o bilhete. De fato, um descuido.

Devagar, colunas de fumaça rosa encheram o ar, e JB ouviu a mensagem.

Dropwort...

Foco, pensou JB.

Dropwort... encontro... esta noite...

Foco!

Dropwort...

O encontro está marcado para esta noite, como discutimos. Você tem até a meia-noite para entregar as mercadorias. Se mandá-las via portador, marque-as com um símbolo de unicórnio para que saibamos que são aquelas que esperamos. De qualquer maneira, venha sozinho. E, se algo der errado, lembre-se: a profecia diz que qualquer um que tocar nesse artefato encontrará seu fim nas mãos do Escolhido. A coisa toda vai arder em chamas.

JB desmoronou, o bilhete caiu de seus dedos, que ainda soltavam fumaça. Khep espiava no banquinho, abrindo e fechando a boca repetidamente. *Interessante*, pensou JB, enquanto seus olhos embaçavam e retomavam o foco. *O incensório finalmente ficou sem palavras.*

Havia cinzas quentes espalhadas em seus lábios, que deslizaram para dentro de sua boca, trazendo-lhe um gosto quente de racismo. JB sentiu ânsia de vômito e limpou a boca com a manga da camiseta. De repente, o ar estalou à sua volta, e o som preencheu o vazio.

Vai arder em chamas.

O bilhete era um aviso, entre outras coisas. Um aviso *para* Dropwort. Alguém poderoso o ameaçava caso ele estragasse algo e dizia que as coisas iam arder em chamas se alguém tocasse no artefato. Aquilo não podia afetar JB... ou podia? Não. Claro que não. Afinal, um bilhete não poderia prever suas ações naquela noite... certo?

— Brig! Levante-se antes que incendeie este lugar! — gritou Khep, batendo as mãos em seu bojo repetidamente. — Levante, levante, levante!

Exausto devido ao esforço, JB apoiou-se nos joelhos, olhou à sua volta e então gelou. Havia fumaça por todo o quarto! Ele pegou o apagador de chamas em sua escrivaninha e começou a movê-lo depressa para a frente e para trás, sugando os fragmentos da mensagem destinada a Dropwort antes que ele próprio sufocasse. Em meio à afobação, bateu o braço na dobradiça da porta e soltou um gemido de dor.

— Por que está sorrindo, saco de areia? — gritou Khep. — Você quase morreu!

Ele *estava* sorrindo de orelha a orelha, não estava? E por que não? Afinal, tinha conseguido decifrar o bilhete, uma mensagem mágica altamente codificada! Conseguira compreender a fumaça sem entrar em combustão! JB riu. Ele sabia mesmo como usar sua magia!

Passou o apagador de chamas mais uma vez pelo quarto, mas um pouco de fumaça escapava pela ventilação. JB deu de ombros. Talvez pensassem que alguém tinha colocado papel-alumínio no micro-ondas de novo.

Uma batida na porta.

JB ergueu os olhos. Diego outra vez? Bem, pelo menos poderia lhe dar a boa notícia. Ele olhou para Khep, que se escondeu sob a camiseta. Covarde. JB jogou o apagador de chamas de volta na sacola de lona e estremeceu, já que um pouco de fumaça escapava por baixo da porta. Enquanto isso, a mensagem ainda ecoava em seus ouvidos.

Dropwort...

A batida ficou mais forte. JB limpou as mãos e atravessou o quarto.

— Ei, cara, eu estava... — ele disse, abrindo a porta, e então parou confuso. Não era Diego.

Uma garota baixinha (embora todos lhe parecessem baixinhos ultimamente, pois era muito alto) com sardas, pele negra e óculos sorria para ele.

— Oi, JB!

— I-Ivy — gaguejou JB. — O que você... por que você... como vai? Quer dizer, o que posso...

— Pare de falar — sussurrou uma voz dentro do quarto.

JB calou a boca e ergueu as sobrancelhas, esperando que aquilo fosse suficiente para indicar que era uma pergunta.

Os olhos de Ivy brilharam quando ela lhe entregou um bilhete hexagonal com a palavra "DETENÇÃO" escrita em letras maiúsculas vermelhas no topo.

— Desculpa — disse Ivy —, mas a escola detectou atividade mágica perigosa no seu quarto. — JB franziu a testa. Como diabos eles já sabiam disso? Mas Ivy continuou: — Então, a gente se vê na detenção. Beckley estará à nossa espera.

— "Nossa"? — disse JB, pegando o bilhete.

Ivy sorriu e deu de ombros. Uau, como era bonita!

— Sou a assistente do dia de Beckley. Então... nos vemos às dezesseis horas?

— Claro — respondeu JB enquanto a via se afastar pelo corredor. Ele fechou a porta, tirou a camiseta de cima do resmungão Khep e lhe entregou o bilhete ("É um aviso de detenção, não uma carta de amor", resmungou o incensório), correndo em seguida para sua escrivaninha.

Era hora.

Ele pegou a vareta de incenso vermelho que seu avô lhe dera, aquela que seria usada como resposta, a única magia que *aparentemente* não seria motivo para outra detenção, e pensou nas palavras que queria dizer. Ele esperava que Big James compreendesse.

Do contrário...

JB balançou a cabeça, focou, acendeu a vareta e a agitou para apagar a chama e deixar apenas uma fagulha vermelha em sua ponta. A fumaça surgiu, ondulando, curvando-se e dividindo-se, até que a imagem de um rosto severo apareceu. Dois olhos se abriram e então se estreitaram.

Big James olhava feio para ele.

— Sim? — disse a imagem feita de fumaça com a voz de Big James. — Ah, é você. Já era hora. Pronto para vir para casa?

JB se inclinou para a frente.

— Um ano — disse com firmeza. — Vejo você daqui a um ano.

Big James arregalou os olhos; depois fez cara feia. Ele olhava além de JB, para onde Khep estava, com a camiseta jogada ao seu lado, mas o incensório não disse nada. Apenas cruzou os braços e ergueu a sobrancelha. O patriarca Brig examinou o quarto. As marcas de queimado. Os chamuscados. O bilhete de Dropwort, um desenho cinza esfarelado onde antes havia tinta. O aviso de detenção que JB não se preocupou em esconder. Então os olhos do avô se voltaram para JB e... aquilo era um sinal de aprovação?

— Um ano? — ele disse por fim.

— Um ano. — JB assentiu.

Mais um instante de silêncio e então:

— Um ano. E chega.

JB sorriu, mas gelou quando seu avô continuou.

— E... JB?

— Sim?

Big James assentiu.

— Mandarei entregar seu guarda-roupa na próxima parada da escola.

A fumaça começou a se dissipar quando a mensagem terminou, e JB esticou a mão para pegar seu apagador de chamas. Mas, pouco antes de a mensagem desaparecer completamente, um último comentário encheu o peito de JB de orgulho e determinação, duas coisas que ele nunca se dera conta, até então, de que queria e precisava.

— Mostre a eles do que um Brig é capaz.

PROVA T8
CASO: 20-06-DROS-STK

Tipo:
[X] Comunicado
[ ] Áudio
[ ] Resíduo de feitiço
[ ] Foto ou outra reconstrução visual
[ ] Objeto
[ ] Formulário ou registro
[ ] Outro: _____

Fonte: Registros telefônicos, diversos
Partes Relevantes: Alunos, vários (vide lista em anexo)
Descrição: Mensagens de texto trocadas por alunos em diversas conversas após a dispersão e a circulação de feitiço Decifrar não autorizado

CONVERSA DO GRUPO DO 4º ANDAR DA ALA NORTE DA TORRE ARCANOS:

Katie: oi, Claire :) pode baixar o volume um pouco? Me acordou

Claire: quê?

Katie: o filme a que você está assistindo, ouvi algo sobre uma profecia e Escolhidos e fim, mas estava TÃO ALTO, Claire, que parecia que estava direto no meu ouvido

Claire: humm

Katie: e sei que você não fez por mal, mas é falta de consideração

Katie: além disso, é proibido fumar nos dormitórios, eu não ligo se você fuma, mas não pode fazer isso no seu quarto

Claire: ??? NÃO ESTOU ASSISTINDO A NADA. Acabei de acordar!!!

Hinako: Espera aí, eu também ouvi umas coisas, mas só entendi "Dropwort" e "unicórnio" e "encontrará seu fim"

Claire: ECA! Dropwort?? POR QUÊ?

Niké: Ótimo, não fui só eu! Ouvi algo sobre um artefato, e o Escolhido e uma profecia, e também senti cheiro de fumaça, Katie

Greta: Acho que vi fumaça saindo da ventilação e depois ouvi algo sobre portador e unicórnio, e então "fim nas mãos do Escolhido" superclaro.

Katie: :(vocês estavam vendo filme sem mim de novo

Claire: pelamordedeus, Katie

Hinako: Não, todas nós ouvimos uma voz dizendo coisas aleatórias, e acho que algumas de nós ouviram partes da mesma coisa

Claire: MEU DEUS!

Claire: SAGA ACABOU DE ME CONTAR QUE ENCONTROU WREN DESMAIADE NO HALL DE ELEVADORES E TROUXE ELU DE VOLTA PARA O QUARTO

Niké: ah, não, elu está bem???

Claire: SIM. ACABOU DE ACORDAR, MAS O IMPORTANTE É QUE

Claire: WREN DISSE QUE DROPWORT ESTÁ MORTO

CONVERSA DA ASSOCIAÇÃO DE ALUNOS DA GALILEU:

Hinako, tesoureira: Ei, sei que é muito cedo, mas acho que vocês precisam saber que está rolando um boato de que o Professor Dropwort está morto

Hinako, tesoureira: @Lupita @Mortimer Se isso for verdade, temos que estar prontos para oferecer aconselhamento de luto para os alunos, certo?

Mortimer, presidente: Isso é ridículo.

Mortimer, presidente: Deve ser só uma brinca-deira. Tenho certeza de que é coisa de

Mortimer, presidente: esperem, Birdie está me ligando

Alessio, secretário: MEU DEUS, DROPWORT MORREU

Alessio, secretário: não sabia que dava para morrer de babaquice

Hinako, tesoureira: Bem, por enquanto é só um rumor

Alessio, secretário: que nada! ouvi de alguém que ouviu das vice-diretoras

Alessio, secretário: DESCANSE NO INFERNO, VELHO

Mortimer, presidente: Um grande homem morreu. Alessio, se não pode ser respeitoso, vou te tirar do cargo de secretário. Entendido?

Alessio, secretário: mano

Hinako, tesoureira: Então é verdade?

Mortimer, presidente: Birdie confirmou o fale-cimento do professor.

Mortimer, presidente: Ele fez de TUDO por esta escola e pelos alunos. Ele foi meu mentor e dos meus irmãos e nunca pediu nada em troca. O MÍNIMO que podemos fazer é honrar sua memória.

Alessio, secretário: Ele se recusou a ler as inscrições de assistentes do sexo feminino porque disse que elas eram emotivas demais

Alessio, secretário *foi removido da conversa.*

Hinako, tesoureira: Mortimer, não pode fazer isso sem a aprovação da Lupita, ela é vice-presidente do corpo estudantil

Hinako, tesoureira *foi removida da conversa.*

CONVERSA DO GRUPO DA AGPE LIVRE DE MORTIMER:

Alessio: caramba

Alessio: o poder subiu à cabeça do Mortimer

Hinako: Ele foi assistente do Dropwort no ano passado, então...

Hinako: Enfim, desculpa, Lupita. Quando acordar, você terá que nos colocar de novo naquele grupo

Alessio: que se dane, ele ficou furioso porque Dropwort não vai poder escrever uma carta de recomendação para ele

Alessio: [meme DROPWORT JÁ ERA]

Hinako: antes de ser expulsa da conversa, eu ia perguntar se alguém sabia como ele morreu

Alessio: com minhas mãos no pescoço dele

Hinako: Nem brinque com isso

Alessio: certo, para o oficial do DCCAMN que está lendo minhas mensagens agora, não fiz nada, não

Hinako: Espera aí, então ele foi assassinado mesmo?

Alessio: é

Alessio: você não soube disso por mim

Hinako: ENTÃO PODE TER UM ASSASSINO NA ESCOLA?? NESTE EXATO MOMENTO???

Alessio: provavelmente não na escola. o cara foi sinistro, já deve ter saído

Hinako: meu deus, espera. será que a mensagem de fumaça teve alguma coisa a ver com isso?

Alessio: você também ouviu?

Hinako: toda a minha ala ouviu, cada uma entendeu partes diferentes

Hinako: mas falava de Dropwort e dizia algo sobre a entrega de um artefato ou que um Escolhido teria seu fim

Hinako: e agora Dropwort está morto

Alessio: então... quem é esse "Escolhido"??

Hinako: e que coisa é essa que vale tanto a ponto de matar alguém por ela?

5H: TAYA WINTER, 16, ESPADAS E VARINHAS

DE DARCIE LITTLE BADGER

Em um dia típico, a voz fantasma teria acordado Taya antes que o despertador tocasse. Como filha de fazendeiros, obviamente ela fora criada para ser uma pessoa matutina, mas Taya não tinha o hábito de acordar antes do alvorecer. No entanto, ela havia virado a noite bebendo refrigerante e revisando fórmulas, afundando o corpo na dobra de um pufe vermelho encardido. Haveria um exame de cálculo mais tarde naquele dia e, para tristeza de muitos, os alunos de magia ainda tinham que estudar Matemática. Com um grunhido de exaustão, ela terminou a última questão e fechou seu Tomo Mímico pessoal, que gentilmente estava imitando um livro de cálculo de quatrocentas páginas.

— Eu gostaria de ter uma memória como a sua — disse Taya. Supostamente, Tomos Mímicos podiam guardar um número infinito de páginas, embora essa hipótese nunca tivesse sido testada.

Depois de um longo bocejo, Taya olhou para sua cama. Ela poderia tentar tirar um cochilo antes do treino de basquete, mas seu cérebro zunia de tantas equações e seria difícil dormir.

— Coloquei quadrinhos em você? — perguntou ela ao Tomo Mímico e, em resposta, a capa cinza e sem graça do objeto se transformou em uma imagem em cores néon de três adolescentes andando de skate sobre um disco voador. — *Skatistas vs. Aliens*? Eu nem lembrava que tinha esse! Valeu...

Então, uma voz fantasmagórica sibilou: "Dropwort... meia-noite... entregar as mercadorias... lembre-se... profecia... qualquer um que tocar... artefato... do Escolhido".

— Aaaaaai! — Num salto, Taya girou trezentos e sessenta graus, buscando a origem da voz. Embora o quarto cheirasse levemente a fumaça, não havia outros sinais de um invasor no dormitório de dezoito metros quadrados. — Quem está aí? — perguntou ela, pousando uma mão sobre seu coração acelerado. — Olá?

Suas perguntas tiveram como resposta o silêncio. Ela farejou o ar, decepcionada ao perceber que a fumaça havia sumido completamente. Parecia que não haveria respostas.

A menos que ela mesma as conseguisse.

Em primeiro lugar, o que diabos tinha sido aquilo? Uma brincadeira usando magia? Isso não era raro na escola; no mês anterior, um engraçadinho encantara os espelhos do banheiro do térreo da Torre Espadas para que mostrasse imagens de monstros em vez de reflexos. (Foi bem divertido, pelo menos até alguém — não Taya, para ser sincera — gritar feito uma banshee e socar o espelho.) Mas a mensagem fantasmagórica tinha sido ameaçadora demais para ser uma pegadinha. Além disso, o alvo era claramente o velho professor sem senso de humor, Dropwort.

Na verdade, Taya mal conhecia o ilustre professor de História das Civilizações Antigas, mas sabia da reputação dele. Durante seu primeiro ano na escola, onze alunos diferentes (e um diabrete fofoqueiro) a tinham abordado com avisos sobre o homem, fazendo com que Taya evitasse as aulas de Dropwort como se ele tivesse uma doença contagiosa. O diabrete ainda brincara que a planta mortal, conhecida como "cicuta dropwort", ganhara esse nome por causa da personalidade venenosa dele. Considerando que havia uma ativa rede de fofocas dedicada a proteger os calouros de Dropwort, Taya se perguntava por que ele ainda não tinha sido demitido. O sujeito devia estar chantageando alguém, certo?

Enfim, a mensagem parecia legítima. E, o mais importante, familiar. Ela já tinha ouvido aquelas palavras antes...

— Não pode ser — disse Taya, desabando de volta no pufe e pegando o Tomo Mímico. — Mostre as profecias da anciã. — Arregalando os olhos de expectativa, ela observou o tomo virar um retângulo de papel branco com um título escrito à mão: *Sonhos para Taya*.

Enquanto virava as páginas cheias daquela caligrafia apertada e precisa, Taya se lembrou vividamente do dia em que a Galileu a aceitara como aluna. Quase todos de sua comunidade vibraram por ela. Todos menos seu irmão mais velho, Sam.

— Você pode ir para outro lugar — ele dissera.

— Posso, mas quero ir para a Galileu. Eles têm o melhor programa de Magia Artística.

— Quem disse? Os folhetos da escola? Não seja impulsiva.

Aquilo a magoara. Taya, apesar de ter certa tendência à impulsividade, sonhara com a Galileu durante anos, imaginando como seria o futuro entre aquelas salas de aula.

— Não pode apenas dizer "Parabéns", feito uma pessoa simpática, Sam? — ela perguntara.

— Parabéns, Taya! — ele respondera em tom de zombaria. — Quer uma estrelinha dourada também?

Taya não lembrava se tinha mostrado o dedo do meio para ele ou não, mas se lembrava de tê-lo acusado de estar com inveja e de ter saído bufando rumo à plantação de alfarroba de sua família. Ela pretendia ficar sozinha, já que o trabalho na fazenda geralmente terminava ao meio-dia. Entretanto, uma figura de cabelos prateados envolta num xale estava parada entre as fileiras de árvores. Taya reconheceu imediatamente a imagem enrugada da Conselheira Maria Gessup, autoridade em políticas de magia da tribo.

— Conselheira! Ouviu aquilo? — perguntou Taya, apontando para a casa onde ela e Sam haviam brigado.

— Foi difícil não ouvir. Você e seu irmão têm vozes de trovão.

A garota corou.

— Desculpa. Tudo vira discussão com ele ultimamente.

— Mm-hmm. Mas tem certeza de que ele está com inveja? — perguntou a anciã. — Ele está sempre se gabando da sua irmãzinha mágica.

— O q... Sério?

— Mm-hmm. — Ela fechou os olhos. — Taya, já te contei sobre a minha irmã?

Taya se perguntou aonde a conselheira queria chegar com aquilo.

— Err... não. Nunca.

— Nós éramos inseparáveis. Até que ela conheceu um rapaz, um médico Neutro, e anunciou que planejava se casar com ele e mudar para a Irlanda. Minha irmã colocaria um oceano inteiro de distância entre nós! E por quê? Amor? O noivo dela era um homem irritante! Ele mastigava de boca aberta. Falava alto demais. Ria das próprias piadas. Eu só notava defeitos, defeitos, defeitos. Só mais tarde percebi... eu estava sendo injusta, focando apenas nas coisas negativas para justificar meu desejo egoísta de manter minha irmã comigo em casa. E, ao agir assim, eu a afastei. Se eu pudesse mudar o passado, mudaria, Taya. Um dia, talvez Sam se sinta assim.

Por um instante, elas permaneceram num silêncio sociável e reflexivo.

— Sinto muito por sua irmã — disse Taya por fim.

— Eu também.

— Gostaria de entrar para tomar um chá?

A anciã balançou a cabeça em negativa.

— Outra hora. Tenho dentista em quinze minutos.

— Veio só para soltar uma bomba de sabedoria e partir, é?

Ela deu risada.

— Algo assim. Também trouxe um presente para você. Um livro de sonhos.

— Sonhos? Quer dizer...

Maria assentiu.

— Presságios. — A anciã era uma poderosa clarividente, com o dom de ver em seus sonhos coisas futuras e importantes. Com uma expressão solene, Maria entregou a Taya um grosso caderno de espiral com uma etiqueta em que se lia *Sonhos para Taya*.

— São sobre mim? — a garota perguntou, virando páginas e páginas de profecias manuscritas. — Todos eles? Uau! É muita coisa.

— Não há certezas na minha arte — explicou Maria. — Não há futuro que não possa ser mudado. Sacrificamos a certeza em nome da especificidade. Profecias vagas são prováveis, mas inúteis em sua maioria. Profecias específicas são fáceis de reconhecer, mas improváveis de acontecer. — Ela fez uma pausa, esperando que Taya se aproximasse.

Quando as duas estavam à sombra da mesma alfarrobeira, Maria continuou: — Sinto que há uma jornada de heroína em seu futuro, um caminho de uma vida toda que leva a milhares de aventuras.

— Serei uma heroína? — Os heróis de antigamente eram conhecidos por fazer amizade com aranhas e lutar com monstros, entre outras coisas. Taya se empertigou. Se aquele era seu futuro, ela estava pronta.

— É possível.

— Quando minha jornada começa? E como?

— Você está fazendo perguntas muito específicas. — Maria deu um tapinha encorajador no caderno. — Eu sonhei futuros para você e os registrei aqui. Conheça todas as minhas profecias, mas não se esqueça: só uma delas acontecerá. Você não pode dar o primeiro passo duas vezes.

— E se eu perder minha chance? — perguntou Taya. — Ou, se estragar tudo, ainda poderei ser uma heroína de mil aventuras?

— Claro que sim. — Maria sorriu e deu de ombros. — Mas isso não seria muito provável.

No caderno havia exatamente trezentos e setenta e uma profecias diferentes, nenhuma delas com mais de um parágrafo. Algumas eram escritas como fluxos de consciência em forma de poesia, outras como as mais enigmáticas das charadas, e havia uma profecia composta de apenas duas palavras: "mochila rosa".

Todos os meses, Taya lia o caderno para refrescar sua memória, e ela jurava que, por volta da página sessenta, havia algo sobre artefatos e Escolhidos que encontram seu fim.

E lá estava! Na página cinquenta e sete, Maria escrevera:

No dia em que você tiver recebido
um aviso levado pelo hálito do fogo,
uma mensagem destinada aos ouvidos do Morto,
identifique o artefato
e divida a descoberta deste fato
para que o fim não chegue ao Escolhido.

Hálito do fogo. Aquilo significava fumaça! E o morto? Dropwort, é claro! Afinal, a venenosa cicuta dropwort também é conhecida como "dedos do morto". Mas ela não tinha certeza sobre a última linha. Quem era o Escolhido? *Ela*? Outra pessoa? De todo modo, o fim não era algo bom, e agora Taya sabia como começar a tal "jornada da heroína" que Maria profetizara.

Era fácil. Ela só precisava identificar um artefato.

Fechando o Tomo Mímico, Taya correu para sua mesa de costura, do outro lado do dormitório. Em sua empolgação, tropeçou num cesto de roupas. Meias sujas, sutiãs esportivos, camisetas e calças de corrida se espalharam pelo chão, contaminando pilhas de roupas limpas que ela pretendia dobrar e guardar depois, ainda naquela semana. Alguns alunos usavam magia em seus afazeres, mas os feitiços de Taya eram tão demorados que não valia a pena usá-los para realizar tarefas do dia a dia. Felizmente, a peça de roupa que ela procurava não estava no chão. Sua jaqueta jeans estava pendurada num cabide na parede. Coberta de bordados, a jaqueta parecia um quebra-cabeça de tecido.

Taya esticou a frente da jaqueta sobre a mesa de costura. Seus mais poderosos feitiços de bordado — os desenhos maiores e mais intrincados — estavam na parte traseira da peça, onde havia bastante espaço. Por outro lado, ela colocava feitiços casuais em áreas de acesso mais fácil. Por exemplo, um par de tênis alados de cinco centímetros estava bordado na parte inferior da manga direita. Taya ativava aquele bordado quando precisava de mais velocidade. A julgar pelo estado puído do desenho, ele poderia ser usado só mais algumas vezes antes que as linhas se soltassem e toda a sua magia escapasse, acabando com horas de trabalho delicado. Mas tudo bem, ela poderia fazer outro bordado depois. Além do mais, Taya não buscava velocidade no momento, embora ela talvez tivesse que disparar pelos corredores. Supondo que o prazo final da meia-noite mencionado na mensagem de fumaça se referisse à noite seguinte, ela tinha pouquíssimo tempo para encontrar e identificar o artefato. Aproximadamente dezoito horas e meia. Ela poderia faltar ao treino de basquete das seis da manhã, já que o treinador era geralmente compreensivo em casos que tinham como atenuante a realização de uma profecia.

Qual feitiço de bordado ela poderia usar para encontrar um item desconhecido? Seu olhar vagou até as sete bombinhas em formato de cereja bordadas em sua jaqueta. Explosões eram legais em disputas de treino de magia, mas, para essa missão, ela precisaria de algo mais discreto. Reparou no bordado de megafone, que amplificava sua voz até o nível de "vocalista de banda de death metal num show". Não. Ela não tinha nenhum feitiço mais sutil? Havia uma porta e olhos de coruja, os quais seriam bem úteis mais tarde. O primeiro lhe permitia atravessar paredes, e o segundo lhe dava a capacidade de enxergar com baixa luminosidade. Mas Taya estava sem sorte. Nem o tornado do lado direito da jaqueta, nem a espada em chamas do lado esquerdo eram apropriados para sua missão atual. Nem mesmo sua obra-prima, uma leoa de olhos verdes rugindo nas costas da jaqueta, parecia remotamente útil, embora seu espírito animal pudesse ajudar se o artefato estivesse escondido em um telhado ou no bestiário.

Enquanto pensava, ela acariciava a cabeça da leoa, passando os dedos por milhares de pontos que lembravam pelos. Era reconfortante o formigamento que a estática das fibras poderosas lhe causavam.

O Professor Anand, mestre em Magia Têxtil (e em moda), talvez estivesse certo quando lhe dissera: *Taya, seu arsenal de feitiços está desequilibrado*. Em outras palavras, aquilo era um ataque ao bom gosto. Não havia espaço naquela jaqueta para um feitiço Cura ou Escudo? O fato é que Taya era excelente em ataques. Por isso ela era armadora do time de basquete.

Por enquanto, teria que improvisar.

Com um grunhido de irritação, Taya abriu a gaveta de sua mesa de costura. Pegou uma agulha e um carretel de linha marrom. Enquanto passava a linha pelo buraco da agulha, ela imaginou um galho em formato de Y. O novo bordado representaria uma forquilha divinatória. Tradicionalmente, essas forquilhas eram usadas para encontrar água ou minerais debaixo da terra mas, no século XXI, com essa ferramenta elegantemente simples, adivinhos habilidosos conseguiam encontrar de tudo, desde animais perdidos até ladrões de banco. Embora Taya não fosse muito boa em adivinhação, esperava que o símbolo fosse adequado para que seu feitiço localizasse o artefato. Ela aprendera aquele truque com o Professor Anand. A magia, assim como a arte, podia ser interpretativa, poética e metafórica. É por isso que — na opinião totalmente imparcial de Taya — os Magos mais poderosos da Galileu eram professores e alunos de Artes e Humanidades. Se soubesse disso antes, Taya teria escolhido a Casa Varinhas em vez da Espadas como torre de residência. Infelizmente, sua dupla especialização não dava direito a quartos em dois dormitórios.

— Forquilha divinatória, encontre o que desejo — murmurou ela.

Não havia tempo para um bordado decente; os pontos foram costurados diretamente na jaqueta. Com o primeiro puxão na agulha e na linha, Taya uniu seu desejo ao ritmo de costura. Linha para cima, linha para baixo; agulha entrando, agulha saindo. O ritmo tomou conta do seu coração, acelerando seus batimentos. Seus cabelos — presos num coque negro e displicente — estalavam com a estática, e mechas soltas se agitavam no ar.

Cem pontos depois, ela cortou a linha e examinou o bordado em formato de Y na manga de sua jaqueta. Os feitiços de bordado mais eficazes exigiam horas de trabalho. A forquilha divinatória ficara pronta em sete minutos. Havia grandes chances de falhar ou nem funcionar, mas pelo menos um galho defeituoso não poderia causar muito estrago. Por outro lado, Taya jamais tentaria bordar com pressa uma bombinha em formato de cereja.

É hora de ir, ela decidiu, tomando um gole rápido do refrigerante de morango. Embora a lata estivesse aberta havia horas, a bebida continuava efervescente. (Escolas de magia têm os melhores lanchinhos.) Assim, ela vestiu a jaqueta e ergueu sua gola. Normalmente, esse gesto fazia Taya se sentir poderosa, mas seu fator de deslumbre perdeu força por causa do resto do traje: pijama de algodão com estampa de unicórnios. Não dava tempo de trocar. Pelo menos o pijama era confortável. Além disso, combinava com os tênis da cor do arco-íris que ela usava.

Concentrando-se, ela tocou em seu novo feitiço. Ele estalou e Taya sentiu um leve puxão, como se uma criancinha invisível tivesse agarrado sua manga e a puxasse gentilmente para a frente. A forquilha divinatória a fez sair do quarto e atravessar uma área comum vazia. Seus amigos também deviam ter ficado até tarde estudando, pois deixaram canecas com manchas de café sobre a mesa e em todas as poltronas havia restos de pipoca de queijo. No hall, Taya ficou impaciente e começou a correr, mas o puxão afrouxou. Ela se resignou com um ritmo lento e constante, descendo as escadas da Torre Espadas um degrau por vez.

Ao chegar à área externa da escola, o puxão a conduziu na direção da Administração. Era ali que Dropwort trabalhava? Não. Ele tinha uma sala na Torre Moedas, que, de acordo com os rumores, era decorada com itens raros e curiosos. Supostamente, havia até um galo lá. Será que ela se lembrava direito da história? Aquilo parecia meio exagerado, mas Taya atualmente vivia em uma escola giroscópica voadora, então quem era ela para julgar?

De repente, toda a tensão em sua manga desapareceu, como se o fio intangível que a puxava para a frente tivesse arrebentado.

— Não, não, não. Vamos lá. — Taya tocou na forquilha divinatória, incitando seus fios, que agora estavam puídos devido ao esforço da magia, tentando fazê-los dar mais alguns passos. Ela esperava que o fim do puxão significasse que estava perto do artefato, e não que o feitiço estivesse falhando. — Encontre meu desejo.

— Oiiiii, Taya! Gostei do pijama. Unicórnios. Legal. E aí?

Niké Noelle, uma garota de um metro e oitenta que mascava chiclete, possuía cabelos acinzentados e vestia short de academia, saiu correndo da Torre Arcanos e, num piscar de olhos, apareceu diante de Taya. Maldita Maga saltadora de espaço-tempo! Às vezes, Taya jurava que Niké usava sua magia de teletransporte para trapacear nos jogos. Ela raramente perdia um passe. Felizmente, Niké sempre caía no time de Taya.

— Shhh. Fale baixo — sussurrou Taya — ou levaremos advertência por perturbar a paz.

— Estou indo para o ginásio. — Niké começou a circular Taya, mexendo os braços vigorosamente. Elas estavam sozinhas numa passagem com calçamento de pedras que ficava entre dois prédios da Administração, cercados por rosas cor-de-rosa. — Preciso correr um pouco antes do treino. É um motivo legítimo para estar aqui fora. Qual é o seu?

— É uma história esquisita — disse Taya, ainda tocando na forquilha divinatória, desesperada para salvar seu plano já meio falho. Você se lembra do meu caderno de profecias?

— Sim. É impressionante. — No ano anterior, Taya, Niké e outros amigos tinham se reunido para tomar café e trocar histórias de profecia. Para surpresa de ninguém, todos do grupo eram dotados de talento para grandes feitos (ou para a infâmia, em um caso).

— Ouvi uma voz fantasmagórica hoje cedo — continuou ela. — Batia com a profecia do meu caderno sobre...

— Um Escolhido?

— Sim! Fim e um Escolhido. — Ainda sem conseguir nenhum puxão em sua manga, Taya olhou para as salas da Administração. Talvez a forquilha divinatória tivesse concluído seu trabalho antes de perder força e o artefato estivesse escondido no edifício. — Resumindo — disse ela —, preciso identificar um...

— Artefato?

— Isso. Como você sabia?

Niké deu de ombros com ar inocente.

— Fiz aula de adivinhação ano passado.

— Adivinhação não é a mesma coisa que ler mentes, Niké...

— Talvez eu também tenha ouvido a voz fantasmagórica. — Bem, isso explicaria tudo. Taya ficou preocupada. Já era difícil jogar basquete contra uma teletransportadora. Uma teletransportadora telepática seria imbatível. Felizmente, Niké continuava tendo apenas um poder.

— Então você quer identificar o artefato da mensagem? — perguntou Niké e, pela primeira vez naquela manhã, ela parou. — Na mensagem... para Dropwort?

— Sim?

— Parece muito perigoso.

Taya se empertigou numa tentativa de parecer convincente ao dizer:

— Não tenho medo do Dropwort.

— Nãããão. Quer dizer então que você ainda não soube? — Niké segurou Taya pelos ombros e os apertou com firmeza. Sua voz se transformou num sussurro com cheiro de chiclete. — Dropwort está morto. Alguns acham que foi assassinado!

— Assassinado?!

Talvez tenha sido o choque de Taya que fez aquilo. Ou talvez tenha sido o toque de Niké. Em todo caso, a forquilha divinatória faiscou e voltou a puxar. Desta vez, em vez de pegar Taya educadamente pela manga, agarrou suas lapelas e a lançou no ar. Seu corpo girou, subiu e caiu, como se a gravidade ligasse e desligasse. O mundo girou num borrão caleidoscópico de formas e cores. A última vez que ela se sentira tão absurdamente desorientada foi quando pediu a Niké para teletransportá-la pela escola para que chegasse a tempo na sala de aula.

Mas por que aquilo estava acontecendo de novo? E, o mais importante, aonde ela estava indo? Felizmente, Niké não podia teletransportar algo ou alguém mais de cento e sessenta quilômetros, e sua média, em geral, era de menos de oito. Ela sempre reclamava de não poder simplesmente aparecer em Nova York ou Tóquio quando tivesse vontade. Contanto que Taya reaparecesse na escola ou perto dali, ficaria tudo...

Splash!

Um milissegundo após uma espiral de cores se fundir a pinheiros altíssimos, Taya foi largada na água gelada. Desorientada, ela começou a praguejar, ao mesmo tempo que procurava Niké, que não estava ali. O mundo virou um marrom turvo, sem indicação do que era em cima e do que era embaixo. Taya bateu as pernas freneticamente, seguindo as bolhas de ar que subiam à sua volta. Logo sua cabeça surgiu no ar gelado da manhã. Tossindo e resfolegando, Taya desobstruiu sua passagem nasal e, felizmente, ela não havia engolido muita água.

Quando recuperou o fôlego, examinou a paisagem à sua volta. Ela boiava em um lago pitoresco: uma massa de água verde-escura cercada pelos pinheiros intensamente verdes de uma magnífica floresta sueca. O céu era escuro, um azul meio prateado, aquela cor entre a escuridão da noite e o avermelhado do alvorecer. Parecia que o mundo prendia o fôlego.

— Droga! — exclamou Taya. Ela tinha sido lançada na floresta fora de Estocolmo. — Muito obrigada, Niké.

Não, ela estava sendo injusta. Aquela confusão era culpa de Taya. Ela usara um feitiço bordado, supondo que uma forquilha divinatória com defeito não pudesse causar nenhum mal, mas o feitiço provavelmente fora combinado com a magia de teletransporte de Niké e a jogara no lago mais próximo.

Todo o tempo, aquela coisa ridícula a vinha conduzindo até uma fonte de água potável.

— Certo. Aprendi a lição — grunhiu ela, nadando até a margem mais próxima. Sua jaqueta pesava, mas ela usou mais força, subitamente grata pelo mês que passara na equipe de nado sincronizado. Por fim, Taya se arrastou até a margem barrenta.

Caso ela se apressasse, conseguiria voltar para a cidade e para a escola antes da prova de cálculo. Só havia um problema: ela estava perdida numa maldita floresta.

Taya mal enxergava além dos pinheiros que margeavam o lago.

Fazendo uma careta, ela tirou seu celular do bolso. Água escorreu pelos sulcos da capa protetora e, quando removeu a proteção do aparelho e o agitou no ar, barro espirrou em seu rosto. Ela havia carregado o celular naquela manhã, mas ele não ligava. Por que não gastara mais na capa à prova d'água?

Porque preferira gastar dinheiro com refrigerantes e tênis. Não esperava ser lançada num lago. Porque sempre confiava em seus amigos, certa de que, com alguns dos jovens Magos mais talentosos do mundo ali na escola, ela conseguiria convencer alguém a consertar uma máquina quebrada num estalar de dedos. Veja só aonde essa mentalidade a levara: agora estava totalmente despreparada, usando apenas pijama, tênis e jaqueta encharcados.

Pelo menos ela vestia um arsenal de feitiços.

Considerando a notícia sobre Dropwort, Taya talvez não estivesse sozinha. A floresta era o esconderijo perfeito para um criminoso violento — vasta e cheia de bons lugares para se entocar. Ela ainda estava em choque com o fato de que um homem como Dropwort pudesse ter sido morto. Como aquilo tinha acontecido? Quando? E o que o artefato da mensagem de fumaça tinha a ver com aquilo? De acordo com os rumores, ele era mão-leve e havia confiscado permanentemente itens de alguns alunos. Talvez Dropwort tenha roubado da pessoa errada desta vez.

De uma coisa Taya sabia: ela tinha que identificar um artefato pelo qual um homem provavelmente morrera.

Ela torceu os cabelos frios e desgrenhados.

Olhou para cima, sentindo dor no pescoço por causa do esforço. Calculou a altura do pinheiro mais próximo. Dos galhos mais altos, provavelmente daria para ver a quilômetros dali. Mas Taya não era uma cria dessas florestas. Ela crescera subindo em alfarrobeiras robustas e atarracadas, com galhos retorcidos e cheios de apoios para as mãos.

Um feitiçozinho rápido poderia ajudar. Uma invocação. Era melhor do que morrer ali sem que ninguém soubesse do seu paradeiro.

Tirou a jaqueta encharcada das costas e a segurou diante do rosto, fitando diretamente os olhos verde-esmeralda da leoa. Aquele era seu maior feito na Galileu, resultado de um ano de trabalho sob a tutela do Professor Anand. Quando Taya chegara à Academia, só sabia que seus pontos podiam queimar buracos no tecido e fazer linhas chiarem feito fogos de artifício. Desde então, ela aprendera muitas coisas. Agora, conforme chamava o nome da leoa — Ketesl —, sua voz era levada até um reino de espíritos por meio de filamentos de magia tão finos quanto suas linhas, espalhando-se como ondas de rádio. No entanto, ela não podia exigir a presença da leoa. Não era assim que uma invocação funcionava. Espíritos animais escolhiam seus feiticeiros, e essa escolha podia ser revogada a qualquer momento que eles quisessem.

— Ketesl, minha amiga, por favor, venha me ajudar.

Quando Taya baixou a jaqueta, fez contato visual com duas chamas verdes que ardiam na escuridão entre as árvores. Das sombras, saiu Ketesl. Ela tinha o dobro do tamanho de uma leoa mundana, seus pelos eram brilhantes e cor de palha. A cada passo, os músculos de Ketesl geravam ondas de movimento por todo o seu corpo. Aquela cena fazia com que Taya pensasse em ventos curvando as plantas num campo dourado. Fazia sentido, já que a família dela era como o vento, que tinha a capacidade de ser gentil, veloz e furioso. Ketesl bocejou e esticou o corpo feito um gatinho, com suas pesadas patas — cada uma do tamanho de uma luva de beisebol — flexionadas contra o solo.

— Estou em apuros, perdida — disse Taya. A leoa ouviu. Havia gotas de orvalho em seus bigodes. — Eu agradeceria muito se me ajudasse. Pode subir numa árvore, encontrar uma estrada ou cidade e me apontar a direção certa? Não deve estar longe.

Ketesl lambeu os lábios.

— Sério mesmo? Não pode esperar até eu sair da floresta?

Em resposta, a leoa se virou e voltou para as sombras...

— Certo! Tudo bem! — Taya ergueu a mão esquerda e fechou os olhos. Ela não se acostumava com a ardência daquelas garras afiadas, mas todos os espíritos tinham seu preço. Pelo menos Ketesl se satisfazia com uma degustação. Rápida como uma víbora, a leoa passou a pata cortante na palma da mão de Taya e então lambeu o sangue, feliz como um gatinho de cento e oitenta quilos com sua tigela de leite fresco.

— Eu devia ter escolhido um espírito lobo — disse Taya, puxando a mão para trás. — Ele ficaria feliz com um carinho na cabeça.

Com um rugido alto de discordância, a leoa saltou na árvore mais próxima, suas patas traseiras a impulsionando três metros no ar. Garras brancas, algumas ainda com marcas do sangue de Taya, fincaram-se no tronco. Ela nem precisava de galhos. Simplesmente foi subindo na vertical, e seu corpo logo sumiu acima de milhões de agulhas finas. Cinco minutos depois, uma sucessão de ruídos de coisas se partindo anunciou o retorno de Ketesl, que aterrissou de pé diante de Taya, inabalada pela queda.

— Um belo jeito de descer, gatinha.

Indiferente, Ketesl apontou com a pata para o noroeste. Sem opção, Taya a seguiu.

— A Galileu está perto? — perguntou.

A leoa grunhiu.

— Tenho que voltar logo. Niké, minha amiga, aquela que usa maria-chiquinha, acha que o Professor Dropwort foi assassinado!

Ketesl acelerou um pouco o passo, permitindo que Taya a acompanhasse correndo. Conforme se afastavam do lago, o topo das árvores bloqueava a luz do sol nascente e uma fina camada de névoa rodopiava entre as árvores.

— Pobre homem. Certo, sei que ele era um babaca, mas assassinato? Isso é muito errado. Quem será que fez isso?

Em algum lugar ali perto, os arbustos farfalharam. Um coelho assustado, talvez.

— Ai, droga! E se o artefato o matou? Pode ser algo volátil. Ou uma arma! Talvez seja por isso que eu precise identificá-lo... A Galileu pode estar em perigo. — Se já não estivesse encharcada, Taya teria começado a suar de nervoso.

CRECK!

Taya se sobressaltou, assustada com o barulho repentino, e se voltou para a direção do ruído. Às vezes, por causa do frio penetrante, a seiva das árvores congelava e se expandia, fazendo com que os troncos se partissem ao meio. Era isso que aquele barulho lembrava.

Mas não era inverno. Nem de longe.

O som se repetiu. Mais alto. Mais perto.

CRECK.

Os pinheiros balançaram, despejando uma chuva de folhas afiadas como agulhas, e os arbustos se partiram como se um gigante os pisoteasse. Ao sul, por entre as árvores, aproximava-se uma figura, de cujos braços finos e compridos apenas eram visíveis alguns tufos de pelos acinzentados. Era mais alta que um *T. rex*, com punhos do tamanho de rochas. Ketesl eriçou os pelos e se encolheu.

Antes de a escola atracar na Suécia, Taya aprendera sobre a vida selvagem do local na aula de Introdução aos Animais Mágicos Naturais, seu curso eletivo favorito. Havia trolls por toda a região, mas ela não esperava encontrar nenhum. Eles eram mais reclusos do que os pés-grandes, principalmente à luz do dia. Muitas subespécies não aguentavam a luz solar direta.

Taya se enfiou atrás de uma árvore, prendeu a respiração e esperou. Ela podia pensar em alguns motivos para um troll rondar a escola — talvez estivesse doente ou fosse apenas territorialista. De todo modo, era perigoso.

Ela esperou, desejando que seu coração se acalmasse, preparando-se para disparar na direção da escola assim que surgisse uma oportunidade. A uns dez metros de distância, uma jovem árvore caiu com um agudo *CLICK!*

Então os passos cessaram.

— Cadê você, moça? — disse o troll, sua voz soando como um deslizamento de pedras. — Espero que tenha um bom motivo para me fazer perder tempo.

Espera aí... ele falava? E com sotaque inglês?

Ouviu-se um *tum, tum, tum, creck,* como se o troll tivesse esmurrado uma árvore até parti-la ao meio no soco.

— Sei que você está aqui. Pare de se esconder.

Aquele encontro não fazia sentido. De acordo com seu livro de introdução às criaturas mágicas, os trolls fediam a sais, musgo e basalto. Aquele tinha o cheiro de algo que lembrava um vestiário de academia. Além disso, os trolls respeitavam seus lares: montanhas, florestas e vales. Que tipo de troll destruiria uma árvore, ainda que durante um ataque de raiva?

— Droga! — rugiu o troll. — Cadê o artefato que Dropwort nos prometeu? Por que ele cancelou o encontro? Diga agora, portadora, ou vou me transformar em seu *doppelgänger* e estrangulá-la com suas próprias mãos!

Taya subitamente entendeu tudo. Seu feitiço Perscrutar a levara até alguém que poderia identificar o artefato, a pessoa com quem Dropwort deveria se encontrar naquela noite. Na noite *passada,* não na de agora!

Pior ainda, o troll não era, de fato, um troll. *Vou transformá-la em seu doppelgänger*, ele dissera.

Era um *metamorfo.*

Alguns feiticeiros transitavam entre corpos, transformando-se em animais com sutis traços humanos. Mas só os muito poderosos conseguiam assumir a forma de uma criatura mágica.

Bem, pelo menos ele não era o assassino de Dropwort. Todavia, a julgar por seu temperamento, ele poderia querer matá-la.

CRECK!

O Feiticeiro, em sua fúria, arrancou outro galho de uma árvore.

— Tudo bem! — gritou Taya. — Não me mate! — Ele parecia achar que ela era a portadora de Dropwort, uma aluna enviada para entregar o infame artefato. Talvez Taya pudesse usar esse mal-entendido a seu favor.

Havia uma diferença entre impulsividade e raciocínio rápido, e Taya esperava que seu plano pertencesse a essa última categoria. Saindo de seu esconderijo, ela ergueu as mãos e perguntou:

— O que é o artefato?

O Feiticeiro em formato de troll olhou feio para Taya, examinando seu pijama de unicórnios. Sinceramente, ele não tinha o direito de julgar as roupas alheias, já que vestia o macacão mais feio que Taya já vira.

— Como disse? — rosnou ele.

— Lamento pela inconveniência — disse Taya, unindo as mãos para que não tremessem. — Houve um incidente ontem à noite. Quase... arruinou esta troca. Por motivos de segurança, não posso entregar o artefato a ninguém, nem mesmo a você, sem que a pessoa o identifique antes.

Ele cerrou os dentes cinzentos.

— O ovo.

— Certo! É um ovo. Vou pegá-lo para você... — Ela bateu nos bolsos, fingindo surpresa. — Err... Não fique bravo, mas... acho que derrubei o ovo no lago sem querer. Pode se transformar em um peixe?

— Que cara de pau! — rugiu ele. — Não! Você não vai me fazer perder tempo duas vezes!

O metamorfo lançou-se contra Taya, que desviou, e Ketesl disparou floresta adentro com um grunhido estridente. Taya correu atrás de seu espírito animal, mas os pesados passos do Feiticeiro soavam próximos. Ela tocou o bordado de tênis alados e foi lançada para a frente numa velocidade sobrenatural. Um pinheiro tombou e quase a esmagou, como se fosse um mata-moscas.

Ótima notícia: ela havia identificado o artefato.

Péssima notícia: talvez não sobrevivesse para avisar aos outros.

— Se eu morrer, Ketesl — ela ofegou, saltando por cima de um tronco caído — avise à Galileu... sobre o ovo. Avise ao Professor Anand...

ele é um excelente professor. Diga aos meus amigos... e à minha família... que os amo. E ao Sam... ele também. Eu o amo também. Leve minha jaqueta para casa. Quero ser enterrada... debaixo de uma alfarrobeira.

Seu pé enroscou em uma raiz, e Taya caiu. Ela não parou para espanar a terra dos joelhos esfolados. Em vez disso, passou os braços pelo pescoço inclinado de Ketesl, deixou que a leoa a ajudasse a se levantar e continuou correndo. Ela nunca tinha usado tênis alados em um terreno com tantos obstáculos, além de um solo irregular e repleto de barreiras naturais, como uma floresta de pinheiros. A velocidade extrema demandava muito em termos de agilidade. Taya se abaixou para passar sob um galho, desviou de um tronco e deslizou pela vala rasa do leito de um córrego seco. Os passos do metamorfo ecoavam os batimentos cardíacos acelerados dela. E, então, tudo ficou em silêncio. Taya lançou um olhar para trás, e tudo que viu foram árvores. Antes que pudesse se sentir aliviada, Ketesl olhou para cima, sibilando.

O metamorfo despencava do céu. Ele devia ter saltado como se fosse um boneco de molas. Um instante depois, seu impacto na margem oposta do córrego fez o chão tremer e lançou uma nuvem de terra no rosto de Taya, deixando-a momentaneamente cega. Ela se afastou, desviando por pouco daquela mão disforme e tão grande que poderia esmagar suas costelas com um simples apertão. O dedão gigantesco raspou no braço dela, machucando-a como se fosse um taco de beisebol.

— Peguei você — disse ele.

No entanto, quando o metamorfo tentou agarrar Taya pela segunda vez, Ketesl soltou um rugido gutural e saltou sobre o seu braço peludo. Ela se agarrou ao pulso do monstro e correu até seu ombro, arrancando tufos de pelos com suas garras a cada passo, e, antes que o metamorfo conseguisse reagir, ela cravou os dentes em seu pescoço. Ele praguejou e tentou golpear a grande felina, mas ela escalou até o topo da sua cabeça e arranhou os olhos do monstro.

— Valeu, Ketesl! — Taya cruzou a margem do lago e disparou pela floresta, usando cada fio do seu bordado de tênis alados para ganhar velocidade. Os pinheiros começavam a espaçar; ela devia estar perto dos limites da floresta. Infelizmente, entre Taya e o atual local da escola havia um último obstáculo: um paredão natural de rochas de seis metros de altura.

Fim da linha.

Com o olhar frio, ela se virou de costas para o paredão. A mão direita de Taya pairou sobre as sete bombinhas em formato de cereja, e sua mão esquerda tremeu ao lado do tornado; ela era uma pistoleira pronta para atirar. Conforme o Feiticeiro se aproximava, sua magia adensava a névoa, balançava as árvores e espantava os pássaros, que gritavam em protesto.

— Não há para onde correr — zombou o Feiticeiro, com uma voz humana grave.

— Isso mesmo! — gritou ela. — Tenho um tornado, várias bombas e uma espada que vai arrancar a sua cara. E estou cansada de correr, então me deixe em paz! Vá embora!

Ouviu-se um guincho agudo como o grito de uma banshee. A névoa entre os pinheiros se agitou, indicando que algo se aproximava em alta velocidade. Desta vez, porém, não havia barulho de folhas ou de galhos se partindo, mas apenas uma silhueta que voava. O metamorfo tinha assumido outra forma.

— Pode vir! — gritou Taya, arrancando uma bomba do bordado sobre seu peito. Contra seu corpo, milhões de pontos zuniam cheios de energia. Anos de preparação a levaram àquele momento. Ao seu lado, a leoa esperava e Taya levou o braço para trás, para fazer o arremesso de sua vida.

A névoa se abriu e revelou uma macabra cabeça voadora com boca grande, cheia de dentes de anzol. Aquele uivo reverberava nos ossos, nos olhos e no crânio de Taya. Era como se milhares de dedos finos a beliscassem. Chiando de dor, ela lançou a bomba e tampou os ouvidos; uma bola de fogo e calor explodiu contra a bochecha do metamorfo. Com um berro, a criatura sem corpo girou no ar e sumiu na névoa.

— A próxima será na sua boca! — blefou ela, secando as lágrimas dos olhos. — Já chega de avisos! Você acha que um espírito de banshee pode vencer um tornado?

Ela semicerrou os olhos, tentando enxergar a vaga silhueta na floresta. Ele estava mudando de novo? Agora tinha braços e pernas? Ou eram só os olhos dela — que ainda ardiam — que estavam lhe pregando peças?

Não. O metamorfo, velado pela névoa, agora era um homem alto de terno de lã preta; a parte inferior do seu rosto estava coberta por um cachecol xadrez, e o tamanho, o formato e a cor de seus olhos mudavam constantemente, como se ele quisesse exibir seu poder de transmutação. Taya jamais conseguiria encontrá-lo caso ele se mesclasse entre um grupo de outras pessoas. O Feiticeiro deu um passo à frente. Seu movimento parecia hesitante. Ele parou, desconfiado, analisando a situação. Ela o havia ferido, mesmo que superficialmente. Com sorte, aquilo seria motivo suficiente para que ele desistisse e a deixasse em paz de uma vez por todas.

— Diga a Dropwort que ele vai pagar caro por isso. Ele já foi um bom contrabandista. Como chegou a esse ponto? Um ovo no lago e uma portadora de pijama.

Dropwort... um contrabandista? Taya segurou um arquejo de surpresa.

Balançando a cabeça em sinal de decepção, o metamorfo se transformou em um cervo e sumiu na floresta. Logo os pássaros voltaram a cantar.

Taya finalmente respirou aliviada.

— Ele foi embora? — sussurrou. — Foi embora mesmo?

Ketesl balançava sua cauda devagar. Ela andava diante do paredão. Seus movimentos relaxados sugeriam que o Feiticeiro não era mais uma ameaça, então Taya guardou as bombas restantes no bolso, onde imediatamente viraram uma confusão de linhas vermelhas, pretas, brancas e amarelas. Depois, ela seguiu seu espírito animal.

— Temos que nos apressar — disse. Ela precisava avisar a todos sobre o artefato, o ovo sabe-se lá do quê. E ainda havia a bizarra revelação de que Dropwort era um contrabandista! Aquilo teria relação com seu suposto assassinato?

De repente, ela ouviu algo tocando.

— Meu celular! — Taya puxou o aparelho do bolso, feliz em ver sua tela acesa. — Está vivo! — Ela não precisaria pedir carona nem correr o risco de se perder no transporte público de Estocolmo. Bastava ligar para Niké e rapidamente seria teletransportada. Taya passou o dedo pela tela do celular e viu que havia uma série de mensagens.

Niké (5h21): E AÍ

Niké (5h30): TAYA, CADÊ VC?

Niké (5h34): ESTOU PREOCUPADA

Niké (5h40): MAS QUE INFERNO

Niké (5h51): VOU DIZER AO TREINADOR QUE VC PRECISA DE AJUDA

Não! Nada bom! Taya digitou a primeira coisa que lhe passou pela cabeça.

Taya (5h54): estou bem

— Conseguimos, Ketesl — suspirou. — Obrigada.

Seu espírito animal se tornou translúcido, uma leoa feita de raios de sol. E então Ketesl desapareceu, voltando para seu lar entre os espíritos.

Niké (5h55): O QUE HOUVE??

Taya (5h56): Depois explico. A profecia se realizou. Estou mandando as coordenadas. Venha me buscar pfv.

Niké (5h56): Tô indo!

Taya (5h57): Obrigada! Acho que o artefato é um OVO

Taya (5h57): Pode ser perigoso. Precisamos avisar TODO MUNDO!

Niké (5h58): CONCORDO

Taya se sentou e abraçou as pernas cobertas pelo pijama de unicórnios, esperando. Mais uma notificação de mensagem.

Niké (5h59): Você tá bem mesmo?

O dedo de Taya pairou sobre o telefone. Ela estava bem? Alguém estava? Com Dropwort assassinado, a escola em perigo, ferimentos a cicatrizar, milhares de aventuras no futuro e uma prova de cálculo às nove horas, Taya tinha dúvidas.

No entanto, respondeu:

Taya (6h00): Sim <3

PROVA B7

CASO: 20-06-DROS-STK

Tipo:
[X] Comunicado
[ ] Áudio
[ ] Resíduo de feitiço
[ ] Foto ou outra reconstrução visual
[ ] Objeto
[ ] Formulário ou registro
[ ] Outro: _____

Fonte: E-mails de Nicolas Fornax
Partes Relevantes: Nicolas Fornax, diretor; Mortimer Plunk III, advogado; Mortimer Plunk IV, aluno; Ladybird ("Birdie") Beckley, vice-diretora
Descrição: Troca de e-mails sobre a detenção de um aluno pela Polícia Neutra de Estocolmo

De: Mortimer Plunk III, Advogado (plunk@plunkehyde.adv)
Para: Nicolas Fornax (nicolas.fornax@galileu.extra)
Assunto: Mortimer

Fornax, pode me dizer por que diabos fui acordado às 3h da madrugada por uma ligação do meu filho, *seu* aluno, feita da delegacia de polícia de Estocolmo? Desde quando você permite que a Polícia Neutra detenha alunos Magos? E pelo suposto assassinato de um dos poucos professores respeitáveis que ainda restam na AGPE? Começo a duvidar que minhas doações estejam sendo bem gastas nesse circo que você comanda. E não se atreva a me ligar com alguma desculpinha — quero sua resposta por escrito para ter tudo registrado.

––––––

MP, III
Plunk & Hyde Advogados
Conosco, Você Tem uma Companhia de Primeira
P.S.: Estarei de férias em Reykjavik de 20 de junho a 15 de julho e impossibilitado de responder a e-mails nesse período.

De: Nicolas Fornax (nicolas.fornax@galileu.extra)
Para: Mortimer Plunk III, Advogado
(plunk@plunkehyde.adv)
Assunto: re: Mortimer

Sr. Plunk,
Quero lhe garantir que a equipe da AGPE está fazendo o possível para cuidar dessa situação difícil e delicada. Infelizmente, devido ao incidente com o Professor Dropwort, a Polícia Neutra de Estocolmo montou um posto de verificação na entrada da escola para deter e interrogar quem saísse da Galileu.

Avisamos nossos alunos para não saírem da escola e colocamos pessoal antes do posto de verificação para interceptá-los. Mortimer ignorou nossas instruções e tentou sair da Galileu. Ele foi brevemente interrogado pela polícia antes que nosso orientador pedagógico, Kevin Vaughan-Crabtree, interviesse e o conduzisse de volta à escola. Considerando que ele já foi assistente do Professor Dropwort, talvez seja interrogado pelos oficiais do DCCAMN, mas somente sob a supervisão do sr. Vaughan-Crabtree.

Estou à disposição, caso tenha mais alguma dúvida.

———

Atenciosamente,

Nicolas Fornax

Diretor da Academia Galileu para Pessoas Extraordinárias, Presidente do Conselho de Educação do DCCAMN, Presidente da Rede Ético-Social de Escolas, Educador do Ano de 2013, Destaque Forces Obscura Sub-30 de 2003, Ganhador do Prêmio Caminhos Abertos 2019

"O que você é se reflete no que você faz."

— Thomas Edison

De: Mortimer Plunk III, Advogado (plunk@plunkehyde.adv)
Para: Nicolas Fornax (nicolas.fornax@galileu.extra)
Assunto: re: Mortimer

"talvez seja interrogado pelos oficiais do DCCAMN"

É melhor que ele não seja, ou você terá que vender os escombros da AGPE depois que meus advogados acabarem com você.

Além disso, mesmo que Mortimer tenha desrespeitado a ordem de não deixar a escola, está me dizendo que toda a sua equipe não é capaz de segurar um adolescente de dezesseis anos na propriedade por algumas horas? Vergonhoso. O conselho saberá disso.

———

MP, III
Plunk & Hyde Advogados
Conosco, Você Tem uma Companhia de Primeira
P.S.: Estarei de férias em Reykjavik de 20 de junho a 15 de julho e impossibilitado de responder a e-mails nesse período.

De: Nicolas Fornax (nicolas.fornax@galileu.extra)
Para: Ladybird Beckley (ladybird.beckley@galileu.extra)
Assunto: Fwd: re: Mortimer

Birdie,
Dê um jeito nisso.

———

Atenciosamente,
Nicolas Fornax
Diretor da Academia Galileu para Pessoas Extraordinárias
Presidente do Conselho de Educação do DCCAMN, Presidente da Rede Ético-Social de Escolas, Educador do Ano de 2013, Destaque Forces Obscura Sub-30 de 2003, Ganhador do Prêmio Caminhos Abertos 2019
"O que você é se reflete no que você faz."
— Thomas Edison

6H: KETURAH AUSTIN, 18, VARINHAS E ESPADAS

DE CAM MONTGOMERY

Começou como um tremor de um pedaço de seda na sua face direita.

Dropwort... encontro... esta noite...

A profecia... artefato... encontrará seu fim...

Keturah acordou assustada do jeito menos atraente possível. Sua touca de seda tinha saído, seus dreads estavam amassados e um de seus cinquenta piercings faciais havia prendido no lençol.

Demorou um tempo para colocar tudo em ordem: enfiar a touca de seda embaixo do travesseiro, desprender o piercing labial do lençol, e, quanto aos seus dreads divinos... bem, como sempre, eles faziam o que queriam, e não adiantava resistir. Não com cabelos tão longos e grossos quanto os dela.

Traga esse artefato...

Aqui.

Lá estava aquilo de novo. O que *era* aquilo?

Aquele tremor sedoso rastejou pelo lado direito do seu rosto e então mergulhou em seu ouvido.

... artefato.

Às vezes, Keturah gostava de imaginar que as manchas em sua pele escura tentavam se comunicar com ela, como se lhe dessem um tapinha no ombro. Imaginava que talvez, de algum modo, o vitiligo pudesse ser um sexto sentido ou algo assim. Um sétimo, oitavo ou até mesmo nono, tecnicamente, com tudo que ela já havia aprendido ali. Não era verdade, mas não era totalmente impossível.

Talvez aquele sentido estivesse tentando alertá-la agora.

Meia-noite.

Soava como as teclas pretas de um piano, parando e recomeçando, e então parando outra vez. Algo que remetia a cubos de gelo deixados no fundo de um congelador escuro por tempo demais. Um som de fumaça densa e pesada.

O telefone apitou, anunciando a chegada de uma mensagem. Ela deslizou desajeitadamente os dedos pela tela, apertando os olhos para enxergar o texto enviado por Heather, sua colega de quarto.

> Cara! tá acordada? ouvi uma coisa sobre Dropwort. doideira. alguém deu uma de Jason Vorhees com ele. manda msg se já acordou. 😩

E aquela não era a primeira mensagem recebida. Havia meia dúzia delas, enviadas por seus outros amigos. Uma delas vinha de um número que ela nem sequer conhecia. Todas diziam mais ou menos a mesma coisa: Dropwort já era.

Ela suspirou.

— Mas que diabos...?

Artefato...

Aquela fumaça outra vez.

Aquilo a fez pensar nas Bruxas de Gaia e em sua Missão.

A Missão foi o que a trouxera para a Academia Galileu. Aquele era o momento crucial da vida de uma bruxa, quando ela se transformava e ganhava um propósito. E Keturah esperava, contra todas as probabilidades, que estar naquela Academia pudesse impulsionar sua própria Missão — seu caminho como Bruxa de Gaia e sua consequente ascensão a suma sacerdotisa, como vovó, a atual suma sacerdotisa (não só de sua pequena paróquia de Luisiana, mas de *toda* a Nova Orleans), profetizara.

Qualquer Missão dada a uma bruxa por seu povo exigia que ela encontrasse e obtivesse um objeto — algum objeto não especificado, porque nada era fácil — que tivesse algum valor para Gaia. Um objeto que ajudasse Gaia a ajudar esta terra. Cumprir uma Missão era como uma bruxa destinada a ser sacerdotisa deixava sua marca na cultura de seu povo.

Como suas Missões estavam intrinsecamente ligadas a seus ancestrais, assim como a uma história particularmente caótica, algumas Bruxas de Gaia completavam suas Missões e sentiam, *literalmente*, a remoção ou até a completa extinção de seu trauma geracional. Um trauma que afetava Gaia desde gerações passadas, por diversas encarnações.

Outras bruxas, as que falhavam em suas Missões, carregavam essa mácula consigo por toda a vida e a passavam adiante.

Ela ouvira rumores, sussurrados por suas primas e tias, de que uma Missão incompleta fazia com que sua alma definhasse.

A mãe não confirmara nem negara quando Keturah lhe perguntou sobre tal rumor, mas ao menos uma coisa era clara: falhar numa Missão tinha consequências sérias no plano mundano.

Será que era aquilo?

Ela sacudiu a cabeça uma, duas, três vezes. Mas a fumaça não saía de perto de seus ouvidos.

esse artefato... meia-noite... encontrará seu fim...

a profecia...

... o Escolhido

... o Escolhido...

chamas.

Ela aprendera que, quando estava em dúvida, devia pedir ajuda aos ancestrais. Então era isso que Keturah estava fazendo. Ela levara alguns minutos para encher os jarros sagrados com a areia que mantinha por perto, notando como era estranha a sensação de ter aquela areia nas mãos; parecia mais quente do que o normal. Ela usou um martelo para quebrar pedaços de quartzo em pequenos fragmentos e então os colocou no jarro.

E, só para garantir, tomou a dose necessária de antidepressivo.

Nas palavras de Niké: *Vai fundo.*

Depois de tudo aquilo, ela havia acordado, saído da cama e agora se movia por seu pequeno quarto com mais elegância do que o normal para aquela hora. A mensagem sussurrada por trás da fumaça a assustava e animava em igual medida.

Que tipo de usuário de magia machucaria alguém por causa de... um artefato? Quem faria aquilo? E como essa pessoa podia chegar perto da Galileu?

Aquilo a fez pensar na mãe e em como ela às vezes falava de sua própria Missão. Ela também fora cautelosa.

Vovó teria dito a Keturah que o sussurro de fumaça era como um beijo: bem-vindo, sutil e o início de algo mais.

E essas eram coisas que vovó a encorajava a seguir.

Ah, deuses! Aquilo era *exatamente* o tipo de coisa que seria o início de sua Missão. Porque ela sentia vovó em tudo aquilo. A fumaça era uma faceta da natureza, exatamente o tipo de coisa que seu povo usava para abençoar recém-nascidos, unir casais e trisais... ou mesmo para melhorar as notas de um Teste de Aptidão Escolar ruim.

A fumaça era o ingresso. Ela *nunca* havia sentido nada parecido.

E a questão era: ouvir o nome Dropwort em qualquer tipo de visão, mensagem ou sussurro era *obviamente* algo a se prestar atenção. Ainda mais com os rumores que corriam pela escola.

Mas quão incrível seria se fosse ela quem descobrisse a verdade sobre aqueles rumores — tanto os que chegavam por meio de seu telefone quanto aqueles trazidos pela fumaça?

Ela estava irritada — *mas só um pouquinho* — com o fato de sua Missão ter ligação com Dropwort. Com alguém que possivelmente tinha sido assassinado. Em vida, o homem fora um sujeito totalmente insuportável que massacrava pessoas. Em morte, era praticamente igual. E ela não queria se envolver naquilo. Como todo mundo, ela amava podcasts de crimes reais, mas aquilo era bem diferente.

Isso, no entanto, não impediria que ela estivesse à altura da situação.

Mais uma notificação em seu telefone. Desta vez, era uma DM no IG.

Aquele aparelho estúpido zunia e vibrava tanto que ela desejou ter prestado mais atenção na aula de Tecnopatia. O que ela não daria para nunca mais precisar daquela coisa... Em vez disso, silenciou o telefone. Chamadas, mensagens, redes sociais, e-mails. Tudo silenciado para que ela pudesse respirar por um instante.

Esticou os braços acima da cabeça, sentiu os músculos de suas costas alongando, inspirou, segurou o ar e expirou. Keturah realmente esperava que aquilo a ajudasse a se concentrar.

Não ajudou.

Ela estava tentada a seguir a fumaça, mesmo sabendo que, se suas mensagens tivessem algo de verdade, era provável que não só tecnicamente, mas de fato, houvesse um *assassino à solta, olá*! Keturah sentiu que ela seria aquele estereótipo de filme de terror: a pessoa que segue as vozes e é estúpida demais para continuar viva.

Mas e se não fosse? E se ela não se arriscasse e continuasse no dormitório, contando carneirinhos feito uma bruxa boazinha? Neste caso, poderia acontecer algo em que ela não queria nem pensar.

Ainda assim, Keturah hesitou. Havia o pequeno detalhe de que, ultimamente, ela vinha quebrando diversas regras, e ser pega vagando pela escola após o toque de recolher era o que faltava para que fosse mandada para a sala do conselheiro escolar. Ela já havia cometido três deslizes. Três deslizes que levaram a três detenções.

O primeiro fora quando atracaram em Tóquio. Keturah, sua colega de quarto — Heather —, uns alunos da Varinhas e mais uns malucos saíram da escola para explorar. Quando voltaram, os professores estavam à sua espera.

O segundo deslize aconteceu quando ela disse ao Professor Ramesh que a gravata dele lhe fazia se lembrar de sua extravagante Tia Cheyenne. Depois, ela havia misturado uma poção de tintas e acidentalmente a derramou na gravata extravagante dele.

Ela teve que escrever uma redação sobre respeito ao uso da magia *e* respeito aos bens das pessoas *e ainda* respeito aos professores e a inadequação de chamá-los pelo primeiro nome. Em vez de escrever a redação, ela se enfiara na sua sala de dança favorita e escrevera *Eu te fiz um favor* em todas as paredes de espelho. Deu para tirar ótimas selfies, mas Sharpie chegara pouco depois. Aquele fora seu terceiro deslize, e Ramesh a obrigara a limpar todos os espelhos.

Keturah não era do tipo que obedece e, desde que começara a estudar na Galileu, ela aprendera que ser obediente era a base daquele tipo de ensino. Era preciso que ela, basicamente, transformasse seu jeito de ser, sulista e sem papas na língua, em outra coisa.

O nome daquilo era "assimilação" e fervia-lhe o sangue. Era uma colonização de sua Insolência e de tudo que ela aprendera a ser.

Por isso, todas aquelas regras eram difíceis para ela.

Mesmo assim, o Professor Ram lhe dera, pela quarta vez, uma chance de tomar jeito. O líder da Varinhas era incrível. A pessoa mais legal de todas, apesar de Keturah o ignorar às vezes. Era estiloso a ponto de usar óculos com grossa armação de casco de tartaruga, calça justa demais e gravatas com padrões extravagantes, mas delicados, os quais Keturah já vira se moverem *de verdade*. Menos naquela gravata. Em todas as outras, havia uma sinfonia de tecido. O Professor Ramesh Anand era O Cara. Seria péssimo decepcioná-lo outra vez, quase tão ruim quanto seria perder seus privilégios de magia.

Porque isso a deixaria de castigo. Por uma semana, diriam. O que bastaria para atrasar Keturah na aula de Conjuração de Música e Movimentos, tornando absurdamente difícil para ela acompanhar a turma. E não é que ela tivesse que ser a melhor da turma. Mas ela *precisava* ser a melhor.

As palavras de sua mãe não lhe saíam dos ouvidos. *Tem que fazer duas vezes mais, menina, com a metade. Lembre-se disso.* Sempre que a mãe dizia isso, segurava firme o braço de Keturah, como se pudesse marcar aquelas palavras na pele dela por pressão.

Certo, foco. Artefato, artefato, artefato.

Um artefato podia ser *qualquer coisa* naquele Sistema Educacional Itinerante. Mas, sabendo que aquela era sua Missão, que fazia parte da profecia de vovó, provavelmente o artefato seria algo valioso para Gaia.

Uma rocha, uma pedra preciosa, uma pena ou uma folha, até mesmo um dente de esqueleto, se ela tivesse tanto azar assim. Qualquer coisa que viesse da natureza, da terra, da vida ou da morte.

Mas, antes que saísse em busca do artefato, ela precisava se vestir.

Pegou o adereço de osso de cima da escrivaninha, sussurrou palavras por cima dele e o enfiou no septo. Vestiu de qualquer jeito uma calça jeans rasgada nos joelhos (que provavelmente lhe causaria problemas) e que ela nem se lembrava de ter atirado ali naquele canto. Uma camiseta com o brasão da escola estampado no peito. Ela realmente parecia se vestir levando mais em conta o conforto do que a conveniência.

O brasão era insano.

Se estivesse em sua casa, ela teria usado mais do que apenas a joia abençoada, que era sua marca registrada, e alguns aros dourados em seus dreads. Talvez colocasse uma ou duas adagas negras em seu coldre de peito, em homenagem aos antepassados. Talvez usasse magia proibida dos Escolhidos. Mas ela precisava se conter — ficar longe de encrenca.

Keturah parou no umbral da porta do dormitório. O piso era de madeira. A maior parte do piso era assim ali.

Ajoelhando-se, ela cerrou o punho e pressionou os nós dos dedos no chão. No instante em que os anéis de cornalina em seus dedos indicador e médio tocaram a madeira, seu plano ficou claro.

Essa era a melhor parte de ser de Gaia — a natureza era inexorável. Estava *em todo lugar* e *em tudo*. E a madeira, que já pertencera a grandes árvores de milhares de lugares diferentes do planeta durante milhares de anos, mostrou-lhe imagens. Não uma visão propriamente dita, mas flashes visuais no fundo de seus olhos, e ela soube exatamente aonde precisava ir primeiro.

As docas. Ela viu as docas.

Deixar os andares do edifício residencial foi um trabalho rápido. E, embora o nervosismo de saber muito bem que ela estava quebrando *mais uma* regra pesasse em seu estômago, ainda assim aquela era a parte fácil. Porque, se aquele artefato fosse tão importante quanto os sussurros faziam parecer, como sua Missão fazia parecer, havia uma chance mais do que razoável de que Dropwort tivesse sido morto *por causa* dele.

Que *coisa* seria tão importante assim?

Tudo devia estar conectado. O artefato, o assassinato, a Missão dela. Aquela sensação em seu estômago lhe dizia isso.

Ela passou pela parede decorada, pela balaustrada dourada e pelos imensos retratos das personalidades ilustres da Galileu, cujas molduras provavelmente eram feitas de ouro.

Aquela teria que ser uma exploração rápida e cautelosa. Rápida porque o resto da escola logo acordaria. Cautelosa porque, com os professores fechando o cerco e a equipe de segurança procurando alunos onde eles não deveriam estar, detenções estavam sendo distribuídas como doces na liquidação pós-Halloween.

Mas ela precisava encontrar o artefato. E, com toda a magia de Gaia, conseguiria. Porque precisava provar que todos de sua terra estavam errados e, assim, mostraria a todas as suas primas, que tinham certeza de que seriam a próxima suma sacerdotisa quando vovó se fosse, que aquele lugar era seu. Por direito de nascença. E ela reivindicaria aquele título.

A bruxa mais irada de todas.

Sacudindo a cabeça para apagar os pensamentos como fazia com sua Lousa Mágica, Keturah expirou, relembrando mais uma vez a mensagem que ouvira. O sussurro na fumaça.

Dropwort... artefato... Encontro... esta noite.

Se ela tomasse o elevador para a entrada principal, sozinha, àquela hora, havia grandes chances de chamar a atenção, tanto do pessoal da escola quanto do possível cosplayer de John Wayne Gacy que rondava a escola. Mas aquele era o caminho mais rápido. Enquanto se movia furtivamente pelo corredor na direção do elevador, quase deu de cara com dois oficiais do DCCAMN e dois professores que ela conhecia da Arcanos. Ela se escondeu atrás de uma das escuras colunas de concreto que se espalhavam por todo o terreno da escola.

— ... aluno acessando a entrada inferior será detido e levado para interrogatório.

— Entendo a política do DCCAMN, mas acreditamos que os professores precisam participar disso. Claro, detenham qualquer aluno que virem chegar ou passar por aqui. Mas um professor *estará* presente nos interrogatórios.

Pelo amor de Deus, o que diabos...

Estavam detendo alunos que passassem por ali. *Detendo?*

Aquilo significava... que teria que ser pelas escadas. E havia muitas delas. Por que havia tantas? Usar um simulador de escadas de academia enquanto toma um barril de energético seria um exercício de cárdio menos pesado.

Mas ela conseguiu. E não tinha um segundo a perder. Nada de axilas suadas, garganta seca e frio na barriga.

Para começar, Keturah era relativamente sensata. Sua mãe odiava isso e a chamava de "indiferente". Vovó a chamava de "cautelosa com suas emoções". Ela gostava mais dessa última.

Vovó sempre sabia as palavras certas. Exceto quando as palavras certas eram aquelas que Keturah não queria ouvir. Dizia coisas como "Para amar de verdade esta terra, você deve conhecer e respeitar todos os seres que a alimentam".

Certo, tudo bem. Todos tinham o seu valor. Menos os fãs de Oasis, né?

As pessoas sempre escutavam sua avó. Ela era uma afro-brasileira que exigia que o mundo parasse assim que abria a boca para despejar suas palavras nele.

Keturah queria ser aquele tipo de pessoa. Ela *seria*. Querendo ou não, seria.

Ela chegou à entrada principal e, quando estava prestes a...

Keturah riu.

Ela reconheceria aquelas tranças em qualquer lugar. Taya andava depressa, mas com passos calculados, suas mãos ligeiramente afastadas do corpo, como se tentasse proteger um machucado. Sua fantástica jaqueta punk, cheia de bótons, alfinetes e bordados irradiava magia e se destacava mesmo à luz fraca da manhã. Ela parecia... zangada.

Estava realmente irritada com alguma coisa enquanto resmungava para Niké — uma amiga dela que Keturah conhecera recentemente — algo sobre "adultos e seus ovos", seja lá o que aquilo significasse.

Niké, por sua vez, parecia concentrada no que Taya dizia.

De onde elas vinham? Porque claramente Keturah não era a única aluna acordada e fazendo algo reprovável. Não havia muitos lugares de onde Taya *pudesse* estar voltando. Não naquela direção.

Talvez das docas, que era para onde Keturah estava indo.

A imagem das docas surgiu em sua mente de novo. Mal dava para vê-la agora, mas a garota poderia jurar que *sentia* que as docas a chamavam. A Professora Vaughan-Crabtree — cuja magia de Garota Negra era diferente daquela de Keturah, mas que conversava com a sua, e solidariedade era tudo — a teria encorajado a seguir aquele instinto, estando ou não confortável com isso.

Com uma rápida olhadela no relógio, Keturah respirou uma única vez, recuperou o foco e seguiu em frente.

Ao tomar o rumo das docas, ela percebeu que a área estava isolada com fitas amarelas e cones vermelhos, além de conter algo que parecia ser um sinalizador usado e inerte no chão.

Para chegar ali, bastaria passar por baixo das fitas... mas não parecia uma boa ideia. Vários episódios de *As Primeiras 48 Horas* a haviam ensinado isso.

Ela pegou o colar contendo sua pedra de perscrutar, que repousava agradavelmente sobre seu esterno, afastou-o de seu corpo e tirou da mente tudo que não fossem os sussurros da fumaça.

Parou de pensar no quanto precisava estudar para Telecinética de Precisão ou de se preocupar com suas irmãs, e também parou de pensar no café da manhã e em sua cama e em todo o sono que havia perdido e no abdômen de Teyana Taylor e...

Pelos deuses, era isso!

Havia outro caminho para as docas. Bem à sua frente, à esquerda, havia uma alameda com calçamento de pedras entre duas estruturas que pareciam imensos barracões de jardinagem, nos quais, há muito tempo, tremularam bandeiras brancas para os demônios que passavam por ali. Com certeza, não eram tão pitorescos nem enfeitados quanto o resto da escola, mas também não estavam cercados por fitas amarelas. Ela não costumava passar por ali, a não ser uma vez, durante uma de suas "excursões extraescolares".

O cristal de quartzo em seu colar emitiu uma espécie de canto, e ela foi puxada pela corrente em seu pescoço na exata direção em que precisava ir.

O ar nas docas era mais frio. Parecia ao mesmo tempo seco e úmido, o que talvez tivesse um pouco a ver com o fato de que aquela área da escola havia testemunhado mais ação do mundo exterior do que qualquer outra parte da Galileu.

Ou, talvez, as docas de carga e todas aquelas escadas e rampas fossem intencionalmente assim mesmo. Por *estética*. A escola era extravagante em todos os níveis imagináveis.

Ela examinava a área ao seu redor quando sua bota raspou em algo. Um calafrio subiu por sua perna e fez seus ossos congelarem.

Aquilo era... areia?

Agachada, Keturah arregaçou as mangas, fechou os olhos e cuidadosamente passou a mão pela areia, que se ergueu e rodopiou como se fosse o menor tornado do mundo, quase bela em seu tom alaranjado. Ela aprendera a fazer aquilo logo que chegara à Galileu. Ela baixou a mão e soltou a areia, mas um punhadinho ficou em sua palma, como o mel que escorre da colher de volta para o pote.

Aquilo era interessante. No instante em que tocou sua mão, a areia... uau!

Como Bruxa de Gaia, o poder de Keturah consistia em trabalhar com raízes, conhecer e se conectar com a terra. Protegê-la da morte prematura para a qual rumava o planeta. Saber quais partes da terra poderiam ajudar ou prejudicar as pessoas. Às vezes, ela manipulava essas partes — cristais em jarros cheios de areia, raízes de árvores apodrecidas, ervas daninhas que cresciam em lugares incomuns diante de casas caindo aos pedaços — e as transformava no que queria que fossem, por seus próprios motivos.

Aquela areia... não era *nada* daquilo. Não tinha nada a ver com a que ela havia usado em seu dormitório poucos minutos antes. Aquela areia estava envolta em uma magia da terra que ela nunca tinha visto.

Ela sentia, no fundo de sua medula, que a areia era como uma ferida...

Oxidada.

Vermelha.

Cálida.

Úmida.

Descontrolada.

Caótica.

Aquela magia era um aniquilamento silencioso que lhe dava vontade de chorar.

A última vez que se sentira assim... A última vez que se sentira assim fora quando Dropwort estava tentando instituir uma nova política de uniformes, e ele havia gritado tanto que a maioria do pessoal visivelmente se encolhera.

Saias não mais que dez centímetros acima dos joelhos. Golas não mais que cinco centímetros abaixo das clavículas.

Ela havia mostrado que discordava dele gritando algo sobre "roupas masculinas" e "roupas femininas". Roupas não eram binárias.

É claro que ele havia distorcido tudo e transformado aquilo em algo que não tinha sido dito, tudo isso enquanto tentava se fazer de herói.

Herói? Por quê? Por chamar vestes religiosas de indecentes e ofensivas?

Ele usara o termo "segregação" para falar de como vestimentas de outras culturas e religiões dividiam os alunos da Galileu em vez de uni-los.

Aquela fora a última vez que Keturah sentira aquele tipo de emoção inominável, imensa, como se fosse uma serra elétrica. Ela ficara sem palavras, enquanto lágrimas de frustração ardiam no fundo de seus olhos.

Ele era uma mácula na Academia Galileu, e aquela era a sua escola.

Com relação aos rumores sobre a morte de Dropwort, a opinião de Keturah era: *E daí, cara?* E daí que o velho Septi tinha batido as botas? Paciência. Keturah era adepta da filosofia do "tanto faz como tanto fez".

Septimius Drop-verruga tinha o péssimo hábito de começar coisas de forma desnecessária, insensata e, o pior de tudo, irritante.

A voz da vovó, rápida e dura, atingiu sua mente. *Para amar de verdade esta terra, você deve conhecer e respeitar todos os seres que a alimentam.*

Todos os seres que a alimentam.

Corpos mortos se tornam terra, não importa se cremados ou enterrados. Sempre voltam a ser o que eram. Sempre alimentam a terra. Sempre dão algo em troca, ainda que em vida só tenham tomado.

Keturah odiava aquilo. Odiava muito. Ela não queria admitir que aquele homem não dera valor a nada nem a ninguém. Não queria admitir a gravidade da perda de uma vida. Admitir que aquela morte tinha importância.

Mas uma pessoa tinha perdido a vida.

O que a assustava de um jeito que sua coragem não conseguia vencer.

E aquela vida alimentaria a terra que ela e seu povo protegiam. *Isso* também era grandioso e importante.

Vovó tentara lhe ensinar essa lição por anos, pedindo a ela que compreendesse que qualquer candidata a suma sacerdotisa precisava saber e entender aquilo.

No fundo de sua alma.

No fundo de sua alma, Keturah compreendia a verdade daquela situação.

Por impulso, com o peito ardendo em chamas, ela pegou seu telefone, tirou uma foto da areia e a mandou para vovó com as palavras "Do pó ao pó".

Vovó respondeu imediatamente: "Poeira para as amantes".

Keturah segurou o riso, sentindo uma pontada de saudade de casa. Digitou depressa: "Eu te amo, vó".

Eu sei, minha luz

Keturah apertou tanto a areia mágica em sua mão que doeu. Fechou os olhos com tanta força que imaginou que podia desaparecer em si mesma.

A magia contaminada a atingiu numa rajada que afastou os dreads de seu pescoço.

Aquilo não podia ser a coisa que sua Missão a fazia buscar. De jeito nenhum.

Keturah abriu os olhos.

Ah.

Ela sabia. Ela sabia aonde tinha que ir. Ah, deuses! Ela sabia aonde precisava ir em seguida.

Keturah virou-se, com sua mão ainda cheia de areia, e encontrou uma linha de areia aos seus pés, uma trilha que a levava para longe das docas, mais ou menos pelo mesmo caminho por onde viera.

A vibração por trás da areia havia mudado. Era como ter uma garra ao redor do seu tronco, envolvendo e apertando lentamente os seus pulmões.

Ela saiu correndo, seguindo o rastro de areia com os olhos, mas sentindo um puxão dentro do peito. O ar que ela inspirava era frio e cortante, e seus pulmões gritavam, enquanto suas panturrilhas começavam a arder com o esforço que ela fazia para ir mais rápido.

Então, com uma parada súbita que quase a fez bater as botas, Keturah ficou imóvel.

Ela ouviu alguma coisa. Girou a cabeça devagar, seus olhos varrendo o ambiente. Deuses! Se ela fosse pega...

Precisava ser mais cautelosa.

Subiu as escadas do lado norte da Torre Arcanos, tomando o cuidado de não pisar na trilha de areia, e sentiu o cheiro de torta vindo das cozinhas, em algum lugar à sua direita. Seu estômago roncou, xingando-a por não ter comido nada na noite anterior. Droga.

Havia duas escadarias que levavam à Torre Taças, e Keturah seguiu pela da direita, na esperança de que algum ser divino com a aparência da Beyoncé saísse da cozinha celeste e lhe desse uma torta de creme com framboesa.

Mas não teve sorte. Ela saiu da Torre Taças, atravessou as portas de vidro e entrou nos laboratórios.

Estava tudo escuro, mas era difícil não ver a trilha de areia. Cheirava um pouco como formol, mas também — o que era surpreendente — um pouco como açúcar queimado, além de sua flor favorita, o girassol. Morte doce. Cheirava a morte açucarada e doce.

A saída dos fundos dos laboratórios tinha uma porta difícil de abrir. Parecia fechada a vácuo e só deslizou um pouco depois que ela praguejou e ameaçou levar a mãe dela de volta para a Ikea ou outro lugar desses.

E lá estava.

O Torreão das Gárgulas.

Ela se esqueceu da areia assim que atravessou os portões baixos de ferro do pequeno jardim do Torreão. Mas, assim que olhou para baixo e notou que o rastro de areia terminara ali, também se deu conta de que sua cor havia mudado. Passara de laranja cor de ferrugem para aquilo. Branco.

— A cor da morte — sussurrou ela.

E a explosão de energia e a urgência também haviam mudado. Seu corpo estava frio, principalmente a palma da mão que segurava a areia.

Ajoelhando-se mais uma vez, ela pressionou seu anel de cornalina contra o chão e se concentrou.

As imagens que via agora não eram tão claras quanto as que tinha visto no umbral de seu quarto. Mas eram claras o bastante.

Dropwort tinha morrido *ali*.

Nas docas, ela sentira energia na areia. Ela sentira... bem, não vitalidade exatamente, mas sentira vida. E, pensando bem, enquanto segurava a areia ela sentira... como se a empurrassem de volta? Uma sensação estranha no peito, como se alguém tivesse acabado de lhe dar um empurrão.

Movido, ela pensou. O corpo de Dropwort tinha sido movido! Do ponto A para o ponto B.

E Keturah havia encontrado o ponto B primeiro, nas docas.

Ela olhou para cima, observando o edifício escuro e monstruoso, com suas paredes e torres mais altas do que Deus. Uma bandeira negra com uma gárgula azul acenava para ela enquanto dançava ao vento. Assim como as gárgulas aladas acima dela. Ela não gostava nada daquilo. As gárgulas a assustavam pra caramba.

Keturah tirou seu telefone do bolso para conferir o horário e, em seguida, acenou com a cabeça, assentindo que, de fato, ela se aproximava de algo grande.

Já dava para sentir o gosto do sucesso. Encontrar as respostas e dominar a magia seriam a prova de que ela estava à altura de sua Missão. Keturah estava convicta de que era capaz de desvendar aquele mistério e encontrar o artefato.

Ela já conseguia ver o sorriso da vovó, largo e cheio de orgulho.

Então, como se tivessem vontade própria, suas pernas seguiram adiante, levando-a diretamente na rota de colisão com Max.

Ketura engasgou, surpreendida pelo choque, quando ambos agarraram-se um ao outro, na tentativa de manter o equilíbrio.

Max Aster era um de seus humanos favoritos. Às vezes, eles faziam trabalhos em dupla, porque seus sobrenomes eram próximos na lista de chamada. Às vezes, ela o chamava de "esbelto" por causa de sua aparência, sua forma de andar, de se mover e gesticular, cheio de graça e determinação. E também porque ele tinha braços e pernas que pareciam ser compridos demais para o corpo.

Max parecia surpreso, aflito. Ela não estava exatamente prestando atenção, mas e ele, não a vira?

Obviamente não, a julgar por aquele olhar de *Como você veio parar aqui?*

Eles balbuciaram ao mesmo tempo um "E aí? Foi mal!" e um "Opa! Desculpa!", antes de começarem a se afastar um do outro.

Antes que se afastassem demais, Keturah parou e se virou para ele.

— Aster!

A cabeça dele se voltou na direção dela, com olhos arregalados. Aquele olhar tão expressivo dizia praticamente tudo. Dizia algo do tipo *Quem? Eu?!*

Ela sorriu.

— O que foi? — ele resfolegou.

— Você está bem?

Ele assentiu, umedeceu os lábios e sorriu para ela.

— Desculpa por aquilo — disse ele, apontando para ombro, indicando a área da colisão. — Eu estava distraído.

— Sonhando acordado? — perguntou ela.

— Não, não. Nada disso. Só... preocupado. Não tenho nada a ver com essa coisa de passear nos sonhos. Acredite, já tenho coisa demais com que lidar.

Keturah ouvira dizer que um grupo de alunos da Taças havia criado complicados feitiços que permitiam a travessia onírica. Entrar nos sonhos de qualquer pessoa e sair quando quisesse. Era algo que *profissionais* faziam em muitos programas de saúde mental, mas não era muito bem-vindo na Galileu, principalmente porque nenhum dos alunos tinha qualificação para fazer tal coisa.

Era perigoso.

Ela colocou todo o seu peso nos calcanhares.

— Só achei melhor perguntar.

— Só achei que você estivesse procurando um chá.

— Culpada. — Ela sorriu.

Ela olhou para o relógio em seu pulso e o pegou fazendo a mesma coisa.

— É cedo para estar aqui.

Max passou a mão pelos cabelos.

— É, eu só... o que você está fazendo aqui?

— Eu fui procurar uma coisa nas docas...

— Você foi até as docas a essa hora?

— Não interrompa; é falta de educação. Encontrei uma trilha de areia.

— Areia?

— Areia, cara — ela confirmou. — Eu a segui. E não era só areia. Senti que havia magia envolvida.

Ele assentiu, pensativo.

— Você acha que isso significa alguma coisa? — Ela lançou a isca, baixando a voz e se aproximando. — Você ouviu os rumores, certo? — Keturah cruzou os braços. O calafrio amargo da intuição estava começando.

— Sim, ouvi umas coisas. E, para ser sincero, seja lá qual for a energia que você seguiu, tem a ver com Dropwort.

— Como você sabe? Você o viu? Aqui?

— Não sei. E não vi, mas... Tem esse lance do Torreão e dos ovos das gárgulas, e, outro dia, no refeitório, eu estava tendo *uma simples conversa* com Dropwort, e ele disse...

Os dois se viraram feito cervos diante de faróis de carro ao ouvirem uma voz retumbante:

— Maxwell Aster!

Era um dos oficiais do DCCAMN. Keturah não ficou para saber o que eles queriam com Max. Ela nunca ficava por perto quando oficiais estavam envolvidos.

Dando meia-volta, ela sussurrou para Max um "Te mando mensagem depois". Ele assentiu, e então ela prosseguiu na direção do refeitório.

Ovos das gárgulas, Max dissera. Era esse o artefato que ela vinha procurando?

Keturah olhou para as costas dele apenas uma vez, perguntando a si mesma se *deveria* ter esperado lá com Max. Por solidariedade e tal. Mas o oficial do DCCAMN andava depressa. E era óbvio que Max estava sendo *escoltado* até algum lugar.

Ela olhou para a frente e continuou andando. Como sempre fazia.

Ovos das gárgulas.

É claro que a suma sacerdotisa de Nova Orleans poderia ajudá-la com aquilo.

Ela tirou seu celular do bolso traseiro da calça e ligou para vovó.

PROVA S-4
CASO: 20-06-DROS-STK

Tipo:
[ ] Comunicado
[ ] Áudio
[ ] Resíduo de feitiço
[ ] Foto ou outra reconstrução visual
[X] Objeto
[ ] Formulário ou registro
[ ] Outro: _____

Fonte: Perito criminal
Partes Relevantes: n/a
Descrição: Resíduo arenoso indetermina-
do coletado no solo ao redor do corpo do
falecido; vide laudo do toxicologista para
análise completa

*(IMAGEM: saquinho contendo uma pequena
porção de areia)*

A pedido do oficial supervisor, a amostra
foi testada, e confirmou-se que ela contém
DNA humano.

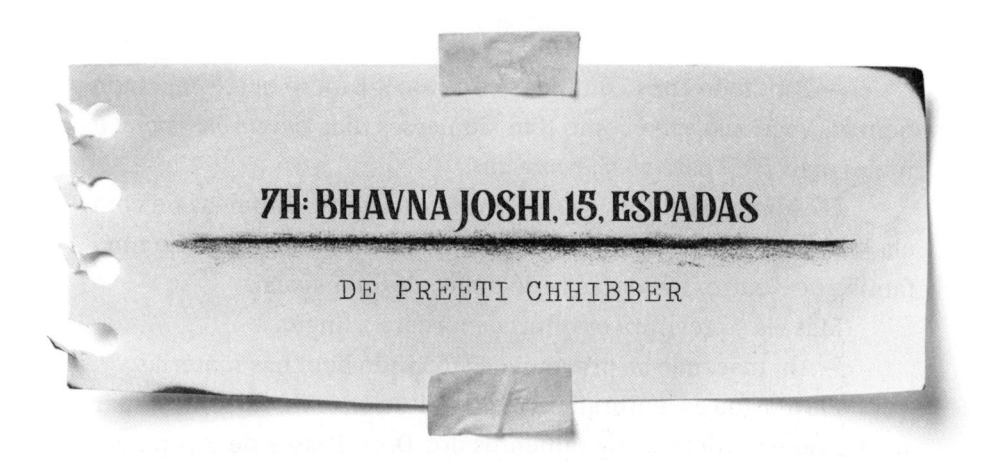

Bhavna Joshi não era uma pessoa matutina. Ela ouviu o relógio tocar sete vezes... Sete horas contava como manhã? Se ela não via o sol e o sol não a via, ainda era noite, segundo Bhavna.

Então ela sentiu o calor da luz solar atravessar as cobertas e tocar seu rosto, e a paisagem por trás de suas pálpebras passou de cinzenta a um tom de laranja-rosado, como se ela tivesse invocado o sol só de pensar nele. Ela suspirou. Era hora de sair da cama e começar o dia.

Bhavna jogou as cobertas para o lado e tateou em busca de seus *dandiyas* ou, como seu irmão gentilmente (na verdade, não) os chamava, "bastões mágicos de dança". Em vez de seus *dandiyas*, bateu a nuca contra o pesado livro com o qual ela dormira enquanto lia, o que fez surgir um leve hematoma em sua pele. Ela gemeu. Não era sua culpa se o quarto volume da série *Bom Cavaleiro* era a melhor coisa já escrita. Não era nada legal que o universo a punisse por aquela leitura.

Ela finalmente abriu os olhos e se sentou. Conseguiria fazer aquilo. Lançou um olhar por seu dormitório na Torre Espadas. O sol brilhava através de uma janela de vidro colorido no topo da parede leste e criava um padrão de três espadas em um triângulo no centro do piso. A silhueta das espadas girava devagar, espelhando o trabalho em vitral encantado. Ela esfregou as mãos no rosto e saiu da cama.

Embora as manhãs geralmente fossem um saco, aquela era especialmente difícil, o que não era nenhuma surpresa. Bhavna pensou na conversa que tivera por telefone com sua mãe na noite anterior.

— *Beti*, todos nós contamos com você! Espero que esteja tudo bem aí. Você não sabe como têm sido esses dias para nós, *poore*. É muito mais fácil para você, *poore-aur*.

O estômago de Bhavna se revirara. Na escola, implicavam com ela justamente pelo contrário. Como podia ela, uma Maga de uma família de Neutros, fazer parte de uma cultura mágica?

Mas ela só revirara os olhos e mordera a língua.

— Ah, mãe, não se preocupe. Estou indo bem nas matérias.

Ela afastou as lembranças e endireitou os ombros. Precisava ir ao ginásio e praticar os movimentos dos Doze Passos de Ras para a prova de Telecinese de Precisão Avançada, que seria no fim da semana.

Rapidamente, ela vestiu um short jeans e uma camiseta larga com as palavras "Heroína em Treinamento" estampadas no peito. Por fim, pegou seus *dandiyas*. Os bastões de madeira eram pintados com uma camada de tons marrom-escuro e laranja-queimado. Eram compridos e finos, ligeiramente mais grossos na base, parecidos com aquele tipo de velas que se pode encontrar na mesa de um banquete chique — não que ela já tivesse ido a um banquete chique, é claro —, e se encaixavam confortavelmente em suas mãos. Com um giro de corpo, ela apontou os bastões em direção à porta e pronunciou as palavras "lavar e arrumar". Imediatamente, Bhavna foi envolta por uma onda de magia, que ajeitou seus cabelos em um rabo de cavalo, limpou as remelas de seus olhos e deixou um frescor mentolado em sua boca. Ela sorriu. Estava feita sua ablução matinal... ou, pelo menos, algo próximo disso. Ela caminhou em silêncio até a porta do dormitório, notando que a maioria de seus colegas ainda dormia. Era cedo, mas, se o bacon não estivesse pronto quando ela chegasse ao refeitório, o pessoal da cozinha ia ouvir poucas e boas.

Ela saiu do dormitório e desceu a escada, caminhando na direção das mais deliciosas frituras.

— A verdade é mais estranha ainda...

— Tem a ver com Dropwort? E você sabe o que aconteceu?

Aquela era a voz de Niké Noelle, e parecia que ela estava falando com Taya Winter. Bhavna não conhecia Taya nem Niké muito bem, mas elas faziam algumas matérias juntas. Estranhamente, elas pareciam distantes uma da outra, como se estivessem falando por walkie-talkies ou algo assim. Existia um feitiço Walkie-Talkie? Bhavna hesitou, mas deu mais uns passos à frente para ver o que estava acontecendo.

Quando as viu, ela parou subitamente, boquiaberta e de olhos arregalados.

Eram Niké e Taya... mas ela enxergava *através delas*.

Mesmo para alguém que sabia que fantasmas existiam, aquilo ainda era *muito* perturbador. Mas Taya e Niké não estavam *mortas*. Ela viu a boca de Taya se abrir em câmera lenta, as palavras saindo estranhas e enroladas. Ela só conseguiu entender algumas palavras — "profecia... chamar... ação... Escolhido!" — e então mais nada, até que as mãos de Niké agarraram os ombros de Taya.

— Dropwort... assassinado...

Bhavna arquejou de surpresa. Niké e Taya desapareceram num flash de luz, e, logo a seguir, a cena recomeçou, mas desta vez o som estava ainda mais fraco. Foi então que Bhavna percebeu que aquilo só poderia ser resultado de alguma magia poderosa. Ela sabia que feitiços potentes, quando lançados de maneira "selvagem", poderiam deixar vestígios durante algumas horas, como era o caso daquelas cenas, mas nunca tinha visto isso acontecer na vida real. Só tinha lido a respeito. Ela deu um passo para trás e levou a mão ao peito. Professor Dropwort... morto? Não, morto não. *Assassinado*. Será que ela tinha ouvido bem? E havia um Escolhido envolvido?!

Seria aquilo mesmo verdade? Bhavna pegou seu celular e entrou no Cantrip — o Twitter dos Magos —, e então ela leu a seguinte mensagem:

EPHEMERA WORDSWORTH (@BEM_ARRUMADA)
Ouvi o diretor no corredor. Dropwort está ☠.

Bhavna não estava surpresa pela forma mordaz com que a notícia era dada. Dropwort não era exatamente amado pelos alunos. Estava, portanto, confirmada a notícia da morte.

Ela engoliu em seco e pensou na noite anterior. Devia ser por volta das vinte e duas ou vinte e três horas. Bhavna perambulava até tarde da noite, à procura das passagens secretas que supostamente estavam escondidas pelo terreno da escola. Ela estava perto da entrada da escola, agachada sobre o que ela achava que era uma pegada de pombo nos muros — já era estranho o *suficiente* que ela quisesse ver aquilo — quando uma sombra passou depressa por ela. Então, obviamente, ela fez o que qualquer fã de *Bom Cavaleiro* faria: foi investigar.

Mas, em vez de uma aventura, ela encontrara o Professor Dropwort, que lhe gritou furioso: "Você está aqui fora depois que as luzes já foram apagadas, Joshi. Vá para a cama antes que receba uma advertência". Com um olhar de relance, o professor vasculhou os arredores e então acrescentou: "Ou algo pior". Naquele momento, Bhavna apenas suspirou. Dropwort não era seu professor. Ele mantinha por perto os seus discípulos prediletos (que geralmente vinham de famílias tradicionais), enquanto os alunos recém-chegados — principalmente aqueles que não possuíam uma genealogia mágica da qual se gabar — eram deixados bem longe. Ele nunca tinha sido particularmente gentil, era verdade. Mas, na noite anterior, ele estava claramente agitado e mais rude do que o normal. Ela também lembrou que o professor tinha algo na mão; não conseguira ver direito o que era, mas notou um brilho prateado. Pensando bem, o "ou algo pior" agora parecia menos com uma tentativa de assustá-la e mais como se ele estivesse assustado.

E se ela tinha sido a última pessoa a vê-lo com vida?

Era macabro, mas não parecia que Niké e Taya soubessem exatamente o que havia acontecido com o professor... Talvez aquela fosse a chance de Bhavna fazer algo grandioso! Na série *Bom Cavaleiro*, *sempre* havia alguém que resolvia os problemas — o Escolhido, por assim dizer. E, às vezes, Bhavna gostava de pensar que ela era aquela pessoa. Ou gostava de pensar que ela *poderia* ser aquela pessoa.

Sem o Escolhido, não havia *história*.

Então, ela esperou um pouco, caso mais alguém estivesse vindo, saiu de trás da coluna e foi tomar café da manhã. Enquanto se dirigia ao refeitório, ela repassava mentalmente os pedaços do mistério:

Possíveis Fatos:
Professor Dropwort: Morto.
Havia algo* com ele.
*"Alguma coisa prateada"

Bhavna talvez tivesse sido a última pessoa a tê-lo visto com vida. Ela tremeu ao pensar nisso e balançou a cabeça para espantar os pensamentos. Pensar nisso não ajudaria em nada. O que ela precisava era encontrar pistas para descobrir *quem* tinha feito aquilo. Quem sabe ela pudesse refazer os passos do professor?

Ela não conseguia lembrar se tinha visto Dropwort no jantar, porque estava lendo e praticando mentalmente o novo feitiço Passos de Ras. Refazer os passos dele talvez fosse mais difícil do que ela pensara. Bhavna desceu a escadaria, chegando ao amplo corredor do térreo, e foi então que ouviu:

— JB *precisa* descobrir o que diz o bilhete...

Ah, não. Uma voz conhecida vinha da esquina. Era *Diego*. Diego, por quem ela tinha uma quedinha já fazia três semestres! Ela procurou um lugar para se esconder, mas seu estômago roncou alto, e ela pressionou seus bastões contra o abdômen, com os olhos arregalados de terror.

— Olá? Tem alguém aí? — A voz de Diego se aproximava, e o desespero de Bhavna crescia. Onde ela iria se esconder...?

Então se lembrou de que podia usar magia.

Um feitiço em três passos serviria. Ergueu as mãos acima da cabeça e bateu os *dandiyas* suavemente, depois os bateu de novo junto ao seu quadril esquerdo. Só mais uma batidinha perto dos joelhos.

— Flutuar e desaparecer — sussurrou.

Seu corpo todo formigou por um instante enquanto o feitiço Invisibilidade entrava em ação e ela foi erguida no ar. Bem quando atingiu o teto alto com um baque surdo, Diego dobrou a esquina. Ela segurou um suspiro. Como sempre, os cabelos negros do garoto estavam desgrenhados, e ele andava com determinação. Ela se perguntou se ele sabia da morte de Dropwort — se o professor não se importava com Bhavna, com Diego era hostil. Esse era um dos motivos pelos quais ela se apaixonara por ele. Diego não se deixava intimidar por

Dropwort! Ela ainda se lembrava do mordaz comentário *Por causa do colonialismo, Professor* que ele fizera em uma aula de História em que a perspectiva de Dropwort parecera ser bem limitada.

Agora, no entanto, estava feliz em vê-lo passar sem notá-la. Ela soltou o ar que estivera prendendo, e então Diego se virou com a testa franzida.

— Sei que tem alguém aqui! Se está me espionando, já contei tudo às vice-diretoras. Não tive nada a ver com o que aconteceu com Dropwort. — Ele parecia zangado e, então, com a voz mais baixa, acrescentou: — E, de todo modo, o bilhete dele está com JB.

Bhavna discretamente levou uma mão à boca. Como Diego sabia o que tinha acontecido com o professor? E quem achava que ele estava envolvido?! E o que o bilhete que estava com JB, o garoto novo, tinha a ver com aquilo?!

Diego olhou feio na direção de Bhavna, como se desafiasse quem quer que ele achasse que o espiava a aparecer e admitir o que fazia. Mas Bhavna *não estava* espionando e *não queria* ter que explicar aquele ronco enorme do seu estômago ao garoto bonito que estava à sua frente, então manteve seu corpo totalmente imóvel, até que Diego, por fim, deu de ombros.

— Tudo bem — disse ele —, se quer ficar em silêncio, fique. Eu vou tirar um cochilo. — E então partiu na direção de seu dormitório.

Por segurança, Bhavna se moveu vários metros na direção oposta antes de girar seus *dandiyas* acima da cabeça e dizer "Baixar". Ela olhou na direção em que Diego fora, pensando em como o rosto dele parecia belo e furioso sob a luz baixa do corredor. Tudo o que desejava era uma oportunidade de conversar com ele, mas... o que é que ela diria? *Oi, Diego. Eu estava invisível e flutuando acima de você e ouvi que você estava pensando em descobrir o que tinha acontecido com o Professor Dropwort e... eu também!* Ela revirou os olhos e gemeu.

E então congelou. JB! Diego dissera que tinha dado um bilhete a ele. Ela podia ir até JB e perguntar como é que o bilhete se encaixava naquilo tudo. Mas, antes que pudesse levar essa linha de raciocínio adiante, seu estômago roncou outra vez.

Ela olhou para baixo e fez uma careta.

— Tudo bem, estômago. Você venceu. Primeiro o café da manhã, depois descobrir onde JB está.

Ela seguiu pelo corredor norte em direção ao refeitório, que ficava próximo à entrada da Torre Taças. Sua mente espiralava entre as pistas do mistério, mas bastou que avistasse as portas do refeitório para que um sorriso se abrisse em seu rosto. Aquele era um de seus lugares favoritos da escola. Para começar, era *imenso*. Caberiam ali, ao mesmo tempo, todos os milhares de alunos da escola. O espaço tinha o formato de arco aberto, e a maior parede tinha lindas janelas encantadas. Bhavna empurrou as portas e sorriu ao ver os vitrais coloridos que giravam com os símbolos de todas as casas da escola. Naquele instante, eles mostravam uma fila de espadas girando e subindo. O salão estava bem vazio; a maioria dos alunos ainda não havia saído da cama. Ela pensou outra vez no comentário de Diego sobre JB. Ele não estava no refeitório, mas isso não significava que ela não pudesse perguntar por ele.

Primeiro ela entrou na pequena fila do buffet, enchendo o prato com delícias do café da manhã — incluindo uma única panqueca, que era necessária para balancear os ovos e as linguiças. Mordendo o lábio, ela olhou para as compridas mesas de nogueira, em dúvida sobre onde se sentar. Havia um grupo de alunos mais velhos na ponta de uma mesa e alguns alunos mais jovens espalhados pelo salão. Não havia ninguém que Bhavna conhecesse pelo nome. Era imaginação dela ou as pessoas estavam começando a encarar? Seria, talvez, porque ela estava ali parada por mais tempo do que deveria? Era em momentos como aquele que Bhavna desejava sentir que já nascera destinada a estar naquela escola. Se ela se sentisse assim, seria muito fácil chamar um dos colegas e fazer algumas perguntas. Ela respirou fundo, expirou e então foi se sentar a poucos metros do grupo de alunos mais velhos.

Enquanto comia, pensava em seus próximos passos. Se ela fosse JB, onde estaria? Ainda era cedo... Talvez ela devesse ir até a Torre Moedas — ela tinha quase certeza de que era aquela a casa dele — e perguntar por ele lá. Ela batia com o garfo no prato, distraída. E então, como se fosse o destino, ouviu o nome de JB ser mencionado no grupo ao seu lado.

— ... viu JB e Ivy indo para a enfermaria. Há algo na água, sem dúvida.

A enfermaria!

Ela enfiou o último pedaço de linguiça na boca, levantou-se depressa da mesa, bateu seus *dandiyas* junto ao comando: "Limpar" e correu para a saída, enquanto a louça suja desaparecia atrás de si.

Estar na Academia Galileu para Pessoas Extraordinárias não estava sendo fácil para Bhavna. O problema nem era a escola ou sua aceitação, não mesmo. O problema era muito anterior.

Em novembro, durante seu sétimo ano escolar, Bhavna tivera permissão para ir a um Festival Navratri com seus primos mais velhos, em vez de esperar que seus pais a levassem. Ela não costumava andar com as crianças mais velhas, então ficara animada — *garba* e *ras* provavelmente eram as coisas que ela mais amava no mundo. Depois de uma ou duas horas de garba — dançando em círculos, batendo os pés, dando saltos gigantescos que faziam seu coração acelerar —, era hora de pegar seus *dandiyas* para a *ras*. Ela encontrou um parceiro, eles entraram na fila e o *dhol* começou. Bhavna ergueu seu bastão e bateu com ele no de seu parceiro, uma, duas vezes, e então recuou, para avançar em seguida e bater em seu outro *dandiya*. Mas, quando seus bastões se tocaram, em vez de saltar para a frente, ela voou direto para cima e acabou passando duas horas presa nas vigas, esperando que o resgate chegasse para ajudá-la a descer.

Depois, sua família a empurrou porta afora e a colocou num carro, sorrindo de nervoso.

— *Meri bachi*! Uma Maga! *Poore-aur*!

Onde ela crescera, pessoas sem magia eram chamadas de *poore*, ou "inteiras". E quem possuía poderes mágicos? *Poore-aur* — "inteiras--mais". Não havia uma Maga na família de Joshi desde… sempre. Seus pais ficaram animados, é claro, mas, naquela noite, uma linha invisível a separara do resto da família. Eles a amavam, mas agora ela tinha essa outra parte que eles não compreendiam. Mas tudo bem, Bhavna pensou… Porque, quando chegasse à Galileu, ela seria compreendida.

Ela pensou que estaria entre pessoas que compreendiam.

Mas então chegou à Galileu e as coisas não aconteceram com ela imaginava. Entrou um ano atrasada, então os alunos de sua idade estavam na metade do terceiro ano, e ela ainda estava no segundo. Muitos alunos já se conheciam. E ser a única aluna que não tinha nenhum Mago na família *importava*.

Ela tinha alguns amigos, é claro, mas havia regras não escritas, piadas internas e relações familiares entre Magos que ela não entendia. Além disso, como sua magia envolvia dança e movimentos exagerados, ela acabara ganhando má reputação. As pessoas a evitavam, como se achassem que ela fosse arrancar o olho de alguém (embora aquilo tivesse acontecido só uma vez e o olho do garoto crescera de novo em cinco minutos!).

Tudo isso acabara deixando Bhavna solitária.

Mas, se resolvesse aquele mistério... se conseguisse fazer isso, ninguém poderia dizer que ela não devia estar ali.

— Joshi! Cuidado!

Enquanto a sua mente vagava em lembranças, o corpo de Bhavna corria em disparada, e, no meio dessa distração apressada, ela quase não viu que o Professor Anand estava parado na entrada do refeitório. Mas, felizmente, conseguiu erguer os olhos a tempo de evitar um acidente.

— Bhavna!

— Desculpa, professor!

O Professor Anand tinha uma mão sobre o coração e segurava na outra uma peça de seda. Ele respirou fundo e baixou os braços, franzindo a testa ao olhar para o tecido em sua mão.

— Ah, bem, agora terei que passar isto aqui a vapor. — Ele voltou sua atenção para Bhavna. — E aonde vai com tanta pressa assim tão cedo?

Bhavna tentou disfarçar seu nervosismo. O Professor Anand sempre vestia ternos feitos sob medida. O daquele dia era azul-escuro — todo coberto por uma sutil estampa ao estilo indiano — com uma camisa combinando e uma gravata vermelha lisa. Ele sempre parecia à vontade onde quer que estivesse e sempre pronunciava o nome de Bhavna com perfeição. E, para piorar, ainda tinha o fato de que sua mãe, ao descobrir que ele era professor na Galileu, ter dito "Bhavna! Você terá um *tio* na escola, o Tio Ramesh!". Sua mãe ainda lhe perguntava do "Tio Ramesh" toda vez que Bhavna ligava para casa. E, toda vez que via o Professor Anand, Bhavna temia cometer o deslize de chamá-lo sem querer de Tio Ramesh.

— Bhavna?

— Ah, a lugar nenhum, professor! Eu só ia... praticar uns feitiços no ginásio.

O Professor Anand olhou para ela com ar astuto.

— O ginásio que fica... ali atrás, na direção oposta a você? — Ele apontou.

Controle-se, Joshi. Por que ela dissera "ginásio"?! O pânico sempre fora seu pior inimigo.

— Eu queria perguntar uma coisa para a Enfermeira Smith antes, então ia primeiro à enfermaria.

— Hummm, tudo bem. Cuidado com essa correria. Tem sorte de esta seda ter sido a única coisa danificada hoje. — Ele ergueu o tecido colorido e Bhavna se encolheu.

— Sim, senhor — ela respondeu e começou a caminhar lentamente na direção da enfermaria. Mas, antes de prosseguir, perguntou-lhe, com a voz carregada de hesitação: — Professor?

Anand virou-se.

— Sim?

— O... — Bhavna fez uma pausa, sem saber ao certo como perguntar sobre o assassinato. — Sobre o professor Dropwort... é mesmo verdade que... ele está... morto?

Anand arregalou os olhos, chocado.

— Como você...? — E então sua expressão se suavizou. — Ah, eu devia saber que os rumores chegariam aos alunos antes de nós. Nada fica em segredo por muito tempo aqui. Lamento dizer que ele foi encontrado esta manhã. O diretor falará com os alunos em breve. Ainda é cedo, então não posso dizer muito. Nem sei de muita coisa, na verdade. Mas... — Ele hesitou um instante antes de prosseguir. — Sabe, Bhavna, se você quiser passar na minha sala durante o expediente para conversar e tomar um chai, minha porta está aberta.

Aquilo não era o que Bhavna esperava, mas até que a ideia lhe agradou. Era uma gentileza inesperada e muito bem-vinda.

— Ah, err... Obrigada, T..., digo, senhor. Obrigada, senhor.

O professor lançou-lhe outro daqueles olhares típicos, mas logo a dispensou com um breve aceno de mão.

— Tenha um bom dia, Joshi.

Bhavna precisou de muito autocontrole para não sair correndo. Em vez disso, caminhou lentamente, até ter certeza de que o professor não podia mais vê-la, e então correu em disparada durante todo o resto do percurso até a enfermaria.

Ela abriu a porta que levava à ala médica e entrou na enfermaria, que ficava em uma sala ampla com janelas muito altas. Os leitos eram separados por cortinas e estavam espalhados aleatoriamente por todos os cantos — o que não parecia ser a distribuição mais organizada ou eficiente, mas é preciso considerar que a Enfermeira Smith também não era exatamente o que se poderia chamar de uma pessoa "tradicional".

A sala de espera estava em silêncio, e Bhavna não via a Enfermeira Smith em parte alguma. Ela atravessou a sala e notou Ivy deitada em um dos leitos perto da entrada. Só que, em vez da garota sardenta e sorridente que Bhavna costumava ver pelos corredores, viu ali um monte de pústulas de óculos. Bhavna parou de olhos arregalados perto do leito, mas Ivy a interrompeu antes que conseguisse falar.

— Nem me pergunte. Mas, se quiser mesmo perguntar, é culpa da Birdie — ela gemeu. — Sempre me esqueço de como ela é avoada. Pediu que eu fosse à sala dela, mas se esqueceu de desligar o alarme! E quando digo "alarme", quero dizer "maldição horrível". Ivy inclinou a cabeça para trás, apoiando-a no travesseiro, e fechou os olhos.

— Vou só colocar meu fone, ouvir uma música relaxante e ficar aqui quietinha, tá?

Bhavna apenas piscou, como quem está atônita.

— Tudo bem, Ivy. Espero que seu rosto melhore logo. Então eu vou... deixar você descansar em paz...

Ivy fez um sinal de positivo.

— Argh! — Uma voz cortou o ar, e a cabeça de Bhavna se voltou na direção do som. Ao seu lado, Ivy nem esboçou uma reação. Sua música estava *alta*.

— Olá? — disse Bhavna. Havia cortinas fechadas em volta de um dos leitos na outra ponta da fileira. Ouviu-se outro grito, alto e rápido, e Bhavna soube que ele vinha de trás daquelas cortinas verdes e pesadas. Ela se aproximou e parou ao lado do leito. Havia uma fresta entre as cortinas, mas Bhavna não conseguia ver nada. — Err... oi? — Ela tentou mais uma vez. Mas, antes que alguém respondesse, ouviu a voz da Enfermeira Smith, que conversava com alguém na entrada da enfermaria.

— Venha comigo, oficial, é por aqui!

Uma mão marrom-escura saiu de trás da cortina, agarrou o pulso de Bhavna e a puxou para dentro daquele espaço escuro.

— Ahh...

Foi tudo que Bhavna conseguiu dizer antes que aquela mão tapasse sua boca e JB sibilasse:

— *Shhh*! Quero ouvir isso e não quero que a Madame Ossuda lembre que estou aqui!

Bhavna ergueu as mãos em sinal de rendição. JB tirou a mão da boca da garota, que fez uma careta indignada.

— Era só ter falado — sussurrou Bhavna, enquanto tentava limpar a pasta gosmenta que a mão de JB havia deixado em seu queixo. — Que diabos é isso na sua mão?

JB fez uma careta.

— Ah, desculpa. É o remédio para queimadura que Fibs passou em mim. — Então ela notou que os braços de JB estavam cobertos por uma pomada espessa transparente. — E me desculpe, eu... — Ele hesitou antes de continuar: — Eu não lembrava... seu nome — terminou de dizer, constrangido, desviando o olhar. Bhavna se sentiu mal por ele. Ela não o conhecia bem, mas sabia como era se sentir desconfortável num lugar novo.

— Não se preocupe com isso...

A voz da Enfermeira Smith interrompeu Bhavna antes que ela pudesse dizer mais alguma coisa a JB.

— O que mais posso fazer para ajudar o DCCAMN?

— Pode nos dizer algo sobre o corpo da vítima? Você o examinou, certo?

Bhavna e JB disseram "Dropwort!" ao mesmo tempo e em voz baixa. E então apontaram um para o outro, surpresos.

— Espere — disse Bhavna. — Vamos continuar ouvindo. — JB assentiu. Do outro lado das cortinas, a Enfermeira Smith prosseguia.

— Sim, era uma cena de crime e tanto. Realmente um enigma de rachar o crânio, se é que me entende. — Ela fez uma pausa, como se esperasse algo. A pausa foi muito mais longa do que Bhavna esperava. — Enfim... — disse afinal a Enfermeira Smith. — Pelo jeito, falar com você é uma coisa beeeem... "divertida", hein, oficial? — Em resposta, o interlocutor apenas soltou um grunhido, que não parecia nem um pouco divertido. — *Tudo bem.* Já que é assim, eu vou dissecar todos os detalhes para você. — Ao lado de Bhavna, JB apoiou a cabeça nas mãos e deixou escapar um gemido.

— Os trocadilhos são muito ruins! — disse ele.

Bhavna deu de ombros.

— Ela acha que são engraçados.

— O que posso lhe dizer sobre os ferimentos de Dropwort? Bem, eles não correspondem a nada que vocês acham que o matou. Isso é certeza. Ferimentos *demais* para uma única arma. — A voz da Enfermeira Fíbula começou a diminuir, como se ela se afastasse da enfermaria. Bhavna não conseguiu ouvir o que o oficial disse em resposta. JB soltou um suspiro de frustração.

— *O que* está havendo? — perguntou Bhavna.

— Bem que eu gostaria de saber. Tudo que sei é que Diego me pediu para desvendar o que dizia um bilhete secreto...

— E o que dizia?! — interrompeu Bhavna.

— Algo sobre Dropwort ter que encontrar alguém ontem à noite para entregar uma mercadoria. Além de algumas ameaças. — Bhavna notou que JB tremia. — Ouça — disse de repente, agarrando-a pelos ombros. — Estou preso aqui. Pode contar a Diego o que ouvimos?

Estamos tentando descobrir o que aconteceu. — A empolgação percorreu o corpo de Bhavna. Ela assentiu. Ia falar com *Diego*.

— Claro, claro. Posso fazer isso. — Assim que as últimas palavras saíram de seus lábios, as cortinas se abriram.

Enfermeira Fíbula Smith era uma visão e tanto. Bhavna não sabia bem de onde ela era, mas diziam que ela *sempre* estivera naquela escola, desde que um de seus fundadores encontrara uma velha pilha de ossos e pensara: *Uma ótima opção de enfermeira para nossa escola*. Algo *totalmente* normal, sabe? A Enfermeira Smith era isto: um esqueleto alto que usava um jaleco sobre os ossos e um chapéu de enfermeira em seu crânio liso cor de marfim. A imagem resultante era hilariamente macabra, mas de algum modo combinava com o restante da Galileu de um jeito que Bhavna invejava.

— Opa — deixou escapar Bhavna.

— Você disse "opa" ou "oba", querida? Precisa falar mais alto porque sou surda feito um cadáver. — A Enfermeira Smith riu com gosto da própria piada. JB gemeu outra vez. — A propósito, o que você está fazendo aqui? Não me lembro de ter deixado dois esqueletos para trás... — Embora a enfermeira não tivesse olhos, Bhavna sentia seu olhar penetrante. Ela procurou algo para dizer.

— Ah, eu só vim perguntar se o JB queria que eu anotasse a matéria para ele hoje — falou depressa.

— Valeu, Joshi — disse JB. Ele se encolheu quando a Enfermeira Smith apertou um tubo de algo chamado Pomada Sr. Queimado, espalhando o produto por todo o braço de JB. — Fibs, isso devia doer?

— Esta pomada traz inúmeros benefícios, sr. Brig. — A Enfermeira Smith fez uma pausa. Bhavna e JB olharam pasmos um para o outro. A Enfermeira Smith soltou outra risada. — Inúmeros? Em úmeros?! — Ela apontou para o osso da parte superior do seu braço e então balançou a cabeça, desapontada. — Desperdiço minha sagacidade com ignorantes. Agora, sr. Brig, vou lhe dar um tubo de pomada. Aplique de hora em hora pelas próximas quatro horas e ficará novinho em folha. Enquanto isso, pode descansar aqui.

JB assentiu e então estreitou os olhos para Bhavna.

— Ei, Joshi, não se esqueça da *outra tarefa*.

Bhavna sorriu e assentiu. Ela não queria se precipitar, mas aquilo começava a parecer um clube secreto.

Então a enfermeira-esqueleto conduziu Bhavna em direção à saída.

— Posso lhe ajudar com mais alguma coisa, srta. Joshi? — perguntou a Enfermeira Smith. Bhavna segurou com força seus *dandiyas*.

— Enfermeira Smith, por acaso você viu o corpo do Professor Dropwort esta manhã?

O esqueleto fixou suas órbitas oculares em Bhavna.

— Bem, só é manhã há algumas horas, e o que é o tempo senão um conceito frágil?

Bhavna franziu a testa.

— Quê?

— Srta. Joshi, poucos grãos de areia restavam ao Professor Dropwort, se é que me entende. O tempo não espera ninguém, mas aquele homem perdeu tempo. Todo ele. — Desta vez, ela deu uma risada gostosa, e Bhavna riu junto, embora não tivesse entendido totalmente o que a enfermeira Smith dissera. Ela decidiu seguir adiante.

— É que eu vi o professor ontem à noite e fiquei imaginando se você saberia o que aconteceu.

— Quem me dera, querida! Quando vi Wren, que foi quem achou o corpo — Bhavna estremeceu, mas a Enfermeira Smith prosseguiu —, ele falava sem parar sobre uma ampulheta. — E, então, ela deu de ombros e Bhavna viu sua escápula se mover atrás da cavidade torácica. — Isso me lembra algo, mas não sei o que é.

O que será que Wren quis dizer com "ampulheta"? Bhavna se perguntou se JB ou Diego saberiam do que se tratava. O que uma ampulheta tinha a ver com a morte de Dropwort? Era esse o objeto que ele ia entregar? Quem mataria por uma ampulheta, mesmo que fosse de prata? Bhavna sacudiu a cabeça, tentando clarear as ideias. Aquilo era importante, mas ela não conseguia imaginar o porquê.

— Srta. Joshi! — A Enfermeira Smith estava chamando seu nome. — Ligação da Terra para srta. Joshi!

— Ah! Desculpa! — Bhavna enrubesceu. Ela precisava parar de se perder nos próprios pensamentos.

— Por que todas essas perguntas? Sabe o que a curiosidade fez com o gato, não?

— Matou? — respondeu Bhavna, hesitante.

A Enfermeira Smith encarou-a novamente.

— O quê? Foi isso que ela fez? Sempre quis saber. Enfim... por que tantas perguntas?

Bhavna deu de ombros, sentindo-se subitamente desconfortável. Seu plano para solucionar o assassinato lhe parecera bom antes, mas agora tudo parecia real demais. Seria aquele o melhor jeito de se aproximar das pessoas? Ou será que apenas faria com que ela parecesse ainda mais esquisita?

Enfermeira Smith pôs sua mão ossuda e fria sobre a de Bhavna.

— Srta. Joshi, pode se abrir comigo. Temos um sigilo enfermeira-aluna aqui. Prometo.

— Eu... eu achei que, se pudesse ajudar a descobrir o que houve com o Professor Dropwort, isso significaria que eu devia estar aqui.

A Enfermeira Smith riu.

— Bhavna, você devia estar aqui porque devia estar aqui.

— Mas...

— Não, sem "mas". Veja bem, eu sou um esqueleto! Acha que eu não devia ser enfermeira?

— É claro que devia ser enfermeira!

— Então por que acha que seu lugar não é aqui?

Bhavna torceu o nariz.

— Então... meu lugar é aqui porque estou aqui?

O sorriso esquelético da Enfermeira Smith ficou mais largo.

— Seu lugar é aqui porque seu lugar é aqui. O fato de se encaixar ou não em um lugar não significa que não deveria estar nele. Só significa que ainda há muita coisa pela frente.

Bhavna sorriu. Ela já era *poore-aur*, "inteira-mais". Talvez pudesse ser "inteira-mais-muita-coisa-pela-frente". Ela pensou no Professor Anand e em seu chai, e pensou em JB e Diego. Precisava vê-lo para contar tudo que descobrira. E, talvez, eles pudessem trabalhar juntos no que viesse pela frente. Ela gostou de como aquilo soava.

<u>**PROVA — TRANSCRIÇÃO A-1**</u>
CASO: 20-06-DROS-STK

<u>**Tipo:**</u>
[X] Comunicado
[ ] Áudio
[ ] Resíduo de feitiço
[ ] Foto ou outra reconstrução visual
[ ] Objeto
[ ] Formulário ou registro
[ ] Outro: _____

Fonte: Arquivos de anúncio escolar
Partes Relevantes: Nicolas Fornax, diretor; Ladybird "Birdie" Beckley, vice-diretora; Fíbula Smith, enfermeira escolar; Kevin Vaughan-Crabtree, conselheiro escolar e orientador psicológico
Descrição: Transcrição do anúncio escolar dirigido aos alunos às 7h47

[Início da transcrição.]

[Sinal sonoro agradável indicando o início do anúncio.]

<u>Diretor Fornax</u>: [Pigarreia.] Está… Olá? Está ligado?

<u>Vice-Diretora Beckley</u>: Sim, Diretor Fornax.

<u>Diretor Fornax</u>: Certo. Bom dia, alunos. É com pesar que comunico a todos o repentino e prematuro falecimento de um de nossos

estimados colegas, o honorável Professor Septimius Dropwort. Muitos de vocês conheciam, é claro, o bom professor, que foi membro por muitos anos do corpo docente da Galileu e que era muito respeitado em sua área.

Tenho certeza de que todos vocês gostariam de prestar homenagem a ele, então saibam que uma cerimônia fúnebre será realizada esta manhã, às onze horas, no auditório. A presença de vocês é obrigatória. Não se atrasem. [Som de papéis sendo virados. Pausa.]

Vice-Diretora Beckley: … Além disso, os oficiais do DCCAMN farão uma avaliação-padrão… [Som abafado.] Vocês não estavam colaborando, então eu… Tudo bem. [Tosse.] Como eu dizia, a partida da escola para o Turcomenistão foi atrasada para que os oficiais do DCCAMN possam realizar uma avaliação-padrão. Vocês serão retirados da sala para responder a algumas perguntas e recomendamos que colaborem para que possamos seguir adiante o mais rápido possível.

Kevin Vaughan-Crabtree: Oi, vou só interromper e… quem fala é o sr. Kev. Estarei disponível para acompanhá-los como conselheiro escolar em qualquer reunião com os oficiais, se vocês assim quiserem. Além disso, a Enfermeira Smith e eu estamos à disposição para ouvi-los, se precisarem. Posso oferecer aconselhamento de luto para alunos que estiverem sofrendo com o falecimento do Professor Dropwort…

Enfermeira Fíbula Smith: E acho que eu posso, bem, atacar esse assunto também. [Risadinha.] Podem vir.

Kevin Vaughan-Crabtree: … Talvez só me procurem para aconselhamento de luto.

Diretor Fornax: [Pigarreia várias vezes.] Sabemos que essa é uma notícia terrível, mas acreditamos na resiliência de nossos alunos e pedimos que prossigam com suas atividades normalmente, apesar das circunstâncias. Obrigado e, mais uma vez, a presença de vocês na cerimônia fúnebre é obrigatória. [Pausa.] Birdie, você pode...

<u>Vice-Diretora Beckley</u>: [Suspira.] De novo, é o botão vermelho...

[Sinal sonoro agradável indicando o fim do anúncio.]

[Fim da transcrição.]

8H: JIA PARK, 15, NÃO DECIDIU

DE KAT CHO

Jia Park odiava ficar para trás, principalmente hoje. Porque hoje era o dia em que ela ia provar seu valor aos seus pais. Não só um professor fora achado morto (assassinado, de acordo com rumores, e Jia estava inclinada a concordar com eles — afinal, o Professor Dropwort era detestado por quase todo mundo), como também ela ouvira uma mensagem de fumaça sobre um "Escolhido".

Jia estava determinada a ser aquela pessoa.

Vamos deixar uma coisa clara desde já: Jia não estava feliz com a morte de Dropwort (mesmo que ele fosse antiquado, palestrinha e intolerante). Mas se *alguém* seria o Escolhido, esse alguém seria ela.

Desde que seus pais a haviam mandado para a Galileu, Jia vinha tentando provar a eles que tinham se enganado e que ela deveria voltar para a Academia Chosun, onde eles e todos os Magos da família estudaram antes de comandarem, eles próprios, a Academia Chosun. Se não fosse escolhida para ser a diretora da Chosun, uma tradição que já durava cinco gerações de sua família seria quebrada. Mas quando o seu *appa* decidia uma coisa, esperava-se que fosse obedecida. E, no dia em que eles a deixaram na Galileu, ele agarrara seus ombros e dissera:

— Você representa a Chosun enquanto estiver aqui. Deixe-nos orgulhosos.

Jia não sabia bem por que tinha que estar ali para "representar a Chosun", mas talvez aquela fosse sua chance. Afinal, quem não teria orgulho de ter criado a Escolhida? O único problema era que ela não sabia *como* o Escolhido seria... bem... escolhido.

O refeitório da Academia Galileu para Pessoas Extraordinárias estava lotado de jovens que iam de um lado para o outro, fofocando sobre o mistério da morte de Dropwort. O grande salão com acabamento em madeira era cinco vezes maior do que o refeitório da sua amada Chosun.

Tudo ali parecia muito diferente daquilo com que ela estava familiarizada. A escola itinerante, a comida, o formato das aulas. Jia vergonhosamente levara um bom tempo para se acostumar. Ainda bem que ela era ótima aluna, então suas notas não tinham sido prejudicadas. Às vezes, ela se perguntava se os seus pais a levariam de volta se suas notas piorassem. Mas era medrosa demais para tentar essa tática. Em vez disso, ela voltaria para casa provando aos pais que tinha valor.

Todas as mesas estavam lotadas de alunos. Argh! Era por isso que ela preferia tomar café da manhã mais cedo, quando não havia outros alunos ali para incomodá-la enquanto revisava suas tarefas do dia. Jia procurou um lugar enquanto puxava sua trança apertada por cima do ombro, passando os dedos por seus gomos lisos; aquilo a ajudava a se acalmar.

— Jia! — chamou alguém às suas costas.

Era Layla Longfeather — alta, animada e muito esquisita. O tipo de garota que usava dois pares de óculos porque se esquecia que havia deixado os primeiros enfiados em seus cabelos castanhos rebeldes. O que era exatamente o que ela fazia no momento.

— Você pode se sentar aqui! — Layla deu um tapinha no assento ao seu lado. Ela estava com um grupo de alunos do terceiro ano. Nenhum deles era necessariamente próximo a ela. Mas, para ser sincera, a verdade é que ela não era muito próxima de praticamente ninguém.

Ela virou a cabeça, procurando outro assento livre.

Não é que não gostasse de Layla. Era só que, sempre que estava perto da garota, ela sentia um formigamento pelo corpo e um aperto no peito. Não conseguia pensar direito, e, já que o cérebro era a fonte de toda a sua alegria e de seu orgulho, ela evitava tudo que pudesse deixá-lo confuso.

Não havia, porém, nenhum outro lugar disponível e, já que não havia escapatória, ela teve que se sentar ali mesmo.

— Como vai? — Layla perguntou ao mesmo tempo em que Dan Corbin inclinou sua cabeça loira por cima da mesa, atravessando a conversa para perguntar se elas tinham escutado o anúncio que os professores tinham dado mais cedo.

Jia não gostava de falar com Dan. Ele era de família tradicional e fazia questão de que todos soubessem disso.

— Parece que demoraram tanto para levar o corpo que umas criaturas mágicas *o pegaram* — continuou ele, empolgado, conferindo se todos ao seu redor prestavam atenção ao que dizia. Em resposta, Jia apenas baixou o olhar.

Aretta Musa arregalou os olhos.

— Eca! É sério? Acho que vou passar mal. Talvez a Enfermeira Smith me deixe faltar na primeira aula...

— Eu não iria à enfermaria. Vi aquela tal de Ivy lá e ela estava horrível. Tipo, horrível mesmo — disse Dan.

— Não deveríamos falar deste jeito. Dropwort era um professor — disse Layla, seu olhar pousando em Jia, que intencionalmente evitava contato visual. O terrível Dropwort não era um assunto de que ela gostava. Mesmo assim, observou Layla de canto de olho. A garota franzia o nariz, fazendo com que parecesse um coelho de desenho animado. Era meio... fofo. Se você gostasse dessas coisas.

— Ele era um babaca esnobe. — Aretta deu de ombros.

— Ele só era tradicionalista — argumentou Dan. Jia tentou disfarçar sua desaprovação. Dan era um dos alunos que concordavam com a visão *conservadora* (racista, em outras palavras) do Professor Dropwort sobre "tradição".

Jia não gostava do professor, embora nunca tivesse dito aquilo em voz alta. Dropwort tinha ideias bastante particulares sobre quem deveriam ser os Magos de elite (dica: eram mais masculinos, héteros e brancos do que Jia).

Mas não deixaria que aquilo a afetasse. Ela tinha crescido em uma das melhores escolas de magia do Pacífico, comandada por sua família havia muitas gerações.

— O que acham que aquela profecia dizia? — perguntou Aretta.

Jia endireitou a postura, interessada na conversa pela primeira vez. Eles estavam falando da mensagem de fumaça?

— Ouvi que alguém vai "encontrar seu fim" nas mãos do Escolhido — continuou Aretta.

Jia franziu a testa. Ela não queria machucar ninguém para provar seu valor aos pais.

— Talvez esse "Escolhido" faça o assassino de Dropwort pagar — disse Dan.

Layla revirou os olhos. Porém, com alguma relutância, Jia pensou que talvez algo do que Dan dissera fizesse sentido. Não sobre vingar Dropwort, mas sobre encontrar o assassino. Um assassino era uma ameaça à escola, não? Expor sua identidade seria algo heroico.

Afinal, que família não festejaria uma filha heroína retornando à casa?

Layla se remexia na cadeira, enquanto os outros alunos continuavam discutindo o mistério da morte de Dropwort, e então perguntou:

— E aí, Jia, você já escolheu a sua especialização?

Estava claro que ela não queria mais participar das fofocas. Quando Layla se inclinou, Jia percebeu que ela exalava um perfume de pergaminhos e pensou que provavelmente era porque sempre carregava partituras de música.

— Ainda não decidi — respondeu. Afinal, não fazia diferença, já esperava sair da escola bem antes do prazo de escolha.

— Notei no ano passado que você tem o dom para Introdução aos Estudos de Música Mágica. E aposto que você adoraria a Torre Varinhas — disse Layla com um sorriso. Daquela distância, Jia conseguia enxergar as sardas que cobriam o nariz de Layla. Elas faziam o verde de seus olhos parecer ainda mais intenso.

Jia sentiu que seu rosto enrubescia, e, de repente, era como a temperatura do refeitório subisse dez graus. Ela se perguntou se, por acaso, alguém tinha lançado um feitiço Calor. Então, ela limpou a garganta e se inclinou para trás, tomando uma distância segura de Layla, e então respondeu:

— Estudei piano, mas foi só porque meus pais me convenceram de que isso ajudaria nos meus estudos de MateMágica — ela disse com uma careta que esperava que desencorajasse mais perguntas. — E a Torre Central atende bem às minhas necessidades.

Todas as Academias incentivavam seus alunos a tirar sua Licença de Magia logo após o primeiro ano, pois isso lhes garantia mais independência para praticar os seus feitiços. A diferença, porém, era que, enquanto as outras escolas prendiam-se a um currículo-padrão, a Galileu estimulava seus alunos a diversificarem os ramos de suas especialidades. Esse era um tipo de liberdade que Jia achava assustador. Ela gostava de estruturas fixas, porque eram um modo mais claro de medir o seu nível de progresso.

— *Noona!* — O estabanado primo mais novo de Jia, Changmin, aproximou-se correndo, quase tropeçando nos próprios pés. Ele era desengonçado e mais alto que Jia, e nunca sabia o que fazer com seus braços e suas pernas. Naquele momento, seus braços compridos seguravam uma de suas diversas tabelas de pássaros mágicos, que ele atualizava meticulosamente. Jia esperava que ele não estivesse vindo para tagarelar sobre a última ave que avistara. — Tenho que falar com você sobre algo muito sigiloso.

Jia se encolheu. Changmin era intenso demais, mesmo em seus melhores dias. Era como se seu corpo e sua mente sempre estivessem em três lugares diferentes ao mesmo tempo. Parecia sempre agitado e confuso, exceto quando falava sobre criaturas mágicas. Nestes momentos, a polaridade se invertia, e então ele se tornava hiperfocado demais.

— *Noona*, preciso falar com você — repetiu Changmin alto o bastante para que todos ouvissem.

— Quem é esse calouro? — perguntou Dan, com toda a arrogância. — O que você faz deste lado do refeitório?

Jia cerrou os dentes. Ela queria pôr Dan no lugar dele, mas sabia que tinha que manter a calma. Se ela arranjasse briga, isso chegaria aos ouvidos de seus pais.

— Não há lados no refeitório — disse Layla, então se voltou para Changmin. — Oi. Eu sou a Layla.

— Oi! — Changmin deu a Layla um de seus sorrisos largos e radiantes, e ela imediatamente sorriu também. Changmin era sempre muito mais amigável do que Jia sonharia ser. — Sou primo da Jia. Park Changmin.

— Park Chang? — zombou Dan. — Que tipo de nome é esse?

— Não é isso — disse Changmin com uma risada indiferente.

— Esses dois são sobrenomes. Quem é que se apresenta com dois sobrenomes? Isso é ridículo! — Dan ficou atônito. Mas Changmin, sempre alheio, continuou: — Ah, eu não devia ter usado a maneira coreana de se apresentar. Pode me chamar de Changmin Park. Vivendo e aprendendo, né?

Dan estava de olhos arregalados, sua boca abriu e fechou em silêncio, feito um peixe. Mas Aretta murmurou:

— Quem é esse garoto?

Jia estava morrendo de vergonha. E então notou que Layla morria de rir, com a mão pressionada contra a boca. Ótimo, agora Layla acharia que sua família era uma piada.

Jia levantou-se depressa e puxou Changmin pelo braço. Ela arrastou o primo para uma sala de estudos vazia e fechou a porta atrás deles.

— Certo, Changmin, o que você fez desta vez? — Em seu íntimo, ela torcia para que não envolvesse dano à propriedade. Uma vez, ele tinha escondido uma *gumiho* em uma das torres da Chosun e ela quebrara o telhado para escapar, fazendo a escola gastar um dinheirão com o conserto.

— Promete que não vai ficar brava?

Jia não queria fazer uma promessa que não poderia cumprir, mas percebeu que o primo não parecia.

— Changmin, o que foi? O que aconteceu?

Ele respirou fundo.

— Ontem à noite, depois que as luzes se apagaram, eu saí do quarto e vi o *corpo* dele. — Não era preciso dar mais explicações. Só havia um "corpo" que ele podia ter visto.

— Você está bem? — perguntou Jia. — Precisa conversar com alguém?

— Não. — Changmin deu de ombros de maneira infantil e Jia se lembrou que seu primo era mais novo que ela. — Eu já tinha visto um corpo.

— Aquele era o *harabeoji*. Ele morreu de infarto. É diferente.

— Estou bem, *noona*! — insistiu Changmin. — Não estou falando do professor, mas de Sami.

— Sami?

— Meu filhote de samjokgu.

— Quê?! — exclamou Jia, e qualquer preocupação que tivesse com o primo evaporou no mesmo instante. Se ela tinha certeza de uma coisa era que animais de estimação mágicos não aprovados eram proibidos na Galileu. — Por favor, não me diga que você trouxe uma criatura mágica escondida para a escola. Isso é contra as regras.

— Bem, se eu não puder dizer, não tenho como terminar de contar a história.

Jia suspirou.

— Tudo bem. Então conte. E depressa.

Changmin respirou fundo, o que era sinal de que ele começaria a contar uma de suas histórias longas e enroladas.

— Encontrei Sami na mata perto da minha casa. É tão fofa com suas três pernas! Parece um cão da raça jindo, só que é mais cinzenta, feito o luar. Eu já disse que a encontrei à noite? Então, no começo ela se camuflou entre as plantas.

— Changmin! — explodiu Jia, frustrada.

— Certo. Então, sim, Sami era tão pequena que eu soube na hora que não podia deixá-la sozinha lá em casa. A *eomma* e o *appa* não gostam muito dos animais que trago da rua.

Jia sabia que "não gostam muito" significava "geralmente detestam e tentam mandar embora". Na verdade, suspeitava que Changmin tivesse sido mandado para longe devido à sua propensão de encontrar e levar para casa criaturas mágicas.

— Então, sei que as regras da Galileu dizem que nenhuma criatura mágica não aprovada é permitida na escola, mas pensei que talvez eu pudesse criar Sami para ser meu espírito animal.

Jia tinha quase certeza de que não era assim que funcionava a escolha de um espírito animal, mas não disse nada.

— Geralmente, eu a deixo no meu quarto — continuou Changmin —, mas outro dia Sami estava desanimada e não queria comer. Então, pensei que talvez ela estivesse se sentindo solitária por ficar o dia todo no meu quarto. Decidi levá-la para a aula comigo. Ela ficou bem quase o dia todo. Mas você sabe como os samjokgus sentem o mal, certo? Ela odiou o Professor Dropwort. Tipo, não parava de rosnar para ele. Eu disse a ele que era o meu estômago e juro que ele quase acreditou. Mas, então, Sami pulou do meu bolso e começou a grunhir para ele, e Dropwort a confiscou! — Jia ficou apreensiva com o rumo daquela história. — Então, ontem à noite, eu saí de fininho depois que Diego Sakay veio me ver. Cara bacana. Você o conhece?

— Changmin — Jia disse outra vez em sinal de aviso.

— Certo. Então, assim que abri a porta da sala do Dropwort, Sami saiu correndo. Fui atrás dela e ela me levou direto ao corpo de Dropwort. — Changmin tremeu. — Tive que ficar bem quieto, porque havia outra pessoa lá...

— Espera aí! — Jia ergueu a mão, finalmente interessada na história. — Você viu alguém? Podia ser o assassino!

Changmin franziu a testa, pensativo, e então balançou a cabeça em negativa.

— Não sei. Estava só pairando sobre ele...

— Estava fazendo o quê? — Jia perguntou de olhos arregalados.

Changmin balançou a cabeça de novo.

— Desculpa, não me lembro. Eu estava concentrado em encontrar Sami.

Jia suspirou, desapontada.

— Enfim, Sami correu de novo e não a encontrei mais. É por isso que preciso da sua ajuda.

— Para encontrar um cachorro mágico de três pernas? — zombou Jia. E então parou. — Espere, você disse que samjokgus são bons em encontrar o mal, certo?

— Sim — disse Changmin devagar.

— E seja lá quem matou Dropwort, deve ser mau. Quer dizer, fala sério. Assassinato é, tipo, a maior maldade de todas. — Jia estava começando a bolar um plano.

— Aonde quer chegar, *noona*?

— Ajudo você a encontrar Sami — anunciou Jia.

— Sério?

— E depois você e seu cachorro...

— Samjokgu.

— Certo. Você e seu samjokgu me ajudam a encontrar o culpado.

Jia estava realmente começando a se perguntar se havia dado um passo maior do que a perna enquanto seguia o primo por uma passagem de ar apertada. Ela não planejara passar a manhã olhando para a bunda magra de seu primo enquanto eles se arrastavam por dutos de ventilação com cheiro de mofo. Changmin afirmava que aquele era o último lugar em que ele tinha visto Sami, e Jia tinha quase certeza de que aquela passagem de ar levava à área de depósito proibida sob a escola. Só os professores podiam chamar os elevadores para acessar aquela parte.

Enquanto ela decidia se devia cancelar a busca, Changmin parou. Jia conseguiu frear bem a tempo de evitar uma colisão com ele.

— O que você está fazendo? — perguntou ela.

— Tenho que remover esta grade — grunhiu Changmin. Ouviu-se um barulho de metal batendo contra metal e depois um som alto de algo quebrando. — Sucesso!

Changmin arrastou-se para a frente e, antes que Jia pudesse reagir, ele já havia sumido de sua vista.

— Changmin! — chamou Jia, rastejando adiante. Ele não respondeu, e logo dezenas de possibilidades horríveis cruzaram a mente de Jia. Mas, quando ela se aproximou da abertura, o rosto de Changmin reapareceu. Jia gritou e se sobressaltou, batendo a cabeça na parte superior do duto.

— Oops, desculpa, *noona*. Eu ajudo você.

Jia não teve escolha a não ser deixar que ele a ajudasse a descer.

O depósito era iluminado por lâmpadas fracas que pendiam do teto abobadado e estava repleto de prateleiras de madeira. Logo abaixo das prateleiras, havia diversos arcos que levavam a corredores tão compridos que não dava para ver seu fim.

Jia já havia lido a história da Galileu e, portanto, sabia que aquela área tinha sido encantada para guardar todo tipo de bugigangas bizarras. Quanto mais avançava pelos corredores, mais coisas estranhas encontrava.

— Acho que devemos começar... procurando nas salas? — disse Jia, escolhendo um corredor ao acaso. Sua mão tremeu quando ela a esticou na direção da primeira maçaneta. Avisos de que aquela área guardava magias indesejadas e que não deveriam ser acessadas ecoaram em sua mente. Mas ela respirou fundo e disse a si mesma que, se queria ser levada a sério por seus pais, não podia ser covarde.

Ao abrir a porta, ela viu que a sala guardava um jardim — um jardim de verdade, com árvores de troncos gigantescos e flores que disputavam espaço na sala com as raízes das árvores. Havia ainda uma espécie de luz artificial que brilhava através dos galhos.

— Uau — sussurrou Changmin. — Por que você acha que a escola precisa guardar uma floresta inteira?

— Não sei.

Antes que Jia pudesse impedi-lo, Changmin arrancou uma flor e começou a girá-la entre os dedos.

Ouviu-se um ronco vindo de debaixo deles e as grandes raízes de árvores começaram a se mexer.

Jia puxou o primo para trás no exato instante em que uma raiz saiu da terra bem onde ele estivera. Ela fechou a porta depressa.

— Talvez fosse melhor não tocarmos em nada.

Changmin assentiu, com os olhos arregalados.

A sala seguinte guardava dezenas de carteiras escolares, tendo cada uma delas alguma espécie de encanto. Algumas estavam encapsuladas em blocos de gelo, enquanto outra era mantida em combustão espontânea, com marcas de queimado por toda a sua superfície de madeira gasta. De outra brotava um líquido espesso que parecia xarope.

Pelo menos meia dúzia delas voavam, colidindo umas com as outras como se fossem balões errantes. Changmin apontou rindo para aquela que pegava fogo sem parar.

— Aquela foi a carteira em que Dhruv Ahmed lançou acidentalmente um feitiço de combustão em nossa aula de Encantos Mágicos. Bem que eu queria saber o que tinham feito com ela.

— Talvez devêssemos nos separar para ir mais depressa — sugeriu Jia.

Era uma sala mais esquisita do que a outra. Uma era toda branca, com uma única flor num vaso colocado no centro; quando Jia tentou dar um passo na direção da flor, encontrou um escudo mágico tão poderoso que a afastou com um zunido elétrico. Changmin encontrou uma que deixava quem entrasse nela preto e branco, e Jia encontrou outra que gritava quando sua porta era aberta. Mas em nenhuma das salas havia um filhote de samjokgu.

Até que Changmin parou diante de uma sala da qual vazava suco de uva para o corredor e chamou sua prima. Ele apontou para pegadas roxas que avançavam pelo corredor, onde as luzes iam aos poucos dando lugar à escuridão.

— É ela! Ela esteve aqui.

Jia tinha um mau pressentimento em relação àquilo. Mas, antes que pudesse expressar sua preocupação, Changmin começou a seguir o rastro, e Jia foi atrás dele com relutância. As luzes ficavam mais fracas conforme eles seguiam as pegadas pelo corredor e era cada vez mais difícil enxergar. Changmin se virou para Jia.

— Tem uma lanterna?

Jia revirou os olhos e então invocou um feitiço Brilho na palma de sua mão. Uma luz começou a emanar dali. Era o primeiro feitiço que eles aprenderam na escola.

— Ah, é! — exclamou Changmin, que repetiu o feitiço na própria mão. Ele recomeçou a andar, mas Jia o agarrou pelo ombro e apontou.

— Não devemos continuar. — As paredes à frente eram irregulares como as de uma caverna, não lisas como aquelas com revestimento de pedras da área do depósito. O mau pressentimento de Jia estava mais forte.

— As pegadas vão para lá — murmurou Changmin, com voz vacilante.

— Não. — Jia precisava assumir o controle da situação. A área do depósito era uma coisa, mas aquilo levava aos túneis sob a escola. Havia só uma página sobre os túneis em *Academia Galileu para Pessoas Extraordinárias: História e Registros Oficiais*. Dizia apenas: *Não entre nos túneis sob a escola. Eles são protegidos por um tipo de magia que não é nada amistosa com os visitantes. Muitos que se aventuraram a entrar lá jamais conseguiram sair.*

— Sinto muito, Changmin, mas se Sami tiver entrado ali, provavelmente se foi para sempre. — Jia estremeceu ao dizer tais palavras, mas a verdade era aquela, e era melhor que Changmin a ouvisse de sua boca.

— Não podemos desistir agora! — choramingou Changmin. Sua voz ecoou pelo túnel, e Jia recuou, como se o barulho fosse despertar algum tipo de fera.

— Talvez possamos avisar a Administração. Eles podem ajudá-lo a encontrar Sami.

— E depois a expulsarão — fungou Changmin.

— Talvez seja melhor assim. — Afinal, aquelas eram as regras. E as regras não existiam por um motivo?

— Sami é minha melhor amiga aqui.

Jia franziu a testa ao pensar que o melhor amigo de seu primo era um filhote de samjokgu. Mas quem era ela para julgar? Ela não tinha nenhum amigo.

Jia estava prestes a pegar no braço de Changmin para conduzi-lo gentilmente até a saída quando eles ouviram um uivo triste vindo da caverna.

— É a Sami! — gritou Changmin, disparando para o túnel.

— Changmin, volte! — chamou Jia. Mas era inútil. A luz mágica apagou enquanto ele corria na direção do som.

Jia hesitou. Talvez ela devesse avisar um professor, pedir ajuda. Essa era a coisa responsável a ser feita. Mas, se fizesse isso, talvez perdesse Changmin para sempre. E ele era sua responsabilidade. Então, xingando o primo, foi atrás dele.

Jia tinha um novo plano, que consistia basicamente em pegar o primo e torcer o seu pescoço. Depois, lançaria nele o feitiço Fique Aí para que ele nunca mais saísse de seu quarto.

Ela examinava a caverna enquanto corria e de repente teve a sensação de que as paredes estavam... respirando. Como se fossem mais do que apenas rochas e minerais. Como se os túneis estivessem vivos.

Um foco de iluminação tremeluziu à sua frente, sumindo em seguida numa curva à direita do túnel.

— Changmin, vá devagar — gritou ela, mas a luz não diminuiu a velocidade.

Jia se perguntava se conseguiria lançar um feitiço Imobilização naquela escuridão, quando se deu conta de que não seguia apenas uma luz, mas duas.

Mas o que diabos era aquilo? Havia mais alguém ali embaixo?

De repente, imaginou que o assassino de Dropwort poderia ter se escondido naqueles túneis secretos. Ela acelerou o passo.

Changmin finalmente parou, e Jia agarrou seu braço, determinada a tirá-lo de lá. Mas ele apontou para o alto e exclamou:

— Sami!

Jia olhou para cima e viu que havia um filhotinho branco de samjokgu... flutuando!

Não, Jia percebeu, ela não estava flutuando; estava presa em um emaranhado de tentáculos. E, seja lá o que fosse aquilo que a prendia, emanava um brilho bioluminescente — a outra luz que Jia tinha visto.

— Água-viva-aérea — disse Changmin, com os olhos arregalados.

E, então, mais uma dúzia delas brilharam, flutuando baixo, e Jia pôde ver que pareciam mesmo água-viva, com seus tentáculos pendurados sob seus corpos brilhantes que tremiam e flutuavam no ar.

— Nunca tinha visto uma fora do zoológico mágico. — Changmin ergueu a mão na direção dos tentáculos mais baixos.

— Changmin, não! Você vai se queimar!

Mas ele só riu e disse:

— Elas não queimam como as águas-vivas normais. Dão uma espécie de choque estático que lembra um formigamento. Mas como Sami conseguiu se enroscar tanto? — Ele franziu a testa enquanto erguia a mão na direção do filhote, como se pudesse alcançá-lo. Mas a criatura estava muito no alto. — Quem sabe eu consiga escalar?

Jia balançou a cabeça.

— Vamos pensar. Você sabe tudo sobre todas as criaturas mágicas.

Aquilo pareceu encher Changmin de orgulho.

— Bem, todas não. Existe um bunyip difícil de entender, e existe, também, o pássaro-de-fogo, que ninguém vê há sabe-se lá quanto tempo.

— Foco, Changmin! O que você sabe sobre águas-vivas-aéreas?

Changmin fez beicinho enquanto pensava.

— Geralmente são muito dóceis. Vivem em lugares escuros, como cavernas, e se comunicam por meio de zunido.

Jia parou.

— Elas gostam de escuridão? Ou detestam luz?

— Não dá na mesma?

— Talvez. Acho que tive uma ideia. — Então ela fez o feitiço para criar luz na palma de sua mão, mas o combinou com um feitiço Potencialização que havia aprendido algumas semanas atrás. Não tinha certeza se funcionaria, então fez uma pequena prece e abriu as mãos. Um raio de luz saiu de suas mãos, iluminando toda a caverna. Jia pôde ver dezenas de águas-vivas flutuando acima deles, antes que disparassem em busca da primeira fenda escura que encontrassem. Aquela que prendia Sami a soltou tão depressa que a criatura caiu com um ganido. Changmin gritou e saltou para agarrar o filhote antes que ele atingisse o chão. O brilho nas mãos de Jia diminuiu até restar apenas um pequeno globo de luz.

— *Noona!* — exclamou Changmin. — Você devia ter me avisado.

Jia se encolheu.

— Desculpa, eu não sabia que a largariam tão depressa.

Mas, antes que pudesse parabenizar a si mesma, ela viu luzes acima deles, movendo-se dez vezes mais rápido do que as águas-vivas tinham se movido antes.

— Changmin! — gritou Jia um segundo antes de uma água-viva descer sobre ele, envolvendo o garoto com seus tentáculos.

Jia tentou correr na direção dele, mas outra água-viva a agarrou pelo braço. Quando ela tinha oito anos, Yoon Minho, filho de um dos professores da Chosun, lançara nela um feitiço Estática — a sensação era exatamente a mesma que ela sentia agora com o choque da água-viva. Mas, quando Jia tentou se soltar, os tentáculos apertaram ainda mais e ela sentiu que seus pés saíam do chão.

— Noona! — gritou Changmin, alarmado. Sami deu uma série de latidos rápidos.

Jia tentava murmurar o feitiço Potencialização outra vez quando uma explosão de luz — um raio dourado enorme — surgiu. Vinha de uma abertura que levava a outro túnel. Jia sentiu a água-viva soltá-la e atingiu o chão com um baque surdo.

— Venha! — chamou uma voz, e Jia não esperou ser chamada de novo. Ela agarrou Changmin, que ainda segurava Sami, e o puxou atrás de si.

Eles correram para longe das águas-vivas, seguindo a luz dourada. Assim que se livraram das criaturas, Jia apoiou-se numa parede para respirar e esperar uma pontada na lateral de seu corpo passar.

Quando finalmente conseguiu se endireitar, deu de cara com uma ave coberta por dezenas de penas diferentes, como se tivesse pegado emprestada a plumagem de outros pássaros. Jia deixou escapar um gritinho e deu um passo para trás antes de notar que a ave estava pousada em um cajado, que, por sua vez, estava nas mãos de uma figura misteriosa vestindo capa e capuz, de modo que Jia não conseguia ver seu rosto.

— É um pássaro cu-hu — disse a pessoa misteriosa.

— Uau! — exclamou Changmin, dando um passo à frente. — Eu nunca tinha visto um pessoalmente. — Ele esticou a mão, mas a ave estalou o bico em sinal de advertência, e Changmin correu para o lado de Jia.

— Como você criou aquela luz tão forte? — perguntou Jia, olhando para o recém-chegado, sem saber muito bem o que fazer.

— Meu cajado tem uma pena de pássaro-de-fogo, e este globo de resina é o que controla a intensidade da sua luz.

— Um pássaro-de-fogo! — murmurou Changmin com reverência. Até mesmo Jia sabia que aquela era uma ave rara e poderosa cujas penas brilhavam como o fogo. Mesmo após a troca de penugem, as penas nunca deixavam de brilhar.

Jia olhou maravilhada para o globo. Ela já ouvira dizer que os pássaros-de-fogo eram caçados por causa de suas penas preciosas, que seus ovos eram roubados e vendidos por muito dinheiro no mercado clandestino. Como aquela pessoa havia conseguido algo tão valioso quanto uma pena de pássaro-de-fogo? Será que a havia conseguido de forma nefasta? Será que era perigosa?

— Como nos encontrou? — perguntou Jia, examinando a figura enquanto puxava para trás de si, para o caso de precisarem correr.

A figura enfim tirou o capuz, revelando cabelos grisalhos curtos, um rosto curtido pelo sol e penetrantes olhos castanhos.

— Ouvi seus gritos. Vocês não deviam estar aqui embaixo. É perigoso.

— E como você sabia que caminho seguir? — Jia franziu a testa.

— Sou le Professore Ayala. Realizo um estudo independente aqui embaixo com uns poucos alunos de minha escolha. Documentamos criaturas mágicas.

— Criaturas? — perguntou Jia. Como assim? Havia outras além das águas-vivas furiosas? Ela olhou apreensiva para a escuridão.

— Sim, e é por isso que vocês não devem ficar zanzando aqui embaixo sozinhos. Além disso, a magia selvagem que criou esses túneis os torna inseguros para qualquer um que não conheça os caminhos. Os túneis têm a tendência de mudar e se transformar.

— Não tivemos escolha! — disse Changmin. Como se fosse sua deixa, Sami ergueu a cabeça e ganiu.

Professore Ayala arregalou os olhos.

— Ah, um filhote de samjokgu. Fazia anos que eu não via um.

— Precisávamos resgatá-la — explicou Changmin, colocando Sami no chão para que ela pudesse cheirar os sapatos de Ayala.

— Se você dá aula aqui, como nunca te vi? — perguntou Jia, ainda olhando desconfiada para Ayala.

— Gosto de passar a maior parte do tempo aqui embaixo. Venham, vou guiá-los até a saída. — Ayala começou a avançar pelo túnel, obviamente esperando que os jovens seguissem seus passos. Jia olhou para o primo, ainda sem saber se podia confiar naquela pessoa. Mas Changmin apenas deu de ombros e acelerou para alcançar Ayala.

— Você vive aqui embaixo? — perguntou Changmin, todo tagarela, sem malícia ou desconfiança em sua voz. Jia revirou os olhos e foi atrás deles. Sem ela, Changmin não sobreviveria naquela escola.

Professore Ayala riu.

— Não sou destemide o suficiente para viver aqui embaixo. Mas passo a maioria dos meus dias aqui. Gosto mais de animais do que de humanos.

— Como conseguiu uma pena de pássaro-de-fogo? — perguntou Changmin, seus olhos arregalados iluminados pelo brilho suave do globo.

— Por acaso — respondeu vagamente Ayala.

— Você já *viu* um pássaro-de-fogo pessoalmente? — perguntou Changmin. — O pássaro lhe deu a pena? Eles são tão inteligentes quanto diz a lenda?

Ayala parou de andar, e Jia e Changmin tiveram que parar também para não trombar em suas costas. Elu se virou e seu olhar escuro e penetrante pousou em Changmin.

— Você é um garoto esperto. Não perca seu tempo procurando um pássaro que até hoje quase ninguém viu. Lembre-se, pássaros-de-fogo são mensageiros da morte, e geralmente uma tragédia acontece com quem tenta possuir uma ave dessas. — Então murmurou — Estranho como as pessoas ficaram subitamente interessadas em pássaros-de-fogo.

— Quem mais está interessado? — questionou Changmin.

Ayala riu.

— Você não tem filtro mesmo, não é?

Changmin sorriu e disse:

— Minha mãe diz que meu pensamento está sempre na dianteira, mas que é melhor não descuidar do meu traseiro.

Aquilo fez le professore rir de novo e dizer:

— Bem, receio que o Professor Dropwort nunca terá chance de ver um pássaro-de-fogo.

— Foi *Dropwort* quem perguntou sobre o pássaro? — Jia disse tão alto que sua voz ecoou nas paredes da caverna.

— Mm-hmm. Por que isso lhe interessa? — perguntou Ayala, subindo em uma grande rocha e então se virando para ajudar Changmin e Jia a subirem também.

— Porque quero saber o que houve com ele — respondeu Jia, tentando descobrir uma maneira de conseguir mais informações. — Por que ele queria saber mais sobre os pássaros-de-fogo? — Jia tentou manter o tom casual, como se estivesse apenas curiosa.

— Pelo mesmo motivo da maioria das pessoas. Então ele começou a perguntar como foi que eu consegui essa pena, se eu já tive um pássaro-de-fogo, quais os procedimentos para cuidar deles e se por acaso eu não teria um ovo sobrando... E eu disse a ele a mesma coisa que digo a vocês: não vale a pena perder tempo procurando um pássaro desses. Apesar de serem poderosos, são raríssimos. Você poderia desperdiçar sua vida toda tentando apenas ver um.

— Você conversava muito com Dropwort? — perguntou Jia. — Vocês eram... amigues?

Ayala jogou a cabeça para trás e deu uma estrondosa gargalhada.

— Não, definitivamente não. Dropwort nunca andaria com ume Mague não binárie queer. Não que eu quisesse andar com ele também. Eu o achava insuportavelmente chato.

Jia ficou chocada com aquilo. Parecia errado falar mal de um morto, independentemente do quão intolerante o morto tivesse sido.

— Ah, certo. Então você não o viu depois que ele perguntou sobre o pássaro-de-fogo? — Jia estava começando a desanimar.

— Da última vez que vi o Professor Dropwort, ele estava conversando com aquele aluno que ajuda a tratar das gárgulas. Eles estavam tendo um desentendimento.

— Como era esse aluno? — perguntou Jia, ansiosa.

Ayala pensou um instante.

— Um garoto alto e desengonçado. Cabelos loiros, acho.

Jia não reconheceu a descrição, mas anotou aquilo mentalmente para procurar pelo garoto depois.

— E você não pensou em avisar alguém?

Ayala ergueu as sobrancelhas.

— Contei à Vice-Diretora Beckley o que eu tinha visto. Às vezes, a melhor coisa a fazer é deixar que os especialistas façam seu trabalho.

Jia franziu a testa. Talvez aquilo funcionasse para alguém que se contentava em brincar com seus animais o dia todo. Mas ela precisava assumir o controle da situação se quisesse suceder seu *appa* na direção da Chosun um dia.

— Sami! Pare com isso! — disse Changmin ao filhote, que tinha começado a cavar furiosamente num canto, rosnando baixinho. Changmin franziu o cenho ao se aproximar da criatura. — Sami, o que é isso?

Mas, antes que ele conseguisse pegá-la, a caverna começou a ribombar, e o chão sacudiu com tanta força que Jia quase se desequilibrou. Ela deixou escapar um grito quando percebeu que uma chuva de pedras estava prestes a despencar sobre a cabeça de Changmin. Ela correu até ele e o abraçou, deixando que as pedras a atingissem nos ombros. Os dois tombaram no chão.

Os primos continuaram abraçados até a caverna parar de chacoalhar. Devagar, Jia levantou seu corpo dolorido, esfregando a parte do ombro que fora atingida por uma pedra grande.

— Você está bem? — perguntou Jia.

Changmin assentiu, pegando o filhote que choramingava, e respondeu:

— Sami e eu estamos bem. — Depois ele olhou ao seu redor e disse: — Espera aí. Onde está Professore Ayala?

No lugar em que Ayala estivera um instante atrás, agora só havia uma pedra.

— Crianças! — Ouviu-se uma voz abafada, e Jia respirou aliviada e então pressionou o ouvido contra a pedra.

— Professore?

— Vocês estão bem? — perguntou a voz baixa de professore.

— Sim — respondeu Jia. — Só um pouco abalados.

— Fiquem aí. Vou encontrar um jeito de chegar até vocês.

As paredes começaram a ranger outra vez, e Jia deu um passo para trás, com medo de que outra avalanche caísse sobre eles.

— Quem me perturba? — disse uma voz que estalava feito madeira envelhecida.

Jia estava pronta para se defender de outra criatura. Mas não viu nada de início. Então, a parede rochosa que Sami estivera cavando começou a se *mover*.

Não, não era uma parede, percebeu Jia, mas, sim, um imenso casco de tartaruga, de dentro do qual saía lentamente uma cabeça, cujo rosto era inconfundivelmente humano, como um velho homem asiático de longa barba branca, sobrancelhas grossas e pele enrugada e cinzenta.

— Jinsilmadi — murmurou Changmin com reverência.

Jia ergueu a sobrancelha ao ouvir aquela palavra. Ela já ouvira sua *halmeoni* contar histórias sobre aquela criatura.

— Lamentamos interromper seu descanso — disse Jia, curvando-se num ângulo de noventa graus. Ela agarrou a mão de Changmin e o puxou para que se curvasse também.

— Você precisa demonstrar respeito — sussurrou Jia.

O jinsilmadi moveu seu corpo gigantesco.

— Já faz muito tempo que não vejo ninguém. Que verdades vocês escondem?

— Como disse? — perguntou Jia com a testa franzida.

— Não se lembra das histórias da *halmeoni*? — disse Changmin. — O jinsilmadi gosta de revelar verdades escondidas.

— Ah, sim. — Jia assentiu ao se lembrar das histórias. Um jinsilmadi era uma criatura capaz de encontrar a verdade, não importando quão fundo estivesse enterrada.

— Toque no meu casco e me mostre o que você esconde — disse o jinsilmadi.

Changmin deu um passo à frente.

— O que está fazendo? — perguntou Jia.

— Você disse para demonstrar respeito — respondeu Changmin. Antes que Jia pudesse detê-lo, ele pressionou sua mão contra o grande casco, que começou a brilhar.

— Você não tem muitas verdades escondidas — falou o jinsilmadi. — Mas há uma escondida até mesmo de você.

Jia viu seu primo exclamar de surpresa.

— Vi uma figura. Usando luvas. Com tachas? Ela pegou algo. Não deu para ver. Estava longe demais. Eu estava com medo. — Changmin parecia em pânico, seu olhar examinando todas as sombras da caverna.

— O que você está fazendo? Por que ele está agindo desse jeito? — perguntou Jia ao jinsilmadi.

— Ele está liberando uma memória.

Changmin fechou os olhos e começou a murmurar para si mesmo.

— Luvas com tachas. Elas pegaram algo do corpo. Não deu para ver.

Corpo?, pensou Jia. *Corpo do Dropwort?*

Changmin começou a tremer e lágrimas rolaram de seus olhos.

— Estou com medo — ele sussurrou, trêmulo.

— Já chega. Deixe-o ir. Ele contou o segredo dele. — Jia puxou a mão de Changmin, mas, quando os nós de seus dedos tocaram o casco, ele brilhou outra vez, e ela sentiu como se fosse arrancada do chão.

Num instante, ela estava na caverna ao lado de seu primo; no seguinte, estava nas trevas, cercada por uma névoa.

— Olá? — chamou ela. O espaço escuro absorvia suas palavras. Não havia eco. Da escuridão surgiu uma figura, um velho de vestes cinza e olhos escuros de jinsilmadi.

— Onde estou? — perguntou Jia.

— Em um espaço entre sua consciência e seu subconsciente. O lugar onde os humanos escondem suas verdades. — O jinsilmadi franziu a testa. — Você busca respostas.

— Eu... eu estou tentando solucionar um assassinato — balbuciou ela. — Fazer justiça.

— Isso é verdade?

— Sim — respondeu Jia de forma não convincente.

— Não é toda a verdade. — O jinsilmadi estreitou os olhos.

Jia sentia a força daquele olhar, como se ele penetrasse em sua mente. E logo ela se pegou dizendo:

— Eu queria ser vista! — O jinsilmadi arregalou os olhos, e Jia sentiu que mais palavras escapavam de sua boca. — Pelo menos uma vez na vida, eu queria ser vista como alguém que tem valor.

— E por que você queria isso? — O olhar do jinsilmadi deixava a pele de Jia quente.

— Porque eu tenho que ser a melhor.

— Não, essa não é toda a verdade.

Jia balançou a cabeça como se algo pressionasse seu peito. Como se as palavras enterradas há tanto tempo lutassem para escapar.

Aquela pressão foi aumentando até que ela mal conseguia respirar.

— Porque talvez, se eu fosse vista como alguém que tem valor, não teria que ser perfeita o tempo todo. Isso é exaustivo e... solitário — suspirou Jia.

— E por que você tem que ser perfeita, Jia Park? — perguntou a voz estrondosa do jinsilmadi.

Ela balançou a cabeça de novo. Aquilo era demais. Ela não queria pensar no assunto. Em como tinha um peso esmagador todo o esforço que ela fazia para parecer que sempre sabia as respostas, que era capaz de arrasar em todos os testes, que conseguia resolver qualquer problema. Como ela temia que as pessoas descobrissem que ela era uma fraude porque ninguém podia ser tão perfeito quanto Jia fingia ser. Na angústia de precisar ser a única representante de todo um grupo complicado de pessoas. Principalmente, Jia não queria pensar no quanto a apavorava o sentimento de que estava falhando em tudo e que deveria ser por isso que seus pais não a levavam de volta para casa.

— Porque, se eu não for perfeita, eles não vão me amar.

— Ah. — O jinsilmadi sorriu, seus olhos desaparecendo entre suas rugas.

E finalmente Jia deixou escapar um único soluço. E então o muro que ela erguera para conter todas as suas inseguranças desabou. A pressão com a qual ela convivera sua vida toda foi liberada, feito água numa represa aberta. Jia se encolheu quando os soluços tomaram conta de seu corpo. E, quanto mais ela tentava se controlar, mais seu corpo sacudia.

— Pare! — irrompeu a voz de Professore Ayala. — Você conseguiu suas verdades, agora, deixe-os em paz.

De repente, Jia caiu de costas, suas mãos se enfiando em pedras e terra. Changmin estava esparramado ao seu lado, piscando feito uma coruja, o rosto ainda úmido de lágrimas.

— Obrigado por suas verdades. — O jinsilmadi se ergueu diante deles, bufando, antes de recuar para dentro de seu casco. Seu grande corpo diminuiu de tamanho, até que, finamente, desapareceu entre as rochas.

Jia olhou atônita para le professore.

— Como chegou até nós? — perguntou. — Achamos que você estivesse preso.

Professore Ayala indicou com a cabeça um arco que quase parecia ser uma formação natural, embora não estivesse ali cinco minutos antes.

— Demorou um pouco, mas minha magia por fim conseguiu atravessar — disse elu. Então ele segurou a mão de Jia com gentileza. — Venha, vou levá-los de volta à escola.

Jia assentiu discretamente e deixou que Ayala os conduzisse feito crianças através do arco. Seu primo se recuperou mais rápido do que ela, retomando logo suas perguntas habituais. Jia teria dito a ele para deixar le professore em paz, mas estava com dor de cabeça e exausta demais para tentar controlá-lo.

— Por que há tantas criaturas mágicas aqui embaixo? — perguntou Changmin, mudando de posição para segurar Sami mais perto de si.

Professore Ayala pensou um instante.

— Ninguém sabe ao certo, mas todos os anos encontro novas criaturas. Hoje mesmo encontrei uma garota de aparência peculiar que procurava uma nova criatura chamada perl, que lembra um gato. Parece que ela descama areia.

— Uau! — Parecia que Changmin não queria mais sair dos túneis. Seria difícil para Jia explicar isso aos seus tios.

Quando chegaram de novo aos corredores do depósito, Changmin diminuiu o passo para ficar ao lado de Jia.

— *Noona*?

— Hmm? — murmurou ela, ainda ofegando devido ao exercício.

— Lamento que você se sinta solitária às vezes.

— Você ouviu aquilo? — perguntou Jia, surpresa.

— Algumas partes. — Changmin deu de ombros. — Mas tudo bem, eu entendo. Também não me encaixo aqui.

— Não importa — disse Jia. — Vou pegar quem matou o Professor Dropwort e meus pais verão que erraram ao me mandar embora. E então poderei voltar para casa, onde estão todos os meus velhos amigos.

— É por isso que quer pegar o assassino? Para poder ir embora?

— Ah, não se preocupe. — Jia tranquilizou o primo. — Farei com que levem você também.

— Não quero ir para casa.

Jia franziu a testa.

— Mas acabou de dizer que não se encaixa aqui.

— Mas talvez um dia eu me encaixe. Além do mais, gosto daqui. Você não?

— Não é que eu não goste daqui, mas todos os diretores da Chosun se formaram lá. É tradição. — Era por isso que Jia tinha ficado tão aborrecida por ser mandada para outra escola. No fundo, ela sempre pensou que isso significava que seus pais achassem que ela não estava à altura de comandar a Chosun um dia.

— Você sabe que seu *appa* não foi o único que quis mandá-la para cá.

Jia parou de repente.

— Como é?

— Sim, ouvi *samchon* conversando com meu *appa* antes de me mandarem para cá. Ele disse que sua *eomma* foi quem decidiu enviá-la. Ela disse que queria que você "conhecesse melhor o mundo para que não tivesse arrependimentos" — falou Changmin.

Antes que ela pudesse processar aquilo que ouvira, eles chegaram à área de carga perto dos elevadores de serviço. Professore Ayala passou a mão sobre a tranca mágica, e logo ouviu-se o som do elevador se movendo.

— Obrigada — disse Jia com um aceno de cabeça de gratidão.

— Foi um prazer conhecer dois alunos tão brilhantes. — Professore Ayala estendeu a mão para Changmin, que a apertou animado.

— Eu me diverti! Nunca pensei que veria um pássaro cu-hu, águas-vivas-aéreas nem uma pena de pássaro-de-fogo. — Ele hesitou. — Eu adoraria ver outras de suas criaturas. Talvez um dia você encontre um pássaro-de-fogo de verdade!

Le professore sorriu com gentileza, e Jia temeu que elu fosse lembrar Changmin das regras da escola e partir seu coração. Mas, em vez disso, Ayala disse:

— Sabe, tenho pensado em aceitar um novo aprendiz. Meu último se formou há dois anos e tenho me sentido meio solitário, cuidando de todas as criaturas sozinho.

Changmin arregalou os olhos.

— Sim! — gritou ele assim que as portas do elevador se abriram com um sinal sonoro. — Eu adoraria!

Professore Ayala riu e então se voltou para Jia, que entrava no elevador.

— Espero que você encontre o que está procurando. — Não parecia que ele se referia à sua busca pelo assassino de Dropwort.

— Err... obrigada — disse Jia, sem jeito, enquanto as portas do elevador se fechavam.

A última coisa que Jia viu foi o sorriso gentil e sábio de Ayala.

Sami tinha adormecido nos braços de Changmin. Delicadamente, ele a colocou em seu bolso, acariciando de leve sua cabeça. Jia o observava. Os únicos momentos em que Changmin parecia calmo e sossegado eram quando ele estava com suas criaturas mágicas. Será que sempre fora assim, mas ela nunca percebera?

Havia tanta coisa que Jia nunca percebera.

As palavras de Changmin voltaram à sua mente. Fora sua *eomma* quem quisera que ela saísse para conhecer o mundo. Para viver experiências fora da Chosun. E ela passara os últimos dois anos se recusando a pensar em qualquer outra coisa que não fosse voltar para casa. Ela se sentia envergonhada por estar desperdiçando o presente que sua mãe tentara lhe dar.

Estivera tão focada em pensar que seu tempo naquela escola era um castigo que nem se permitira viver de fato.

Podia ter sido doloroso ser forçada pelo jinsilmadi a revelar seu maior segredo. Mas, agora que estava de volta à superfície, Jia via que sua busca por perfeição a havia impedido de viver, de criar raízes na Galileu e de fazer amigos...

Bem, talvez houvesse uma aluna que ainda quisesse ser sua amiga. Ou quem sabe mais do que amiga? A esquisita, brilhante e animada Layla Longfeather, com seus olhos verdes bondosos, dedos manchados de tinta e sorriso sempre a postos para Jia.

Será que era tarde demais?

Não, ela não podia pensar assim. Ela era Jia Park e, quando botava uma coisa na cabeça, nada poderia impedi-la. Além do mais, se até seu primo meio doidinho podia encontrar seu lugar na escola, provavelmente ela também podia.

E, quando o elevador abriu as portas, ela saiu dele com um novo propósito.

— *Noona*, não quer que Sami ajude em sua investigação? — perguntou Changmin atrás dela.

— Talvez depois. Vá para a aula, Changmin.

Jia foi direto para as salas de música, onde sabia que encontraria Layla. A garota estava saindo da aula, acompanhada por amigas. Aquilo fez Jia parar de súbito. Ela não sabia se teria coragem de interromper as risadas e a conversa. Layla a acharia rude por tentar conversar depois de tê-la evitado mais cedo? Mas Layla levantou a cabeça e seus olhos se arregalaram quando viram Jia.

— O que houve com você? — Ela correu até Jia e segurou suas mãos.

— Hã? — disse Jia, franzindo a testa, meio envergonhada por causa das amigas de Layla, que começaram a dar risadinhas quando a garota segurou as mãos de Jia. Ela tentou se soltar, mas Layla a segurou firme.

— Ei, pessoal, podem ir. Encontro vocês depois — disse Layla. Suas amigas assentiram e se deram os braços, avançando na direção da escadaria de cabeças coladas enquanto conversavam.

— Você devia ter ido com elas — murmurou Jia, sentindo-se subitamente insegura por ficar a sós com Layla. Suas mãos ainda estavam nas dela.

— Eu não queria ir com elas. Eu queria ver se você está bem. Está coberta de terra e com um corte! — Layla ergueu o polegar para passar na bochecha de Jia.

Jia recuou, percebendo que se esquecera de se limpar. Ela se deixara levar e nem pensara em sua aparência. Aquela não era a fachada perfeita que ela estava acostumada a mostrar ao mundo.

Mas não se importava.

Jia deu um sorriso tímido para Layla.

— Bem, posso contar tudo sobre a manhã insana que eu tive, se você quiser. Podemos estudar juntas? — Layla arregalou os olhos, surpresa. E Jia apressou-se em dizer: — E talvez você possa me falar mais sobre a Varinhas. Eu soube que grandes pensadores da magia vieram dessa casa. É uma habilidade útil para alguém numa posição de liderança, certo?

Jia praticamente não respirava, esperando pela resposta. Ela dizia a si mesma que tudo bem se Layla dissesse "não". Afinal, quantas vezes Jia já a havia afastado? Mas, em vez disso, Layla corou. Isso deixou as sardas que dançavam em seu nariz mais escuras, e ela sorriu timidamente ao dizer:

— Claro, estudar juntas parece uma boa.

Layla esticou a mão e Jia a segurou, deixando que seus dedos se entrelaçassem. Ela sentiu de novo aquele formigamento em sua pele. Mas desta vez permitiu que ele se espalhasse, percebendo que a sensação era gostosa.

Quando dobraram a esquina, quase trombaram com uma garota. Layla esticou o braço de maneira protetora, puxando Jia para trás enquanto a garota passava por elas depressa, sem ao menos pedir desculpas.

— Tsc, tsc — censurou Layla. — Algumas pessoas são tão focadas em si mesmas que nem olham à sua volta.

O braço de Layla ainda envolvia Jia. Elas estavam praticamente abraçadas no meio do corredor. Jia deu uma risadinha de nervoso com o coração acelerado. Não sabia para onde olhar, então olhou para a garota que passara correndo e estreitou os olhos.

A garota estava toda de preto e tinha os cabelos repicados com uma mecha azul. Ela parecia mesmo estar com pressa — algo que Jia não achou estranho, exceto pelo fato de ter visto algo brilhando na mão da garota: uma luva preta com tachas prateadas.

Os balbucios de Changmin para o jinsilmadi voltaram à sua mente. Ele tinha visto alguém usando "luvas com tachas" pairando sobre Dropwort.

— Quem é aquela? — perguntou Jia, amaldiçoando a si mesma por ser tão antissocial a ponto de não reconhecer o rosto da aluna.

Layla olhou para a garota e disse:

— Ah, ela está na minha turma de amuletos. Seu nome é Cortez ou algo assim.

Jia estava pronta para ir atrás da garota, quando se deu conta de que sua mão ainda estava firmemente agarrada na de Layla. Droga, seria falta de educação fazer aquilo num encontro? Sair correndo antes mesmo que o encontro começasse parecia uma gafe elementar.

Quando Jia olhou para trás outra vez, a tal da Cortez já não estava mais à vista.

Talvez fosse melhor assim. O que pretendia dizer? *Você matou nosso professor?*

— Ei, para onde você foi? — perguntou Layla, e Jia se virou para encará-la. Layla a observava com olhos preocupados e com o nariz retorcido de temor.

— Lugar nenhum. Eu só... — Jia deixou a frase incompleta, sem saber como explicar a Layla o que estava acontecendo.

Layla franziu o cenho e soltou a mão de Jia.

— Não quer mais estudar comigo?

— Não, eu quero — disse Jia, balançando a cabeça, sem acreditar em como estava sendo boba. Descobrir quem era o assassino não era sua responsabilidade.

Jia segurou a mão de Layla outra vez.

— Então vamos.

Jia contaria ao diretor que Dropwort andara perguntando sobre pássaros-de-fogo. Falaria sobre as luvas e sobre Cortez.

Mas isso podia esperar.

E Jia deixou que Layla a conduzisse até a biblioteca, sentindo, pela primeira vez desde sua chegada à Galileu, que gostava de estar ali.

<u>**PROVA B4**</u>
CASO: 20-06-DROS-STK

<u>Tipo:</u>
[ ] Comunicado
[ ] Áudio
[ ] Resíduo de feitiço
[ ] Foto ou outra reconstrução visual
[ ] Objeto
[ ] Formulário ou registro
[X] Outro: Excerto de uma tabela de pássaros

Fonte: Park Changmin, aluno
Partes Relevantes: Park Changmin, aluno
Descrição: Excerto de tabela de pássaros criada pelo aluno Park Changmin e encontrada no refeitório da escola.
Observação do investigador: A ligação com o artefato desaparecido pode ser apenas coincidência.

Pássaro	Raridade	Origem	Observação
Ave-de--Cenderawasih	Média	Sudeste Asiático	Guardiã de joias sagradas, bebe apenas orvalho e se alimenta apenas de nuvens.
Merleta	Comum	Grã--Bretanha	Nunca pousa, supostamente representa a busca por conhecimento e aventura.
Caladrius	Comum	Europa Ocidental	Capaz de detectar doenças e curar pessoas. Tão legal!
Pássaro-de--fogo	Super--raro	Europa Central	Suas penas irradiam luz, o que, supostamente, é uma bênção. Capturá-lo, porém, é sinal de mau agouro.
Alicanto	Raro	Chile	Ave noturna; alimenta-se de metais preciosos, e suas penas adquirem a cor dos metais que consome.

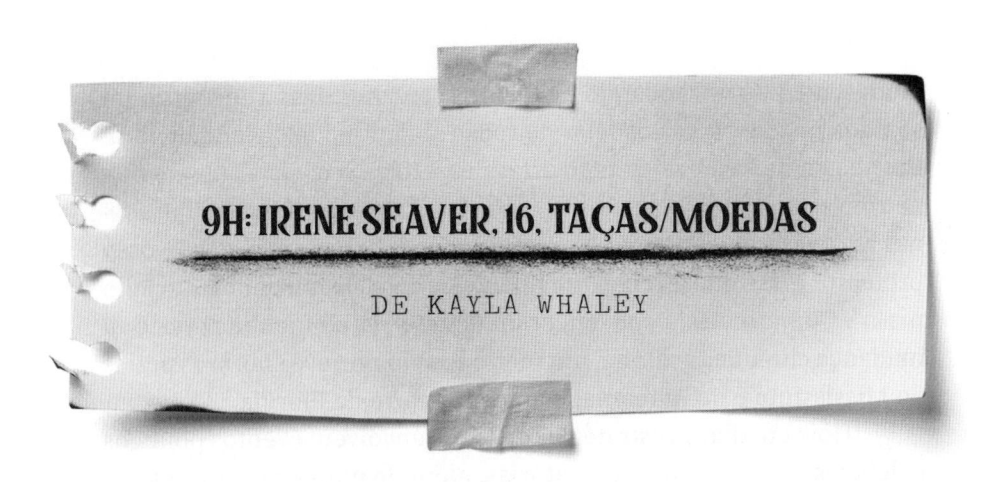

9H: IRENE SEAVER, 16, TAÇAS/MOEDAS

DE KAYLA WHALEY

A primeira Conferência sobre Mudança Climática do Departamento de Cumprimento de Convenções Anticonflito entre Magos e Neutros (CMC-DCCAMN) aconteceria no Turcomenistão dentro de dois dias, e Irene Seaver tinha sido escolhida como Jovem Embaixadora de Magia. Ser reconhecida era bom, claro, mas o mais importante era que ela aproveitaria a ocasião para apresentar seus Dez Passos para a Estabilidade Climática, o plano que ela passara a maior parte da sua vida elaborando. Anos debruçada sobre pesquisas de Neutros e Magos, reunindo posições conflitantes entre os dois mundos, conduzindo sua própria pesquisa conforme a Galileu atracava em cada região climatológica, tentando desenvolver uma abordagem mais unificada e útil sobre a mudança climática.

Só que agora Dropwort tinha sido morto e, se a escola não partisse de Estocolmo como planejado, Irene perderia a conferência.

Ela nascera prematura durante um mergulho imprudente no Golfo do México, deslizando do útero para águas revoltas antes que sua mãe chegasse à praia. Irene podia ter morrido naquelas ondas, mas o golfo a cuspira na areia, envolta em algas marinhas, segurando uma pérola em sua mãozinha.

Então, ninguém ficou surpreso quando sua magia apareceu. Pequenas, mas poderosas rajadas de vento que atravessavam a cozinha durante um momento de pirraça na hora do jantar. Tempestades de raios no quintal sempre que Irene tinha um pesadelo. Mas nem todo o conteúdo do mundo de *Criando Crianças Mágicas Nascidas de Pais Neutros* teria preparado sua mãe e seu pai para a nevasca que varreu

Mobile, no Alabama, quando Irene tinha seis anos. Eles a encontraram sentada no closet, sua cadeira de rodas abandonada do lado de fora. Em suas mãos unidas no colo estava a pérola. Seus pais sabiam que não deveriam forçá-la a parar de invocar seja lá o que fosse, então apenas perguntaram o motivo. "Aquecimento global", dissera ela. "Nosso professor disse que a Terra está quente demais. Estou dando um jeito nisso". Quando eles a convenceram de que ela não podia reverter a mudança climática sozinha, um metro e meio de neve cobria as praias do Mississippi e do Alabama, bem como parte da Flórida.

Hoje em dia, as estratégias de Irene envolvem eventos políticos e debates sobre normas regulatórias, além de magia meteorológica, mas aquele instinto de proteger, a necessidade imensa de curar o mundo, ainda estava sempre em seus pensamentos. O oceano decidira poupá-la, salvá-la por algum motivo, quando podia tê-la engolido. Ela tinha uma dívida a pagar e uma missão a cumprir. Seu discurso na CMC-DCCAMN era a oportunidade que ela esperava havia anos. E não deixaria um assassinato inoportuno atrapalhá-la, nem que ela mesma tivesse de solucioná-lo.

— Querida, isso não é da nossa alçada — disse Viv, sua melhor amiga. — Tenho certeza de que as autoridades estão cuidando disso.

— Eu não tenho — zombou Irene.

Elas estavam diante dos aposentos de Dropwort, que, por acaso, ficavam ao lado do quarto de Irene. Como regra geral, alunos não eram aceitos das residências dos professores, mas Irene era uma pessoa com deficiência, por isso era a única exceção.

— Você não ouviu os professores novatos falando do disque-denúncia — disse Irene.

Ela estava na sala de descanso dos professores naquela manhã, enchendo sua garrafa térmica de café (do tipo bom, moído na hora, não aquela porcaria que serviam no refeitório; a residência dos docentes tinha mesmo *algumas* vantagens) quando ouviu dois professores novos conversando. Reclamando, na verdade.

— Eles diziam que todas as denúncias eram brincadeiras de alunos — falou Irene — e que não acreditavam que tinham que perder seu tempo checando todas elas.

— Viu só? — disse Viv. — Eles estão cuidando disso. Talvez de um jeito um pouco relutante, mas enfim.

Irene bateu com força no braço da cadeira.

— Você não está me ouvindo. A maioria das denúncias era bobagem, mas eles mencionaram uma que parecia... estranha.

— Estranha como?

Irene tentou se lembrar da sensação de certeza que ela sentira mais cedo, procurando transformar aquilo em palavras.

— Tão estranha quanto um céu escuro tingido de verde numa tarde de abril.

Viv era de Oklahoma. Ela sabia que um céu assim significava a chegada de um tornado.

— A denúncia dizia para vasculharem os aposentos de Dropwort. Dizia que o assassino era descuidado e que havia deixado rastro. Mas os professores acharam que se tratava de outra brincadeira, já que o quarto dele fica bem longe de onde seu corpo foi encontrado.

O corredor em que elas estavam parecia mais estreito do que o normal e as palmas das mãos de Irene formigavam ao pensar que alguém surgiria na esquina enquanto elas enrolavam, paradas, diante da porta da vítima de um assassino.

— Consegue abrir ou não? — perguntou Irene de forma mais ríspida do que pretendia.

Viv mordeu o lábio, um gesto que Irene geralmente achava fofo, mas que naquele momento era muito frustrante.

— Ele está morto — Viv sussurrou de forma dramática. — Tipo, o homem *acabou* de morrer. Não acha errado entrar nos aposentos de um falecido desse jeito?

Irene bufou com desdém.

— Não.

— Uau. Tudo bem. Eu não sabia que era a melhor amiga da rainha gelada de Arendelle.

— Ei, fale baixo! — Irene suspirou e chegou mais perto. — Eu já te contei o que Dropwort disse quando mamãe e eu nos mudamos para cá?

Viv balançou a cabeça em negativa.

— Estávamos desfazendo as malas quando ele apareceu na porta e ficou lá parado daquele jeito bizarro dele. Não disse nem "oi" quando mamãe foi até lá para se apresentar. A única coisa que ele disse, sem brincadeira, foi: "A residência dos professores deveria ser para *professores*".

Viv ficou boquiaberta.

— Ele não fez isso!

Irene assentiu.

— Fez, sim. Nem tentou disfarçar seu desprezo. Tipo, escuta aqui, amigo, eu adoraria morar no edifício dos alunos com meus colegas, mas infelizmente esta escola não é capaz de construir uma moradia acessível, então vai ter que me engolir, docinho.

Viv deixou escapar um som de surpresa.

— Você *disse isso*? Para o *Dropwort*?

Irene deu um tapa no braço da amiga.

— É claro que não. Só pensei.

Sua relação com o vizinho imponente não melhorara nada desde aquele primeiro encontro. Dropwort sempre encontrava motivos para reclamar de Irene, bem como da mãe Neutra dela, que era sua cuidadora. Irene logo aprendera como evitar seus humores volúveis, tanto em sala de aula quanto fora dela. Era isso ou ser totalmente infeliz até a formatura — *se* ela conseguisse se formar. Ela não sabia se ele tinha mesmo poder para impedi-la de terminar os estudos, mas nunca quisera pagar para ver.

Então, durante dois anos ficara na dela, longe do caminho dos outros. Não só de Dropwort, mas de todos os professores. Da maioria de seus colegas de classe também. Toda vez que sua turma fazia uma excursão, fosse a Amsterdã, ao Cairo, a Yellowstone ou a qualquer outro lugar em que ela provavelmente tivesse dificuldade para se locomover sem ajuda, ela não ia. A escola já havia aberto tantas exceções para que ela estudasse ali, que ela não queria pedir mais nada. E se eles se dessem conta de que já lhe haviam dado demais? E se decidissem que ela causava problemas demais?

Ela só conhecera Viv porque a garota, sempre punida por uma infração ou outra, fora banida da excursão a Angkor Wat no primeiro ano. As duas tinham sido as únicas de sua turma a permanecer na escola. Irene encontrara Viv amuada na biblioteca. Sem rodeios, puxou conversa com ela, feliz por ter alguém com quem passar o dia, mesmo que esse alguém *fosse* encrenqueira e rabugenta. Desde então, as duas — e outros amigos de Viv, Nadiya e Xander — tornaram-se inseparáveis.

Irene levou as mãos unidas ao peito e ergueu os olhos para a amiga, usando toda a sua sinceridade.

— Viv, por favor. Só me ajude com a parte da fechadura e depois eu me viro, tá?

Viv olhou para Irene por um longo instante, a hesitação mais evidente em seu rosto do que seu delineador de gatinho.

— Ainda acho que deveríamos deixar isso para a polícia ou sei lá quem.

— Ah, tenha dó! Não confio em nenhum desses burocratas para nada. Sabe há quantos anos Neutros e Magos discutem sobre a causa da mudança climática? Não sobre a solução, veja bem. Sobre a *causa*. Os Neutros dizem que vazamento de magia e acúmulo de energia esotérica excessiva são os responsáveis; os Magos dizem que a culpa é da emissão de carbono e do efeito estufa. Enquanto isso, a Terra fica cada vez mais quente porque... alerta de spoiler!... *tanto* Neutros *quanto* Magos são os culpados. Então, por favor, calem a boca e comecem a consertar as coisas antes que todo mundo se ferre!

Viv olhou pasma para a amiga.

— Espero que você não comece seu discurso assim.

— Ah, não enche — disse Irene, com as bochechas vermelhas. — A questão é que não podemos confiar nos adultos. Ouça. Alguém matou Dropwort e agora eles estão rodando por aí totalmente perdidos. Podemos pôr um fim nisso.

Viv revirou os olhos.

— Acho que você está superestimando nossas habilidades detetivescas, mas... tudo bem. — Ela se ajoelhou diante da porta para enxergar melhor a fechadura.

Irene deu um soquinho em sua cadeira.

— Eu sabia que ser amiga de uma engenheira mecânica seria útil um dia. — Ela se virou ansiosa para a porta de Dropwort, consciente de que rapidez era essencial.

— Sei, sei. Só não tenha muitas esperanças. Essas fechaduras são muito compli... — Viv parou de repente e sentou-se nos calcanhares. Com Viv abaixada daquele jeito, Irene ficava um pouco mais alta que a amiga, algo raro, considerando que a outra tinha um metro e oitenta de altura.

— O que foi? Qual é o problema? — perguntou Irene.

— Está aberta.

Irene inclinou a cabeça.

— Abriu assim tão rápido? Tem certeza de que é a primeira vez que você arromba uma fechadura?

— Não. Já *estava* aberta. Tipo, ele se esqueceu de trancar ao sair.

— Isso não faz sentido — disse Irene, inclinando-se para observar o complicado sistema de fechadura personalizado que parecia mais apropriado para um cofre de banco do que para o quarto de um professor. — Eu o vi aqui parado uns cinco minutos, trancando todas as partes dessa engenhoca.

Irene deu de ombros.

— Talvez ele estivesse distraído. Não sei o que dizer, querida. Mas não foi necessário arrombar.

Viv se levantou e pegou sua mochila. Quando se virou para ir embora, Irene agarrou seu braço. Viv estreitou os olhos para ela.

— Não — falou.

Irene fez sua cara de cachorrinho triste, aquela à qual Viv não resistia.

— *Querida*, não quero ser expulsa, tá?

— Cinco minutos. Entre comigo só cinco minutos. E se tiver algo importante e eu não conseguir alcançar? Não posso simplesmente levitar. Provavelmente, ele usou todo tipo de magia contra feitiços de varinha e eu sou péssima com varinha.

Viv grunhiu tão alto que Irene temeu que sua mãe fosse ouvir no quarto ao lado, onde ela tomava seu café da manhã enquanto assistia à TV. Mas então Viv agarrou a maçaneta e disse:

— Se eu for expulsa da escola, você vai ter que explicar o motivo aos meus pais.

Irene fez uma saudação.

— Sim, senhora. E agora vamos invadir... digo, *investigar*.

Os aposentos de Dropwort eram, ao mesmo tempo, exatamente como Irene imaginava que fossem e totalmente diferentes do que ela esperava. Nas poucas vezes em que estivera na sala de Dropwort, ela ficara espantada com a extravagância disciplinada de tudo. Uma cafonice sem tamanho. A sala dele era um lugar tão opressivo que dava vontade de prender o ar. Seus aposentos, embora igualmente cheios de *coisas* variadas e infinitas, parecia menos um museu com suas placas de "Não toque" e mais um depósito. Um depósito bem-organizado, mas, ainda assim, um depósito. A sala era lotada de estantes, com pilhas de livros em cada lado do sofá. O que não deveria parecer estranho, mas, mesmo de longe, não parecia haver nenhuma *lógica* por trás dos livros escolhidos para estarem ali. As estantes de sua sala de aula e de seu gabinete eram tão organizadas que deixavam a velha Classificação Decimal de Dewey com vergonha. Ali, a disposição dos livros parecia... aleatória. Até os móveis — sofá de couro preto, poltrona de vime, namoradeira botonê — eram uma miscelânea. Nada parecia pertencer àquele lugar.

Agora que havia entrado, Irene se deu conta de que não sabia exatamente o que procurava. Algo suspeito? Um letreiro em néon em forma de seta apontando para um revólver fumegante? A coisa que ela mais amava na vida era um plano detalhado e bem-pensado. Aquilo não era nenhuma das duas coisas, e isso a deixava irritada.

3 Passos para Solucionar um Assassinato:
Passo 1: invadir a casa da vítima
Passo 2: ???
Passo 3: resolver a mudança climática

Como os detetives de filmes examinavam uma cena de crime? Ela só lembrava que eles sempre usavam luvas.

— Não pensei em trazer luvas — ela murmurou só para si.

— O que disse?

— Nada! Eu só estava criando uma estratégia.

O apartamento de Dropwort, assim como o dela, tinha uma planta aberta. À esquerda ficava a sala de jantar, anexa a uma pequena cozinha. À direita da sala de estar havia uma sala um pouco menor, que Dropwort claramente usava como escritório. Depois dele, devia haver um pequeno corredor que levava à suíte. *Certo, comece pelo óbvio.* Irene endireitou-se e assumiu sua postura de apresentadora — ombros para trás, cabeça erguida, coluna tão reta quanto sua escoliose permitia — e começou a dar ordens.

— Você verifica primeiro as estantes; eu vou olhar a mesa de trabalho dele.

Viv assentiu e foi para o canto mais afastado do cômodo. No dormitório de Irene, aquela parede era coberta de macramês que sua mãe começara a fazer quando se mudaram para a escola. "Você está aprendendo sobre criptozoologia e a história da necromancia", dissera sua mãe. "Também quero aprender alguma coisa!" E assim fizera. As peças que ela havia criado no início eram amarrações simples, mas agora seu trabalho era elaborado e cheio de detalhes. Era reconfortante chegar em casa após um dia particularmente longo e encontrar sua mãe sentada no sofá, transformando um monte de fios em uma obra de arte geométrica e colorida. Na maior parte do tempo, Irene se ressentia por não poder morar com seus amigos e colegas de classe, mas tinha que admitir que era muito legal ter sua mãe ali com ela.

— Nojento — disse Viv, passando o dedo por uma prateleira. — Tão empoeirado. — Ela limpou a mão em seu jeans escuro. *Depósito,* pensou Irene outra vez. Talvez fosse ali que ele guardasse todos os itens que julgava não serem glamorosos o bastante para exibir na escola. O refugo de sua coleção. Agora que pensava naquilo, não seria surpresa se Dropwort acumulasse centenas de livros e nunca os abrisse. Tudo nele era só para exibir.

Irene passou para o cômodo adjacente. A mesa de trabalho de Dropwort, uma monstruosidade gigantesca de mogno, ficava no meio da sala, feito um altar, com candelabros de cada lado (cujas velas permaneciam acesas) e um trono imenso que servia de cadeira. As paredes da saleta eram totalmente *cobertas* de artefatos: máscaras, espadas, varinhas, taças, bonecos, cajados, joias. Cada um deles em sua respectiva prateleira flutuante, todos em relativa penumbra. O efeito era sinistro.

— Provavelmente é assim que os serial killers exibem seus troféus. — Irene tremeu e voltou seu foco para a mesa.

Mais algumas torres de livros (também empoeirados); uma pequena pilha de trabalhos de alunos, com sua caneta hidrográfica vermelha esperando para ser usada no topo de tudo; e uma boa e velha máquina de escrever.

— Acha que ele encantou isso para fazer o trabalho dele? — perguntou Irene.

Viv não desviou os olhos da estante.

— Nem preciso saber do que você está falando para responder "sim".

Irene riu e então parou. Ao lado da inexplicável máquina de escrever havia um prato com um bife pela metade e aspargos intocados. A carne era mal-passada e sangrenta, os aspargos estavam numa poça de manteiga derretida. No entanto, talvez a coisa mais chocante fosse o garfo largado ao lado do prato, com um pedaço de bife, do qual escorria um caldo rosado, que pingava sobre a mesa.

— Veja isso — disse Irene. Viv fechou o livro que lia e foi até lá. Irene apontou para o prato com o jantar. — Sabe quanto tempo levei para convencer Fornax a me deixar comer no meu quarto quando tive uma crise de dor? E Dropwort aparentemente podia pedir que lhe servissem um bife inteiro quando quisesse?

— Argh, típico dele.

Irene empurrou o prato, espirrando um pouco de manteiga no canto da mesa de madeira. Ela torcia para que se infiltrasse nas fibras e deixasse uma mancha de óleo.

— Mas por que a comida dele está aqui? — perguntou ela, ainda irritada, a despeito do seu pequeno ato de revolta.

— Ele não gostava de lavar a louça?

— Há algo estranho neste apartamento. Não está *limpo*...

Viv olhou para seus dedos com desgosto.

— Isso é fato.

— ... mas não está bagunçado. Então, por que este prato está aqui? E por que ele se esqueceria de trancar a porta? Nada disso faz sentido.

— Ele devia estar com pressa.

Irene assentiu e passou um dedo distraidamente pela borda do prato. A porcelana parecia... arenosa.

— Ah, tenha dó! — exclamou ela, afastando a mão. — Ele nem lava os pratos? Isso é muito nojento.

— Não lavava — corrigiu Viv.

— Hã?

— Ele *não lavava* os pratos. Temos que nos acostumar a usar verbos no passado, certo?

Elas se entreolharam, um silêncio desconfortável baixou sobre a sala como névoa densa em um vale. Irene pigarreou.

— Certo, bem... há poeira no prato. — Ela ergueu o dedo para provar, mas parou de repente. — Viv, braço.

Viv pegou o braço de Irene como sempre fazia quando a amiga precisava pôr os cabelos atrás das orelhas ou ajustar os óculos. Irene brincava dizendo que media a intimidade que tinha com os amigos de acordo com o quanto se sentia à vontade em pedir ajuda para mudar de posição. Nadiya e Xander também eram seus amigos, pessoas a quem Irene não hesitava em pedir para virar um pouco seu tênis para um lado ou para o outro quando sua perna começava a doer. Mas Viv era sua única amiga de pé *e* braço. Ela se perguntava quantos amigos mais teria se o seu estilo de vida não fosse, literalmente, tão distante do de todos.

— O que foi, querida? — perguntou Viv, segurando o braço de Irene.

Irene olhou pensativa para seu dedo e então sinalizou para Viv saber que já podia baixar seu braço. — Não é poeira. É areia.

— Quê? Onde?

— No prato. Morei em praias minha vida toda e não tenho dúvidas de que isso é areia. Do tipo tão fino e reluzente que dói só de olhar em dias ensolarados.

As duas se inclinaram sobre o prato abandonado de Dropwort. Sem sombra de dúvidas, as minúsculas partículas de areia em sua superfície, misturadas com o sangue e a manteiga, brilhavam feito os resíduos arenosos numa concha. Quando Irene pegou o garfo, um pouco de areia caiu na mesa. A visão a fez tremer, fazendo-a derrubar o garfo, que bateu no bife, que caiu na mesa e, por fim, foi parar direto no chão.

— Não se preocupe, querida. Eu pego. — Com uma piscadela, Viv se abaixou e engatinhou sob a mesa. — Err... — ela disse com voz abafada. — Que estranho.

Antes que Irene tivesse tempo de perguntar, Viv apareceu com o garfo em uma mão e um frasco de prata decorado na outra. Irene deixou escapar um arquejo.

— Isso é...?

— Com certeza parece, não?

O lendário cantil de bolso de Dropwort. Os alunos avaliavam seu humor do professor pelo número de vezes que ele dava um gole nos primeiros cinco minutos de aula. Nenhum gole significava "distraído, não está a fim de ensinar, mas também não vai hostilizar ninguém". Um ou dois goles significavam "mal-humorado, mas fique de cabeça baixa e vai dar tudo certo". Três ou quatro significavam "*Você* leva uma bronca, *você* leva uma bronca e todo mundo leva uma bronca!". Quatro ou cinco significavam "provavelmente era melhor ter conjurado uma dor de estômago e passado o dia aguentando os trocadilhos ruins da Enfermeira Fíbula". Mais de cinco significavm "lamento, mas você está ferrado, não há o que fazer".

Os alunos até faziam apostas sobre o que havia no cantil, mas ninguém esperava, de fato, ganhar o prêmio. Ele nem sequer deixava o frasco na mesa, quanto mais longe de seus olhos.

— Nunca vi isso tão de perto — comentou Irene. Ela esticou a mão e Viv gentilmente baixou o cantil. Seu exterior tinha um estranho padrão espiralado gravado. Parecia uma filigrana, só que... era estranha. De algum modo, o desenho parecia cinético. De repente, Irene sentiu tontura.

— Acho que não devemos abrir o frasco — disse ela, devagar.

— O quê? Claro que devemos! Finalmente saberemos o que ele estava sempre bebendo. Continuo apostando no uísque. Todo mundo acha que é isso ou uma poção chique ou sabe-se lá o quê, mas aposto que ele é só o clássico velho branco que bebe em serviço. Era. Aposto que ele *era* só o clássico velho branco.

Com cuidado, Irene colocou o cantil em seu colo. Era importante não perder o objeto.

— Tudo bem, mas vamos deixar que Nadiya faça isso. Senti... algo quando segurei o cantil. Algo errado. Nadiya saberá dizer se há algo estranho aí.

Viv assentiu e Irene começou a examinar os papéis empilhados ao lado da máquina de escrever. A maioria eram trabalhos de alunos. Viv revirou os papéis até encontrar o seu relatório sobre a história do conflito entre Magos e Neutros, no qual Dropwort marcara um "C–".

— Desgraçado — ela murmurou e então fez o sinal da cruz para se desculpar.

Irene riu.

— Você nem é católica, sua doida.

Havia alguns memorandos do Diretor Fornax e da Vice-Diretora Beckley, e também alguns atestados da Enfermeira Fíbula dispensando alunos das aulas.

A única coisa suspeita que elas acharam foi um pequeno livro contábil com capa de couro, cujas páginas estavam repletas de colunas de códigos e números indecifráveis.

— Algum tipo de registro? — perguntou Viv.

Irene fez um som indefinido.

— Um orçamento, talvez?

— Ai, meu Deus! — exclamou Viv de forma dramática. — Um diário da época de estudante do Dropwort?

Irene estava prestes a desistir e dizer a Viv que elas podiam encerrar aquela investigação patética, quando um pedaço de papel saindo de debaixo da máquina de escrever chamou sua atenção. Ela tentou puxar o papel, mas a maldita máquina de escrever era pesada demais. Sério, quem usava um trambolho antigo daqueles em vez de um laptop? Viv notou o esforço da amiga e levantou a máquina de escrever; Irene puxou o papel que estava debaixo dela.

— O que diz aí? — perguntou Viv, espiando por cima do ombro de Irene.

— Nada que eu diria na frente da minha mãe, com certeza. — Ela leu algumas passagens, sinceramente preocupada que sua mãe ouvisse os xingamentos do quarto ao lado e irrompesse no apartamento do professor pronta para uma boa e velha bronca. — Mas veja a parte final. "Devolva o que você roubou. Assinado, LC".

— Bem, isso é... sinistro — disse Viv. — "O que você roubou". Deve ser o artefato da profecia que ouvimos hoje cedo, certo?

— Podemos presumir que sim. Quem escreveu isso provavelmente é o Escolhido mencionado na fumaça. Acho que a denúncia anônima não era brincadeira, afinal. Muita ousadia do assassino entrar nos aposentos de Dropwort e...

— Irene May Seaver! Pelo amor de Deus, o que você está fazendo? — A voz de sua mãe atravessou a entrada e a sala de estar, chegando até Irene e Viv, inclinadas sobre a mesa de trabalho de Dropwort.

Irene olhou feio para a melhor amiga e sussurrou:

— Você não fechou a porta?!

Viv ergueu as mãos.

— Deixei quase fechada! Só encostada. Eu não queria que trancasse de novo. Bem, tecnicamente, nem estava trancada, lembra? Eu não queria ter que testar minhas habilidades do lado de dentro.

A mãe de Irene entrou tão depressa e pisando tão duro que Irene podia jurar que as espadas balançaram nas paredes. Felizmente, Irene estava parada longe da porta e teve tempo suficiente para dobrar o bilhete incriminador e deslizar o cantil que ainda estava no seu colo para a lateral da cadeira de rodas, no espaço entre o assento e o encosto, onde estaria a salvo até que ela pudesse levá-lo para Nadiya. Quanto ao bilhete... se ela o desse a Xander, talvez ele pudesse inspecionar a sala de Dropwort no prédio da Administração. O assassino podia ter deixado mais pistas por lá. Talvez o artefato roubado estivesse escondido lá, já que ali no quarto ele claramente não estava.

— Mãe! Nós, err... só estávamos... — Irene olhou para Viv, pedindo ajuda.

— Estávamos tristes! — gritou Viv. O volume repentino fez a mãe de Irene parar a alguns passos de distância delas. — Nós estávamos... *estamos* tristes. Estamos em choque! A morte de Dropwort e tudo mais... É muita coisa para processar, sabe?

Irene resistiu à enorme vontade de cumprimentar a amiga por aquela desculpa absurdamente ruim, bem como por sua expressão facial menos convincente ainda, mas em vez disso pegou o trabalho largado por Viv em cima da mesa e o ergueu.

— Queríamos saber que notas tiramos na prova. Estávamos preocupadas com, bem, com tudo, com o fato de que teremos que esperar uma eternidade. E, enfim, a porta estava aberta, então tecnicamente não fizemos nada errado.

— Vocês entraram sem permissão, meus amores, e isso definitivamente é errado. E vocês duas são péssimas mentirosas. — Ela respirou fundo e Irene pôde *sentir* um sermão a caminho. Sua mãe, no entanto, inclinou-se e sussurrou: — Mas aquele desgraçado nos infernizou durante anos, então o segredo de vocês está a salvo comigo. Só desta vez.

Irene sorriu e Viv quase começou a chorar de gratidão. O segredo delas estava a salvo com sua mãe e, assim que Irene tivesse uma chance, o misterioso cantil de Dropwort e aquele estranho bilhete estariam a salvo com Nadiya e Xander. Com um pouco de sorte, dentro de dois dias ela estaria usando sua melhor camiseta da Galileu diante das pessoas que poderiam colocar seu plano de estabilidade climática em ação.

Elas podiam não ter solucionado o assassinato de Dropwort mas, talvez, ela ainda tivesse chance de solucionar algo muito maior.

PROVA W5

CASO: 20-06-DROS-STK

Tipo:

[X] Comunicado

[ ] Áudio

[ ] Resíduo de feitiço

[ ] Foto ou outra reconstrução visual

[X] Objeto

[ ] Formulário ou registro

[ ] Outro: _____

Fonte: Aposentos pessoais de Septimius Dropwort (falecido)

Partes Relevantes: Suspeito Nº 3 (nome removido por motivo de privacidade/restrição de idade), Septimius Dropwort (falecido)

Descrição: Bilhete encontrado na residência de Septimius Dropwort (falecido), deixado por Suspeito Nº 3

Dropwort

Todo mundo sabe que você é um velho desgraçado, triste
e nojento que desenterraria a própria mãe para roubar seus
dentes de ouro, mas desta vez você foi longe demais.
Cansei de ver você idolatrar cada idiota vindo de colégio
elitista enquanto intimida e rouba todos os demais. Vou te
pegar e não vou descansar até que você esteja no sexto
círculo do inferno. Quer salvar sua pele?
   Devolva o que você roubou.

LC

POR VOLTA DAS 10H (OU MAIS CEDO? TALVEZ MAIS TARDE): SYDNEY MEEKS, 16, É COMPLICADO

DE L.L. MCKINNEY

Num minuto Sydney Meeks tentava conseguir um crédito extra em Misticozoologia, cuidando de Uno, a perl premiada do sr. Jeffries, e, no seguinte, ela caía de cara repentinamente em um corredor desconhecido no qual, era provável, havia uma dimensão de bolso. Pelo menos ela achava que era uma dimensão de bolso. Talvez um portal para outra dimensão?

Questão de semântica.

A primeira coisa que Sydney notou? Não era a sua escola. Ah, ela reconhecia a maneira desanimada de as pessoas andarem, aquele meio trote que indicava que elas estavam com pressa, mas que não queriam, de fato, chegar aos seus destinos. Mas aqueles corredores não eram os seus, e aquelas paredes não eram as suas. Aquela não era a pedra desgastada que ela encarava dia sim, dia não quando começava a divagar durante as aulas de Mecânica Mística. Aquelas não eram as mesmas janelas altas e lúgubres que deixavam entrar a luz rosada. E, o mais óbvio de tudo, ninguém estava usando o tradicional, mas não tão feio quanto poderia, uniforme preto e dourado que os identificava como alunos da Wyldon.

A *segunda* coisa que Sydney notou foi a forma verde familiar com que Uno serpenteava, com suas dezenas de pernas, dobrando a esquina e sumindo de vista. E, com isso, o dia de Sydney passou de entediante, mas normal, para "por que *comigo*?".

Sydney encostou-se depressa na parede mais próxima, em parte para poder observar melhor à sua volta, mas, principalmente, para escapar do fluxo de pessoas ao seu redor. Algumas delas olharam e cochicharam ao passarem por ela, mas felizmente seguiram em frente. Ela respirou fundo e devagar para tentar acalmar seu coração. O beijo gelado do tijolo através do tecido fino de sua camiseta ajudou a afastar a onda de pânico que crescia em seu peito.

— Tudo bem, você está bem — ela sussurrou para si mesma, enquanto virava a cabeça para os dois lados do corredor, seu olhar parando brevemente nos rostos desconhecidos antes de desviar.

O que a dra. Morrow tinha dito sobre dimensões de bolso? Sydney conseguia imaginar a majestosa mulher negra atrás do púlpito, seus cabelos puxados para cima, presos numa coroa de tecido estampado trançado, suas mãos compridas pontuando as frases conforme ela falava com a turma.

— Se vocês perceberem que estão subitamente deslizando entre realidades, não entrem em pânico. Sincronia interdimensional é um fenômeno raro que ainda está sendo estudado, mas o que *sabemos* é que tudo que passa de um plano para outro continua ligado à sua dimensão de origem por um tempo. A melhor coisa a fazer é encontrar um lugar seguro perto de seu ponto de entrada e esperar. Não saiam. Permaneçam discretos, não interajam com nativos dessa outra dimensão, se puderem evitar, e fiquem atentos ao fluxo de ecos que os puxará de volta naturalmente ou aguardem até que a Divisão realize uma extração.

Não entrar em pânico. Mais fácil falar do que fazer. Ainda mais quando Uno parecia desconhecer as regras e simplesmente sumira. Maldita gata-lagarto.

A maldita gata-lagarto é sua responsabilidade. Sydney não podia deixar a criatura morrer nem dizimar alguma espécie local menor. Aquilo, definitivamente, contava como interação com nativos. Se ela não quisesse abrir um buraco no tempo-espaço nem ser reprovada em *mais uma* matéria naquele período, teria que ir atrás daquele monstrinho.

— Aaaaaargh — grunhiu Sydney. Algumas pessoas lançaram olhares curiosos para ela, mas felizmente pareciam estar envolvidas em... ela não sabia ao certo. Agora que ela tinha parado um instante para se recompor, notava a energia frenética no ar. Pessoas agrupadas aqui e ali, falando agitadas umas com as outras em cochichos apressados.

— Ele está morto! — sussurrou alguém ali perto, chamando a atenção dela.

— Eles não sabem quem o matou.

— Talvez outro professor?

— Aposto que foi um aluno.

— Seja lá quem foi, não julgo.

— Disseram como isso aconteceu?

Morto? Quem foi morto?! Ah, quer saber? Não. Não importa. Drama na dimensão de bolso não estava em sua lista de tarefas do dia. Ela tinha que capturar a perl.

Antes que convencesse a si mesma a desistir, Sydney correu na direção em que vira Uno desaparecer minutos antes. Sua mente estava acelerada, tentando se lembrar das lições. Considerando a maneira súbita e chacoalhante como aparecera ali, ela devia ter saltado entre dimensões por teletransporte. Tecnicamente, Uno é quem havia se teletransportado. Sydney só pegara carona.

— Uma das coisas que nos permitem estudar sincronização interdimensional são os perls. — Sydney lembrou-se do sr. Jeffries explicando aquilo mais cedo naquela semana, enquanto alisava as costas de Uno. A criatura felina se arqueou ao toque dele, seu corpo cintilando um verde-perolado.

— Perls têm uma habilidade parecida com teletransporte básico — prosseguira o sr. Jeffries —, mas o que descobrimos é que eles, na verdade, saltam numa dimensão de bolso, que é basicamente um cruzamento de realidades. O tempo passa bem mais devagar na dimensão de bolso do que aqui na nossa e, provavelmente, do que em qualquer outro lugar. Dessa dimensão de bolso, os perls saltam de volta para sua dimensão de origem quase simultaneamente, e *voilà*! Isso consome quase toda a energia dos perls, deixando-os vulneráveis, e é por isso que usam esse truque como um último recurso para fugir do perigo.

O perigo tinha sido a amiga e parceira de laboratório de Sydney, Desha, irrompendo na sala com a força de uma jamanta movida pela empolgação.

— ACONTECEU! — gritara Desha, e o único som mais alto do que sua voz fora a porta batendo na parede. — MARQUEZ ME CHAMOU PARA SAIR!

Uno uivara saltando no mesmo ritmo que o coração acelerado de Sydney.

— Sério? — disse Sydney por cima do ombro, tentando acalmar a criatura agitada que estava escovando. Perls tinham a pele coberta do que pareciam ser escamas, mas que funcionavam feito pelos, e era preciso se concentrar para escová-los, se você não quisesse ter seus braços dilacerados.

— Desculpa! — disse Desha, envergonhada. Ela aproximou-se de Sydney, espiando o cercado aberto com olhos arregalados e curiosos. — É maior de perto.

— A maioria das coisas é — respondeu Sydney com malícia.

Uno se acalmou, mas continuou olhando para as garotas, com um som baixo vindo do fundo de sua garganta.

Desha deu um tapinha no ombro de Sydney.

— Sabe o que eu quis dizer. Quanto tempo vai ficar aí brincando de Dr. Dolittle? Preciso falar com você sobre Marquez!

— Pode falar enquanto faço isso.

— Aqui não. — Desha lançou um olhar pela sala de aula, a desconfiança enrugando seu rosto marrom-claro. Não era à toa. Num lugar onde as pessoas podiam tomar uma poção para ficarem invisíveis ou encantar um espelho para que fosse unidirecional, nunca se tinha certeza de estar a sós, a menos que você estivesse nos dormitórios.

— Tudo bem — bufou Sydney. — Vou só dar um banho nela e podemos ir.

— Um banho? — Desha jogou a cabeça para trás, resmungando. — A aula começa em vinte minutos!

Sydney deu de ombros.

— Mas é *para* a aula.

Foi a vez de Desha bufar.

— Será mais rápido se nós duas...

— Espere! Não! — gritou Sydney, mas era tarde demais. As mãos de Desha já estavam esticadas na direção do cercado, seus movimentos rápidos.

Uno, decididamente descontente com isso, sibilou e, contorcendo-se entre os dedos das garotas, escapou.

Sydney girou e correu atrás da perl. Desha balbuciou um pedido de desculpa que foi interrompido por um flash repentino de luz que encheu sua visão. Sydney mal teve tempo de fechar os olhos, o clarão fazendo sua cabeça doer. Quando entrou em foco outra vez, tudo que ela conhecia havia sumido. Tudo menos Uno, que continuava correndo.

Uno, que *agora* deslizava por entre os tornozelos de uma garota branca e escapava pela porta aberta atrás dela.

— Oh! — A garota dançou na ponta dos pés como se tivesse pisado em alguma coisa. — O que foi aquilo?!

— Algo que escapou das torres? — disse um garoto indiano que a acompanhava, lançando um olhar à sua volta.

A garota soltou uma exclamação de surpresa e seus olhos azuis brilharam.

— E se foi isso que matou Dropwort?!

— Com licença! — Sydney passou entre eles, indo na direção da porta.

A voz do garoto a seguiu.

— Ela é nova?

— *Eu* nunca a vi.

— Você acha que *ela*...— Sydney não ouviu o resto da conversa porque corria para o que parecia ser o jardim da escola. Estruturas altas circulavam uma área gramada à sua frente. Uma luz pálida envolvia tudo na fraca névoa da manhã, e lá adiante, do outro lado do gramado, uma ágil forma verde saltava na direção de um punhado de árvores.

— Inferno! — bufou Sydney. Se Uno se perdesse na mata, ela nunca a encontraria! Sem pensar, Sydney esfregou as mãos. Seus dedos fizeram os movimentos necessários para tocar o éter, como se estivessem digitando a senha em um computador. A sequência foi concluída, e ela sentiu uma súbita rajada de vento enquanto assumia o controle.

Impulso. A palavra cruzou sua mente e passou para seus membros, ao mesmo tempo a preenchendo e esvaziando. Ela deu um passo, depois outro, avançando de modo hesitante até suas pernas começarem a correr.

O estranho mundo passava depressa por ela, seus pés batendo com força no chão enquanto ela perseguia a pequena criatura, que aparecia e sumia de vista enquanto desenrolava um par de asas tão finas que pareciam feitas de teia de aranha. O pânico de antes voltou a causar um aperto no peito de Sydney.

Por favor, não voe. Por favor, não voe. Por favor, não voe! Ela teria gritado, mas falar correndo naquela velocidade era um bom jeito de acabar com insetos entre os dentes.

Ela esticou as mãos, seus dedos se movendo outra vez, abrindo caminhos no éter.

Combustão. O ar entre os dedos de Sydney pegou fogo. As chamas dançando e se enroscando umas nas outras, tremeluzindo com o vento conforme a garota corria.

Uno saltou. Sydney lançou uma bola de fogo. Ela fez um arco no ar e, pouco antes de o globo flamejante atingir seu alvo, Sydney cerrou o punho. A bola de fogo explodiu em tons de azul e rosa. A perl, assustada mas sem ferimentos, sibilou feito um gato ao atingir o chão, com suas orelhas abaixadas e voltadas para trás, sua língua bifurcada chicoteando o ar, procurando sinais de inimigos que não estivesse vendo ou ouvindo.

— Uno! — Sydney arriscou um grito, protegendo a boca com a mão e, assim, abafando suas palavras.

A perl se levantou, virou e a viu, inclinando a cabeça e a olhando de forma quase interrogativa, o que deu a Sydney uma chance de capturá-la. No entanto, seus pés frearam desajeitadamente antes que ela estivesse perto o suficiente. Sem fôlego e lutando para não dobrar o corpo, ela ergueu as mãos e se aproximou de Uno com passos lentos e cautelosos.

Uno, felizmente, permaneceu parada, observando Sydney com seus olhos grandes entreabertos. Soltou um trinado de desconfiança e curiosidade.

— Isso... você me conhece! — Sydney levou as mãos ao peito. — Sou a Sydney, do quarto período, lembra? Escovei você esta semana.

Com a cabeça erguida, Uno farejou o ar.

— Isso... — Mais alguns passos. — Uno boazinha. — Mais alguns. — Ótimo, Uno. Fique paradinha aí.

A perl ia de um lado para o outro, sua coluna ondulando com os movimentos, até que deu alguns passos na direção da garota. Sydney cerrou os dentes para não deixar escapar uma exclamação de alegria.

Ela esticou a mão e...

FWOM!

Algo *explodiu* atrás dela. Ou pelo menos foi isso que pareceu. Mas quando ela se virou para olhar para os jardins da escola... não havia nada. Os edifícios e o terreno que os cercavam pareciam enganosamente tranquilos, com o céu azul cheio de nuvens fofinhas e brancas.

— *Sei* que ouvi...

E parecia que ela não tinha sido a única, considerando o sibilo que vinha de cima de seu ombro.

Uno se movia de um lado para o outro sobre as raízes da árvore, suas costas arqueadas, suas plumas eriçadas enquanto ela mostrava os dentes, sibilando.

Um sinal de alerta apertou os pulmões de Sydney. Ah, não. Ela se lançou para a frente, pronta para agarrar.

Uno se abaixou e conseguiu se esquivar, e os dedos de Sydney mal tocaram seu corpo escorregadio. Ela não conseguiu segurar a perl.

— Não! — Desta vez ela *gritou* mesmo e sua voz ecoou entre as árvores. Parando de forma tão abrupta que arrancou terra e grama do chão, ela girou em círculos, olhando à sua volta, na esperança de encontrar um sinal da criatura, mas não havia nada. Não que ela pudesse ver.

— Droga! — A irritação zunia em seus ouvidos e no resto de seu corpo. — Droga, droga, *droga!* — Ela pisava duro, andando de um lado para o outro, a energia da frustração sem ter para onde ir.

Sem pensar, ela levou a mão ao pulso e à argola dourada que o envolvia, uma única pulseira de fecho chato com a letra "S" gravada. Era o presente que sua mãe lhe dera naquele ano, quando ela partira para estudar fora. Um lembrete de que tudo vai e vem, fluxo e refluxo. O rio. O equilíbrio.

— Sempre que tudo ficar pesado demais, tente focar em outra coisa. Como isto aqui. — Sua mãe tocara a pulseira após colocá-la no pulso de Sydney. — Use isto como ponto focal. Concentre-se, respire, espere passar. E depois volte ao trabalho.

Concentre-se. Respire. Espere passar.

Respirar fundo ajudou Sydney a diminuir a raiva, mas ela ainda a sentia pulsando dentro de si. Não estava passando.

Vá para casa, a raiva lhe disse. *Você não sabe onde está, não sabe o que está havendo e parece que as pessoas acham que você matou alguém!*

Ela não tinha certeza sobre essa última parte, mas a conversa entre aqueles alunos dera a entender que estavam procurando suspeitos de um assassinato. Professor morto, aluno morto, sabe-se lá o que morto; ela não queria ser envolvida naquilo.

Você precisa focar em voltar para casa, principalmente se as pessoas começarem a ficar apreensivas com rostos desconhecidos.

E, quanto mais ela se afastava do ponto de fluxo, mais longe a equipe de extração teria que ir para encontrá-la. Ela devia deixar que a Divisão cuidasse daquilo. Aceitaria a derrota nesse caso e o "F" que ganharia no trabalho. Que fosse.

Entretanto, ela não conseguia não se sentir culpada por abandonar uma pobre criatura assustada.

— Droga. — Com mais um rompante de raiva, Sydney chutou o chão com o bico da bota, fazendo a terra solta subir no ar. Ela se virou para voltar por onde viera e então parou, enquanto seu olhar examinava a terra que voltava a se acomodar em meio à grama. Terra... não se comportava assim. Pelo menos não aquele tipo de terra. Essa parecia solta demais, fina demais.

Um pensamento ocorreu a Sydney e, depois, uma ideia preocupante surgiu no fundo de sua mente, abrindo caminho até a frente.

— Areia? — Sydney disse para ninguém e para o nada. Agachando-se, ela passou os dedos pelas folhas de grama, apertando-as e então as erguendo para examiná-las. Entre as pontas de seus dedos havia grãos de areia.

Foi então que aquele pensamento intrusivo finalmente chegou ao seu destino e se instalou.

— Areia! — ela disse mais alto. Sydney passou a mão rapidamente pela grama, observando os grânulos subirem no ar. A perl estava descamando areia! Agora ela tinha uma trilha para seguir!

Ela berrou e cerrou o punho, rindo. E então o sorriso despencou de seu rosto feito chumbo, quando um segundo pensamento insistente se acomodou ao lado do primeiro.

A perl estava descamando areia. Isso significava...

Ah, não.

Sabe os perls? São adoráveis e fofos. Criaturas grandes que parecem uma mistura de gato e lagarto e que não fazem muita coisa além de ficar ao sol, mastigar coisas brilhantes e dormir quando você precisa que eles façam algum trabalho. São praticamente inofensivos, pelo menos na maior parte do tempo. É com o resto do tempo que você deve se preocupar, principalmente quando mamãe perl está grávida. Durante a gestação, ela começa a descamar poeira, terra ou lama, o tipo de solo mais abundante em seu habitat natural. Depois, ela usa isso para criar uma espécie de ninho, onde pode ter seus filhotes e deixá-los aconchegados e protegidos. É uma gracinha, a menos que você chegue perto demais. Nesse caso, ela vai arrancar seus braços imediatamente. Nunca mexa com uma mamãe perl e seus filhotes.

Mas não era aquilo que preocupava Sydney naquele momento, não mesmo. Ter seus braços arrancados era o de menos. Sabe o que acontece se uma mamãe perl não consegue fazer seu monte e é obrigada a ter seus filhotes em um lugar aberto? Ela explode. Literalmente. Ela vira uma parede de chamas e energia cinética tão grande que dizima todos os possíveis predadores num raio de um quilômetro e meio, destruindo tudo que estiver a essa distância.

Uno era uma perl-do-deserto. E ela estava descamando areia para criar seu monte.

Sydney precisava encontrar a criatura antes que isso acontecesse ou então:

(A) Uno iria para o subterrâneo para dar à luz e criar seus filhotes por um mês. Introduzir espécies em um novo plano de existência antes de obter autorização era uma infração de classe quatro, e ela

NÃO precisava daquilo pesando sobre sua cabeça quando entrasse no Círculo, muito menos sobre sua família, ponto-final.

(B) Uno explodiria, matando Sydney e todos naquele lugar. Fantástico.

Seu coração acelerou com o retorno do pânico, o que fez suas mãos tremerem enquanto ela tentava digitar outra conexão com o éter. Ela errou duas vezes antes de finalmente conseguir.

A rajada de vento e as chamas diminuíram e se tornaram algo mais estável. Ela se agarrou ao peso e à força vital da Terra.

Sydney gostava desse elemento, de como ele a fazia se sentir firme e forte. De como controlava sua mente distraída e acalmava seu coração frenético.

Elevação. Ela deu o comando e ergueu as mãos. Ao fazer isso, os grânulos de areia que estavam na grama subiram no ar, levantando uma onda de poeira, formando um caminho claro, que fazia uma curva e depois voltava para o grupo de edifícios ao longe.

Sydney seguiu a trilha da melhor maneira que pôde, e o caminho, de fato, levou-a mais para perto da escola, mas depois deu uma guinada brusca e passou a circular as estruturas mais afastadas do terreno. O sol agora estava alto, e os sons típicos do início de dia começavam a emanar das paredes e dos prédios.

Um terceiro pensamento se insinuou, abrindo caminho entre os outros dois, e estatelou-se na parte frontal da mente de Sydney. O que ela faria se alguém a visse? E isso era algo que provavelmente aconteceria, se eles tivessem olhos, ouvidos ou qualquer outro sentido. Começariam a fazer perguntas para as quais ela não tinha respostas. E o que se deve dizer quando você conhece alguém de outra dimensão?

Oi! Meu nome é Sydney, Sydney Meeks. Da família Meeks, de Baltimore. Não se engane com esse sobrenome. Sou tudo menos dócil. Eu estava perseguindo uma criatura mágica chamada perl. Estou ajudando meu professor a cuidar dela para ganhar um crédito extra e ia dar banho nela quando a danada escapou!

Na verdade, Desha a assustou ao tentar tocá-la, sem saber o que estava fazendo, e ela saiu correndo. Fiquei furiosa. Com Desha, não com a criatura. Bem, com ela também, acho. Enfim, eu a estava perseguindo quando caí, ou acho que caí, no seu mundo. É uma dimensão de bolso do meu mundo. Isso acontece às vezes. Talvez. Não sei ao certo, é a primeira vez que ouço dizer que aconteceu. Com uma pessoa, quero dizer. Perls fazem isso o tempo todo.

Não importa. Caí no seu mundo e estou procurando o que me trouxe aqui para que possa voltar para o meu mundo com essa criatura. O nome dela é Uno e ela é um amor. E vai ter filhotes! O que seria muito fofo, se isso não significasse que sua escola será destruída. Peço desculpas?

Ah, sim. Aquilo ia dar *muito* certo.

Afastando todos os pensamentos, Sydney focou na tarefa que precisava realizar. A areia permanecia suspensa no ar, dividindo-se feito água conforme ela passava. A trilha descia um barranco e depois voltava para outra parte gramada, ou foi isso que Sydney pensou.

Algo estalou num arbusto à sua frente. Um estalo seguido de um grunhido.

Ela congelou. Aquilo não soava como Uno.

Um farfalhar de folhas e galhos precedeu uma voz grave exclamando:

— Maldito seja!

Definitivamente não era Uno. Embora a trilha de areia indicasse que a perl, sem dúvida, tinha ido naquela direção.

— Fique quieto, seu...

A voz foi interrompida por um sibilo agudo, quase um rugido.

Essa era Uno!

Sydney avançou, deixando a cautela de lado.

— Olá? — chamou ela, com uma mão erguida para proteger seu rosto contra os galhos conforme passava apressada por entre os arbustos.

Ninguém respondeu. Ela não ouvia nada além da própria respiração ofegante e do barulho dos seus sapatos contra o solo.

— Olá! — Tentou outra vez. — Essa é minha... — Ela chegou numa clareira vazia, sem qualquer sinal de algo ou alguém para onde quer que olhasse.

A irritação de antes ameaçava se transformar em fúria. Parte dela *queria* deixar que as chamas em seu interior crescessem e virassem uma explosão, se aquilo a livrasse daquela sensação. Mas, então, ela avistou um pequeno domo de areia perto das árvores. Parecia que Uno começara a construir seu ninho, mas fora interrompida por algo. Ou alguém.

Mas essa não era a parte estranha.

Quando Sydney se aproximou do monte, viu não apenas uma, mas *duas* trilhas de areia. Uma vinha das árvores à esquerda da clareira. A outra seguia em frente, entrando de novo nos arbustos.

Mas que diabos! Se ela não soubesse que era impossível, diria que havia duas perls-do-deserto ali. Sem contar que ela, sem dúvida, tinha ouvido o que soava como uma pessoa instantes atrás, mas essa pessoa também havia sumido.

Tecnicamente, Sydney estava de volta ao lugar em que havia começado. Mas Uno não voltaria a fazer seu ninho onde se sentia ameaçada. Esse lugar seria considerado perigoso.

O que dava a Sydney um pouco mais de tempo.

Uma semente de esperança. Talvez ela conseguisse consertar tudo aquilo, afinal.

Agitando a mão, ela desfez o monte, só para garantir, e voltou a seguir o rastro de Uno. Pelo menos achava que aquele era o rastro de Uno. Rezava para que fosse.

Em alguns minutos, ela atravessou o arbusto e descobriu que estava do outro lado do morro, diante de um par de grandes portas duplas num terreno rochoso na base de um dos maiores edifícios da propriedade.

Ela gemeu. Um edifício significava pessoas. Pessoas que poderiam vê-la, pessoas que poderiam assustar Uno e pessoas que acabariam feridas se Uno, literalmente, explodisse. Mas ela não podia parar agora. Respirou fundo e empurrou as portas.

Na mesma hora, o barulho da multidão inundou seus ouvidos. Ela estava em outro corredor, mas desta vez havia mais jovens, mais agitação, mais cochichos sobre assassinos e algumas conversas sobre Escolhidos e profecias.

Mas nem sinal de Uno. Nem um pio. Nem uma visão de relance.

Ela... ela a havia perdido. Realmente perdido.

Sydney soltou a porta, foi para o lado e desabou no chão. O latejamento em sua cabeça crescia, refletindo as batidas de seu coração. O que ela ia fazer? Fechou os olhos e sentiu a ardência das lágrimas. A dor na altura da cintura piorava — tinha usado energia demais para se projetar e agora estava com fome e perdida, e Uno havia sumido e... e...

Seus dedos agarraram sua pulseira e a giraram furiosamente em seu pulso antes que ela dobrasse as pernas e passasse os braços em volta dos joelhos, enterrando o rosto neles.

O que ela ia *fazer*?

— Ei — disse uma voz próxima.

Sydney a ignorou, ainda frustrada. E faminta.

— Oi? — disse a voz outra vez, só que agora mais alto.

Ela se perguntava se haveria um jeito de voltar para casa e trazer o sr. Jeffries *ali*, para que ele a ajudasse a procurar Uno. Aquilo... podia funcionar. Por que ela não tinha pensado nisso antes?

— Com licença! — Desta vez, quando a voz falou, houve um tapinha no ombro de Sydney.

Ela se sobressaltou, e alguém que estava parado ao seu lado, perto demais, saltou em resposta.

— Ah! — arquejou a garota, com uma mão sobre o peito. — Desculpa, eu não queria... Eu só pensei...

Sydney olhou para a garota, perdida nos próprios pensamentos, o que era ótimo, porque dava a Sydney tempo para reorganizar os seus.

A garota era baixinha — bom, mais baixa do que Sydney — e usava um *hijab* de caxemira, que cobria sua cabeça e seus ombros. O resto de seu corpo estava envolto em seda. As dobras do tecido caíam em volta dela de um jeito muito bonito. Ela era linda e, se fosse em qualquer outra ocasião, Sydney estaria gaguejando para tentar dizer algo, mas naquele momento ela não tinha calorias suficientes para gastar.

Além disso, ela tinha a nítida impressão de que aquela garota não a deixaria em paz até que ela dissesse algo.

— Posso ajudar você?

— Não, eu só... pensei que eu poderia ajudar *você*? — A garota tinha os dedos entrelaçados e os tocava com suas unhas. — Parecia que você precisava de ajuda.

E ela precisava. Verdade fosse dita, Sydney precisava de toda ajuda que conseguisse. Mas ela sabia que não devia se envolver com pessoas de dimensões de bolso, principalmente porque não tinha certeza se elas sabiam que estavam numa dimensão de bolso. As pessoas poderiam ficar meio irritadas com essa informação.

— Estou bem — disse Sydney, e seus lábios deram um sorriso automático.

Os olhos da garota a examinaram.

— Você não... parece... bem...

— Não? Provavelmente só estou cansada. — Sydney apoiou a bochecha na mão. Ela sentiu que seu sorriso murchava. — Mas vou ficar bem. Não se preocupe.

Em sua dimensão, qualquer um teria pegado a deixa e vazado depressa. Mas aquele lugar era novo, com gente que não tinha juízo. Como aquela garota, que continuava lá parada, embora parecesse estar repensando sua decisão.

— É que... as coisas não estão muito seguras no momento... — continuou a garota.

Sydney soltou o ar devagar e com cuidado, tentando deixar que sua irritação saísse com ele. A garota não sabia o que se passava com Uno. Não fazia ideia do que havia acontecido e do que provavelmente aconteceria. Não sabia como Sydney estava dolorida, cansada, preocupada e ESGOTADA. Nada daquilo era culpa dela.

Foi isso que Sydney disse a si mesma. Mas não serviu em nada para aplacar sua crescente ira.

— Agradeço. De verdade. — Ela botou o sorriso de volta no rosto da melhor maneira que pôde. Devia ser um sorriso quase radiante, apesar de todo aquele esforço. — Mas estou bem. Sério. — Sydney fez menção de se levantar, e a garota, que agora estava agachada ao seu lado, fez o mesmo. — Tenho que ir, aula e essas coisas, mas obrigada.

— Você não vai à assembleia? — perguntou a garota conforme Sydney começava a seguir pelo corredor.

— Não! — Sydney continuou andando, aliviada por ter encerrado a conversa.

No entanto, o alívio durou pouco, pois a garota se apressou para alcançá-la.

— Se você comesse alguma coisa, talvez se sentisse melhor.

Certo, aquilo quase fez Sydney sorrir. De verdade. A garota era claramente do tipo maternal. Era doce e tão adorável que deixava o coração de Sydney quentinho só de pensar nisso.

Aquilo a fez lembrar de como Desha estava sempre querendo ajudar, mesmo que ninguém tivesse pedido ajuda. Mesmo quando não era necessário. Mesmo quando não sabia que a ajuda pioraria as coisas.

Lembranças de Desha e de como aquele fiasco havia começado se sobrepuseram ao carinho crescente que Sydney sentia pela garota desconhecida. Que continuava falando.

— Geralmente, quando você come alguma coisa, tudo melhora, e eu...

— Ouça, ahhhh... — Sydney deixou a frase morrer, gesticulando para que a garota preenchesse a lacuna.

Levou um instante até que ela dissesse:

— Oh! — E então pigarreasse, complementando: — Meu nome é Mariam.

— Mariam — repetiu Sydney antes de parar de súbito e virar o rosto para sua companhia indesejada, que também parou, com os lábios franzidos e os olhos arregalados.

— Você é legal — prosseguiu Sydney. — Mas eu realmente não tenho tempo agora.

Mariam assentiu, olhando ao redor conforme as pessoas se dividiam para passar por elas. Alguns alunos olhavam feio ou murmuravam algo indignados, provavelmente porque Sydney e Mariam estavam paradas no meio do corredor.

— Tenho que fazer uma coisa, então, se me dá licença... — Mais uma vez, Sydney se virou para ir embora, esperando que aquilo encerrasse o assunto.

— Eu posso ajudar!

Obviamente, não havia encerrado.

Mariam foi até ela outra vez.

— Desculpa, não quero ser invasiva, mas há uma aura à sua volta. E eu... é... você precisa de ajuda. — Ela baixou a voz.

Sydney parou de novo, desta vez saindo do caminho e pressionando as têmporas com os dedos.

— Certo, preciso de ajuda. Mas não PRECISO de ajuda! — Seu tom subiu um pouco. — Preciso... preciso pensar, mas isso... — Ela gesticulou entre as duas. — Isso é o contrário de ajuda para mim. Então, mais uma vez, agradeço, mas...

— Mas eu posso...

— Obrigada! — disse Sydney, um pouco mais alto do que pretendia. Algumas pessoas se voltaram para olhá-las. Ela as ignorou e falou um pouco mais baixo. — Agradeço sua oferta generosa, de verdade, mas juro que dou conta.

Ela se virou para ir embora, esperando se afastar de Mariam e de suas boas intenções, mas tinha dado apenas uns passos quando sentiu uma mão em seu ombro.

— Ouça, preciso mesmo que você... — começou a dizer Sydney, mas ao se virar teve que inclinar a cabeça para trás para poder olhar no rosto de um homem branco de meia-idade. Seu manto branco e cinza fez Sydney se lembrar das vestes usadas na formatura em sua escola. O manto pendia no corpo dele como se o tecido fosse feito de galhos de uma árvore morta. Seu rosto era formado por ângulos e linhas duras, exceto pelas entradas em sua testa. Seu sorriso excessivamente amplo era beeeeeem assustador.

— Diretor — Mariam disse baixinho, encolhendo os ombros ao olhá-lo.

Sydney olhou para os dedos magros que agarravam seu ombro e depois para ele. Havia algo estranho naquele sujeito. Algo na energia ao redor dele que pressionava a pele de Sydney feito uma lixa sendo esfregada. Enquanto Mariam era radiante e, embora inconveniente, preocupada, ele era um poço frio de ansiedade que se retorcia, apesar de sua atitude aparentemente calma.

— Vá, srta. Abidin — disse o homem, sua voz esticando as palavras feito bala puxa-puxa. — Preciso dar uma palavrinha com a srta. Meeks.

O fato de aquele homem de outro mundo saber seu nome deu a Sydney calafrios e uma pontada de medo. Ela queria afastar a mão dele, dizer que não o conhecia e que ele tinha que parar de tocá-la, mas... não conseguia.

Ela não conseguia fazer outra coisa além de ficar lá parada, sua necessidade de se mover e falar transformada em um desejo impotente que foi murchando dentro dela.

Isso... é ótimo. Não tenho que ir a lugar nenhum...

Mas eu só...

Mariam não parecia muito a fim de ir embora.

Então, como que para provocá-la, um movimento familiar chamou a atenção de Sydney. Bem acima do ombro de Mariam, ela pôde ver, no fim do corredor, Uno deslizando para dentro de uma sala. A criatura parou, levantou a cabeça e seu olhar cruzou com o da garota. Era como se a perl soubesse que o esconde-esconde havia acabado e quisesse saber o motivo.

Mas Sydney piscou e Uno sumiu. Mais uma vez. Só que agora o ar tremeluzia atrás de perl, superaquecido c azul. Um novo ponto de fluxo. Uno não havia apenas sumido; ela tinha ido *para casa*. E, com o retorno dela, a Divisão não teria motivo para ir até aquela dimensão fazer uma busca. Sydney ficaria... presa ali para sempre.

Todo o seu corpo *vibrava* de medo.

Um medo que assumiu o controle do tempo e espaço e os esticou além do impossível. Um momento que pareceu durar uma eternidade, mas que se quebrou quando aquele homem branco tocou seu ombro. Quem era ele mesmo? E por que ele a estava *tocando*?

E o mais importante: por que ela permitia que ele fizesse aquilo?

— Sydney e eu temos assuntos a tratar com relação a... err... créditos extras — disse o diretor com um sorriso que era todo dentes. Apesar do sorriso, ela sentia os dedos dele tremendo. — Não vamos demorar. Isso é tudo, Mariam.

— Sim, senhor. — Mariam ainda ficou ali um instante, seu olhar dançando entre Sydney e o diretor algumas vezes antes que ela finalmente se virasse e começasse a se afastar.

Era estranho, mas agora Sydney não queria que a garota se fosse. Ela não sabia bem o motivo, assim como não sabia muitas coisas de repente. Uma espécie de névoa ocupou sua mente, e tentar pensar era como tentar correr dentro d'água: lento, desajeitado, uma sensação de não conseguir se apoiar em nada. Aquela confusão mental a deixava dividida entre a estranha certeza de que aquele diretor poderia ajudá-la — já que era o diretor da escola e tudo mais — e a pequena mas nítida repulsa que ela sentia em ficar sozinha com o sr. Assustador e sua energia ruim. Ela precisava encontrar Uno, precisava ir para casa, precisava...

Os dedos dele apertaram firmemente seu ombro e um formigamento desagradável percorreu seu corpo.

— Por aqui, por favor — disse ele, gesticulando com a outra mão.

As pernas de Sydney começaram a se mexer.

Elas iam na direção oposta em que ela tinha visto Uno.

— I-isso, srta. Meeks, s-seja b-boazinha — disse o homem, sua voz finalmente acompanhando o tremor de sua mão. Ele cumprimentou algumas pessoas ao passar, e eles seguiram em frente tranquilamente.

— Precisamos conversar.

As palavras dele soavam calmas e discretas, mas eram cheias de tensão. Ele ficava olhando para trás entre um cumprimento indiferente e outro.

— O que deseja, senhor? — A voz dela soou calma demais, quase monótona. E por que o estava chamando de "senhor"? Ela nem o conhecia!

— Ah, eu... eu desejo muitas coisas, srta. M-meeks. — O homem sorriu e acenou para uma mulher negra parada no vão de uma porta próxima, então pegou um lenço e secou sua testa. Ele passou a língua pelos lábios e soltou um suspiro trêmulo. — Mas temos que nos apressar.

Eles aceleraram o passo.

Sydney olhava direto para a frente. Seus punhos cerrados, seus braços tremendo com o esforço frustrado, incapazes de se mover. Suas pernas não a escutavam mais. Continuavam andando, mesmo que ela quisesse parar.

O tremor em seus membros cresceu tanto que ela sentiu a sensação familiar de metal deslizando contra a pele da pulseira em seu braço escorregando e saindo dele. Ouviu o som do objeto atingindo o chão, mas não conseguiu parar para pegá-lo. Não conseguiu nem olhar para trás enquanto eles continuavam avançando.

— O que deseja, senhor? — Agora ela estava se repetindo com a mesma voz boba de um anúncio de elevador e...

Espera aí.

Voz de elevador.

Onde ela tinha ouvido isso?

A névoa em sua mente sufocava a memória que tentava chegar à superfície e a forçava a voltar para o fundo, mas Sydney conseguiu agarrá-la. Suas mãos, mesmo tremendo muito, foram capazes de encontrar outra sequência.

Revelar...

A memória explodiu no fundo dos seus olhos. Ela estava sentada na aula da dra. Morrow e eles discutiam as várias formas pelas quais uma pessoa pode ser manipulada por meios mágicos. Não para ensinar aos alunos como fazer isso, mas para que eles soubessem como reconhecer, caso isso lhes acontecesse.

— Vocês podem se pegar questionando a si mesmos sobre por que estão fazendo algo repetidamente, sem conseguir pensar num motivo para parar — dissera a dra. Morrow, empurrando para cima os óculos em seu nariz, seu rosto negro sério. — Outro sinal é falar de um jeito estranho, devagar, pronunciando cada sílaba, tudo no mesmo tom. Assim. — Ela demonstrara, falando com voz monótona.

Desha tinha bufado, apoiando a bochecha na palma de uma mão, enquanto, com a outra, fingia fazer anotações, mas na verdade rabiscava *D+M* em diferentes estilos nas margens de seu caderno.

— Se um dia eu soar como uma voz de elevador sem graça, não controlar minha vontade não será a única coisa errada comigo.

— Você está certa, srta. Newton. — A dra. Morrow apontara na direção de Desha, que se endireitara na cadeira. — Ter sua vontade controlada é algo físico na natureza. Seu corpo age, mas sua mente sabe o que está havendo em algum nível, ainda que pequeno. Se vocês conseguirem reconhecer essa consciência, é mais fácil enfrentar ou detectar e expulsar a fonte da influência externa. Mas ter a vontade encantada? Isso é mais sutil. Engana a mente e o corpo, fazendo a pessoa pensar que quer fazer aquilo que deseja a pessoa que a encantou. É uma magia poderosa que só funciona por meio de transferência ou toque. Sabe-se que alguns encantos duram dias, semanas, meses... até anos, em ocasiões raras. Mas, assim que o encantado toma consciência do que aconteceu, o encanto perde seu efeito.

A memória sumiu e a mente de Sydney voltou depressa para o presente. Ela continuava andando, e a voz do homem agora era mais suave, quase arrependida.

— ... embora sua presença seja uma surpresa, posso usá-la à vontade.

O pânico de Sydney voltou e a atingiu feito uma bola de demolição conforme o encanto começava a passar. Primeiro a mente clareia, depois o corpo recupera o controle. É assim que funciona. Quanto menos tempo sob o feitiço, mais depressa ele passa. Ela conseguiria se livrar dele, agora que sabia o que estava acontecendo, mas seria rápido o suficiente? Seus membros continuavam se recusando a obedecê-la.

Não...

Eles pararam diante de uma porta com as palavras "DIRETOR FORNAX" gravadas em letras douradas e brilhantes. O homem murmurou algo e Sydney sentiu um feitiço sendo lançado. A maçaneta girou e a porta se abriu para a escuridão.

— Preciso de um suspeito — disse o homem, escancarando a porta, que não revelava mais nada. — E uma garota de quem ninguém sentirá falta porque nem deveria estar aqui...

Com isso, eles entraram na sala.

A última coisa da qual Sydney Meeks teve consciência foi de um barulho de madeira e um clique de uma fechadura, antes que a dor abraçasse seu corpo e tudo ficasse escuro.

PROVA — TRANSCRIÇÃO A-2
CASO: 20-06-DROS-STK

Tipo:
[X] Comunicado
[ ] Áudio
[ ] Resíduo de feitiço
[ ] Foto ou outra reconstrução visual
[ ] Objeto
[ ] Formulário ou registro
[ ] Outro: _____

Fonte: Arquivos de anúncio escolar
Partes Relevantes: Nicolas Fornax, diretor;
Ladybird "Birdie" Beckley, vice-diretora
Descrição: Transcrição do anúncio escolar
feito para todos os alunos às 11h23

[Início da transcrição.]

[Sinal sonoro agradável indicando o início
do anúncio escolar.]

Vice-Diretora Beckley: Bom dia, alunos.
Agradeço pela paciência de vocês com esta
pequena demora, já que o diretor se atra-
sou um pouco. Agora vocês podem ir, com
o mínimo de tumulto possível, ao auditório para a cerimônia fúnebre do Professor
Dropwort. Por favor, entrem no auditório
de maneira organizada, tomem seus assentos
e aguardem o início da cerimônia às 11h45.
Professores, por favor, supervisionem seus
alunos devidamente. Obrigada.

[Sinal sonoro agradável indicando o fim do anúncio.]

[Fim da transcrição.]

PROVA T8
CASO: 20-06-DROS-STK

Tipo:
[ ] Comunicado
[ ] Áudio
[ ] Resíduo de feitiço
[ ] Foto ou outra reconstrução visual
[ ] Objeto
[X] Formulário ou registro
[ ] Outro: _____

Fonte: Arquivos médicos da escola
Partes Relevantes: Fíbula Smith, enfermeira escolar; Aluna "Anônima" (nome removido para manter a privacidade)
Descrição: Prescrição de medicação da Aluna Anônima; possíveis efeitos colaterais podem tornar seu depoimento inadmissível

ACADEMIA GALILEU
PARA PESSOAS EXTRAORDINÁRIAS,
ENFERMARIA
FÍBULA SMITH, ENFERMEIRA-CHEFE

Nome do paciente: ▮▮▮▮▮▮▮ "ANÔNIMA"

Data: 28 de junho

Prescrição: Extrato de absinto diluído

Diluição: 88,72 mL em 10 mL de água

Refil: nenhum

Instruções: Tomar 10 mL a cada 4 horas enquanto persistirem os sintomas.

OBSERVAÇÃO: Como a medicação é para lesão na cabeça, voltar à enfermaria o quanto antes no caso de os sintomas piorarem ou persistirem por mais de dois dias.

Possíveis efeitos colaterais: Confusão, paranoia. Observação: o absinto tem propriedades alucinógenas se administrado com certos medicamentos. Consulte seu Mago de atenção primária para informações detalhadas.

_____

Data:
28 de junho

Assinatura:
Fíbula Smith

12H: MARIAM ABIDIN, 16, VARINHAS

DE HAFSAH FAIZAL

O coração de Mariam acelerava toda vez que via um distintivo prateado. A polícia estava por toda parte — policiais de rostos duros de Estocolmo do lado de fora, oficiais do DCCAMN do lado de dentro —, seus distintivos brilhando feito presas na escuridão, as varinhas em suas mãos de ferro não ajudando em nada a acalmar os nervos da garota.

Ela *deveria* se sentir calma. Aquelas pessoas juraram fazer cumprir a lei. Suas varinhas deveriam servir para proteger pessoas como ela, mas, toda vez que Mariam via os oficiais levando um aluno para interrogatório, sentia que era uma armadilha que a cercava cada vez mais. Por fim, expirou ao dobrar a esquina.

Espera aí.

Para onde tinham ido Sydney e o Diretor Fornax? Quando Mariam se virou, nenhum deles estava mais à vista. Era como se nunca tivessem existido. Assim como Dropwort e como o sangue sob as unhas dela nesta manhã.

O dia de hoje tinha tudo para ser horrível.

O problema de uma escola inteira saber o quanto aquele homem a odiava só tinha se tornado evidente depois da morte dele. Na verdade, o problema só havia *surgido* depois que ele aparecera morto e ela acordara com manchas carmim debaixo das suas unhas. Um problema terrível para uma garota cujo contato com uma arma se limitava à tesoura de poda que ela costuma usar para colher as flores que enfeitam o seu ateliê.

Os nós dos seus dedos ainda doíam devido à força excessiva com que batera à porta ao lado da sua. Daphne lhe garantira que não havia nada além de pele sob suas unhas — algo inédito, considerando que sempre havia um pouco de tinta — mas *ela* passara o amanhecer todo esfregando seus dedos até deixá-los em carne viva porque seus olhos tinham lhe mostrado outra coisa.

Mariam havia conseguido evitar contato visual a manhã toda, mas percebera os olhares que os alunos lançavam para a outra garota muçulmana do mesmo ano que ela, Nadiya, e sabia que eram parecidos com aqueles que ela tentava ignorar.

Normalmente aquilo a deixaria irritada, mas hoje seus cabelos estavam úmidos demais sob seu *hijab*, e seu coração batia feito um tambor, porque ela mesma não tinha certeza do que estava fazendo enquanto Dropwort dava seu último suspiro. Quando os oficiais do DCCAMN a chamassem para o interrogatório, como ela os vira fazer com outros alunos a manhã toda, ela não seria capaz de dar a eles um álibi, porque simplesmente não se lembrava de nada. *Ah, não, eu realmente não sei o que fiz ontem à noite! O quê? Por que fico esfregando as unhas como se houvesse sangue incrustado debaixo delas? Não sei, mas isso não é importante no caso deste assassinato em particular, não é mesmo?*

A verdade soava muito mais suspeita do que qualquer mentira que ela pudesse inventar.

Mariam esfregou sua cabeça, sob o seu *hijab*, num ponto em que surgira um galo depois que Diego chutara a bola nela com tanta força durante a partida de rúgbi que ela *ainda* via estrelas. Ela nem podia culpar a si mesma naquele caso, porque fora direto até a piadista Enfermeira Fíbula, que, após contar algumas piadas, havia curado seu ferimento.

Algo passou correndo pelo chão e Mariam saltou para trás com um grito. Um... gato? Não, não podia ser. Era verde demais para ser um gato. A coisa sumiu, deixando para trás apenas um discreto rastro de algo que se parecia muito com areia.

As palmas das mãos de Mariam estavam suadas.

— Gatos não soltam areia, Mariam. Controle-se — murmurou ela. Primeiro, ela havia imaginado sangue incrustado sob suas unhas, e agora um gato verde que soltava areia?

Mas não era essa a essência dos pintores? Eles tinham ideias que iam além do que é possível. E a Galileu encorajava seus alunos não só a pensar além do possível, mas também além do mundano. Essa era uma das coisas que ela adorava na escola, um dos motivos pelos quais aceitara o convite para seguir a estranheza em seu sangue e deixar sua família de Neutros para trás. Mariam era uma coleção de diferenças, um conjunto de cacos com os quais a sociedade não queria lidar.

E, agora, ela estava imaginando coisas. Sabe-se lá mais o que iria inventar.

Que era a assassina de Dropwort.

Um calafrio percorreu sua espinha.

O que sabia era o seguinte: ela não havia matado o Professor Dropwort, mas, enquanto não se livrasse da névoa em sua mente e se lembrasse do que havia acontecido naquela noite, não estaria a salvo — nem de si mesma.

Enfermeira Fíbula. Mariam precisava encontrá-la. Ela saberia qual era o problema.

Alguém esbarrou em Mariam e nem se deu ao trabalho de pedir desculpa antes de sumir no mar de alunos que seguiam para o auditório, rumo à cerimônia fúnebre de um homem que ela abominava. A luz dourada do sol inundava o corredor, atravessando as amplas janelas, criando uma mentira, pois o ar estava pesado, cheio de preocupação e *medo*. Mariam conhecia bem aquela atmosfera e, apesar do fato de qualquer um ali poder ser o assassino, cada aluno que passava por ela fazia questão de lhe lançar um olhar acusador.

Ela se virou e quase trombou com outra aluna que vinha atrás dela.

— Ah, desculpa! — exclamou Mariam.

A colega gesticulou, dispensando seu pedido de desculpa, e Mariam tentou lembrar o nome dela. Na verdade, Mariam tentou lembrar o que estava fazendo esse tempo todo — entrando em pânico por causa de alguma coisa da qual ela não se lembrava. Alguma coisa importante. Seus dedos estavam pegajosos, e ela sentia o tipo de calafrio que apenas o sangue é capaz de causar, mas estava apavorada demais para olhar.

— Sem problema — disse a garota, aparentemente com pressa. Ela semicerrou os olhos. — Fazemos uma aula juntas, não? Meu nome é Lola.

Mariam botou as mãos para trás depressa, apertando-as com uma risadinha que sempre a entregava quando ela se sentia culpada. Foi então que notou as mãos de *Lola*. Ela usava uma única luva preta com tachas e um anel que era chique demais para o dia posterior ao assassinato de um professor.

— Anel bonito — disse Mariam, em parte para quebrar o silêncio desconfortável, em parte para que Lola pudesse seguir seu caminho e ela pudesse ir atrás da Enfermeira Fíbula. *Ah*. Era *isso* que ela ia fazer.

— Valeu — disse Lola devagar, separando os dedos. As tachas refletiam a luz do sol. Ela hesitou, olhando de um jeito que dizia a Mariam que ela deveria saber *por que* Lola estava usando aquela coisa esquisita.

Mariam franziu a testa e apontou para algum lugar atrás dela.

— Eu só...

— Quer saber? Deixa pra lá — disse Lola de repente e sumiu depressa entre o bando de alunos.

Mariam inclinou a cabeça e retorceu os lábios.

— O que foi isso? — ela perguntou em voz alta. Será que tinha imaginado Lola e sua luva estranha? Ela baixou os olhos para suas unhas — estavam limpas, sem sangue. Nada fora do comum. Estava se tornando um sinal, ela percebeu com satisfação: com sangue quando não podia confiar em sua mente, limpas quando podia. Se ao menos ela tivesse checado suas unhas quando aquele gato verde cruzou o corredor...

Não, ela não havia imaginado a outra garota.

Mariam dirigiu-se depressa para a Torre Moedas, ignorando professores tensos e alunos cochichando pelos corredores. Parou subitamente diante da ala médica.

Havia uma fila. Na verdade, dizer que havia "uma fila" era suavizar as coisas, pois a fila era *enorme*. Alunos de rosto pálido, preocupados, segurando seus estômagos e suas cabeças ou simplesmente parados em choque. Ela viu duas garotas que conhecia do rúgbi. Um assassinato não era pouca coisa. Que bom que os alunos estavam levando sua saúde mental a sério, mas, se Mariam entrasse na fila, provavelmente seria chamada pelos oficiais do DCCAMN antes de chegar à sala da enfermeira.

Fíbula não poderia ajudá-la.

Lágrimas arderam em seus olhos, mas ela não ia desanimar.

Um alvoroço ecoou no corredor à sua frente, e Mariam se inclinou e viu um aluno do primeiro ano gritando com dois oficiais do DCCAMN. Seu coração acelerou. Eles procuravam seu próximo alvo, o próximo aluno que interrogariam sobre a morte de Dropwort.

Essa pessoa poderia ser ela.

Mariam abriu a porta mais próxima e entrou numa sala vazia. Ela tremia no espaço escuro e abafado. Semicerrando os olhos, percebeu que era uma antiga sala de artes. Parte dela sentiu uma pontada de tristeza ao ver aquela sala abandonada à poeira e à idade. Ela piscou, imaginando a si mesma em seu cantinho de pintura, com flores despontando de um vaso.

Suas mãos tremiam, como faziam desde que ela soubera da morte do professor. Uma coisa era um professor morrer, outra era ter aquele que você odiava ser *assassinado*.

Ele mereceu.

Aquele fora seu primeiro pensamento quando soubera da novidade, momentos depois de ver sangue sob suas unhas. Era lamentável pensar assim, mas ela não podia evitar. Não era lamentável ter pena dele, mas ela também não conseguia fazer isso e odiava essa sensação.

Mariam era sonâmbula quando criança. Ela acordava de manhã e percebia que tinha feito exatamente o que pensara em fazer na noite anterior, como, por exemplo, tirar um quadro da parede ou descer a escada para buscar leite, fazendo sua mãe encontrar cacos de vidro ensanguentados de manhã e cortes nos braços de Mariam, que não lembrava o que havia acontecido.

Era por isso que ela agora tinha medo. E se ela *tivesse* matado Dropwort porque ele fora um homem horrível?

Não. Foco, Mariam, pensou ela.

Ela não tinha feito aquilo e agora ia dar um jeito de se livrar daquela situação absurda. Se ao menos tivesse uma *basbousa* de sua mãe para comer e um pouco de chá de hortelã para acalmar os nervos... Mariam encostou-se na porta com um suspiro.

E ouviu uma tosse constrangida e muito familiar.

Um piercing de nariz prateado brilhou no escuro, e o estômago de Mariam gelou quando o resto da silhueta de um aluno de cabelos desgrenhados por fim surgiu das sombras da sala. *Diego*. O mesmo Diego que havia lhe acertado com a bola durante a última partida de rúgbi.

— Oi — disse ele, e ela resistiu à vontade de esfregar o galo em sua cabeça. Ela se esquecera do inchaço e acidentalmente enfiara o prendedor de seu *hijab* nele de manhã, o que piorara seu humor. Pelo menos ele parecia arrependido. — Podemos dizer que não sou fã de cerimônias fúnebres.

Mariam engoliu em seco e se obrigou a concordar.

— Nem eu.

Diego deu um sorriso encabulado.

— Como está a sua... cabeça?

— Não muito boa — admitiu ela. — Eu queria ver a enfermeira, mas há uma multidão lá fora, acho que não vai dar.

Diego inclinou a cabeça e mechas de cabelo escuro cobriram seu olho. Mariam estreitou os olhos, e ele desapareceu totalmente por uma fração de segundo.

— Qual é o problema? — perguntou ele.

— Bem... — ela disse com ironia, esticando os dedos. — Um garoto com quem jogo rúgbi meio que...

Diego riu.

— Falo de *agora*. Quais são os seus sintomas? Talvez consiga ajuda na biblioteca, se não puder passar com Fib. Cá entre nós, ela às vezes mistura umas tinturas que até ajudam, mas que têm efeitos colaterais horríveis.

Mariam se surpreendera *mesmo* com a rapidez com que a dor em sua cabeça diminuíra. Atribuíra isso aos talentos da Enfermeira Fíbula, não à possibilidade de estar tomando tinturas demais que poderiam causar algo pior. Seria aquele o motivo de suas alucinações e perda súbita de memória? Ela nem se lembrava do que Fíbula havia lhe receitado.

— Vou pesquisar — disse Mariam, assentindo com a cabeça. Examinar uma lista poderia ajudá-la a refrescar sua memória. E não só isso, mas talvez ela pudesse encontrar um antídoto.

— Falando em pesquisar — começou Diego, esperando que ela se virasse —, você conhece Bhavna Joshi, não? — Vagamente, mas Mariam confirmou com um aceno. — Parece que Wren encontrou o corpo e elu estava murmurando a palavra "ampulheta" ou algo assim. Não faço ideia do que isso quer dizer, mas talvez tenha ligação com a morte de Dropwort, sabe?

Ele estava esperando dela algo mais do que um aceno de cabeça.

— Eu... não sei nada sobre isso. Está falando daquela coisa com areia dentro que a gente vira?

Diego deu de ombros.

— Não sei. Só pensei que talvez você soubesse de mais alguma coisa.

Mariam não sabia. Ela precisava descobrir o que havia de errado com ela.

Ela abriu a boca e ia começar a dizer isso, quando a imagem dele piscou em sua linha de visão e ele sumiu outra vez.

— Mariam? — perguntou Diego. — Você está bem?

Ela passou a mão na ponta de seus dedos. Eles pareciam úmidos. Diego tagarelava ao seu lado, mas o som parecia vir de longe.

— Um eco... Wren ergueu o espírito delu... disse um monte de coisa... Bhavna...

Mariam baixou os olhos para as manchas escuras sob suas unhas, abrindo a boca na escuridão da sala. *Está acontecendo de novo.*

— Estou bem — ela disse, meio que para si mesma. Sua voz soava desafinada. — Estou bem.

Diego não disse nada. Nem mesmo emitiu um som.

Ela levantou a cabeça, e Diego... havia sumido. A sala estava vazia. *Totalmente* vazia. Mariam deu uns passos para trás e bateu os calcanhares no canto da porta. Ela cambaleou de volta para o corredor e ergueu as mãos. As pontas dos seus dedos brilhavam vermelhas sob a luz que entrava pelas janelas.

Não. Ela prendeu a respiração ao ver o líquido escarlate escorrendo de suas unhas, feito tinta fresca sob as bordas de uma superfície. *Não, não, não.* Ela piscou uma, duas vezes.

O vermelho desapareceu.

Mariam seguiu pelo corredor, sua figura graciosa deslizando entre uma multidão de alunos do primeiro ano e um carrinho de limpeza. Ela trombou com a garota que geralmente se sentava ao seu lado na segunda aula — *a aula de Dropwort* —, e a garota estava cochichando furiosa com sua amiga.

Mariam parou.

— O que você disse?

A garota a olhou com olhos arregalados e cabelos penteados como os de uma antiga estrela de cinema, assustada com aquela voz inquiridora.

— Ampulheta — disse a amiga da garota. Ela estava confusa, seus cabelos escuros e curtos destacando seus malares.

— É só isso que a tal de Bhavna fica repetindo — disse a colega de classe de Mariam.

Ele lembrou vagamente que Diego mencionara aquela palavra. Ele também fizera outra coisa. Dera-lhe uma tarefa na biblioteca, a qual ela prometera cumprir.

— Achamos que é um código para o artefato. Contrabandistas fazem essas coisas, não?

Mariam não achava que fosse um código. Uma das garotas baixou os olhos para as mãos de Mariam, que tirou seus dedos nervosos de vista. Ela não queria perguntar se a garota também tinha visto aquilo.

A outra olhou como se finalmente tivesse se lembrado dela.

— Foi você que levou a bolada na cabeça, certo?

Mariam deu um sorriso tenso.

— Sim, fui eu. Eu... tenho que ir. Foi bom ver vocês.

A dupla não parava de olhá-la, então Mariam escolheu uma direção e seguiu em frente. *A Biblioteca da Ala Leste.* Ela atravessou para o corredor oeste, dando uma corridinha até a faixa de luz solar que sempre banhava de dourado o bebedouro do canto. Mariam obrigou sua respiração a se acalmar, passando as pontas de suas unhas nas palmas das mãos. *Esquerda, direita. Esquerda, direita.* Sua mente se lembrou do sangue sob suas unhas, da manhã passada esfregando as mãos freneticamente até que ficassem em carne viva.

Assassinato não era pouca coisa. Não era um erro que dava para consertar; não era... *Foco.*

Ela não tinha nada a ver com a morte de Dropwort e provaria isso a todo mundo *e* a si mesma. Olhou para os dois lados do corredor antes de atravessá-lo. Não havia ninguém. Todos estavam no Salão Principal para a cerimônia fúnebre. Todos *deveriam* estar no Salão Principal.

Então, por que ela sentia um calafrio nos ombros, como se estivesse sendo observada?

As portas da biblioteca surgiram na sua frente, seus entalhes extravagantes a seduzindo, enquanto a maior parte da escola fazia o oposto. Prendendo a respiração, ela abriu devagar uma das portas e deslizou para dentro, suas sapatilhas tão silenciosas quanto a seda de sua *abaya*. O lugar estava frio feito gelo, e Mariam enfiou o queixo numa dobra de seu *hijab*, respirando sob a caxemira macia e sentindo o cheiro reconfortante de gardênia, seu perfume favorito.

Estava frio demais. Um frio de necromancia.

Pare de pensar. Correndo a mão pelas antigas estantes de carvalho, Mariam procurou pela bibliotecária, mas não havia vivalma à vista. Ela estava sozinha. Respirando com cautela, caminhou até a iluminação do centro da biblioteca e examinou as prateleiras à sua volta. Infinitos tomos a encararam, cheios de poeira, palavras, anos de idade e sabedoria.

Após uma olhada rápida nos catálogos, encontrou as estantes que procurava: a ala dedicada à medicina. Quando baixou os olhos, viu uma mancha vermelha e ficou surpresa por não sentir pânico. A cor estava incrustada, o vermelho quase um tom apagado de carmim.

Agarrando as fichas que pegara arbitrariamente no balcão da entrada, Mariam dirigiu-se à seção de ervas e tinturas e tudo mais que há nessa seara. O que ela adorava nas bibliotecas da Galileu era como estimulavam os alunos a aprender, facilitando cada passo. Em vez de levar uma pilha de livros para as solitárias mesas de carvalho no centro da sala, Mariam simplesmente soltou as travas e puxou uma mesinha de debaixo da sexta prateleira. Havia uma em cada estante, criando cantinhos de estudo por todo aquele espaço magnífico.

Não havia desculpa para *não* aprender na Galileu.

Depois de puxar a mesinha e ajustar a luminária flexível, Mariam começou a tirar livros das estantes, atormentando seu cérebro confuso para que se lembrasse do nome do conteúdo dos dois frascos que Fíbula lhe dera junto com as instruções de como ingeri-los. *Pense, Mariam.* Sua memória estava turva, como se ela estivesse meio adormecida ou observando tudo de longe. Havia uma música envolvida, não? Junto com algumas obscenidades, como era hábito da enfermeira. *Sim.*

— Começava com "A", com certeza — murmurou para si mesma, virando as páginas até o índice. Eis que lhe surgiu um flash de lembrança. Era algo esquisito, tipo "álamo". *Álamo?* Mariam suspirou. Ciência nunca tinha sido seu forte, para desgosto de sua mãe e frustração de seu sonho de ver sua única filha se tornar a maior cirurgiã do mundo.

Ao ver a *Enciclopédia de Fitoterapia*, Mariam puxou o livro da estante e franziu o cenho ao notar a ausência de poeira em sua parte superior, ao contrário da grossa camada que cobria o topo dos volumes ao lado. Algo passou perto dos seus pés, e ela se sobressaltou, mas era apenas uma bola de poeira.

Seja lá quem tivesse pegado aquele livro, tinha feito isso recentemente. Ela abriu o volume na letra que precisava e deslizou o dedo pelas entradas. Havia manchas escuras sob suas unhas. Ela piscou e as manchas sumiram. Piscou de novo, e elas voltaram, tão medonhas quanto no instante em que ela matara Dropwort. *Tão medonhas* quanto o quê?

Mariam sacudiu a cabeça e começou a ler com uma nova urgência correndo em suas veias.

Abecedária,
Absinto.

Ah, então *havia* uma planta chamada absinto. Se ela estivesse certa, a segunda tintura era algo da família da hortelã. Agastache? Não, essa era roxa. Ela voltaria a essa depois.

Mariam leu o registro.

> *Para muitos, ver estrelas é uma experiência divertida. No entanto, as estrelas associadas a uma pancada na cabeça são bem menos agradáveis. É aí que entra o absinto. Quando destilado, o óleo aromático ajuda na recuperação — melhor dizendo, na diminuição — do calombo na cabeça de alguém. Entretanto, deve-se observar que o absinto não funciona bem com outras ervas. Ele se torna alucinógeno quando ingerido com outros preparados medicinais, como névoa-da-manhã, tira-febre, bafo-de-dragão, toque-de-besouro e alevante.*

— Não. Enfermeira Fíbula, o que você fez? — Mariam disse baixinho.

A julgar por como "alevante" chamava a atenção de Mariam, provavelmente era esse o conteúdo do segundo frasco que a enfermeira lhe dera. A garota olhou a lista outra vez, para ver se alevante era mesmo da família da hortelã, como suspeitava.

Se fosse, Mariam estava com problemas sérios.

Quando o efeito de um alucinógeno passava, segundo a enciclopédia? Antes ou depois que o assassino de um professor fosse descoberto? Ou depois que uma garota muçulmana se entregava durante um momento de delírio quando um oficial com distintivo prateado a levava para ser interrogada?

Mariam deu uma gargalhada e forçou sua visão a clarear.

Adonis
Ampulheta...

Mariam parou e endireitou a postura, trazendo a lâmpada mais para perto, inundando o registro em negrito com um brilho amarelado. Era o último termo da página, acenando como uma promessa, ou como uma advertência.

Ampulheta

— Não pode ser — disse a si mesma. Era só coincidência o fato de ela ter ouvido aquela palavra mais de uma vez naquele dia. Aquilo era um código, como disseram as garotas, ou era o artefato em si?

A curiosidade a dominou. Algo em seus ossos a forçava a prestar atenção.

Mariam virou a página depressa e parou.

Não havia o registro "ampulheta"; a página tinha sumido. Mariam piscou, certa de que estava alucinando outra vez, mas suas unhas estavam limpas, e a página tinha sido arrancada bem rente à lombada. Aquilo parecia perigosa e assustadoramente intencional.

Um baque seco em algum ponto da biblioteca ecoou as batidas aceleradas do coração de Mariam. Havia alguém na biblioteca com ela.

Ela voltou para a capa do livro e encolheu-se quando ele se fechou sozinho. "Ampulheta" não era o nome do artefato. Elas tinham entendido errado. Era o nome de uma erva ou tintura. *Ou veneno*. Quem quer que tivesse consultado aquele livro antes dela podia muito bem ser o assassino de Dropwort.

Mariam ergueu a luminária para enxergar melhor os garranchos na parte interna da capa. Reconheceu a caligrafia do registro graças aos dias que passara tentando decifrá-la na lousa: era de *Dropwort*. O Professor Dropwort tinha sido o último a consultar a enciclopédia na biblioteca.

Aquilo não fazia sentido. Ele havia arrancado a página do livro, ou tinha sido alguém tentando encobrir o próprio rastro?

Algo se movia pelo velho piso de madeira, devagar e com determinação. Ela enfiou os livros de volta nas estantes antes de fechar a mesinha e de guardar suas anotações no bolso. Segurava seu lápis nodoso com força, pois não podia fazer um feitiço de defesa. Sua garganta estava seca, sua mente vazia, como as bordas irregulares de página arrancada.

Precisava falar com Diego. Ele acreditaria nela? Tinha que acreditar, mesmo que ela o tivesse ignorado totalmente e desaparecido sem dizer nada mais cedo.

Mariam ouviu aquele som de novo e viu galhos retorcidos raspando na vidraça no extremo oposto da biblioteca. *Não, M. Não é...* Mais um raspão. Mas desta vez estava mais perto, parecia... *do lado de dentro.*

Mas Mariam tinha uma tarefa, um trabalho a fazer. Ela se enfiou nas sombras e olhou para a pele limpa sob suas unhas. A entrada da biblioteca não ficava longe dali e Diego também não. Se o assassino de Dropwort estava ali, de uma coisa ela tinha certeza:

Mariam Abidin não seria a próxima vítima.

PROVA L3
CASO: 20-06-DROS-STK

Tipo:
[ ] Comunicado
[ ] Áudio
[ ] Resíduo de feitiço
[ ] Foto ou outra reconstrução visual
[ ] Objeto
[X] Formulário ou registro
[ ] Outro: _____

Fonte: Registros da biblioteca da AGPE
Partes Relevantes: Septimius Dropwort
(falecido)
Descrição: Registros de material da biblio-
teca solicitado e retirado por Septimius
Dropwort no mês anterior à sua morte

USUÁRIO: DROPWORT, SEPTIMIUS
NÍVEL DE ACESSO: IRRESTRITO, Docente
REGISTRO DE EMPRÉSTIMOS DE 30 DE MAIO A 30 DE JUNHO

Data do Empréstimo	Título; Autor	Classificação Decimal Multiversa	Status
12/06	Pequenos Terrores: Enciclopédia de Ninhos, Ovos e Jovens Animais Mágicos; Cybelle, F.	401.7.59 Zoologia, Magia	EM ATRASO
13/06	Observação em Campo de Feras da Rússia Central; Tsarevitch, I.	401.7.59-A Zoologia, Magia, Regional	EM ATRASO
13/06	Tesouros Perdidos do Mundo Comum: Os Maiores Mistérios da Sociedade Neutra; Croft, Hon. L. H.	903.04.02 Artefatos e Antiguidades	EM ATRASO
13/06	Registros de Tesouros do Palácio de Inverno de Nikolai II Alexandrovich Romanov, 1912-1913	930.25.07 Registros, Público e Histórico	EM ATRASO
29/06	Compêndio Ampliado de Venenos e Antídotos de Agrippina; Younger, A.	615.31.90 Alquimia, Química, Toxicologia	Devolvido, desfigurado/ danificado

13H: XANDER WILSON, 15, NÃO DECIDIU

DE JULIAN WINTERS

O destino sempre soava tão promissor quando narrado por uma verdadeira lenda do cinema, como Morgan Freeman.

Infelizmente, a voz da história nada épica de Xander não pertencia a outro britânico negro, como Idris Elba, nem mesmo a um ícone como Sir Patrick Stewart. Não, era a voz da mamãe.

Seu pai lhe batizou de Alexander. "Aquele que vem para salvar". "Protetor". *Esse é você.*

As palavras dela ecoavam alto em sua mente enquanto ele se encostava na pesada porta de carvalho da sala do Professor Dropwort na ala da Administração. O significado oculto — *você fará coisas grandiosas* — revirava-se em seu estômago feito uma onda enorme segundos antes de arrancá-lo do chão. Seu coração batia num ritmo indesejável e barulhento. Desviava a atenção da música em seus lábios, aquela com versos que ele mal conseguira combinar para mantê-lo escondido da visão de todos antes de chegar sorrateiramente ao terceiro andar da Torre Moedas, às treze horas e trinta minutos.

Ele cantou baixinho *"Você sempre vê as estrelas, mas nunca os sonhos por trás delas".*

POP!

Era como uma bola de chiclete gigantesca finalmente estourando em seus ouvidos. Um de seus sons favoritos — o primeiro sinal de que sua magia estava funcionando. Rios velozes e gelados corriam pelas veias de Xander, seguidos por um calor passageiro feito o bafo de um filhote de dragão.

Ele estava a salvo... por enquanto.

O feitiço Invisibilidade era um dos poucos que os alunos do primeiro ano aprendiam, antes mesmo de botarem os pés na escola. Mas Xander o havia modificado para que pudesse se esconder da patrulha de fantasmas ao cruzar os corredores do lado de fora da sala de Dropwort. Considerando que sua magia vinha sendo um desastre desde que ele chegara à Galileu, era uma aposta arriscada.

Magia musical era o legado da família Wilson. Os feitiços eram lançados pela voz e por letras de músicas. A harmonia perfeita entre cérebro (o que os Magos desejavam) e coração (o que os Magos precisavam). Cada letra que Xander cantava tinha que ter ligação com o tipo de feitiço que ele queria lançar. Ele não podia simplesmente recitar o alfabeto e esperar um milagre. Tinha que haver intenção.

Felizmente, ele era versado em ser invisível para as pessoas.

Exceto para um garoto.

— E é por isso que você está aqui — sussurrou ele, desanimado. — Bem, basicamente.

Xander pegou o bilhete meio amassado que Irene lhe entregara.

Em retrospecto, ele deveria ter rejeitado imediatamente a ideia de Irene de espiar a sala do professor morto. Até Viv parecera ter dúvidas sobre as habilidades furtivas de Xander. Mas Irene prometera incluir Nadiya e falara sobre mercadorias roubadas. Sobre solucionar um assassinato. Sobre como a morte de Dropwort estava arruinando o futuro de todos. Ele sabia que essa última parte tinha mais a ver com a convenção sobre mudança climática à qual ela pretendia comparecer nos próximos dias, mas ouvira algo mais nas palavras dela.

O assassinato não solucionado de Dropwort significava o fim do futuro que ele queria ter com um garoto Neutro.

Ele devia ter consultado Nadiya antes. Se a conhecia bem, ela provavelmente teria dito "Não acho uma boa ideia". Mas os presságios dela eram tão confiáveis quanto a magia dele na maioria das vezes.

Respirando fundo, Xander afastou-se da porta. Ele não tinha muito tempo. Só precisava encontrar *algo* de valor que tivesse ligação com a morte de Dropwort antes de possivelmente ser chamado à sala de Fornax para ser interrogado por oficiais do DCCAMN. Suas antigas desavenças com Dropwort bastariam para que ele fosse considerado suspeito? Certeza de que as autoridades aceitariam como álibi "sonhar acordado com um garoto lindo e inesquecível que talvez eu não veja nunca mais porque alguém matou meu professor arrogante", não?

(Ele duvidava.)

De todo modo, a morte de Dropwort estava estragando seus planos. De acordo com o que dissera Fornax durante a cerimônia fúnebre, *"Com o assassino ainda não identificado e possivelmente à solta no terreno da escola, teremos que encerrar o programa de intercâmbio entre Magos e Neutros antes da nossa festa pós-jantar".*

Xander não podia deixar isso acontecer. Ele precisava daquele tempo extra. Estava tão perto de conseguir algo que achava ser impossível.

— Mas sem pressão para salvar o mundo ou algo assim, colega — resmungou Xander.

Da última vez que ele estivera naquela sala, tinha havido uma bela exibição de história, mapas e textos. Sem sombra de dúvida, roubados. Os livros tinham sido devidamente arrumados nas estantes. As paredes tinham sido cobertas com peças autênticas ou réplicas impressionantes de obras de arte famosas feitas por grandes Magos — todos brancos, todos homens — do passado. As cortinas tinham sido posicionadas para permitir a entrada de uma nesga de luz solar dourada, com o resto da sala sendo iluminado por lâmpadas ou velas flutuantes. Cada móvel disposto num ângulo para dar a Dropwort uma posição de poder sobre quem quer que estivesse diante de sua antiga mesa de trabalho.

A Xander, a sala parecera tediosa e previsível, como o discurso que Dropwort fizera para ele.

E agora ele tinha sido morto.

Xander afastou o calafrio que subia por seu pescoço. Ao examinar a sala, ficou claro que alguém estivera ali antes dele.

As cortinas estavam escancaradas feito a boca de um leão antes de uma refeição. A luz do sol faminta devorava cada centímetro da sala que conseguia alcançar. Havia livros por toda parte, com lombadas quebradas e páginas rasgadas. Papéis espalhados pelo chão. As duas cadeiras tombadas como se tivessem brigado.

Um bule de chá derramado formava um pântano do tapete. O coração de Xander bateu forte em seu peito. Sua mente voltou para uma noite, seis dias atrás.

De todos os alunos, por que *ele* fora parar no comitê de boas-vindas da escola? Viv, o motivo era esse. Tudo que ele tinha que fazer era apresentar formalmente os professores aos alunos Neutros do intercâmbio no jantar da primeira noite. Mais nada. Mesmo assim, quando seus olhos pousaram naquele garoto, ele virara um verdadeiro desastre e derrubara uma bandeja cheia de xícaras.

Três tipos diferentes de chá haviam encharcado sua calça.

A risada do garoto soara aos ouvidos de Xander como uma melodia esperando por uma letra, enquanto ele ajudava o garoto atrapalhado a limpar a bagunça. Suas palavras — "Sou Chris Park" — colidindo desajeitadamente com as de Xander — "Sou muito desastrado".

Cada detalhe em Chris fora para Xander como observar o coração de uma estrela: o jeito como seu cabelo castanho-avermelhado caía em sua testa. Seu rosto oval com malares longos. Olhos castanhos, bonitos como o solo no verão. Parado ali, ele parecia um filhote de passarinho — membros vacilantes, trocando sua estranheza por belas penas.

Se o assassino de Dropwort não fosse encontrado logo, Chris tomaria um avião de volta para sua casa antes do jantar.

Antes que Xander pudesse dizer todas as coisas das quais se esquecera na noite anterior.

— Não acredito que já faz uma semana — dissera Chris no pátio, sob uma lua azul-acinzentada. Seus lábios eram de um rosa-avermelhado, hipnotizantes tanto quando sorriam como quando faziam beicinho. Sua voz era grave e doce como o mel, diferente da de Xander, que era suave demais e que ficava desagradavelmente aguda quando ele estava nervoso.

A risada de Chris era um refrão inesquecível que pedia bis.

Que Mago se apaixona por um garoto Neutro? E em menos de sete dias, para piorar. Chris era para ser nada mais do que um aluno do programa de intercâmbio da Galileu para alunos não mágicos, enquanto um grupo de prodígios da AGPE ficava estudando numa escola Neutra.

Era ridículo.

Xander só conseguia pensar nos momentos — em silêncio ou não — que eles tinham passado juntos. Horas gastas juntando fragmentos, montando com cuidado as peças de Chris. Nas aulas. Durante intervalos e jantares. Por meio de mensagens de texto trocadas tarde da noite.

Um início que estava levando a um fim inesperado e precipitado, graças à morte de Dropwort.

— Pelo menos a decoração melhorou agora — sussurrou Xander enquanto passava com cautela por cima dos papéis e do chá. Fazia pouco tempo que se recuperara de um tornozelo torcido, graças à última previsão levemente incorreta de Nadiya. Para ser sincero, um tornozelo torcido era bem menos ruim do que o presságio original de "quebrado" que Nadiya fizera.

Mesmo assim, não havia tempo para outro acidente inoportuno. Alguém podia ter notado sua escapada da cerimônia fúnebre às treze horas e quinze minutos.

De volta ao auditório, após o anúncio do programa de intercâmbio feito por Fornax, Xander sussurrara a Bhavna que precisava ir ao banheiro. Não que ela parecesse se importar. Estava ocupada demais perguntando onde estava Diego. Xander gostava disso nela. Enquanto toda a Academia Galileu para Pessoas Extraordinárias estava focada em descobrir quem havia matado Dropwort, Bhavna pensava num garoto.

Xander tinha... problemas parecidos.

Aquele era o lembrete perfeito de que ele precisava seguir em frente. Ele fechou os olhos. Nos últimos dias, reforço de feitiço era uma necessidade. Xander repassou canções mentalmente. Ele sempre precisava começar de algum lugar.

— *De acordo com seu coração, meu lugar não foi premeditado...* — ele cantou baixinho.

Nada aconteceu.

Nenhum barulho. Nenhum arrepio em sua pele.

Xander bufou. Por que ele ainda se dava ao trabalho de pegar "emprestadas" as palavras de outra pessoa? Aquilo nunca funcionava. Magia musical só dava certo quando os Magos usavam letras originais. Mas ele havia perdido a confiança em suas habilidades musicais na AGPE. Todos os alunos estavam dez passos à sua frente. Seriam futuras lendas, como Dropwort gostava de lembrá-lo em todas as ocasiões possíveis.

Até que Chris aparecera.

Pouco antes do alvorecer, depois que a magia de fumaça o acordara, Xander havia escrito as mais belas letras. *Suas próprias palavras*. Magia voraz havia brotado dele. Fora a coisa mais intensa que ele havia sentido em toda a sua vida. E a mais assustadora.

Respirando fundo, Xander afastou a voz de Dropwort de sua mente. Ele puxou sua composição do fundo da alma.

— *Então eu espero no escuro, como o sol aguarda a permissão da lua para nascer...*

POP!

Ele nunca precisara se concentrar tanto para manter um simples feitiço Ocultação funcionando. Quando criança, uma vez ele entrara sorrateiramente na cozinha da Tia Imani. Roubara, sem ser notado, dois pedaços de docinho de limão ainda mornos. Sua magia ainda era um floco de neve naquela época, divertida e segura. Agora, era como uma nevasca, densa e imprevisível.

Conforme Xander dava a volta na mesa, examinou o bilhete que Irene havia enfiado em sua mão mais cedo. Sem produzir nenhum som, ele articulou as palavras da última linha:

Devolva o que você roubou.

Devolva o que você roubou.

Devolva o que você roubou.

Xander não fazia ideia de *quem* era LC. Ou por que aquilo seria motivo para matar Dropwort. O professor era um gatuno. Sua sala era um museu, cheia de itens que, sem dúvida, ele havia roubado nos vários lugares que a AGPE visitara. Ele havia roubado pertences dos alunos, bem como a confiança deles.

E agora estava roubando as chances de Xander com Chris.

Um frêmito percorreu seu lábio inferior. Uma voz em sua cabeça sussurrou: *Está me dando permissão?*

Xander afastou aquele misto de sensações enquanto inspecionava a superfície da mesa. A bagunça deixava claro que o invasor procurava algo específico na sala. O artefato, talvez?

Canetas tinham sido jogadas e derramavam tinta ônix sobre papéis. Livros empilhados tinham sido castigados por mãos impiedosas. Xander não sabia que Dropwort se interessava tanto por cultura e folclore russos, principalmente porque ensinava História de Civilizações Antigas.

No meio do caos, estava um mapa de Estocolmo mantido aberto por uma pirâmide iridescente de cristal e uma única luva sem dedos preta. A luz do sol refletia no peso de papel e nas tachas de metal que adornavam a luva.

Uma arma? Ou só um senso de moda duvidoso?

Ele ignorou a vontade de tocar na luva. Embora seu feitiço Invisibilidade desse a Xander liberdade para se mover sem ser visto, sua magia incerta não lhe garantia digitais impossíveis de identificar. Além do mais, era só uma luva.

Não constava na lista de Irene.

— Vamos, Dropwort. — Xander estreitou os olhos. — Qual é o seu esconderijo favorito?

Um *tique* discreto chamou sua atenção. Na parede, ao lado de uma estante, havia um enorme relógio. Seus ponteiros mostravam que ele havia passado quase cinco minutos observando uma mesa desorganizada e uma luva sem importância.

Ele ficou horrorizado com o amadorismo de sua empreitada detetivesca.

Felizmente, ao contrário da mesa-padrão de professor das salas de aula, a mesa pessoal de Dropwort não tinha um botão para ligar o sistema de alto-falantes. Nada para disparar um alarme enquanto Xander corria a mão por baixo do tampo. Aquela monstruosidade luxuosa com ornamentos dourados — mais uma maneira de Dropwort exibir sua riqueza — ficava no centro da sala, ao contrário das mesas de sala de aula, as quais os professores posicionavam mais para o lado, preferindo ensinar de trás de um púlpito. Xander revirou gavetas freneticamente. Mesmo assim, sua busca resultou em nada. Tudo que encontrou foram pastas de alunos e uma lata de onde saía um aroma que o encheu de lembranças vívidas assim que ele tirou sua tampa.

Chocolate amargo. O favorito de sua mãe.

Do tipo que ela bebia nos fins de semana longos e frios que eles passavam em Nova York. Ela olhava pelas janelas congeladas do chalé do vovô, observava as árvores com seus topos cobertos de neve, como se fosse açúcar. Esperava um fantasma que nunca voltaria.

Um pai Neutro que Xander só conhecia por meio das histórias dela.

Por instinto, sua mão direita deslizou por baixo da gola de sua camisa. Dedos nervosos esfregaram uma pedra pendurada em uma corrente de ouro. O amuleto, uma safira roxa que foi ficando opaca no último mês, era um presente de família. Um foco para sua magia.

Outra lembrança acompanhou o zumbido em seus ouvidos.

— Se tiver uma música, você pode criar o que quiser — dissera sua mãe ao ajudá-lo a escolher uma roupa para o seu primeiro dia na AGPE. — Os sonhos que estão aqui dentro — continuara ela, tocando a têmpora e depois o peito dele com um sorriso travesso que ele adorava — são as letras querendo se manifestar.

Como sua mãe via todas aquelas coisas nele? Quando Xander se olhava no espelho, tudo que via era um garoto de pele marrom-dourada, com seus membros compridos aguardando impacientes que seus músculos ficassem definidos. Uma coroa de cabelos grossos, escuros e encaracolados. Ele não se sentia o poderoso Mago negro e gay que um dia salvaria algo, muito menos *alguém*.

O problema era que ele tinha dificuldade para encontrar as palavras para expressar o que sentia.

O que queria.

Xander se afastou da mesa, indo na direção das obras de arte penduradas nas paredes.

— *Como a lua nova no céu noturno, estou aqui, mas você nunca me vê* — ele cantou baixinho, reforçando mais uma vez o feitiço Ocultação.

Ele esperou pela agitação em seu sangue, pelo calor irradiando para o seu peito, pelo *POP!* antes de tocar na moldura de cada pintura, deslocando-as em busca de painéis escondidos.

Não havia nada ali.

Se pelo menos ele fosse forte como as mulheres de sua família, lançaria um feitiço Procurar e Encontrar para revelar as pistas. Embora fazer encantamentos fosse fácil, Xander tinha dificuldade para controlar mais de um feitiço por vez. Quando encontrava uma música em sua mente, passar para outra era quase impossível.

Aos quatorze anos, sua mãe já lançava dois ou três feitiços ao mesmo tempo.

A voz de Dropwort soou em sua mente: *Mas você não é ela.*

Dariela Wilson fora muito conhecida — e muito amada — durante sua época na AGPE. Havia uma foto na sala do Professor Anand dos dois juntos, sorrindo em seus uniformes. A nata da casa Varinhas. Agora, Xander deveria manter essa tradição.

Ele até que gostava da escola. Tinha feito amigos ali. Estava melhorando aos poucos nas invocações. Mas havia algo que ele desejava: *coragem.*

Dariela mergulhava na magia, ia até suas profundezas infinitas, e ele sempre tinha certeza de que ela havia se afogado. Xander só molhava os dedos dos pés, incerto de que conseguiria lidar com tal profundidade.

Ele gostaria muito de ser como sua mãe e suas tias. Mas à sua maneira.

Mais um *tique* vindo da parede. Vinte minutos haviam se passado, não revelando nada além de tempo perdido.

O assassino pode fugir se você não se apressar, idiota.

Em uma prateleira sob a janela de Dropwort havia um monte de bugigangas, dispostas ao redor de um pedaço de papel, que tinha as bordas limpas, como se tivessem sido cortadas por uma lâmina afiada. Xander examinou o título.

Antídotos para Veneno de Ampulheta

Veneno?

Uma ruga se formou na testa de Xander conforme ele passava os olhos pela página. Ele não registrava nada, nem ingredientes, nem medidas. Nem as instruções do passo a passo.

Em sua mente, girava uma única pergunta: *Por que Dropwort precisava disso?*

Tique.

Xander dobrou depressa a página em três partes e a enfiou no bolso. Quando terminasse ali, ele passaria o papel para Nadiya, que saberia — ou poderia usar seus presságios para descobrir — mais sobre aquilo.

Uma risada familiar entrou pela janela aberta e acabou com a concentração de Xander. Isso reacendeu o pânico que morava em seu peito.

O medo de perder algo que ele havia acabado de encontrar.

— Chris — sussurrou Xander, espiando o pátio. Sua mão pressionava o vidro frio da janela como se ele pudesse tocar o garoto à distância.

Como se ele precisasse se agarrar às lembranças que o puxavam.

Na noite anterior, Chris sussurrara: "Você é cheio de música". Eles estavam sob os galhos de uma nogueira do pátio. Xander começara a chamá-la de *árvore deles*. Um universo escondido bem à vista.

— Escreveria uma música para mim? — pediu Chris enquanto Xander cantarolava.

Ele queria dizer a Chris que trilhas sonoras seriam compostas para a risada dele. Trilhas sonoras sobre como Xander ainda não estava pronto para deixar aquele garoto desaparecer em vinte e quatro horas. Mas não disse.

— Se eu escrevesse — disse Xander, com as bochechas queimando —, minha magia ficaria ligada a ela. Não seria justo com você.

— Porque você faria com que eu me apaixonasse? — provocou Chris.

O fogo se espalhou pelo queixo de Xander, por seu pescoço. Em seu peito, a safira roxa enrubesceu.

— Não. A compulsão é proibida.

— Poderia me obrigar... — disse Chris, chegando mais perto — a beijar você?

— Para ser sincero, acho que você não entende a definição de "compul..." — Mas Xander não terminou a frase.

Chris sustentou o olhar dele. Uma melodia suave e repetitiva zumbia nos ouvidos de Xander. O luar atravessou as folhas. A luz contornou o rosto de Chris. A letra da música subiu depressa pela garganta de Xander, quase quebrando seus dentes, tentando escapar.

Se eu lhe prometesse mais tempo, seus lábios seriam meus?

— P-posso beijar você? — gaguejou Chris.

Xander assentiu.

Mas Chris, persistente e respeitoso, disse:

— Está me dando permissão?

Aquelas palavras não ditas voltaram para o peito de Xander, incendiando sua respiração.

— Sim — sussurrou ele.

O beijo foi delicado e intenso. Zuniu com a música que encheu a cabeça de Xander por horas. Ele achou que nunca mais seria capaz de lançar um feitiço direito, nem que tentasse.

— Bobagem — disse Xander agora, conforme se afastava da janela. Ele voltou à estante. Correu os dedos pelas lombadas dos tomos antigos.

Ele não pôde deixar de notar que aquela era uma armadilha conhecida. Uma em que sua mãe caíra por descuido quando conhecera o pai dele — ironicamente — enquanto estudava no exterior, nos Estados Unidos. O amor deles tinha sido uma chuva de estrelas, brilhante e perigoso ao mesmo tempo.

E havia terminado em tragédia.

Xander puxava os volumes como se eles pudessem abrir uma passagem secreta atrás da estante. Ele sempre achou que Dropwort teria algo assim — passagens ocultas e escuras por toda a escola. Lugares que ninguém mais poderia ver, onde ele poderia desdenhar à vontade de alunos que nunca seriam nada, como Xander.

— Você será *bom o suficiente* — dissera Dropwort da última vez que eles conversaram em sua sala. — Nunca exemplar. Nada memorável. Só mediano. Você jamais será... — Dropwort soltara um suspiro profundo, como se suas palavras seguintes exigissem esforço — ... um Mago como sua mãe foi.

— Que ela *é* — Xander balbuciou com raiva, desejando ter dito isso a Dropwort naquele dia.

Ele tirou um livro da estante e o deixou cair no tapete, empurrando-o com o pé. As palavras de Dropwort eram um lembrete desnecessário. Xander estava se saindo bem, carregando as expectativas de sua família havia anos, esperando que o fracasso explodisse em sua cara.

Você é a primeira criança mágica da nossa família nascida de uma Maga e de um Neutro! Dariela exclamara isso tantas vezes na infância dele, que ele achava que isso era lenda.

Sua mãe gostava de deixar de fora o detalhe mais importante: seu marido Neutro, pai de Xander, morrera exatamente sete dias após o nascimento do menino.

O nascimento dele não era destino. Era maldição.

Mesmo assim, ali estava ele, tentando solucionar um crime por causa de um garoto.

— E eles viveram infelizes para sempre — suspirou Xander.

Com os nós dos dedos, ele batia em livros aleatórios. Nada. Nenhum corredor secreto. Apenas ocasionais partículas de poeira voando e brilhando feito ouro à luz do sol.

— Você falhou na única coisa que tinha que fazer — resmungou, socando uma coleção de livros de poesia mágica.

Eles não se mexeram nem tombaram. Um som oco ecoou pela sala. Xander ergueu a sobrancelha. Ele puxou os "livros", e eles saíram todos juntos, uma coisa só. O interior deles tinha sido escavado. Era um estojo que guardava uma caixa retangular bordô com detalhes folheados a ouro.

Xander sorriu.

Finalmente!

Com cuidado, abriu espaço na mesa e se sentou na cadeira de espaldar alto. Ele passou o dedo pelas letras *SD* douradas da caixa e abriu sua tampa.

Dentro dela, debaixo de uma folha de papiro, havia diversos itens. *Contrabando confiscado*, pensou Xander, quase extasiado. O texto, rabiscado na caligrafia de Dropwort, era um registro de confisco.

Xander comparou depressa o conteúdo da caixa com a lista: uma elegante varinha de iniciante, do tipo que pais de estudantes privilegiados compravam para ostentar sua riqueza. Uma pedra granada do tamanho de uma bola de gude. *Meus Primeiros Encantamentos*, um guia de magia para aprendizes. Uma bússola de ouro arranhada e...

— Espera aí... cadê o punhal? — perguntou Xander, quase sem ar. Seus olhos passaram da caixa para o papel outra vez. — Mas que grande m...

Xander interrompeu a si mesmo, estreitando os olhos para o item faltante que Dropwort havia descrito no fim do registro.

Um punhal cerimonial ornamentado. Folhas gravadas no cabo. Lâmina brilhante, sem manchas no aço.

Xander levou uma mão ao rosto. Outra onda de compreensão quebrou em cima dele.

Embora não houvesse nomes escritos ao lado de cada objeto da lista, ele *conhecia* aquele punhal. As lembranças o pegaram feito uma víbora faminta. Só um estudante falava naquele objeto sem parar. Um punhal de família amaldiçoado.

Ofegante, Xander sussurrou devagar:

— Merda. Julietta.

Tão rápido quanto ele o agarrara, o papel escorregou por entre os dedos de Xander e voou na brisa calma até a mesa. Será que aquela era a arma que havia matado Dropwort? Será que os exagerados comentários da Enfermeira Fíbula sobre atacar o problema durante o anúncio tinham a ver com... *aquilo*?

Balançando a cabeça, Xander disse:

— Não era isso que minha mãe tinha em mente quando disse que eu estava destinado a fazer coisas grandiosas.

Ele se levantou, pegando delicadamente o registro de confisco.

— Nadiya saberá o que fazer. Tudo que preciso é dar isso a ela. — Ele enfiou o papel no bolso da calça (aquele em que não estava a página de antídotos e o bilhete misterioso de Irene). Ele começava a achar meio ridícula a quantidade de papel que estava juntando, mas tudo parecia importante. Seus olhos se voltaram para a janela. Nenhuma risada o cumprimentou, mas Xander tinha certeza de que Chris ainda estava no pátio. Ele sentia isso, como podia sentir a magia sob sua pele. — É melhor ela desvendar isso.

Depois de colocar os itens confiscados de volta na caixa, ele a depositou entre os livros de novo, pronto para sair da sala. Primeiro, encontrar Nadiya. Depois, ter um pequeno ataque de pânico diante de Irene e Viv por terem-no metido nessa. Por fim, encontrar Chris antes que o tempo deles terminasse.

Xander precisava mostrar a ele a música que tinha escrito.

Ele precisava de outro beijo.

De outro motivo para buscar seu destino, em vez de fugir dele.

O silêncio reconfortante da sala foi quebrado por um tilintar. A porta. Xander revirou sua mente atrás de novas músicas para reforçar seu feitiço Invisibilidade. As palavras subiram depressa por sua garganta e estavam quase chegando à sua língua quando outro ruído o entregou.

O celular de Xander tocou no bolso traseiro de sua calça. *Agora não.* Ele arruinaria o legado da família Wilson e seria expulso da AGPE por bisbilhotar a sala de um professor morto porque se esquecera de colocar o aparelho para vibrar!

As mãos desajeitadas de Xander pegaram o telefone para desligá-lo.

Tarde demais.

Uma voz abafada vinda do outro lado da porta interrompeu aquele breve momento de paz em que ele recuperara sua confiança.

— Xander?

PROVA X5
CASO: 20-06-DROS-STK

Tipo:
[ ] Comunicado
[ ] Áudio
[ ] Resíduo de feitiço
[ ] Foto ou outra reconstrução visual
[X] Objeto
[ ] Formulário ou registro
[ ] Outro: _____

Fonte: Sala de Septimius Dropwort (falecido) na ala da Administração
Partes Relevantes: Suspeito nº 3 (nome removido por motivo de privacidade/restrição de idade)
Descrição: Luva encontrada na sala do falecido; combina com a luva encontrada em posse do Suspeito nº 3

(IMAGEM: uma única meia-luva preta com tachas prateadas)

14H: NADIYA NUR, 15, VARINHAS/ARCANOS

DE KARUNA RIAZI

Parecia que todos, menos Nadiya, estavam contaminados pela febre detetivesca.

Pelo menos era isso que ela sentia, sentada na beirada de sua cama e olhando para a porta, ouvindo o murmúrio das vozes que vinham do outro lado, junto com passos lentos e arrastados e o ocasional ruído de uma mochila com rodinhas.

Era estranho ficar entocada em seu quarto após um assassinato? Não era como se ela tivesse ficado ali *o dia todo*. Sentara-se lá fora com os outros, boquiaberta e com o coração batendo forte, durante toda aquela assembleia angustiante. Ela achava que havia mantido sua cabeça baixa em sinal de respeito — mas será que tinha feito isso?

Será que tinha olhado para a frente tempo demais para ver se localizava seus amigos Xander e Irene? Ou — antes da cerimônia fúnebre —, quando vira Mariam e fizera aquele discreto sinal de *Sabe que pode contar comigo* com o *hijab* que era a base da relação cordial das duas como colegas de escola, será que algum professor notara e achara que aquilo era suspeito, e não apenas um gesto tranquilizador?

Bem, antes ela *achara* que era isso que elas estavam fazendo. Agora, ela se perguntava se Mariam não tentara lhe dizer por telepatia: *Sempre levamos a culpa nesses casos, então tenha cuidado.*

Se era aquilo que ela tentara dizer, não precisava ter perdido seu tempo. Ninguém era mais cauteloso que Nadiya. Nunca.

Mas talvez ela tivesse cometido algum deslize, em algum momento. Talvez tivesse chamado a atenção dos oficiais do DCCAMN.

Ela sabia que teria que falar com eles alguma hora, mas a garota negra queria ser escolhida para um escrutínio mais minucioso e um tratamento mais ríspido do que já receberia?

É, não era nada bom que ela tivesse voltado depressa para o quarto sem nem olhar para os doces fresquinhos e para o insosso círculo de professores de rostos tristes que haviam se oferecido para ser "conselheiros de trauma".

Mas ela nem pensara em como aquilo ia parecer. Naquele momento, só sabia que precisava sair de lá.

Nadiya gemeu e enterrou o rosto nas mãos.

Ela precisava sair. Mas não conseguia se mover.

Não com aquela palavra no fundo de sua mente.

Líquido.

Ninguém mais teria se incomodado por ter uma única palavra se repetindo em seu subconsciente. Talvez achassem que era sua palavra favorita do dia ou que a tinham ouvido muitas vezes de passagem.

Em algum momento, a palavra seria substituída por outro pensamento passageiro.

Mas não era assim que funcionava com Nadiya. Nunca.

— Líquido — repetiu Nadiya. — Líquido. Líquido?

O que diabos aquilo significava? E por que, de todas as palavras da língua portuguesa, ela tivera que notar aquela inserida nas flores e nos arabescos entalhados no mogno da moldura da foto na cerimônia fúnebre de Dropwort?

Ela enfiou bruscamente uma mecha de cabelo solta debaixo do seu *hijab* outra vez, furiosa consigo mesma. Não conseguia parar de pensar nisso. Era como se os pensamentos obsessivos tivessem enterrado suas garra sem seu cérebro, feito um gato num novelo, e estivessem determinados a arrastá-lo e a atormentá-la ao máximo.

Quando uma palavra grudava em sua cabeça daquele jeito, é porque ela a vira em algum lugar em que não deveria ter visto.

E ela precisava se preocupar com aquilo.

A maioria dos Neutros chamava Nadiya de pessimista profissional. "Não parece uma boa ideia" era seu bordão. E ela o usava muito.

Um de seus primos gargalhara, como fizeram quando ela propusera, no ensino fundamental, que seu bordão deveria ser "Seja realista".

— "Seja realista"? Tenha dó, Wandinha Addams. Você está mais para... "Seja sombria".

Ela sentira um prazer perverso na semana seguinte, quando aquele primo que não dera atenção ao seu aviso de "algo está errado na sala de estar" pisara nos Legos.

Não em uma peça só, mas várias. Lindas, sólidas e dolorosas.

Porque, ao contrário de outros pessimistas, Nadiya era incomumente precisa em suas preocupações, como evidenciado por inúmeras queixas de seus parentes e doenças inesperadas que ela previra em jantares, casamentos e até chás de bebês.

— Ela nasceu envolta na bolsa amniótica? — Assombrara-se sua avó.

Sua tia rira e balançara a cabeça, negando.

— Isso não é normal.

E ela tinha razão. Mais ou menos.

Não era normal para Neutros. Mas era totalmente natural para Magos.

Nadiya conseguia ver uma má notícia nas sardas de alguém, prever uma tempestade pelo roçar de uma folha na janela. Ela se recusava a embarcar em um trem se lesse a palavra errada no quadro de horários e não comprava pizza de determinado food truck porque — só uma vez — a palavra "eca" se formara claramente numa mancha de óleo e queijo no prato de sua amiga.

Parecia que ela não tinha com que se preocupar. Afinal, a palavra estava lhe avisando sobre um infortúnio, certo?

Com todo aquele pressentimento, ela poderia desviar de um buraco no chão ou evitar morder uma pedrinha que passara despercebida em seu prato de arroz, não?

Só que não funcionava assim.

Sempre era só uma palavra, mais vaga que uma dica de palavras cruzadas, tão efêmera quanto fumaça. "Escorregão" podia significar algo menor, como escorregar e quase cair diante de seu interesse amoroso, ou algo mais sério, como quebrar a perna depois de ignorar uma placa de *Piso Molhado*.

E, como não tinha como saber, Nadiya precisava se preocupar. Sempre.

Mas aquilo nunca fora tão ruim quanto estava sendo agora.

A palavra — o *presságio* — tinha ligação com Dropwort e seu assassinato. Mas qual? E por que ela tinha que ser envolvida?

Ela nunca gostara de Dropwort ou se dera bem com ele. Para ser sincera, ninguém gostava ou se dava bem com ele. Nadiya se lembrou do meme que vira mais cedo em um grupo de discussão da escola — uma piscadela desafiadora de um aluno anônimo antes que um membro ligeiro da Administração o banisse: *Foi a última gota para Dropwort, hein?*

Mas, para ela, sempre parecera mais pessoal. Ele tinha uma percepção muito orientalista a respeito dos muçulmanos e uma falta de sensibilidade com negros que sempre a deixara chocada — felizmente mais ninguém da Administração parecia apoiá-lo, e sempre eram duros com ele quando vinha com baboseiras do tipo "todas as vidas importam" e "consegui isso num bazar da Turquia, onde ninguém mais saberia apreciar tal coisa".

Ela tinha quase certeza de que uma vez dissera a ele "leia Edward Said e pare de roubar o patrimônio mágico de outros povos" — e perdera pontos por isso. Mas como ela deveria se sentir se ele romantizava roubo e colonização da magia?

E não apenas romantizava essas coisas.

Provavelmente também estava envolvido nelas.

Nadiya via presságios aqui e ali. Às vezes, não eram palavras, mas sensações.

Independentemente de como via a situação, isso sempre a deixava arrepiada. Seus avisos sempre tinham como alvo ela ou alguém com quem ela se importava ou com quem tinha algum tipo de ligação. Por que Nadiya estava recebendo um aviso sobre um homem que já tivera o pior destino possível?

Ou... será que era outra coisa? Era um aviso de que ela seria a próxima? Talvez um de seus amigos? Um calafrio percorreu sua coluna.

Não ajudava o fato de a escola estar estranhamente calma à sua volta, enquanto permanecia lá sentada. As grossas paredes de seu quarto abafavam qualquer ruído que pudesse se infiltrar e lembrá-la de que não era a única pessoa viva ali. Isso a deixava ainda mais nervosa.

Nadiya sacudiu a cabeça com força. Não. Ela não podia fazer aquilo naquele momento.

Ela precisava de ar.

Levou um instante para revirar suas boinas. Por fim, escolheu uma com estampa de coelhos, porque aquela com pequenos punhais fofos e a bela inscrição *Mulher Guerreira* parecia um tanto... audaciosa para aquele dia. Não parecia certo provocar o destino quando ele já estava tentando avisá-la de que havia algo errado. Ela pendurou sua bolsa estilo carteiro no ombro.

Talvez precisasse ficar um pouco no refeitório ou circular em algum lugar em que houvesse muitas pessoas. Talvez ela só precisasse de um pouco daquela energia *Tudo tranquilo na nossa escola de magia* que emanava de todo mundo.

Talvez "líquido" significasse "hidrate-se e não morrerá".

Rá! Como se fosse assim tão simples.

Nadiya abriu a porta do seu quarto, enfiou a mão no bolso para se certificar de que estava com sua chave.

E trombou com alguém.

Ela esticou os braços para se equilibrar e agarrou na maçaneta. Uma cadeira de rodas?

— Irene? O que está fazendo aqui? Você está bem...

— Shh! — exclamou a amiga, arrastando-a para um canto. Nadiya deixou escapar um gritinho, mas não teve escolha a não ser seguir Irene.

— O que foi? O que está havendo? — Nadiya nunca tinha visto tamanha aflição em Irene, sempre tão calma e eficiente, mesmo nas piores situações. — Seu rosto está vermelho! O que...

— Eu disse para ficar quieta! — Irene chiou e depois murmurou: — Estou bem. Viv disse algo e achei que tudo já tivesse ido para as cucuias, mas minha mãe... deixa pra lá. Não temos tempo para isso. Nem sei quanto tempo temos, ponto. Veja isto.

Ela enfiou a mão na lateral da cadeira, procurando algo entre o estofado e a estrutura. Depois de um instante, puxou algo de lá.

— Reconhece isto?

Nadiya soltou uma exclamação de surpresa.

— Não é...

Era um surrado e arranhado cantil de prata. O cantil de *Dropwort*. Ele estava sempre com o objeto durante as aulas, tomando goles de... bem, nunca descobriram o que havia no frasco, embora aquilo sempre fosse tema de discussão acalorada. Fizeram até apostas, e uma ou duas vezes alguém até fizera uma provocação dizendo que ia jogar um fósforo aceso ali dentro, só para ver se era mesmo água que ele carregava ali, como afirmava.

(Na verdade, essa provocação talvez também tivesse sido coisa sua. Por que ela tinha que ser tão linguaruda?)

— Onde conseguiu isso?

— Não roubei do caixão, se é isso que está insinuando — disse Irene, revirando os olhos. — Sei que se preocupar é com você, mas preciso que preste atenção em mim. Isto... é valioso.

Ela brandiu o cantil outra vez. Nadiya olhou para ela sem reação.

— Tenho certeza de que vi uma prateleira de desconto cheia de cantis como esse umas duas cidades atrás, mas... tudo bem.

— Não nesse sentido. — Irene suspirou e esticou a mão, agarrando a de Nadiya e enfiando o frasco nela.

— Pegue. Pode fazer.

Irene era excêntrica, na melhor das hipóteses — e quem não era numa escola de magia? —, mas aquela era a coisa mais confusa que Nadiya já a vira fazer.

— O que quer que eu faça com o cantil do nosso falecido professor?

— Faça uma leitura — ordenou Irene. — Encontre o presságio nisso. Talvez ele nos diga algo sobre o assassinato. Depressa, por favor. Minha mãe me dará cobertura se alguém descobrir que estou com isso... acho. Os pais escolhem os piores momentos para serem leais a sistemas opressores.

— Irene, já falamos sobre isso. — Nadiya devolveu o frasco para a amiga. — Não posso fazer isso porque alguém mandou. E por que eu? Outra pessoa deve ser capaz de...

Irene balançou a cabeça.

— Não há mais ninguém, não agora. Vamos, Nadi. Pelo menos tente. Precisamos solucionar essa morte. E acho que você pode ajudar.

— Eu... — Nadiya franziu o cenho, olhando para o cantil. E então seus olhos se arregalaram quando, final e incrivelmente, a palavra enfim fez sentido.

Líquido.

— Líquido! — Ela balançou o frasco diante de Irene. Irene chiou para ela, sacudindo as mãos. — Desculpa. Err... líquido! Deve ser este o líquido!

— Líquido?

— Mais cedo, vi uma palavra no retrato da cerimônia do Dropwort. Não sabia por que vi. Ainda não sei. Por que tive um presságio para um homem morto? O que isso significa?

Irene olhava séria para ela.

— Nada bom, com certeza.

— Eu esperava que você não dissesse isso.

Nadiya inspirou, baixando os olhos para o frasco. Ela não estava mentindo para Irene. Mesmo após um ano de aulas de magia, adivinhar o que queriam dizer seus presságios parecia tão impossível quanto esticar a mão em um dia de neblina e tentar pegar a névoa com a mão.

Antes da escola, ela nem tinha um termo próprio para isso.

"Energia ruim", talvez.

Um dos motivos que fizeram seus pais a levarem mais depressa do que ela poderia imaginar para a Galileu foi a certeza com que um membro do corpo docente (Nadiya não se lembrava quem ou em que momento de sua entrevista de admissão, já que o nervosismo transformara tudo num borrão) se inclinara para a frente e dissera: "Estão tendo problemas com presságios? Podemos ajudá-los com isso!".

Que alguém conseguisse pôr outro rótulo naquilo que Nadiya ainda sentia como um problema de mente enevoada os deixou mais tranquilos.

Mas, mesmo com aquele rótulo, ela ainda não entendia aquilo ou o que devia fazer com aquilo.

Por que ela fora a escolhida para aquilo.

— Está ajudando? — perguntou Irene, indicando as mãos de Nadiya, que nem havia percebido que passava o polegar pelo gargalo do frasco. Ela baixou os olhos... e exclamou:

— Irene! Veja!

Irene olhou para baixo e balançou a cabeça em negativa.

— Nadiya, não estou vendo nada... Espere. Você está tendo um presságio?

O coração de Nadiya acelerou. É claro. Se Irene não estava vendo aquilo, só podia ser.

Bem ali, onde antes ela não vira nada além de metal, havia uma única palavra gravada em letras pequenas e bem legíveis.

— Escritório — leu Nadiya devagar.

Irene articulou a palavra depois dela, sem emitir nenhum som, e então franziu a testa.

— Só pode ser um lugar, e... — Ela arregalou os olhos. — Xander! Eu o mandei examinar a sala do Dropwort. Ele está em apuros?

Ela olhou fixo para Nadiya.

Era tão fácil ler presságios nos rostos das pessoas quanto em objetos. Nadiya podia ler aquele em cada centímetro do rosto de Irene: *Vá ajudá-lo.*

Ela balançou a cabeça, negando.

— Ah, não, não, não. Não é que eu queira deixar Xander esperando, mas... não. Ele está bem.

— Nadiya. Você sabe que o presságio era sobre a sala do Dropwort. E você é boa em achar coisas fora do lugar.

— Você quer dizer que tenho azar. É só isso que acho. Presságios não são como pistas, Irene. Eles são... placas dizendo que direção você não deve tomar. E se estiver me dizendo que, se eu for até a sala do Dropwort, colocarei Xander em apuros? Além do mais, foi só uma coincidência. Não funciona assim, sob comando. O que... — Nadiya ergueu as mãos. — E se eu encontrar lá os oficiais que estão investigando?

— Tenho certeza de que os vi em outro corredor, então aquele lugar deve estar calmo como um cemitério. — Irene se encolheu. — Certo, escolha infeliz de palavras. Ouça, Nadiya... você é a única pessoa, além de Xander, com quem eu contaria nessa situação. E, se ele estiver encrencado, você é a única em quem confio para tirá-lo dessa. — Irene olhou para ela com urgência. — Confio em seus instintos. Confio em você. E preciso que você confie e ouça a si mesma, porque parece que nem os professores nem... bem, não sei o que os outros além de Viv e eu estão fazendo com relação a isso, mas parece que é hora de nós confiarmos em nossas habilidades.

Nadiya baixou os olhos para o cantil que sua amiga pressionava contra sua mão.

Ela se lembrou dos cochichos que ouvira durante o anúncio: *Acha que isso significa que os Neutros vão nos excluir?*

Na hora, sua reação fora se encolher diante do tom casual e calmo com que aquilo tinha sido dito.

Se fosse qualquer outro dia, ela teria se inclinado e dito em voz alta, com o tom confiante ao estilo Timbaland que seu primo favorito do Brooklyn usava: "Quer repetir isso? Não, quero ouvir você dizer isso outra vez!".

Mas agora o resto da frase morria. E se o mundo normal — seu outro mundo, ainda que grande parte da escola não visse nem sentisse as coisas assim — excluísse a Galileu? Ou se o contrário acontecesse?

O que isso significaria para ela?

Ela engoliu em seco. E então assentiu.

— Tudo bem. Vou ver o que consigo descobrir.

Ela se afastou um pouco, mas Irene esticou a mão. Elas ficaram de mãos dadas por um instante.

— Tenha cuidado — instruiu Irene.

— Não precisa repetir — disse Nadiya, revirando os olhos. — Você sabe com quem está falando.

Irene revirou os olhos, mas apertou um pouco mais a mão da garota.

— É sério.

— Tudo bem. Pode deixar.

Irene tinha razão. Estava tudo calmo enquanto ela avançava pelo longo corredor das salas dos professores. As poucas portas abertas revelavam docentes desanimados encarando suas mesas ou conversando baixinho com alunos igualmente abatidos. Era difícil não notar a sala de Dropwort — cercada por fitas de isolamento, embora não houvesse nem sinal dos oficiais que Nadiya tivera certeza de que estariam posicionados ali.

Onde estava a patrulha de fantasmas?

Ela ouviu um trecho de um verso familiar — Ed Sheeran? — e se sobressaltou. Na sequência, ouviu um som de luta e um "Ai!" bem baixinho.

Aquela voz também era familiar, mas não podia ser...

— Xander?

Nadiya esticou a mão e tentou a maçaneta.

A porta se abriu para dentro.

Ela engoliu em seco e entrou.

Era muito assustador estar na sala de Dropwort, sabendo que ele não voltaria mais. Nadiya avançou, torcendo o nariz ao notar todos os artefatos orientais que cobriam as paredes. Bem, não eram de origem oriental, mas sem dúvida roubados por alguém que se achava mais digno de exibi-los do que seus povos originais. Alguns eram claramente falsificações baratas passadas adiante por pessoas que sabiam disso e que não estavam muito acima daquelas que dão golpe com moeda de colonizador, mas outros pareciam muito, muito legítimos. Ela olhou para um grande galo negro e anotou mentalmente que devia procurar curiosidades sobre ele depois. Alguém talvez precisasse ser reparado com o espólio de Dropwort.

Mas aquilo não vinha ao caso naquele momento. Ela tinha certeza de ter ouvido o celular de Xander dentro da sala. Estava se inclinando para espiar debaixo da mesa quando uma mão pousou em seu ombro.

— Srta. Nur. Pode me dizer o que está fazendo aqui?

Ótimo.

Era a Vice-Diretora Ruiz-Marín, formal e rígida como sempre. Talvez mais rígida do que o normal, Nadiya percebeu — sempre havia bondade no fundo dos olhos de Ruiz-Marín, um sinal de cuidado e afeto extras.

Nadiya engoliu em seco. Não seria fácil lidar com uma Ruiz-Marín já frustrada e exausta.

— Ah! Vice-diretora. — Nadiya a cumprimentou, nervosa. — Eu... hã...

— Pois bem! — exclamou Ruiz-Marín. — Achei que eu tivesse deixado bem claro que esta sala e este corredor eram territórios proibidos, Nadiya Nur. Por que você está aqui?

— Eu pensei... bem, parecia que a investigação já havia terminado.

Foi a coisa mais absurda que ela poderia ter dito, e a expressão da vice-diretora deixou evidente que também não estava impressionada.

— Os oficiais estão interrogando alunos. Por acaso, você é a próxima da lista. — A vice-diretora estreitou os olhos. — Meu mapa das salas mostrou que você estava em seu quarto antes de eu sair para ver como estava indo a investigação. Estranho não ser informada pela patrulha de fantasmas de que você estava xeretando aqui.

— Eu só...

Argh. Ela não era boa em inventar desculpas na hora.

Ótimo. Simplesmente ótimo.

Ruiz-Marín estava de braços cruzados, esperando.

— Eu só não conseguia mais ficar sozinha no meu quarto — Nadiya conseguiu dizer afinal. — Eu precisava de ajuda.

— E veio procurar ajuda na sala de um professor? Sinceramente... — Ruiz-Marín parecia esgotada, balançando a cabeça. Por um instante, Nadiya sentiu uma pontada de culpa. A vice-diretora parecia muito cansada.

Então a Ruiz-Marín inclinou a cabeça.

— E o que é isso?

Nadiya tinha se esquecido do cantil. Sentiu um frio na barriga.

— Isso? Eu...

Ruiz-Marín dobrou os dedos e franziu a testa.

— Nadiya, não se faça de boba. Acredito que eu tenha dito expressamente que não queríamos que os alunos ficassem xeretando por aí e arranjando problemas enquanto estamos cuidando de outros assuntos. E sei muito bem que esse é o cantil do Dropwort. Então, por favor...

Relutante, Nadiya entregou o frasco.

A mão de Ruiz-Marín estava fria, e Nadiya, mesmo sem ter a intenção, afastou-se com o choque. Felizmente, a vice-diretora já havia pegado o cantil. Ela lançou para Nadiya um olhar exasperado antes de tentar abrir o frasco.

— Ah, eu... oops!

Ela soltou um arquejo de surpresa quando a rolha saiu, fazendo o conteúdo do frasco espirrar. Foram só uma ou duas gotas, mas isso bastou. O líquido atingiu um dos vasos de prata de Dropwort. Quando aterrissou no piso, transformou-se em grãos escuros. *Areia.*

O líquido tinha virado areia.

Ruiz-Marín passou os olhos do grão de areia diretamente para o rosto de Nadiya. Ela parecia abalada. Nadiya olhava para o conteúdo no piso, sentindo-se trêmula. Ela via algo nos grãos.

Um presságio? Uma premonição?

Estava borrado demais para enxergar direito. Ela estreitou os olhos. *L... o...*

Mas então Ruiz-Marín começou a revirar a areia com seus sapatos de salto alto, e as letras sumiram.

— Nossa, que bagunça — balbuciou a mulher.

Nadiya cerrou os dentes em sinal de decepção. Não conseguir terminar um presságio sempre a irritava, quase ao nível de transtorno de ansiedade — em que armadilha ela cairia porque não tinha sido avisada?

Mas o fato de Ruiz-Marín ter notado que ela observava a areia e agido para impedir...

O que a areia tentara lhe dizer?

— Ouça — disse Ruiz-Marín com rispidez, e Nadiya olhou para ela, assustada. A mulher era sempre rígida, mas aquilo era demais, mesmo para ela. — O que você viu... Estou investigando, está bem? Está tudo sob controle, e não quero que vocês se preocupem nem inventem teorias que só vão piorar as coisas.

Piorar? O que poderia ser pior que um assassinato?

Um ruído veio de debaixo da mesa. Os lábios de Ruiz-Marín se retesaram ainda mais.

— Pode sair agora, Xander. Sei muito bem que você também está aqui.

Xander se levantou encabulado, esfregando a parte de trás do pescoço. Nadiya olhou para ele, notando a vermelhidão na lateral de sua mão causada pela fricção com o tapete.

O que ele estava tramando?

Ruiz-Marín estava estreitando os olhos, então Nadiya fez uma pergunta depressa.

— É verdade? O que estão dizendo sobre o mundo normal, digo, Neutro?

— O quê? — Ruiz-Marín parecia surpresa e aparentemente não havia notado o deslize de Nadiya. Em qualquer outro momento, ela teria estreitado os olhos e dito com frieza: "Este mundo *faz* parte do mundo normal, srta. Nur". O que Nadiya sabia, é claro.

Mas nem sempre parecia ser o mesmo mundo em que sua mãe colocava a mão fria em sua testa e recitava para tranquilizá-la quando ela tinha um ataque de pânico ou no qual seu pai lhe ensinava a dirigir no estacionamento da *masjid* depois das orações.

— Nadiya — Xander disse baixinho, esticando a mão na direção dela para acalmá-la.

— O que estão dizendo? — insistiu Ruiz-Marín.

— Que isso poderia prejudicar a ligação da Galileu... que os pais Neutros podem começar a tirar seus filhos daqui e que as autoridades Neutras podem se interessar mais em policiar a escola. Quer dizer, a Polícia Neutra de Estocolmo já montou aquele ponto de verificação lá fora e...

Conforme as palavras saíam de sua boca, Nadiya percebeu que aquilo a estava incomodando mais do que ela pensara.

Seus pais já estavam preocupados com a presença dela na Galileu e em como aquilo poderia afetar seu futuro. Eles queriam que ela se concentrasse também no mundo dela — no mundo *deles*. Não percebiam que para Nadiya havia diversas possibilidades e que ela tinha pavor de pensar que ficaria presa em um mundo e perderia oportunidades que nem sonhava que poderia perder.

A expressão de Ruiz-Marín se suavizou um pouco, e ela colocou uma mão no ombro de Nadiya.

— Sei que tudo que aconteceu é perturbador, Nadiya. Sei que é pedir demais a você e a todos os alunos. Mas, no momento, é crucial, muito crucial, que vocês ouçam seus professores. Apenas ouçam e confiem em nós, e tudo vai dar certo.

Era o mesmo conselho que Irene lhe dera mais cedo.

Ouça.

Todos lhe diziam para ouvir, mas com tantas vozes tentando entrar em sua cabeça, como ela iria separá-las?

Parecia que Ruiz-Marín ia dizer alguma coisa, mas seu olhar flutuou para Xander — não, para algo *perto* dele.

O olhar da vice-diretora endureceu.

— Xander. Onde está?

Xander piscou, confuso.

— Do que está falando, senhora?

— Não é hora para brincadeiras. Vejo que a caixa está invertida na estante. O punhal. Onde está o punhal?

— O... — Xander balançou a cabeça. — Não estava aqui quando cheguei. A única coisa que encontrei foi isso.

Ouviu-se um crepitar no bolso dele.

Quando a vice-diretora esticou sua mão ansiosa, ele tirou do bolso um pedaço de papel cuidadosamente dobrado.

Ao mesmo tempo, outra coisa flutuou até o chão. Um bilhete, manuscrito e amassado, e assinado por... *LC*? Nadiya inclinou a cabeça, mas era difícil ver o que mais estava escrito na página, e então Ruiz-Marín pegou o bilhete do chão e a folha da mão de Xander, e começou a correr os olhos pelos dois papéis.

— Xander? — sussurrou Nadiya.

— Depois — murmurou ele. Surpreendentemente, ele não parecia tão preocupado por ser pego quanto ela achava que ele ficaria. O rosto da vice-diretora estava pálido quando ela levantou a cabeça para olhar para eles.

— Onde você arranjou essas... você sabe. Bem, deixa pra lá. Quanto menos souber quais regras você quebrou, menos tenho de puni-lo. — Ruiz-Marín olhou feio para ele e então suspirou. — Desculpa. Estamos todos apreensivos hoje. Por favor. Eu só... preciso que vocês voltem para seus quartos. Logo tudo estará acabado.

Ruiz-Marín pastoreou os dois para fora da sala. Nadiya deixou que as palavras nervosas da vice-diretora — "Vai ficar tudo bem, Nadiya, de verdade" — inundassem-na e aceitou um último tapinha rígido nas costas antes que a mulher se afastasse depressa.

Ela virou a cabeça para o outro lado do corredor e se sobressaltou quando Xander pôs uma mão em seu ombro.

Alívio e irritação brigavam dentro de Nadiya, e tudo que ela conseguiu fazer foi dar um empurrão no amigo.

— Ei! — protestou ele.

— "Ei" digo eu. O que foi aquilo? Você quase nos colocou em...

— Ouça. Não temos tempo.

Nadiya parou diante do tom frio do amigo. Xander parecia exausto e preocupado. Ela se inclinou e segurou o braço dele.

— O que houve? Você está bem?

Xander olhou para os dois lados do corredor e se aproximou dela.

— Achei isto. — Ele enfiou na mão de Nadiya uma folha, não a página do livro amassada que a vice-diretora havia pegado, mas uma lista manuscrita. — Dropwort tinha um monte de coisas esquisitas naquela caixa da estante dele. Itens confiscados. E encontrei isto.

Nadiya olhou para a folha, onde se lia: *Registro*. Assim que entendeu o que era, ela soltou uma exclamação de surpresa.

— Então era verdade. Ele estava mesmo roubando e contrabandeando todas aquelas coisas que estavam na sala dele?

— Shhh! — Xander agitou as mãos, bravo com ela. — Garota, quer que Ruiz-Marín volte aqui? Vamos logo para o seu quarto.

Instantes depois, os dois estavam sentados um de frente para o outro — Nadiya em sua cama, Xander na escrivaninha dela. Ele apontou com a cabeça para a página rasgada.

— E então, o que acha? Eu gostaria de ter ficado com o bilhete que Irene me deu e com aquela outra página que Ruiz-Marín pegou — era algo sobre veneno, e pelo modo como ela reagiu... — Ele balançou a cabeça. — Mas isso também é algo importante, certo?

— Acho que é um problema imenso — murmurou Nadiya, esfregando as têmporas. Ela sentia a dor de cabeça chegando. — Não faço ideia do que está acontecendo. Toda vez que olho para isso, é tudo tão... borrado.

— Está falando da sua habilidade? — perguntou Xander.

— Achei que tivéssemos concordado em não chamar isso de habilidade! Não é uma habilidade. Não tenho controle sobre isso.

Sem contar que essa era a primeira coisa que os professores mencionavam ao falar dos talentos dela e aonde eles poderiam levá-la.

Sem contar que, com frequência, parecia que aquela era a única coisa em que ela era realmente boa — não importava o que tentasse aprender.

Xander inclinou-se e pôs uma mão no ombro dela.

— Ouça, acredito em você. Sabe disso.

Nadiya assentiu, baixando o olhar para esconder seus olhos úmidos. Por que ela estava agindo feito um bebê chorão?

— É, eu sei.

— Irene acredita em você. E Viv.

— Sei disso também.

— E no momento... todos nós precisamos que você acredite em si mesma. A Galileu precisa que você acredite em si mesma.

Nadiya virou a página em suas mãos e respirou fundo.

— Por que acha que o punhal tem a ver com isso?

— Porque sumiu — disse Xander. — Dropwort foi apunhalado. Ligue os pontos.

Era como Irene tinha dito mais cedo. Dropwort havia sido morto. Alguém o havia matado.

Por alguém que ela conhecia, ou com quem fazia as refeições, ou com quem se sentava nas aulas, ou com quem aprendia... ou por alguém que lhe ensinava.

Alguém que ria com ela dos textos malucos que seu pai lhe mandava, ou que a parava gentilmente no corredor para elogiar o *hijab* que ela vestia naquele dia, ou que sempre a olhava estranho, daquele jeito que crianças mágicas de tradicionais famílias ricas faziam.

Alguém que podia estar entocado em seu quarto naquele momento.

Ou que talvez estivesse vagando por aí.

E se depois ela olhasse para trás e percebesse que poderia ter feito algo para manter intacta a frágil ponte que ligava Galileu ao mundo exterior — a ponte entre sua magia e seu lar —, ela se arrependeria?

Nadiya fechou os olhos e inspirou.

Como era mesmo aquilo que sua mãe sempre lhe dizia?

Você tem que parar de esperar o pior e começar a acreditar no melhor.
Fique atenta ao que é bom.

— O que é bom — ela sussurrou para si mesma.

O que era bom naquela situação?

Não sou uma Escolhida.

(Mas e se eu for?)

O que isso significa?

O que posso mudar?

Por um instante, ela permaneceu parada, em segurança. Em negação. Dizendo a si mesma que nada mudaria se ela abrisse os olhos. Que não haveria nada naquela página, só os garranchos de um morto. Que os presságios que comandavam seu mundo a deixariam em paz de uma vez por todas.

Ela expirou. E abriu os olhos.

E o mundo explodiu em vermelho.

— Nadiya? — Xander disse surpreso quando ela se inclinou, mas ela mal o ouvia. Estava focada no que estava por trás de suas pálpebras — uma imagem horrível que ficara gravada em sua retina.

Era tão clara que até doía olhar para ela.

Não. Não. Não.

— Ai, meu Deus, Xander. O que faremos?

Xander segurou a mão dela. Em outro momento, o calor da mão dele teria sido reconfortante, mas agora Nadiya não o sentia.

A palavra naquela página gelara seu sangue.

— O que foi? Nadi, o que houve?

Nadiya olhou para Xander, lágrimas brilhando no canto dos seus olhos.

— LC, quem escreveu a carta... É a Lola. Vão prender a Lola.

PROVA X5

CASO: 20-06-DROS-STK

Tipo:
[ ] Comunicado
[ ] Áudio
[ ] Resíduo de feitiço
[ ] Foto ou outra reconstrução visual
[ ] Objeto
[X] Formulário ou registro
[ ] Outro: _____

Fonte: Registros administrativos da AGPE
Partes Relevantes: Suspeito nº 3 (nome removido por motivo de privacidade/restrição de idade); Julietta Monroe, aluna e cúmplice do Suspeito nº 3; Septimius Dropwort (falecido); Beatriz Ruiz-Marín, vice-diretora
Descrição: Registro de arma confiscada da cúmplice do Suspeito nº 3

REGISTRO DE CONFISCO

Data: 28/06/2020
Nome do Professor: SD *Septimius, por favor, coloque seu nome completo nos registros. — BRM*
Nome do Aluno: Julietta Monroe
Descrição do item: faca [Observação de Beatriz: "Por favor, forneça mais detalhes no futuro, para que possamos devolver o objeto ao aluno ou à família dele".]
Por que o item foi confiscado?
[ ] Uso atrapalhou a aula
[ ] Arma e/ou possivelmente perigoso
[ ] Substância controlada
[X] OUTRO (descreva): *É UMA FACA ISSO É PERDA DE TEMPO*

Sua objeção foi anotada, mas continue seguindo as novas políticas da escola, por favor. — BRM

15H: DELORES "LOLA" CORTEZ, 16, MOEDAS

DE TEHLOR KAY MEJIA

Lola Cortez nunca se preocupara muito com rótulos. Até hoje, ela havia sido chamada de preguiçosa, delinquente, marginal e (mais de uma vez) de "poço de potencial desperdiçado".

Agora, ela poderia acrescentar "suspeita de assassinato" à lista — se alguém a *pegasse* logo, droga!

O corredor estava estranhamente escuro para o meio da tarde enquanto ela se dirigia à sala do falecido Professor Dropwort pela terceira vez naquele dia, vestindo seu traje todo preto mais elegante, com seus cabelos longos e escuros enfiados dentro da camiseta para maior furtividade. Todo o visual praticamente *implorava* que alguém notasse como aquilo era suspeito, mesmo que não desse uma pancada sinistra com um cano de ferro em sua mão sem luva.

Mas ninguém notava.

Os movimentos de Lola eram exagerados, feito uma pessoa que finge andar sorrateiramente. Não dava para ser mais óbvia, nem se ela tentasse. Mesmo assim, nem chegando tão perto da sala do professor durante uma *investigação de assassinato de verdade*, ninguém a parava. Ninguém nem mesmo parecia *enxergá-la*.

Inacreditável, pensou Lola, que até hoje ela tivesse sido pega por pelo menos trinta infrações menores em seis escolas (e em parques, cemitérios e lojas de conveniência perto delas), mas, agora que precisava desesperadamente ser presa pela morte de um professor, as autoridades (que eram atraídas por ela como moscas desde antes do jardim da infância) estavam ocupadas com outras coisas.

Lola pensou em Julietta sendo levada para interrogatório mais cedo naquela manhã, lançando um último olhar para onde Lola estava escondida debaixo da cama, antes de ser escoltada para fora de seu dormitório. Um pavor gelado começou a crescer na boca do estômago de Lola, a mesma sensação que ela sentia toda vez que se lembrara dessa cena ao longo do dia.

O rosto de Julietta naquele momento era prova suficiente de sua inocência — mesmo que Lola *estivesse* num sono profundo demais para saber aonde Julietta fora na noite em que Dropwort tinha sido morto. Se não podia servir de álibi para a garota a quem amava, pelo menos ela podia tentar afastar a suspeita dela. Forçar seus captores a perceber que estavam levando uma garota inocente...

E se Lola precisasse causar problemas para atingir esse objetivo... bem, não era nada que ela não tivesse feito antes. Longe disso.

Lola continuou vagando pelo corredor, a náusea se dissipando um pouco conforme ela retomava seu plano. Podia soar ridículo, ela sabia, arriscar-se a ser expulsa da escola de magia e mandada em um ônibus de volta para a nada mágica Fim do Mundo por causa de uma garota que era sua namorada fazia apenas três semanas, mas Lola e Julietta eram mais do que a soma de seus vinte e um dias, sete horas e nove minutos juntas. Mais do que qualquer coisa que Lola já sentira.

Tinha sido assim desde que as duas trocaram olhares pela primeira vez. Os cabelos castanhos que tocavam os ombros de Julietta, o olhar distante em seus insondáveis olhos castanhos. Os círculos e as curvas em seu corpo que pareciam ter sua própria magia...

Lola se apaixonara antes que Julietta dissesse uma palavra, seu centro de gravidade obedecendo a uma nova força, cada neurônio de seu cérebro faiscando de paixão, não por causa da eletricidade.

Ela levara meses — *muitos* meses — para ganhar coragem e se sentar ao lado de Julietta na biblioteca. Para se apresentar com uma voz que não parava de tremer. Para sorrir e torcer.

Lola já estudava na Galileu havia um ano, mas a mão de Julietta deslizando para dentro da sua em seu primeiro encontro — observação de estrelas na sala de Astronomia — fora a primeira experiência vivida na escola que parecera ser *realmente* mágica. Do tipo no qual valia a pena acreditar.

E houvera outras depois daquela. Longas noites no telhado proibido da ala oeste, onde Julietta enchera o ar ao redor delas de luz e cores, piqueniques à beira do lago, onde conversaram sobre o passado conturbado de Lola e sobre a preocupação de Julietta com uma relíquia de família inestimável em que Dropwort estava de olho. Houvera um beijo e depois dois, e Lola achara que seu coração explodiria com a sensação de ter aquele desejo finalmente sendo realizado...

Julietta fizera tudo valer a pena. Os anos turbulentos desde o ensino fundamental, as brigas de Lola com seu pai, as sessões na vara da infância e juventude, as infinitas suspensões e expulsões. Até mesmo a maldita carta que dissera que seu QI de gênio e talento para matemática não eram apenas anomalias (o que mal fazia jus a suas notas e seu comportamento péssimos), mas prova de uma habilidade mágica oculta que poderia ser moldada e treinada por algumas das maiores mentes da sociedade, em uma escola para alunos superdotados.

Fora um ultimato que a trouxera até ali: a Academia Galileu para Pessoas Extraordinárias ou alguma escola militar para rebeldes violentos, e agora Lola estava arriscando tudo. Mas Julietta havia mudado a sua vida, e Lola não ia renunciar a ela sem lutar.

Todos na escola se achavam *escolhidos* por algum motivo — por causa do dinheiro ou do nome de seus pais, por causa de seus talentos ou feitos —, mas Lola nunca se achara digna de escolha nenhuma. Não até a noite anterior, quando elas estavam abraçadas, quase dormindo, e Julietta dissera a Lola que a amava. Foi quando ela soube, sem sombra de dúvidas, que aquele lugar a *havia* escolhido. Que a *magia* a havia escolhido.

E não porque havia um plano grandioso de bem versus mal, mas pelo amor daquela garota. Simples assim.

Só que Lola dormira sonhando naquela noite e acordara em um pesadelo.

— Depressa, esconda-se! — Julietta lhe dissera, o sol mal havia nascido do outro lado da janela. — Se pegarem você aqui... se meus pais descobrirem... Aconteça o que acontecer, não deixe que vejam você aqui.

Lola ainda estava meio adormecida, mas rolou para debaixo da cama, junto com as bolas de poeira e os elásticos de cabelo perdidos, quando duas figuras abriram a porta e pararam ao lado da cama de Julietta.

— Reconhece isto? — perguntou uma delas, segurando algo que Lola não conseguia ver.

— É o punhal da minha família — disse Julietta, sua voz ainda rouca de sono. — O Professor Dropwort o tomou de mim há algumas semanas. Já fiz uma petição para que me devolvesse.

Lola sabia como Julietta tinha medo de contar aos pais sobre a perda do punhal. Ela estava brava com o homem que tomara o objeto dela — dizendo que armas não eram permitidas na escola, mesmo sendo *evidente* que o regulamento abria exceção para itens de poder transferidos de uma geração para a outra numa família. Sua petição fora um último esforço e tinha sido negada alguns dias atrás.

Julietta ficara arrasada.

De sua posição embaixo da cama, Lola achou, por um momento de insensatez, que aquelas pessoas tinham vindo devolver o punhal de Julietta. Que a petição dela tinha sido reavaliada ou que Dropwort havia tomado juízo. Ela já estava pensando em como elas comemorariam aquilo quando ouviu:

— Você ficou brava, não ficou? Quando sua petição foi negada? — A voz era desconfiada, fria. Os pelos dos braços nus de Lola se arrepiaram.

— Eu... — começou a dizer Julietta, claramente notando a mudança de tom. — É uma relíquia de família muito importante. Meus pais ficariam arrasados com a perda dela.

— Você não respondeu à minha pergunta — disse a voz fria. — Você ficou brava quando sua petição foi negada? Quis se vingar?

Lola não entendeu nada daquela pergunta, e obviamente Julietta também não.

— Vingança? — ela perguntou, confusa. — Não estou entendendo. Eu só queria que devolvessem o que é meu...

— Onde você esteve a noite toda? — interrompeu uma segunda voz. Essa era rouca e muito alta. O latido de um cão.

— Eu... — começou a dizer Julietta. — Aqui. Aqui no meu quarto.

— Alguém pode corroborar essa história?

Lola estava prestes a dizer algo, a aparecer. Mesmo que Julietta temesse confessar a relação que elas tinham aos pais, não podia ser pior do que aquela situação. Mas, antes que ela conseguisse fazer algo, Julietta disse com firmeza:

— Não. Ninguém. Estive a noite inteira sozinha.

— Então precisa vir conosco, mocinha — disse a voz fria, e Lola esperou que Julietta a chamasse. Deixasse que ela consertasse aquilo. Mas ela não fez isso, e a voz fria e a voz de latido a levaram, e então Lola ficou sozinha debaixo da cama.

Ela saiu quando julgou que já fosse seguro e esquadrinhou a escola toda atrás de Julietta, perguntando a todos em que conseguia pensar se alguém sabia aonde Julietta tinha ido. Lola estava perdida e confusa, seu coração — tão cheio de amor na noite anterior — agora estava murcho.

E então aquele anúncio da morte de Dropwort soou na escola toda, e assustadoramente tudo passou a fazer sentido. *Quis se vingar?*

As palavras frias e rápidas do anúncio continuaram ecoando nos ouvidos de Lola a ponto de ela achar que enlouqueceria. Julietta sendo interrogada, tendo um motivo para matar. E Lola era o álibi que ela não queria revelar. Lola não podia se intrometer, não depois que Julietta lhe implorara que não dissesse nada. Se as coisas ficassem catastróficas demais e Julietta precisasse dela, contaria a eles. Eles chamariam Lola...

Mas horas se passaram e ninguém apareceu. Lola era invisível, arrastando seu coração partido pelos corredores, pensando na garota que amava, que preferia ser considerada uma assassina a admitir que elas haviam passado a noite juntas...

Sozinha em um corredor deserto do quarto andar, Lola tomou uma decisão: se não podia ser álibi de sua amada para salvá-la, ela a salvaria de outro jeito.

Julietta não havia matado ninguém. Lola a conhecia e sabia que tinha um coração de ouro. Sim, ela estava brava por causa do punhal. Apavorada em pensar no que seus pais diriam. Mas nunca teria feito algo assim.

E, se Julietta não tinha feito aquilo, isso significava que outra pessoa tinha feito. Era uma escola cheia de Magos, caramba! Eles poderiam encontrar o assassino verdadeiro se não estivessem tão ocupados tentando jogar a culpa em Julietta. Então, tudo que Lola precisava fazer era convencê-los de que o assassino *real* ainda estava por lá.

Se novas evidências surgissem enquanto Julietta estava detida para o interrogatório, eles teriam que admitir que não tinha sido ela. E a liberariam. Procurariam o suspeito verdadeiro. É claro que havia o risco de pegarem Lola em vez disso, mas ela já se metera em enrascadas como aquela antes e conseguiria se safar outra vez.

A retidão de seu plano ardia em seu peito conforme rumores de uma profecia começavam a se espalhar pela escola. *Se os rumores estivessem certos, o assassino de Dropwort tinha sido um Escolhido.* Bem, Lola também era uma escolhida. Escolhida por Julietta, seus destinos selados em um tipo diferente de profecia.

E quem era Lola para negar o destino?

Então, uma hora após o anúncio transmitido para a escola toda, com o coração pesado e ainda em chamas, ela voltou para o seu quarto. Andando de um lado para o outro enquanto a escola toda cochichava e fervia cheia de segredos. Entregar-se não daria certo. Não havia evidências, e uma confissão obviamente falsa levaria a um interrogatório... talvez a testemunhas que informassem o paradeiro dela na noite anterior.

Ela teria que ser mais sutil. Agir como se não quisesse ser pega. Atraí-los para a busca e atrasar sua captura até que Julietta fosse liberada. Dar a eles tempo para encontrarem o assassino *verdadeiro*.

Então, como primeiro passo de seu plano, ela escreveu uma carta condenando Dropwort. Suas palavras irritadas e apaixonadas estavam cheias de ódio, sem mencionar as ameaças criativas que deixavam claro o motivo para qualquer um que lesse a carta.

Depois, com a maldita missiva em mãos, Lola pensou em seu ano na Galileu, o modo como ela aprendera a estabelecer as bases para feitiços, algoritmos e fórmulas, enquanto muitos de seus colegas de classe mais sofisticados viam o futuro, faziam coisas voar ou mudavam as cores estúpidas de seus cabelos com um comando.

No geral, ela poderia resumir a verdadeira lição que aprendera numa tese concisa:

Magia era apenas mais um privilégio reservado aos ricos. Era algo que não valia a pena reverenciar. Não valia a pena buscar. A única magia real era o amor.

E, com isso em mente, ela assinou a carta com um elaborado "LC" (iniciais que poderiam ser de pelo menos outros cinco alunos da escola), vestiu seu elegante macacão de vinil preto — que nunca imaginara que seria útil quando ela o colocara na mala — e saiu sorrateiramente para o corredor.

O quarto de Dropwort não estava sendo vigiado. *Bela investigação de assassinato*, pensou Lola. Ela deixou a carta sobre a mesa de trabalho dele, enfiada debaixo de uma máquina de escrever, mas com uma pontinha aparecendo. Como garantia — e porque ela nunca gostara do sujeito — pegou um ornado anel-selo de seu pratinho de porcelana e o colocou no dedão.

Se precisasse, ela o usaria depois. Se não precisasse, talvez o venderia. Compraria algo legal para Julietta quando toda essa situação acabasse.

Após sair da sala, Lola andou pelos corredores outra vez, ouvindo os cochichos. Nenhum deles mencionava uma carta. Talvez ninguém a tivesse encontrado ainda. Bem, Lola sabia muito bem como aquilo funcionava. Ela abordou a primeira garota de cabelos longos e olhos furtivos que viu parada perto da entrada do saguão principal.

— Está sabendo? — perguntou Lola, aproveitando-se do olhar faminto da garota. — Dizem que alguém escreveu uma carta de confissão. Está lá no quarto do Dropwort.

Uma hora depois, quando seu boato havia se espalhado e os alunos cochichavam pelos corredores sobre como os aposentos de Dropwort haviam sido revirados, Lola entrou na sala do professor, que estava previsivelmente vazia. Lá, ela deixou sua luva preta com tachas sobre um mapa de Estocolmo aberto em cima da mesa.

Não vou parar até que você seja liberada, ela jurou a si mesma e para a imagem de Julietta que morava de graça em seu coração.

Ao sair, também derrubou algumas cadeiras, arrancou uma pesada cortina de veludo da janela. E, obviamente, começou a espalhar um ou dois boatos. As pessoas precisavam de toda orientação que ela pudesse dar.

Lola passou as horas seguintes andando para lá e para cá em diversos corredores cheios, fazendo o melhor que podia para descobrir onde havia agitação e para começar rumores de que o assassino continuava solto e fazendo coisas que o incriminavam...

Uma ou duas vezes, ela temeu que alguém tivesse notado suas andanças pelos corredores ou percebido que ela era a origem do redemoinho de boatos que circulavam desde a manhã...

Houve um breve interesse de um professor de Magia Física cujo nome ela não lembrava nunca. Uma inclinada de cabeça desconfiada de uma garota bonita de *hijab* que Lola não conhecia. Mas, nas duas vezes, seu relativo anonimato vencera. Os olhos se desviaram.

A investigação passou do quarto de Dropwort para sua sala na ala da Administração. Mas, ainda assim, nem sinal de Julietta.

Então, com o coração descompassado, Lola voltou ao seu quarto e se preparou para pôr em prática a fase final de seu plano. Aquela que *provaria* que o assassino continuava à solta e que a captura de Julietta fora desnecessária.

Lola deixaria que a pegassem. As autoridades liberariam Julietta porque teriam um novo suspeito. Um que parecia infinitamente mais suspeito.

Julietta tinha motivo. O punhal a ligava diretamente a Dropwort. Se Lola se deixasse ser pega, seria muito mais fácil para ela ser liberada do que era para sua namorada. Ela só teria que dizer que tinha sido brincadeira. Com o histórico de Lola, era mais que provável que eles acreditassem nela...

Mas o plano tinha seus riscos. Lola — como lhe havia dito cada professor, conselheiro, juiz e diretor que tivera o infortúnio de passar uma hora com ela — era uma delinquente. Uma marginal. Talvez, em vez de acreditar que ela era uma brincalhona, uma encrenqueira, as pessoas que investigavam o assassinato de Dropwort acreditassem que ela *realmente* o havia matado...

Lola podia correr esse risco? O risco de finalmente ter o destino que apostavam que ela teria desde que roubara um chiclete aos cinco anos?

Ela pensou em sua vida na escola, sua vida em casa. Nenhuma delas tinha sentido antes de Julietta. Amar essa garota foi a chave para destrancar tudo aquilo que ela nunca ousara sonhar.

É claro que valia a pena.

É claro que correria o risco.

E então, com as chamas da esperança ardendo e as tendências destrutivas com as quais ela nascera, Lola colocou o anel-selo do Professor Dropwort em seu dedo, pegou seu pedaço de cano de metal e saiu para o corredor rumo à ala leste, batendo com o cano na palma da mão de uma maneira quase cômica.

A porta da sala do Diretor Fornax estava destrancada, e, antes que Lola convencesse a si mesma a desistir, o cano de metal começou a girar. Ele acertou um objeto inestimável atrás do outro, lançando no ar pedaços de madeira e vidro e tudo mais que encontrava pelo caminho. O barulho que fazia era estrondoso; Lola imaginou que logo seria surpreendida por alguém que estivesse no edifício. Ela queria causar o máximo de destruição antes que isso acontecesse.

Conforme cada objeto da sala era despedaçado, Lola imaginava a garota bonita que amava. O futuro que teriam juntas quando estivessem livres.

Então passos começaram a se aproximar, quase inaudíveis, mas com certeza chegando mais perto, e Lola se perguntou quem seria. Talvez o diretor ou algum professor, ou um dos homens com cara de oficiais que estavam patrulhando o local? Até um aluno serviria, pois a pessoa certamente correria para avisar a autoridade mais próxima.

Lola não diminuiu a intensidade da destruição. Era seu último ato. Ela faria valer a pena.

Mas, quando a porta se abriu, não revelou o diretor nem um professor, muito menos um puxa-saco qualquer que a entregaria e poria um fim àquela farsa.

— Lola — sussurrou Julietta no vão da porta. — Lola, por quê?

O cano de metal, com que estivera tão determinada a continuar destruindo até o último instante, deslizou dos dedos dela e caiu ruidosamente no chão.

— Você está bem! — disse Lola, enquanto alívio e horror brigavam em seu peito. — Você foi liberada!

Os olhos de Julietta estavam arregalados e confusos.

— O advogado dos meus pais chegou há uma hora — ela disse baixinho. — Eu estava à sua procura, e me disseram... Lola, eu jamais julgaria você, nem que tivesse feito a pior coisa possível, e você sabe que tenho meus problemas com Dropwort, mas, por favor, diga que não o matou por minha causa. Porque o punhal não vale isso, Lola. Nada vale!

Lola queria rir. Queria chorar. O advogado da família de Julietta havia chegado *uma hora* atrás. Ela não precisaria ter recorrido ao seu plano. Mas agora era tarde demais.

— Eu não o matei — ela disse, precisando que Julietta entendesse aquilo antes que mais alguém chegasse. Antes que seu péssimo plano finalmente funcionasse. — Como posso tê-lo matado? Eu estava com você a noite toda!

— Adormeci — sussurrou Julietta. — Achei que... talvez...

Lola balançou a cabeça. O tempo estava acabando.

— Fiz isso para distraí-los, para forçá-los a liberar você, porque tive medo... tive medo de perder você. E me senti tão impotente em não poder dizer a eles que estávamos juntas na noite passada que tive que fazer *alguma coisa* para ajudar você.

Elas se olharam em meio à sala destruída, recuperando pálidas lembranças da noite, a possibilidade que se desenrolara entre elas feito um novelo brilhante.

— Você fez tudo isso por mim? — perguntou Julietta com um tom cálido e derretido em seus olhos castanhos.

— Eu faria qualquer coisa por você — respondeu Lola.

E então passos se aproximavam, e, no silêncio sepulcral da sala, ficou claro que não era um aluno solitário investigando um boato. Eram muitos passos, pares e pares de calçado pesado. E estavam correndo.

— Você tem que ir — disse Lola enfim, sorrindo sem explicação. — Saia pela janela. Provavelmente, nem o advogado dos seus pais conseguiria tirá-la dessa.

— Não — falou Julietta, dando um passo à frente e entrelaçando seus dedos nos de Lola. — Ninguém aqui matou ninguém. Ficarei. Contarei a eles que eu estava com você ontem à noite. Não importa o que meus pais digam. Vai ficar tudo bem desde que fiquemos juntas.

— Arrá! — disse uma voz vinda de algum lugar da sala. Julietta não soltou a mão de Lola. — Não se mexam! Não se mexam! Estão vendo isso?

Era mais fácil ter esperança com a mão de Julietta na sua e um álibi sólido entre elas.

— Deuses! — Outra voz juntou-se à primeira, e sem dúvida nenhuma pertencia ao Diretor Fornax.

— Diretor Fornax — disse Julietta, dando um passo à frente e o olhando nos olhos. — Lola estava comigo ontem à noite. No meu quarto. A noite toda. Ela não poderia ter matado o Professor Dropwort.

— A carta! — gritou o diretor aos oficiais enfileirados atrás dele. Ele ignorou Julietta completamente, pegou a carta de Lola e a brandiu feito uma arma de desenho animado. Seus olhos eram comicamente grandes em seu rosto amarelado. — O anel de Dropwort! Finalmente temos o nosso culpado!

— Não! — insistiu Julietta. — Ela queria fazer parecer que era culpada, mas ela não é, juro! Ela... — Era como se ela não tivesse dito nada, pois ninguém prestou atenção.

Lola armara tudo muito bem.

— Mocinha! — disse o diretor com sua voz dramaticamente grave, como se fizesse o papel de um detetive numa peça de teatro. — Você será detida como a principal suspeita do assassinato do Professor Septimius Dropwort!

Lola não resistiu quando os oficiais a afastaram de Julietta.

— Vou chamar o advogado de volta! — disse Julietta. — Lola, não diga nada. Tirarei você dessa o mais rápido possível! — Julietta deu um passo à frente enquanto eles prendiam os pulsos de Lola com alguma magia física. Não era a primeira vez que Lola era algemada, mas era a primeira vez que suas algemas eram invisíveis.

Julietta estava tão perto que Lola podia ver as lágrimas nos cílios inferiores dela.

— Eu te amo — disse ela.

Lola sorriu.

— Como se tudo isso não fosse prova suficiente, eu também te amo.

— Faça o anúncio! — berrou Fornax para algum dos lacaios atrás dele e então disse: — E, srta. Cortez, venha comigo.

PROVA TRANSCRIÇÃO A-3
CASO: 20-06-DROS-STK

<u>Tipo:</u>
[X] Comunicado
[ ] Áudio
[ ] Resíduo de feitiço
[ ] Foto ou outra reconstrução visual
[ ] Objeto
[ ] Formulário ou registro
[ ] Outro: _____

Fonte: Arquivos de anúncio escolar
Partes Relevantes: Ladybird "Birdie" Beckley, vice-diretora; Beatriz Ruiz-Marín, vice-diretora; Suspeito nº 3 (nome removido por motivo de privacidade/restrição de idade)
Descrição: Transcrição do anúncio para a escola toda feito às 15h47, após a apreensão do Suspeito nº 3

[Início da transcrição.]

[Sinal sonoro agradável indicando o início do anúncio.]

<u>Vice-Diretora Beckley</u>: Atenção, alunos e equipe escolar. Gostaríamos de informar que um culpado…

<u>Vice-Diretora Ruiz-Marín</u>: Suspeito.

<u>Beckley</u>: [Som abafado.] Dá na mesma. [Pigarreia.] Um suspeito foi detido pelas

autoridades com relação à morte do Professor Dropwort. Embora essa tragédia tenha trazido à luz alguns… assuntos desagradáveis, continuamos inspirados pela dedicação e pelo serviço dos oficiais do DCCAMN, e confiamos que a justiça será feita. Dito isso, se vocês souberem de *qualquer coisa* que possa fornecer mais detalhes sobre o caso, têm a responsabilidade de informá-los.

Enfermeira Fíbula Smith: [Ao fundo.] E se algum dedo-duro precisar de curativo, vocês sabem onde me encontrar.

Beckley: Enfermeira Smith, juro que…

Smith: Você sabe que colocar a prancheta sobre o microfone não adianta, não sabe?

Beckley: Você não tem uma enfermaria para cuidar?

Smith: Só vim trazer uma nota de dispensa para sua assistente. Foi atingida por um feitiço hoje cedo. Acho que teve algum problema com…

Ruiz-Marín: Pedimos desculpas pela interrupção. Com um suspeito detido, a escola foi liberada para seguir viagem esta noite rumo ao nosso próximo destino. Será como sempre: todos os alunos devem se recolher a seus dormitórios após o jantar, no máximo até as vinte uma e trinta, e permanecer em seus quartos até de manhã, quando atracaremos no Turcomenistão.

Beckley: Os professores farão uma varredura final do terreno para se certificar de que não haja retardatários. A escola partirá de Estocolmo às vinte e duas horas em ponto. [Pausa.] *Não se atreva*.

Smith: Foi você quem disse, não eu.

[Sinal sonoro agradável indicando o fim do anúncio.]

[Fim da transcrição.]

Motivo razoável.

Foi isso que os investigadores disseram sobre Maxwell Aster. Que ele tinha "motivo razoável" para matar Dropwort. Isso até Lola ser detida.

Foi chocante quando ele ouviu os rumores sobre ela, dizendo que havia sido presa. Mas... Maxwell não podia dizer que conhecia Lola muito bem. Ele nem a conhecia, para falar a verdade. Talvez só não quisesse acreditar que uma de suas colegas de classe pudesse matar. Ele se perguntava o que os oficiais que a interrogaram teriam dito a ela, se teriam feito as mesmas perguntas que fizeram a ele, o que ela havia respondido, que provas eles teriam para ligá-la ao crime.

Eles tinham *tanta* certeza de que havia sido ele, que estavam prontos para ligá-lo a qualquer evidência circunstancial encontrada. E não foram nada sutis quanto a isso.

— Você teve algo a ver com o assassinato? — perguntara a ele um dos dois oficiais do DCCAMN designados para conduzir a investigação.

Era um homem robusto, de testa larga e com um bigode que parecia um esquilo. Eles haviam lhe dito seus nomes, mas Maxwell não conseguia se lembrar deles e os chamava apenas de Policial Bom e Policial Mau.

Embora se referir a qualquer oficial como "Policial Bom" fosse imprudente, na melhor das opções.

— Isso não acabaria com a graça deste interrogatório? — Maxwell cruzou os braços, e as mangas dobradas de sua camisa eram o único alívio para o calor da luminária que iluminava seu rosto. Até seus cabelos loiros descoloridos por magia estavam começando a grudar na sua testa.

— Maxwell... — disse Kevin Vaughan-Crabtree, conselheiro escolar.

Enquanto Maxwell sofria naquela sala durante a meia hora que os oficiais tinham para interrogar os alunos, Kevin permaneceu lá sentado, como fez com cada estudante que contava sua versão da história.

— Por favor, colabore.

Maxwell respeitava Kevin demais para dar uma resposta espirituosa. Mais do que isso, sabia que qualquer gracinha que fizesse o mandaria direto para Nora Vaughan-Crabtree, a esposa de Kevin e líder da casa de Maxwell.

— Já falamos com vários de seus colegas de classe, e todos eles apontaram *você* como suspeito — disse o Policial Bom. — Parece que eles não gostam muito de você.

Aquilo não era nenhuma surpresa. Desde que as... circunstâncias de seu nascimento tinham vindo à tona, seus colegas olhavam para ele com certa raiva e o evitavam o máximo possível. Maxwell estava feliz demais para facilitar as coisas para eles.

— Creio que eles se refiram à... — Kevin fez uma pausa — discussão que você teve com o Professor Dropwort outro dia no refeitório.

— Eu queria saber o que ele havia roubado das gárgulas.

— Maxwell...

— Seus colegas disseram que a situação ficou violenta — disse o Policial Mau, olhando suas anotações. — Que você jogou comida no Professor Dropwort e que disse que ia "acertar as contas" com ele.

— Nenhum aluno disse nada sobre... — começou a dizer Kevin, mas o Policial Bom o fez se calar.

— O que Dropwort roubou das gárgulas? — O Policial Bom aproveitou a chance e arriscou. — Do que exatamente *você* está acusando Dropwort?

— Eu... — Maxwell hesitou, de repente receoso por não ter uma resposta. — Eu... não sei.

— Mas bastou para você desafiar um professor no meio do refeitório?

— Ele estava rondando o Torreão das Gárgulas, agindo de forma suspeita. Eu o vi, e Sally também. Eu o questionei, mas ele me disse para cuidar da minha vida, disse que eu não podia dizer a ele o que fazer. Ele as chamou de "bestas".

E então, nem uma semana após o confronto no refeitório, Maxwell pegara o professor saindo do Torreão com um nítido volume oval dentro de suas vestes. Maxwell tentara impedi-lo de sair de lá, mas sem sucesso; e depois, quando Maxwell contara os ovos de Bronx diversas vezes e aceitara que não havia nenhum faltando, deixara o assunto para lá e só mencionara o incidente a Sally — a tratadora das gárgulas — e à Professora Nora Vaughan-Crabtree.

— Acha que Dropwort roubou um ovo?

— Não sei o que ele roubou, mas parecia estar escondendo um ovo sob as vestes — corrigiu-se.

Kevin suspirou.

— Por que não contou a alguém, Maxwell?

— Eu contei. Mas ninguém me ouviu. Ele continuou se safando com esse tipo de comportamento. — Maxwell deu de ombros.

O Policial Bom voltou às suas anotações.

— E por que Dropwort roubaria um ovo de gárgula?

— Como vou saber?

— Mas isso bastou para que você fosse atrás dele? — disse o Policial Mau. — Que atacasse um professor?

— Não foi um ataque, foi uma discussão na semana passada, e eu não o *matei* — insistiu Maxwell. Embora tivesse planejado jogar um balde cheio de excremento de gárgulas na cabeça de Dropwort.

— Há alguém que possa confirmar onde você estava quando Dropwort foi morto?

Maxwell recostou-se na cadeira.

Não havia ninguém.

Ele havia encerrado seu dia com uma sessão noturna na biblioteca, pesquisando material para um trabalho que agora Dropwort jamais avaliaria. A recepção estava vazia, e não havia ninguém nos corredores.

Então não havia álibi, ninguém para defendê-lo ou provar que ele não matara Dropwort.

— Não.

— Senhores — disse Kevin, levantando-se depressa. — Sei que vocês têm mais perguntas que gostariam de fazer a Maxwell, mas seu tempo com ele acabou.

— Ele é nosso principal suspeito! — exclamou o Policial Mau. — Não podemos deixá-lo ir.

— Na verdade, o que vocês pensam sobre o assunto não importa. — Kevin virou-se para Maxwell. — Pode ir.

— Não, você fica! — ordenou o Policial Bom.

Maxwell se levantou e empurrou a cadeira de volta para o lugar sem dizer uma palavra.

O Policial Mau apontou o dedo para Kevin e depois para Maxwell, e falou atabalhoadamente:

— Fique na *escola* até que o caso seja solucionado, rapaz.

Como se ele tivesse algum lugar para ir.

Ele deixou a sala dos professores enquanto Kevin continuava discutindo com o policial e voltou para o dormitório da Taças como instruído. Agradecia pelo tempo longe das aulas; havia alguns trabalhos para terminar, matérias que ele precisava estudar para provas. Infelizmente, quase todos de sua casa estavam na área comum. Ele se sentou lá e ficou estudando, torcendo em silêncio para que Delfina aparecesse na área comum, mas ele não a havia visto o dia todo. Ela era a única aluna da escola que Maxwell podia dizer que era sua amiga, uma pessoa com quem seria agradável conversar depois do dia que ele tivera.

Então um anúncio foi feito no sistema de alto-falantes, informando aos alunos que um suspeito tinha sido preso, que eles já podiam deixar as áreas comuns e que as aulas seriam retomadas no dia seguinte.

Maxwell e seus colegas olharam para o sistema de alto-falantes quando o aviso terminou. E então os cochichos começaram.

Ele aproveitou aquela permissão, pegou suas coisas, deixou a área comum e foi para a biblioteca. Era lá que estava quando aquilo aconteceu, examinando antigos volumes com capa de couro para fazer seu trabalho de Jardinagem e Herbologia.

Foi então que ouviu um choro.

Era baixinho no começo, mas Maxwell seguiu o som e encontrou uma garota abaixada, as pernas encolhidas junto ao peito.

— Você está bem? — Maxwell perguntou, e sua voz soou tão baixa em seus próprios ouvidos que ele se perguntou se a garota o teria ouvido.

Então ela ergueu a cabeça, e ele viu o rosto de Julietta Monroe. Seus olhos castanhos estavam com os contornos vermelhos, suas bochechas úmidas de lágrimas. Maxwell conhecia Julietta — não muito bem, mas fizeram algumas matérias juntos ao longo dos anos. Ela era inteligente, e não tinha dúvidas de que seria a oradora da turma na formatura deles.

— Julie? Você está bem? — Maxwell se aproximou.

— Sim... — ela disse, então seu rosto se contorceu e ela o enterrou nas mãos outra vez, balançando a cabeça em negativa.

— Aconteceu alguma coisa? — ele perguntou, sentindo-se idiota, pois a resposta obviamente era "sim".

— Não foi nada, Maxwell... Só... Não foi nada.

Maxwell cogitou afastar-se daquela situação para se recuperar daquele dia. Mas ele não podia deixar Julietta sozinha. Ela era uma das poucas alunas que o tratavam com gentileza e nunca o insultava ou falava mal dele pelas costas.

— Ei. — Maxwell chegou mais perto e se ajoelhou para ficar na altura dela. — Está tudo bem.

— Não está, não.

— Quer conversar sobre o que está havendo? Tenho certeza que, seja lá o que houve, não é tão sério — acrescentou ele. — Tipo, o que pode ter acontecido? Você tirou um B num trabalho ou algo assim?

Os soluços de Julietta disseram-lhe que humor não era a melhor opção.

— Ouça. — Maxwell engoliu em seco. — Seja lá o que for, pode me dizer. Não contarei a ninguém.

Julietta ousou olhar para ele com seus olhos injetados.

— É... — Ela hesitou, e seu olhar revelava que ela estava considerando suas opções. — É a Lola.

— Lola?

— Foi ela que prenderam.

— Pelo assassinato?

Julietta assentiu, séria.

— Puta merda. — Maxwell fixou parado, perplexo. — Por quê? Por que ela faria isso?

— Ela não fez! — Julietta quase gritou. E então se deu conta de que precisava falar baixo. — Ela não fez isso. Ela... é inocente.

— Então por que a prenderam?

— Porque ela confessou o crime.

Maxwell ficou calado.

— Julietta, desculpa, mas isso está meio confuso.

— Não posso dizer o motivo — falou Julietta. — Mas ela é inocente. É verdade, ela me disse. E é impossível que tenha feito isso.

— Então por que confessou o crime?

— Para me proteger.

— Julietta... você...

— Não!

— Bem, eu tinha que perguntar!

— Não, não. — Ela negou com a cabeça. — Lola estava tentando me defender... Foi um mal-entendido. E agora deve estar numa cela em algum lugar e será acusada de homicídio.

— Tentou falar com Fornax?

Julietta assentiu.

— Ninguém me ouve.

Maxwell mordeu o lábio, pensativo. Lola Cortez era outra pessoa que sempre fora gentil com ele e o tratava feito gente, não feito profecia. O que estava acontecendo não era justo. Ele suspirou e olhou para Julietta, sabendo exatamente o que precisava fazer.

— Vou ajudar.

— Quê?

— Vou ajudar — repetiu Maxwell, levantando-se. — Lola é inocente, e Dropwort estava tramando alguma coisa. Há peças faltando nessa história.

— O que você vai fazer? — Julietta olhou para ele.

Maxwell podia ter deixado a situação para lá. Podia ter lavado as mãos depois de tudo que havia passado naquele dia, podia ter voltado para seu quarto, deitado em sua cama e esquecido de tudo aquilo. Mas havia algo errado na Galileu, algo que tinha o dedo de Dropwort.

— Vou invadir a sala de aula do Dropwort.

Depois da prisão, não deixaram ninguém vigiando a porta da sala de Dropwort, só uma fita amarela de *Não Ultrapasse*, que foi facilmente arrancada. A porta tinha ficado destrancada, provavelmente devido aos vários investigadores que haviam entrado e saído daquela sala o dia todo.

Maxwell nem conseguia imaginar o que poderia descobrir sobre o ovo roubado, ou que informação poderia limpar o nome de Lola, mas duvidava que não pudesse apenas inspecionar a mesa de Dropwort até encontrar seja lá o que estivesse procurando.

Ele observou o corredor e viu professores passando. Após aguardar alguns minutos até que o corredor esvaziasse, Maxwell entrou na sala de aula.

Não parecia haver nada diferente ali, não que notasse, pelo menos. Ele já estivera ali centenas de vezes, nenhuma delas por livre e espontânea vontade.

Nada parecia fora de lugar nas fileiras de mesas compridas que serviam de escrivaninhas, cada uma delas dividida por dois alunos; as janelas altas que deixavam entrar muita luz natural, mas que tornavam a sala insuportável para os infelizes que tinham aula com Dropwort ali à tarde; as estantes que iam do chão até o teto e que pareciam lotadas como sempre; um antigo globo terrestre que não parecia ser o deles. A mesa de Dropwort era grande, de carvalho, com ornamentos entalhados. Embora os professores pudessem decorar suas mesas com fotos e outros objetos, a sala de aula de Dropwort parecia não ter personalidade.

Como ele mesmo.

Conforme vasculhava a mesa, Maxwell cuidadosamente evitou o botão do sistema de alto-falantes debaixo do tampo, um recurso existente na mesa de todos os professores; a última coisa que ele queria era ter sua presença na sala de aula anunciada para toda a escola. Ele tentou abrir depressa as gavetas, mas todas estavam trancadas.

— Nada que não possa ser resolvido com um pouco de giz — disse para si, tirando um pedaço de giz do protetor de bolso de sua camisa. Sua magia era matemática, equações memorizadas durante horas de estudo, números e cifras que trabalhavam juntos para realizar o objetivo que tinha em mente.

Destrancar as gavetas foi fácil.

Levou só alguns minutos para calcular tudo; ele precisava estimar a força necessária para abrir a gaveta, ter cuidado para não exagerar. Isso tinha acontecido uma vez quando Maxwell era pequeno e não entendia muito bem a própria magia. Ele calculara errado e acabara com a maçaneta o acertando direto na boca e arrancando dois dentes da frente. Pelo menos eram dentes de leite.

Quando Maxwell escreveu o número final, ouviu o clique da tranca e a gaveta foi liberada.

Ele sempre achara matemática relaxante; era simples e fácil de entender quando você começava a notar os padrões. E tudo tinha uma resposta certa, uma solução. Matemática era a lei do universo, com pequenos desvios. É claro que, quando passou a explorar as diversas teorias matemáticas, compreendeu que o assunto era inesgotável, estava sempre evoluindo, mas ele apreciou isso também. E isso o ajudava a praticar sua própria magia.

Mas às vezes havia fatores invisíveis. Números que podiam ser facilmente esquecidos ou deixados para trás, passos de uma equação que eram ignorados.

Infelizmente para Maxwell Aster, sua vida era feita de fatores invisíveis.

As trancas da mesa se abriram, mas uma sirene começou a soar, quase o derrubando devido ao seu volume estridente. Maxwell viu as portas da sala de aula se fecharem com força, o clique audível da fechadura.

Um pressentimento dizia-lhe que aquela porta não seria aberta de novo tão cedo. Não pelo lado de dentro, pelo menos.

Ele precisava agir depressa.

Sem dúvida, a sirene era tão alta que os detetives já deviam estar se dirigindo para a sala de aula. Ele precisava encontrar *alguma coisa*. Algo digno de nota, algo que revelasse as intenções de Dropwort.

Pelo menos as gavetas estavam abertas. Maxwell revirou papéis, provas e trabalhos que ficariam sem nota por sabe-se lá quanto tempo. Havia cadernetas que Maxwell examinou depressa, mas não encontrou na mesa nada que chamasse sua atenção, exceto — por algum motivo estranho — uma Bola 8 Mágica.

Maxwell a sacudiu.

— O que Dropwort planejava? — ele perguntou.

Pergunte outra vez.

Maxwell suspirou.

Ele colocou a bola sobre a mesa, mas não conseguiu segurá-la antes que rolasse pela borda e caísse no chão com um baque surdo.

Um ruído oco.

Maxwell voltou sua atenção para o ponto no qual a bola havia caído. A tábua do piso parecia estranha. Talvez parecesse normal para qualquer outra pessoa, mas ele a examinou de perto. A cor da madeira parecia alguns tons mais escura, e a tábua estava um pouco torta. Maxwell já havia passado tanto tempo analisando e estudando ângulos que notou a tábua torta em relação às demais.

Como se não tivesse sido pregada como as outras.

Ele segurou a tábua pelas beiradas e a movimentou um pouco no lugar. Ele precisava de algo para soltá-la. Procurou na mesa. Esvaziou as gavetas e por fim encontrou algumas maçãs e copinhos de manteiga de amendoim na última delas.

E, com essas coisas, uma faca de manteiga.

Perfeito.

Maxwell enfiou a lâmina cega sob a tábua e a levantou para que pudesse segurá-la. Havia *algo* debaixo dela. Não havia motivo para Dropwort ter um esconderijo no piso, a menos que tivesse algo a esconder, e talvez — só talvez — isso pudesse limpar o nome de Lola.

O que quer que fosse que esperava encontrar, alguma arma ou artefato roubado, não se comparava com o que ele encontrou, de fato, sob o piso.

Havia coisas *demais* em um espaço que parecia pequeno para guardar tudo aquilo.

Mas Maxwell sabia que era matematicamente impossível as coisas serem maiores quando estão dentro do que quando estão fora de algum lugar.

Havia colares, pedras preciosas, punhais, uma espada *inteira* embainhada, uns livros antigos dos quais podia sentir o cheiro mesmo sem abri-los. Anéis com inscrições estranhas, caixas de aspecto misterioso, um frasco vazio com um resíduo verde em seu interior, copos vazios, tecido manchado, copinhos igualmente vazios da já mencionada manteiga de amendoim com uma penugem branca crescendo dentro deles.

No entanto, apesar de tudo isso, os seus olhos focaram em uma única coisa.

Um bilhete.

Disposto cuidadosamente sobre uma pilha de livros mofados, como se tivesse sido posto ali de propósito.

No lado externo havia uma data. Da semana anterior.

Maxwell pegou a carta como se ela pudesse se desintegrar em suas mãos — embora o papel parecesse novo — e a desdobrou com cuidado.

Era um misto de símbolos estranhos, os quais não reconheceu; em todos os seus estudos de matemática e de várias fórmulas sobre as quais ele lera, nunca vira nada parecido com aquilo. Ele nem pensou que pudessem ser acidentalmente lidos como uma forma antiga de matemática ou equações.

Sua mente foi imediatamente para Delfina; ela sabia ler, escrever e falar mais línguas do que Maxwell sabia existirem. Ela poderia ajudar? Saberia o que aquilo significava? Ele deveria envolvê-la?

Todas essas perguntas passavam por sua mente quando o alarme parou de tocar.

No começo, Maxwell não notou que o barulho parara, pois se acostumara logo com ele, mas sua ausência o tirou de seu estupor. Ele se levantou depressa e correu para a porta, na esperança que ela tivesse sido magicamente destrancada. E, de fato, ela se abriu quando ele puxou a maçaneta, mas, em vez de um corredor vazio pelo qual pudesse fugir ou até mesmo de dois detetives inúteis esperando por ele, encontrou apenas uma pessoa.

A líder da casa de Maxwell.

A Professora Nora Vaughan-Crabtree.

— Devo dizer que estou desapontada, Maxwell — falou Nora. Essas foram as primeiras palavras que ela disse a Maxwell após encontrá-lo na sala de aula de Dropwort e conduzi-lo envergonhado até sua própria sala de aula, com uma ordem muda dada apenas por sua expressão facial. Nora se orgulhava de seu estoicismo diante da ansiedade, de sua capacidade de manter a compostura independentemente de quão caóticas fossem as coisas.

Mas Maxwell já a conhecia há tempo o tempo suficiente para notar os sinais, a maneira discreta como sua expressão mudava, seu silêncio diante da frustração, sua testa franzida quando um aluno não a ouvia ou como mantinha suas mãos ocupadas quando estava nervosa — e, no momento, ela manuseava o abridor de cartas de prata que todos os professores haviam ganhado de presente anos atrás.

Maxwell examinara o objeto uma vez, por pura curiosidade. Era uma lâmina simples, pouco ornamentada e com as iniciais do dono gravadas no cabo.

Maxwell sentiu a vergonha subir pelo seu pescoço, ameaçando engoli-lo por inteiro.

Ele nunca se importara com a opinião dos outros. Rumores sobre seu nascimento pareceram se espalhar pela escola no instante em que ele pusera seus pés ali no primeiro dia. Mas, se você acreditasse que uma criança traria o fim do mundo, tudo devido à hora e às circunstâncias do nascimento dela, não avisaria as outras pessoas?

— Desculpa, Professora Vaughan-Crabtree. — Maxwell baixou a cabeça, incapaz de olhar para a líder de sua casa.

Nora deu ao aluno um sorriso torto.

— Preciso lhe dizer que invadir a sala de aula de um professor é errado? Principalmente a de um professor *assassinado*?

— Não, senhora.

— Ótimo. Não preparei um sermão — ela disse com ar satisfeito. — É... um momento estranho aqui na escola. Um professor foi morto, talvez ele tenha roubado algo, os detetives andam pela escola interrogando meus alunos. — Ela apertou a ponte do nariz.

— Roubado algo? — Maxwell ousou olhar nos olhos de Nora pela primeira vez. — Foi o ovo? Aquele sobre o qual lhe falei?

— Esqueça que mencionei isso — disse ela, unindo as mãos.

— Professora, preciso lhe dizer que Lola não matou Dropwort.

— Não? E como você sabe disso?

Maxwell abriu a boca e voltou a fechá-la ao perceber que não podia entregar Julietta. Havia peças faltando naquele quebra-cabeça, e, ainda que Maxwell confiasse em Nora mais do que em qualquer outra pessoa, ele sentia que devia ficar com algumas peças só para si.

— Eu só... sei.

— Seria porque você tem algo a ver com isso?

— O quê? Eu... não! Eu não...

— Relaxe, Maxwell. Sei que você não tem nada a ver com a morte de Dropwort. E estou inclinada a concordar com você com relação à Lola. Acho que aquela garota jamais tiraria uma vida.

Pela primeira vez desde que fora chamado à sala dos professores para seu interrogatório, Maxwell sentiu-se tranquilo. Pelo menos Nora acreditava em sua inocência, e isso valia ouro.

— Mas você sabe que invadir a sala de Dropwort passa a mensagem errada — continuou Nora.

— Eu sei.

— Ótimo. — Ela se endireitou no assento. — E então, encontrou alguma coisa?

— Eu... hã? — Aquilo o pegou de surpresa.

— Encontrou algo interessante? Algo que possa... provar a inocência de Lola?

Obviamente Maxwell não estava esperando aquela reação. Se fosse qualquer outra pessoa, ele teria ficado com o bilhete que estava em seu bolso. Mas era a Professora Vaughan-Crabtree. Se havia alguém naquela escola que poderia ajudá-lo, era ela.

— Havia... — Maxwell tirou o papel do bolso. — Havia um bilhete, entre outras coisas. Estava escondido sob as tábuas do piso. Está escrito numa língua estranha que nunca vi.

Nora levantou-se depressa, tomou o bilhete da mão de Maxwell e o leu com atenção.

— Reconhece essa língua, professora?

Nora demorou um instante para responder, como se estivesse perdida em seus pensamentos.

— Não, eu... não reconheço.

Pela primeira vez desde que ele a conhecera, Maxwell não acreditou no que Nora dizia. Havia algo no modo como seus olhos se moviam, como ela mordia o lábio, algo que lhe dizia que a líder de sua casa talvez não estivesse dizendo a verdade.

Ele achava estranho que a professora de uma escola que viajava o mundo todo não *reconhecesse* pelo menos o idioma. Era tão misterioso assim?

Ela estava mentindo para ele?

— Pensei em falar com Delfina. Talvez ela saiba.

— Bem, o conhecimento de Delfina sobre idiomas é impressionante para uma garota tão jovem. — Nora fez uma pausa, e Maxwell olhou para a professora com a pergunta na ponta da língua, incapaz de resistir muito mais.

— Professora? — Maxwell quebrou o silêncio com uma única palavra.

— Sim, Maxwell?

— Sabe o que aconteceu com o Professor Dropwort?

— Não sei.

Mais uma vez, Maxwell não tinha certeza se confiava nela. Ele não gostava daquela sensação; não *queria* suspeitar dela. Ela havia sido a primeira pessoa a fazer amizade com ele durante sua segunda semana na escola, quando rapidamente se espalhavam rumores de que Maxwell era um presságio da chegada de algo sombrio, apenas porque nascera sob o signo de Gêmeos.

Antigos seres celestiais que vagavam juntos pelo éter, sem nunca saírem do lado um do outro. Gerações de nascimentos registrados mostram que crianças nascidas sob esse signo vêm em pares. Às vezes com rostos iguais, às vezes com traços tão diferentes que nem parecem ter ligação; às vezes nascidas com intervalo de minutos, às vezes de horas.

Mas *sempre* duas crianças. Uma garota e um garoto.

Menos quando Maxwell nasceu. Ele não tinha um gêmeo perdido, um natimorto.

Era só ele. Seus pais mal se atreveram a dar um nome a ele. Obviamente, depois Maxwell trocou aquele nome por um que combinasse melhor com ele. "Maxwell" era um nome forte, que ele escolheu quando fez a transição.

O nascimento de Maxwell fora um presságio. Os profetas não souberam dizer o que ele traria, e cada um deles reagiu com repulsa quando os pais de Maxwell lhe contaram a verdade, alguns deles mandando seus pais embora sem nenhum tipo de ajuda. Quando finalmente completou treze anos, seus pais o mandaram para a Galileu para viver sozinho.

De repente, ele não era mais problema deles.

O verdadeiro choque foi quando Maxwell mandou uma carta para eles em sua primeira semana na escola, para contar como estava sendo sua adaptação. Quando uma carta de resposta chegou, Maxwell ficou muito animado.

E então a leu.

Era a resposta de um estranho, dizendo que não conhecia Maxwell, mas que ficava feliz em saber que ele estava gostando da escola. Maxwell verificou o endereço repetidamente. Estava certo; seus pais não moravam mais lá.

Naquela noite, Maxwell se escondeu. Ele descobriu uma caverna funda na escola, nos túneis secretos. Foi lá que Nora o encontrou. Ela o levou para sua sala e lhe deu um doce de canela, informando que os túneis eram perigosos e que deviam ser evitados. Foi a primeira vez que alguém o tratou com gentileza ou o consolou.

— Maxwell — dizia Nora agora. — Nunca falamos sobre a discussão que você teve com Dropwort no refeitório, não é?

— Não, senhora. Nunca falamos sobre isso. — Ele tinha sido mandado para a sala dela após a discussão, mas ela estava tão atolada de trabalho que o dispensara após fazê-lo prometer que pararia de brigar com os professores. Fora uma experiência estranha, para dizer o mínimo, mas Maxwell tentara não pensar mais naquilo.

— Você estava convencido de que ele roubara um ovo?

— Eu o vi no corredor. Ele tinha algo escondido na roupa. — Maxwell teve que se segurar para não levantar e se precipitar. — Por que ele iria querer um ovo de gárgula? — perguntou Maxwell.

— Não sei se era mesmo um ovo de gárgula, Maxwell. Você disse que não havia nenhum ovo faltando no Torreão, certo?

— Bem, sim, mas o que mais...

— Há *alguma coisa*. Sinto como se estivesse bem na minha cara e eu não enxergasse. — Ela tamborilou os dedos na mesa, suas longas unhas pintadas de lilás fazendo barulho na superfície de madeira. Maxwell conhecia aquela expressão no rosto dela — era a expressão de quem se perde nos próprios pensamentos.

— Professora?

— Acho que não preciso lhe dizer que há mais coisa envolvida — ela disse baixinho, como se suas palavras fossem um segredo e Maxwell não fosse mais um aluno, mas um confidente.

— Acha que tem algo a ver com o ovo?

— Eu... — Nora abriu a boca para responder, mas alguém bateu à porta. A frustração invadiu seu rosto quando ela olhou cautelosa para a porta.

— Professora, precisamos conversar — disse uma voz abafada do outro lado da porta. — Temos que esclarecer alguns detalhes. — Maxwell reconheceu a voz do Policial Mau.

— Vieram atrás de mim. — Maxwell começou a entrar em pânico, seu peito arfando.

— Não, vieram atrás de mim. Eles nem sabem que você está aqui. — Nora apertou o ombro de Maxwell com delicadeza. — Não deixarei que façam nada com você. Confie em mim, por favor.

Os temores não desapareceram, ele não sentiu um alívio imediato, mas se *sentiu* consolado por Nora, e, para ele, isso era mais que suficiente. Ele não conseguia controlar seus dedos nervosos enquanto Nora ia até a porta e barrava os detetives no umbral.

— O que ele está fazendo aqui? — perguntou o Policial Bom.

— Detenção.

— Detenção não é exatamente uma punição justa para assassinato — cuspiu o Policial Mau.

— Tive a impressão de que vocês tinham um suspeito sob custódia. E então, o que querem?

— Queremos interrogá-la sobre seu colega.

Nora esperou um instante, olhando para Maxwell antes de se virar para os oficiais.

— Muito bem. Vou só pegar minhas coisas. — Então, ela foi até a mesa e pegou sua bolsa. — Maxwell, como já sabe, está de castigo. — Ela apontou para a porta. — Aquela porta só será aberta de novo quando eu voltar.

— Sim, senhora — balbuciou Maxwell.

— Pode levar a lição para Delfina depois? — Ela pegou uma pilha de papéis e a mostrou a Maxwell. — Ainda não tive tempo de levar isso para ela, coitadinha.

— Sim, senhora.

Delfina?, ele pensou. *Ela não faltou hoje.*

Até onde sabia, ela não estava doente.

— Acho que deixarei meu colega aguardando aqui na sua porta — disse o Policial Mau. — Talvez ele possa escoltar Maxwell até sua colega de classe para entregar a lição.

Nora parou, observando Maxwell com atenção.

Maxwell notou que ela estava pensando.

— Claro — ela disse com um sorriso frio. Nora pegou sua bolsa, mas, antes de sair para encontrar os detetives, parou, olhou para os candelabros na parede atrás de sua mesa, lambeu o polegar, esfregou uma mancha e pareceu insatisfeita. — Tenho que pedir a Mortimer para tirar essa mancha de ferrugem...

— Professora, nosso tempo aqui é limitado.

— Sim, sim. Estou indo. — Nora seguiu os oficiais e começou a fechar a porta. Mas, antes de fechar, ela olhou para Maxwell uma última vez. A porta se fechou com o nítido clique da fechadura.

Então ele se levantou.

Maxwell e Nora se conheciam há tempo suficiente para se comunicar apenas por olhares. Era um dom que ambos tinham. Não era nada mágico, só uma ligação entre duas pessoas que se consideravam família.

E, quando Nora olhara para ele, só havia uma palavra em seus olhos.

Saia.

Ele olhou para os papéis que ela lhe mostrara e, como esperado, a carta sobre os itens escondidos de Dropwort estava enfiada entre as páginas. Ele a pegou com cuidado e a colocou no bolso.

Ela queria que Maxwell ficasse com aquela carta. Que encontrasse Delfina e pedisse a ela que tentasse traduzi-la. Ela lhe dissera isso. *Leve a lição para Delfina.* Então ela voltara sua atenção para os candelabros que havia polido. Maxwell foi até eles e os pegou, puxou e empurrou em todas as direções.

Ele começava a acreditar que os candelabros não iam se mexer, então colocou os pés na parede, certo de que depois teria que limpar as marcas que ficariam na parede da Professora Vaughan-Crabtree. Ele puxou e puxou até que os candelabros cederam e Maxwell caiu com tudo no chão quando os ornamentos mudaram de posição.

— Ai! — Ele esfregou o cóccix enquanto as tábuas do piso começavam a se mover debaixo dele. Maxwell observou uma parte da parede deslizar para trás e revelar uma passagem secreta, o ar parado dos túneis secretos atingindo suas narinas.

Maxwell não sabia aonde aquilo levaria nem o que poderia haver ali dentro, mas estava claro que a Professora Vaughan-Crabtree queria que ele encontrasse aquela entrada.

E então, confiando nela, ele entrou.

Maxwell se movia pela escuridão dos túneis. Ele não entendia por que Nora o mandara para o mesmo lugar que dissera ser perigoso. Ela achava que havia uma passagem que o levaria até Delfina? Era só para se esconder dos oficiais? Havia outra pista que ela queria que ele encontrasse? Ele a amaldiçoou em silêncio enquanto atravessava teias de aranha e poeira, seus pelos dos braços se eriçando, quando pensou ter ouvido uma risada estridente ao longe.

Ela sabe quem matou Dropwort? Ela parece ter certeza de que não foi Lola, pensou Maxwell. *Ou... ela...*

Não, ele não queria nem pensar naquilo. Claro, Nora não gostava do Professor Dropwort. Ele tentara muitas vezes envergonhá-la em público, usando contra ela o fato de ser uma mulher negra e a professora mais jovem da história da Galileu.

Mas ela sempre o enfrentara, sem deixar que ele a aborrecesse. Maxwell se lembrou de uma conversa que tivera com Nora alguns meses atrás, quando decidira aproveitar o horário do almoço e continuara na sala dela para trabalhar em um projeto.

— Pessoas assim... são realmente más — dissera ela. — Porque não há como vencê-las de fato.

— O que quer dizer, professora? — perguntara Maxwell.

— Se ele conseguir o que acha que quer, que suponho que seja me ver despedida, então tudo isso acaba, a diversão dele acaba. Para gente como ele, é mais excitante ver pessoas marginalizadas descerem ao seu nível, ficando irritadas e sendo rotuladas de "irracionais" ou "nervosas".

Maxwell não se lembrava de ter visto nenhum outro professor falar com tanta franqueza quanto Nora naquele momento.

— Nunca deixe de defender seu direito de ser quem você quiser, Maxwell.

Desde então, ele trazia essas palavras consigo.

Dropwort fora um homem sinistro. Um homem que encorajava discussões entre alunos, que julgava pessoas pela cor de suas peles, por suas origens, por suas orientações sexuais e amorosas, por suas identidades de gênero. Mas o sistema que o protegia era tão ruim quanto ele.

O mundo seria melhor sem pessoas como Dropwort. Maxwell sentiu uma pontada de culpa por estar satisfeito com a morte de um homem, mas essa era a dura verdade que ele precisava encarar.

Quem quer que tivesse matado Dropwort... realizara um grande serviço à Galileu.

Maxwell nem pensou na lufada de vento que passou por ele. Não no início. Não lhe ocorreu imediatamente que seria indicativo de uma saída.

Ele seguiu por um corredor, depois por outro e então viu uma luz atravessando uma pequena fresta na parede, com um vento frio e forte passando por ela.

— Finalmente — murmurou.

Preparou seu giz e desenhou o círculo, escrevendo a fórmula com cuidado no escuro, somando os números mentalmente. Não se importava com aonde a saída o levaria, desde que o livrasse da escuridão dos túneis. Ele escreveu o último número, reservado à força necessária para mover uma pesada porta de pedra. A equação se iluminou por uma fração de segundo antes de se apagar de novo, e a parede começou a deslizar na direção dele. Maxwell saiu do caminho e aproveitou a primeira oportunidade para sair, respirando ar fresco.

Só que o ar era tudo, menos fresco.

Ele sabia onde estava só pelo cheiro. Gárgulas não eram exatamente as criaturas mais limpas do mundo. Elas ficavam na segunda torre mais alta da escola, para que tivessem bastante espaço para alçar voo e pousar na hora de patrulhar ou para que pudessem simplesmente esticar suas asas. Maxwell sempre suspeitou que elas tivessem sido colocadas tão no alto para manter a maior distância possível entre elas e os alunos.

Ele não tinha certeza se era para ter saído ali; talvez fosse apenas para escapar da sala de Nora e encontrar o caminho mais rápido até Delfina. Por um instante, considerou voltar para os túneis e achar um caminho melhor para chegar à torre de Delfina. O que ele diria quando lhe mostrasse o bilhete? Que explicação poderia dar? Ela o olharia diferente quando ele admitisse ter invadido a sala de aula de Dropwort? Isso o incriminaria aos olhos dela?

Maxwell sentiu vergonha ao admitir para si que imaginara que havia espaço na relação deles para mais romance, e, mesmo assim, sempre tivera muito medo que isso acontecesse. Se ela o rejeitasse, ele perderia a única amiga de sua idade, a primeira que fizera na escola.

Foi um cutucão em sua axila que lhe tirou do transe.

Bronx havia chegado até ele e, em silêncio, pedia para ser acariciada.

— Ei, garota. — Ele coçou atrás das orelhas dela, onde os pelos macios que cobriam sua cabeça começaram a crescer.

Muitas vezes, quando era pequeno, Maxwell ouvira dizer que gárgulas eram criaturas feias e repugnantes, mas suas fotos nos livros escolares sempre o fascinaram. A primeira vez que vira uma delas ao vivo tinha sido de longe, enquanto as observava alçar voo de sua torre para patrulhar o terreno da escola após a chegada dela a um novo lugar.

Maxwell as achara magníficas com suas asas abertas enquanto planavam; com as escamas duras que cobriam suas costas e as protegiam de caçadores ilegais na mata; com os pelos macios que cobriam suas cabeças, suas mãos e seus pés; com as garras afiadas que elas usavam para caçar suas presas.

Por fim, ele tomara coragem para ir até o Torreão, embora receoso do que as gárgulas pudessem fazer com ele. Mas provavelmente seu maior receio fora da tratadora delas, Salbiah Hussein.

Corriam rumores sobre ela pela escola. Os alunos diziam que ela era meio gárgula ou que pegava alunos desobedientes e os usava como comida de gárgulas.

Ela pegara Maxwell no Torreão, cercado de gárgulas, todas elas querendo atenção e comida do aluno. E, embora tivesse gritado com ele no início e ele tivesse saído correndo feito um cão com o rabo entre as pernas, ela o encontrara depois e lhe dissera para ir lá diariamente após as aulas, a fim de passar um tempo com as gárgulas.

Não fora um pedido, mas uma ordem.

— Está pronta para jantar? — ele perguntava agora a Bronx, mas a pergunta era para todas as gárgulas. Ele percebeu haver assuntos mais urgentes a tratar, mas as gárgulas sempre vinham em primeiro lugar. Elas confiavam nele quase tanto quanto confiavam em Sally, e Maxwell faria tudo que pudesse para manter aquela confiança.

Ele verificou seus cercados para ver se já não tinham sido alimentadas e então pegou um pouco de carne-seca que Salbiah havia preparado para elas e as alimentou na mão. A língua delas fazia cócegas na palma de sua mão, como um cavalo comendo um torrão de açúcar.

Como alguém pode odiar essas criaturas?

Gárgulas eram territorialistas, é claro; eram agitadas, algumas eram bravas. Mas nada disso importava; se você as tratasse com respeito, elas faziam o mesmo.

Quando todas já tinham comido e voltado para seus cercados, Maxwell parou para observar Bronx novamente. Ela estava de lado, alimentando seus filhotes. Eles haviam crescido bastante em poucas semanas.

— Ei, garota, o que está fazendo? — Ele se abaixou, coçando atrás das orelhas dela outra vez. Os filhotes pareciam saudáveis, embora ele tivesse de checá-los mais tarde; não queria interromper a alimentação. O único macho da ninhada começara com uma febre na semana anterior e, se persistisse, eles teriam que mandar chamar um veterinário na próxima parada.

Um dos filhotes parou de comer e pulou ao ver Maxwell. Suas patas ainda eram grandes demais para seu corpo, suas asas ainda não estavam totalmente formadas. Ela gingou até ele, e Maxwell deixou que ela cheirasse sua mão e lambesse o gosto de carne-seca das palmas.

Então ela parou, foi até o canto e começou a cavar na palha.

— O que você está fazendo aí? — Ele se levantou e a seguiu. Ela se virou, com uma pata no ar, como se estivesse apontando para alguma coisa. — O que foi, garota? — Maxwell se inclinou outra vez, afastando montes de palha.

Sobre o piso de pedra, como se tivesse sido escondido ali, estava um abridor de cartas.

Maxwell pegou o objeto com cuidado. Era muito semelhante ao de Nora — de prata e fino —, só que parecia estar coberto por um resíduo arenoso, quase como se a areia estivesse grudada na lâmina, recusando-se a sair.

E no cabo, onde o abridor de cartas da Professora Vaughan-Crabtree teria as letras *NVC* gravadas, este tinha duas letras apenas.

SD.
Septimius Dropwort.

<u>**PROVA K9**</u>
CASO: 20-06-DROS-STK

<u>Tipo</u>:
[ ] Comunicado
[ ] Áudio
[ ] Resíduo de feitiço
[X] Foto ou outra reconstrução visual
[ ] Objeto
[ ] Formulário ou registro
[ ] Outro: _____

Fonte: Torreão das Gárgulas da AGPE
Partes Relevantes: Salbiah Hussein, tratadora
Descrição: Foto de uma placa de aviso colocada no Torreão das Gárgulas

---

AVISO
GÁRGULAS COM NINHADA NESTA ÁREA
NÃO SE APROXIME

Mamães gárgulas são MUITO agressivas
e MUITO territorialistas.
Você VAI perder pelo menos um dedo.
SOMENTE pessoal autorizado deste ponto adiante
até 30 de JULHO.
— Salbiah

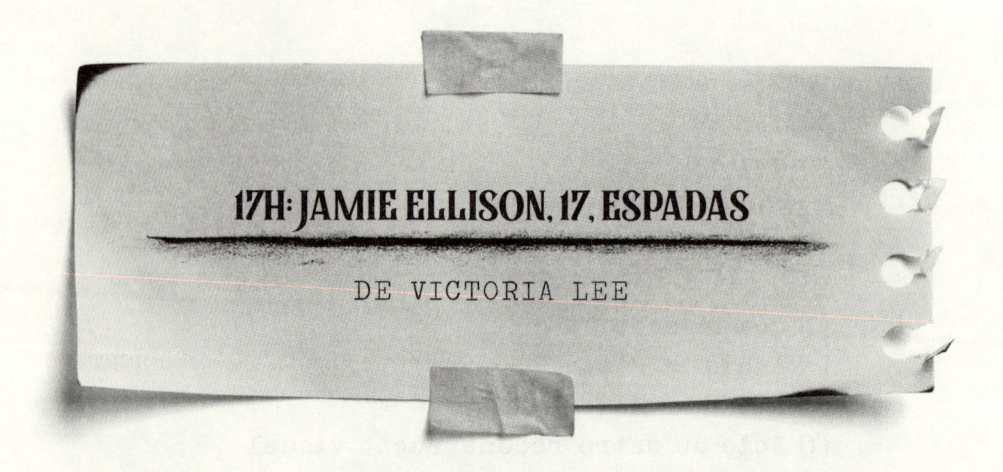

17H: JAMIE ELLISON, 17, ESPADAS

DE VICTORIA LEE

Jamie Ellison não estava morto, mas poderia estar.

Ele não conseguia tirar isso da cabeça enquanto caminhava pelo corredor de pedras levemente curvo que ligava a Torre Espadas à enfermaria da escola. Aquelas palavras ecoavam em seus ouvidos como um segredo cochichado: *não está morto, mas poderia estar*. Após a notícia da morte de Dropwort, os outros alunos tiveram seus sorrisos fáceis, amizades e risos silenciados, mas eles ainda estavam presentes. Jamie, por sua vez, era como uma fotocópia desbotada de um garoto de dezessete anos, as cores indo do cinza à superexposição de luz: sem detalhes, apenas linhas e bordas. A ideia de uma pessoa, mas não a coisa em si.

Ele saíra da aula de Cinética sozinho, mas não demorara muito para Hamish alcançá-lo. O desespero devia estar estampado no rosto de Jamie porque Hamish disse:

— Você sempre olha para mim desse jeito.

— Já pensou que é porque não gosto de andar com você?

Jamie não se importava de sussurrar isso, e aquelas palavras o fizeram ganhar mais olhares estranhos. Hamish continuou sereno, inabalável.

— Lamento dizer, mas você não tem muita escolha, meu senhor — falou Hamish. — Suplico mais uma vez, em nome dos infinitos mortos...

— Não, por favor.

— ... que reconsidere nosso pedido.

Jamie gemeu e fixou o olhar em um ponto distante do piso; talvez, se ignorasse Hamish, ele iria embora. Não que aquele plano já tivesse funcionado. Ele sentia os olhares das pessoas nele, o escárnio delas penetrando em sua pele, carne, músculos, ossos.

Não. Epiderme. Fáscia, miofáscia, tecido ósseo. Foco. Se ele focasse em anatomia, não focaria em Hamish, e se ele não focasse em Hamish, talvez Hamish fosse embora.

Com certeza, Hamish tinha coisa melhor a fazer. Um homem acabara de ser morto na Galileu. Hamish não deveria estar tentando solucionar o mistério ou algo assim?

— Meu senhor — disse Hamish outra vez. Jamie o ignorou. — *Meu senhor*, por favor, seja sensato. Deve abraçar seu poder. Deve se livrar das frágeis amarras das convenções sociais e assumir o lugar que é seu por direito: Mestre Necromante, Senhor dos Túmulos. Com um movimento do seu dedo, almas inocentes podem se levantar de túmulos. Com um piscar de seus olhos sagrados, você pode acabar com a morte...

— *Por favor*, cale a boca — murmurou Jamie.

Um transeunte se encolheu e olhou feio para ele; Jamie tentou pedir desculpas, mas era tarde demais. A pessoa já tinha passado.

— Não me calarei — disse o espectro de Hamish de forma solene. — Senhor, é meu dever de falecido apelar por sua misericordiosa intercessão em nome de todas as almas perdidas.

— Hamish tem razão, sabe? — disse uma voz pesarosa por cima do ombro esquerdo de Jamie.

O garoto já havia levado tantos sustos dos fantasmas àquela altura que isso não o fazia mais se sobressaltar — o que era um alívio. Uma vez, ele ficara tão chocado com a aparição de um fantasma que se levantara às pressas de sua carteira no meio da aula, gritando, e tropeçara na própria mochila, caindo de cara no piso sujo de linóleo. Alguns fantasmas eram visíveis a todos os alunos, mas outros — como Hamish — eram invisíveis a todo mundo, exceto aos necromantes. A crise nervosa de Jamie parecera ainda mais suspeita porque ele começara a gritar com o vazio.

Fantasmas invisíveis tornavam as coisas esquisitas.

Mas a necromancia era uma arte proibida e ilegal — com a qual Jamie havia sido amaldiçoado ao nascer. E quer você se aventurasse a manipular as forças vitais, quer realmente ressuscitasse os mortos, o fato de a necromancia ser ilegal a tornava perigosa.

Especialmente agora, no velório de uma pessoa cujo assassinato não tinha sido solucionado.

— *Por favor*, pare com isso — sussurrou Jamie, fugindo do olhar doloroso de Mariana Bocanegra, que morrera em 1863 e passara os anos seguintes chorando lágrimas de fantasma sobre o leite metafisicamente derramado... assim como Jamie insistia que ele não podia, certa e literalmente, ajudar os mortos a reclamarem seus fardos mortais.

— Não podemos. Não até nos ouvir — disse Mariana, que acrescentou: — Espera aí. Você não era uma garota no ano passado?

E isso foi suficiente para fazer Jamie desejar que seu talento mágico secreto fosse abrir um buraco direto para o centro da Terra, no qual ele pudesse desaparecer.

— Não — disse ele, e felizmente Mariana deixou por isso.

Jamie achou que seria esperar demais que pálidas impressões de almas não mais existentes, que haviam morrido séculos atrás, estivessem bem-informadas sobre questões trans.

— Percebem — disse Jamie, quando nenhum dos fantasmas saiu de seu lado enquanto ele se dirigia à enfermaria — que um homem está morto?

Toda a escola estava agitada com a notícia, uma sensação coletiva de estar à beira do precipício. E lá estava Jamie, recusando-se a olhar para baixo, porque, se olhasse, talvez sentisse urgência em saltar.

— Muitos de nós estamos mortos — disse Hamish, sério.

— Muitos que não deveriam estar — acrescentou Mariana.

Ótimo. Maravilha. Jamie havia piorado as coisas.

Mas ele acabava de fazer a última curva do corredor circular da Galileu, e as portas altas e brancas da enfermaria surgiram à sua frente, como se fossem de um santuário.

— Bem, vejam só. Tenho que ir. Foi ótimo falar com vocês... *ah, merda.*

Uma criatura espectral vinha pairando da outra ponta do corredor curvo na direção de Jamie, com seu manto cinza esfarrapado esvoaçante e sangue prateado pingando das feridas abertas em seu peito.

Professor Dropwort.

Jamie girou nos calcanhares, pronto para fugir antes que Dropwort o visse, mas Mariana e Hamish bloquearam sua passagem com suas formas frias, e então já era tarde demais, pois Dropwort o tinha visto, e sua detestável voz chiada podia ser ouvida no corredor: "*James, James*".

Um mar de alunos indo jantar também era algo impossível de enfrentar. Jamie não teve escolha e se virou para ficar cara a cara com o homem que, quando vivo, ocupara a posição de pessoa que Jamie supostamente mais odiava no mundo.

— Professor — murmurou ele.

— Fale alto, garoto. Não consigo ouvi-lo — respondeu Dropwort com rispidez. Jamie sentiu um calor subindo por suas bochechas e teve que lembrar a si que agora não havia nada que Dropwort pudesse fazer contra ele — contra qualquer um. Ele estava morto. Suas palavras cruéis nunca mais seriam ouvidas por alguém, exceto Jamie. Nunca mais.

— Não posso falar agora — disse Jamie. — Estou atrasado.

— Para o quê? Comer?

— Bem... sim.

Às vezes, Jamie imaginava o que as pessoas pensavam ao vê-lo falar consigo mesmo daquele jeito. Provavelmente, necromancia ilegal não era a primeira explicação que passava pela cabeça delas. Talvez pensassem que ele era excêntrico, narcisista ou avoado.

— Estou morto — disse Dropwort — e parece que você é uma das poucas pessoas que conseguem me ver. Não acredito em coincidências, garoto.

— Certo...

Jamie tentou desviar dele e seguir na direção da enfermaria, mas Dropwort se moveu depressa e bloqueou sua passagem. Jamie já havia atravessado fantasmas, mas não era agradável. Era como mergulhar numa gosma cinza gelada. Da última vez que tentara fazer isso, ficara espirrando cristais de gelo durante dias, e Fíbula lhe dissera que se fosse tão *cabeça-oca* (palavras dela) assim de novo, ela lhe daria motivo para espirrar de verdade.

— Você sabe de alguma coisa. Sei que sabe. — Dropwort chegou mais perto, perto o suficiente para Jamie sentir o gelo da não respiração do professor em suas bochechas.

— Não sei de nada. Lamento que tenha morrido, mas...

— Não finja lamentar a minha morte, garoto. Eu não deixei que você fizesse meus cursos avançados, então você mudou de gênero na esperança de ser uma exceção, e mesmo assim não permiti. Deve estar feliz que alguém finalmente fez o trabalho sujo por você e me matou. Está feliz, não está? Diga a verdade!

A última frase foi dita com tanta força que Dropwort lançou granizo com as palavras; Jamie continuou em silêncio e limpou o rosto com a manga da blusa.

— E se eu estiver? — Jamie falou com rispidez. — O que pode fazer a respeito? Gemer e arrastar correntes nas paredes enquanto tento dormir?

— O mínimo que você pode fazer é solucionar meu assassinato. É a coisa decente a ser feita. Uma coisa humana.

Jamie torceu a boca em uma expressão amarga.

— Não sou humano, lembra? Sou um necromante.

Dropwort gesticulou seus dedos fantasmagóricos, como que rejeitando aquela afirmação.

— Não fique se achando. Você não é tão especial assim. Nem é o único necromante desta escola. Falei com outro de sua laia hoje cedo.

De repente, Jamie sentiu como se sua boca enchesse de terra de sepultura. Ele olhou para Dropwort, realmente *olhou* para ele desta vez, notando seus olhos leitosos de morto e sua pele manchada de cadáver.

Aquilo não era possível. Necromancia era rara — tão rara que estava *desaparecendo;* era mais lenda do que realidade no momento. Se o próprio Jamie não tivesse sido amaldiçoado com essa habilidade, não sabia se acreditaria em necromantes.

— Está mentindo — ele disse, e Dropwort balançou a cabeça em negativa, parecendo satisfeito demais, na opinião de Jamie, para um homem cujo corpo físico era alimento para vermes. — Quem é essa pessoa?

— Não direi — disse Dropwort devagar. — Você é um ingrato.

— Tem que me dizer!

— Não *tenho* que fazer nada! — respondeu rispidamente o fantasma, e até Hamish e Mariana se encolheram. Jamie teve que tirar cristais de gelo dos cílios. — Não enquanto meu assassino continuar à solta. Descubra quem me matou, e talvez eu lhe diga a identidade de seu companheiro que fala com os mortos. Antes disso, não.

Jamie revirou tanto os olhos que seu crânio doeu.

— Dizem que foi Lola Cortez. Pronto. Missão cumprida. Assassinato solucionado. Satisfeito?

— Estão errados — chiou Dropwort. — Imbecis. Idiotas. Tolos. Fui morto no Torreão das Gárgulas, disso me lembro. Aquela garota diz que me matou em outro lugar. Não foi ela.

Jamie já havia aberto a boca, pronto para discutir, quando lhe ocorreu algo.

— Não sabe quem matou você? Foi esfaqueado no peito.

E, agora que Jamie examinava melhor os ferimentos de Dropwort, notou que havia... algo estranho neles. Parecia que o sangue que pingava do corpo dele não era sangue, mas outra coisa. Na verdade, parecia areia.

Os lábios finos de Dropwort se retorceram numa careta. Jamie se perguntava se era sociopata ou algo assim, porque meio que gostava de ver que Dropwort estava em desvantagem, morto e impotente.

— Não me lembro de todos os detalhes da minha morte. É tudo um borrão...

— Isso é normal — interrompeu Hamish com um arrastar de corrente compassivo. — Talvez seja uma dádiva ter o terror e a dor de nossas derradeiras horas sublimados pela bênção da ignorância...

Os olhos leitosos de Dropwort se voltaram para Jamie com um olhar penetrante.

— E se foi você? Você me odeia o suficiente. Sempre te achei uma coisinha estranha e sem coração. Você me matou, garoto?

A acusação foi como ter atirado um dardo com veneno na corrente sanguínea de Jamie. De repente, tudo que ele ouvia eram as batidas de seu coração refletidas em sua cabeça, algo que parecia medo crescendo dentro dele. Ele estava dizendo a verdade, mas aquilo não importava. Se Dropwort dissesse aquilo ao outro necromante — se ele encontrasse um jeito de se tornar visível para pessoas comuns como os outros fantasmas daquele lugar —, Jamie não teria muito o que fazer em defesa própria. Ele não tinha um álibi. E as pessoas adoravam culpar os necromantes por todas as maldades do mundo.

— Não — disse Jamie. — Mas gostaria de ter matado.

— *Meu senhor...* — disse Hamish, assustado, mas Jamie desviou dele com os punhos cerrados.

— Você está enganado — disse Jamie. — Vocês dois. *Todos* vocês. Sempre me implorando para usar meus poderes para ressuscitar alguém. Não entendem?

Mariana e Hamish olharam para ele com olhos arregalados e assustados, o coração de Jamie batendo tão forte em seu peito que ele ouvia as batidas em seus ouvidos, sentia gosto de sangue em sua língua.

— Algumas pessoas merecem estar mortas.

As portas da enfermaria se fecharam atrás de Jamie, e por um instante ele permaneceu encostado nelas, de olhos fechados, respirando um ar que não tinha gosto de fantasma desagradável.

Ele só abriu os olhos quando Fíbula disse seu nome. A enfermeira-esqueleto tinha deixado sua mesa e se aproximado de Jamie para examiná-lo, preocupada, com suas duas órbitas vazias onde deveria haver olhos.

Fíbula era uma relíquia de outros tempos, de quando a magia de Jamie ainda era legal e os necromantes ganhavam uma grana ressuscitando pessoas queridas e desafetos. Ela não falava muito de quando era viva, e Jamie sabia bem que era melhor não perguntar, pois alguns passados podiam ser dolorosos. Às vezes, era mais fácil acreditar que as pessoas surgiam no mundo já totalmente formadas, exatamente como eram agora.

— Estou bem — disse Jamie, colocando um sorriso no rosto devido à Fíbula. — Eu só... você sabe. — Ele não queria ser específico demais; havia cortinas fechadas em volta de vários leitos, e ele não sabia quem poderia estar atrás delas.

Fíbula assentiu, compreensiva.

— Venha — disse ela. — Vamos nos sentar... Preciso descansar estes ossos cansados...

O comentário certamente tinha a intenção de arrancar de Jamie um revirar de olhos, e foi o que fez, e então ela deu um tapinha no ombro dele e o conduziu com seus dedos magros para longe da porta, em direção a um dos leitos vazios.

Jamie se sentou e o colchão fino de hospital afundou com seu peso. Fíbula, ao se sentar ao lado dele, mal deixou uma marca no colchão.

— Diga o que está havendo — falou ela.

— Não é nada, de verdade. Eu só fui... emboscado, pode-se dizer, por uns fantasmas. — Ele baixou a voz ao pronunciar a última palavra, embora a enfermaria estivesse tão silenciosa que ele duvidava que houvesse mais alguém ali; alguém acordado, pelo menos. — Dropwort estava com eles.

— Professor Dropwort! — Fíbula teve a decência de parecer tão chocada quanto ele ficara ao ver aquele desgraçado pairando na direção dele. — Deve ter sido horrível para você, Jamie.

Jamie fez uma careta.

— É, bem, ele me acusou de tê-lo matado, embora outra pessoa já tenha sido presa, então...

— Isso é absurdo.

Jamie não sabia o que responder. Era mesmo? Isso era tão absurdo assim? Dropwort sabia muito bem que Lola não o havia matado. E isso significava que o assassino ainda estava à solta. Podia ser qualquer um. O que significava que *podia* ser Jamie, se ele não tivesse certeza de que, enquanto Dropwort estava sendo morto, ele estava na biblioteca, debruçado sobre uma pilha de livros num momento de insônia deprimente.

Mas quem acreditaria naquilo? Ninguém vira Jamie na biblioteca. Não era um álibi de fato.

Talvez ele devesse ir até lá. Até o Torreão das Gárgulas. Talvez, se pudesse encontrar provas de que o assassinato acontecera lá... pudesse tirar Lola das mãos da polícia... colocar os detetives no caminho *certo*.

Era isso que Fíbula faria. Era isso que *Jamie* também faria, se ele fosse o garoto bom e gentil que Fíbula achava que ele era.

— Foi o que eu disse a ele — Jamie falou isso, em vez do resto.

Os dedos ossudos de Fíbula apertaram gentilmente seu ombro.

— Parece que você escapou por um fio de cabelo. Jamie deu uma risadinha, e aquilo obviamente encorajou Fíbula a continuar. — Eu detestaria encontrar aquele homem horrível outra vez. Não tenho estômago para isso.

Antes, Jamie vivia por esses trocadilhos bobos de Fíbula. Atualmente, eles só lhe davam um aperto no peito, porque Fíbula era tão... ela era *tão* legal com ele e não tinha motivo nenhum para ser, e tudo que ele conseguia lhe dar em troca era uma risada forçada e um sorriso débil. Ela merecia mais do que isso. Ela merecia alguém melhor do que *ele*.

— Bem, fico feliz que ele esteja morto — Jamie disse por fim, desviando os olhos do rosto magro de Fíbula para as próprias mãos, seus dedos pálidos entrelaçados sobre o colo.

— Isso é uma coisa horrível de se dizer, Jamie. — A voz de Fíbula era gentil, tranquilizadora, não horrorizada como ele esperara.

Ele ergueu um ombro e tornou a baixá-lo.

— Talvez. Mas é verdade. E claramente não sou o único que se sente assim.

— Percebe que está se comparando com um assassino, não?

Jamie continuou olhando para as próprias mãos. Era difícil para ele ver assassinato e assassinos como algo ruim, como todas as pessoas viam — afinal, para ele, o túmulo não era algo permanente. A morte podia causar uma amnésia temporária, e certamente podia ser solitária se você não tivesse um necromante local para atormentar, mas não era o fim.

Muitas pessoas más morriam. Isso não significava que não estavam mais aqui, só que não podiam mais machucar ninguém.

Ele entendia, até certo ponto, que as outras pessoas preferissem continuar vivas; o além, pelo menos como Jamie percebia as coisas, não era exatamente uma maravilha. Mas essas pessoas provavelmente tinham vidas que valiam a pena serem vividas.

— Tenho certeza de que você deve estar assustado — prosseguiu Fíbula, massageando o ombro dele com suas mãos esqueléticas. — Todo mundo está. Hoje, passaram por aqui muitos pacientes precisando de tônicos antiansiedade e feitiços para dormir. Não tem problema estar assustado.

Jamie sabia que não tinha problema estar assustado. Na verdade, talvez ele se sentisse melhor quanto a si, do ponto de vista ético, se conseguisse demonstrar *qualquer* emoção com relação à morte prematura de Dropwort além de amargura e alívio ressentido — ou medo de ser culpado por essa morte.

Talvez ele não fosse normal. Talvez todos que diziam que necromantes eram monstros sociopatas, insensíveis e cruéis tivessem razão.

— Recebi uma carta dos meus pais — ele disse, mudando de assunto.

— É mesmo? — Se tivesse sobrancelhas, Fíbula as teria erguido. — O que eles disseram?

— Não muito. Queriam saber se irei para casa nas férias de verão. Eles não... Você sabe, eles são Neutros, não entendem o cronograma da Galileu. Ainda acham que tenho que ir para casa em maio e que não ir é algum tipo de violação dos direitos humanos.

— Você sabe que pode ir para casa — disse Fíbula. — Há dispensas especiais nesses casos. Você pode tirar uma Semana de Descanso.

— Quer dizer uma Semana de Saúde Mental — disse Jamie. Era assim que os alunos chamavam essa dispensa, com tom esnobe ou com total sinceridade, dependendo de quem estivesse falando.

As falanges ossudas de Fíbula apertaram o ombro dele mais uma vez.

— Eu quis dizer que isso pode ser bom para você, Jamie, só isso. Não tem do que se envergonhar. Sabe, também me sinto um pouco solitária aqui, trabalhando sozinha nesta enfermaria.

— Você tem seus pacientes. Tem os residentes de cinética, às vezes.

— Um bando de esqueletos — disse Fíbula, e Jamie gemeu tão alto que Fíbula caiu na risada, um som estridente horrível que parecia uma faca raspando no vidro.

As cortinas de um dos leitos se abriram com tanta violência que Jamie e Fíbula se sobressaltaram. Na cama estava sentada a garota mais colorida que os olhos de Jamie já tinham visto. Por algum motivo, ela usava uma camiseta vermelha, calça roxa brilhante e sapatos laranja. Seu pescoço estava envolto no que pareciam ser seis ou sete colares de contas de plástico, e seus cabelos negros cacheados estavam presos em dois coques amarrados com fitas cor-de-rosa excessivamente longas. Havia glitter dourado sobre sua pele escura, como se ela estivesse a caminho de alguma rave cujo tema era o cereal Froot Loops. Ela tinha um gesso verde-limão no braço esquerdo; supostamente, era por isso que ela estava na enfermaria.

— Uau! — disse a garota. — Essa foi de *rachar*. Rá. Entenderam?

— Muito boa, Shivanya — disse Fíbula, aprovando e batendo palmas com suas mãos mortas.

A garota — Shivanya — sorriu. Ela usava aparelho ortodôntico. Azul e brilhante, para ser preciso.

— Obrigada. Ah, oi.

Deus! Ela estava olhando para Jamie. Ele a olhou também, com a boca seca.

Shivanya cumprimentou com a cabeça, como se o encorajasse.

— *Oi, Shivanya* — ela disse. — Geralmente, essa é a resposta.

Jamie sentiu sua nuca ficar quente. Já era ruim o suficiente ser zoado na frente de fantasmas que o consideravam um *Mestre Necromante* ou algo assim, mas ser constrangido na frente de Fíbula era ainda pior.

— Desculpa — disse Jamie. — Não me lembro de ter chamado você para esta conversa.

— *Jamie!* — exclamou Fíbula, mas ele a ignorou, saltando da cama e pegando sua mochila do chão.

— Tenho que ir.

Ele fugiu da enfermaria antes que elas o convencessem a ficar.

Dropwort estava à sua espreita do lado de fora da enfermaria, com ainda mais sangue (areia?) escorrendo de seus ferimentos e berrando algo sobre assassinato e malditos garotos necromantes bizarros que eram arrogantes e achavam que iam se safar. Então, em vez de ir para a biblioteca, onde ele geralmente se escondia de coisas que queria evitar, Jamie desta vez fez a coisa certa.

Ele foi para o Torreão das Gárgulas.

Era um longo caminho até lá, seguindo os corredores curvos da Galileu até a robusta estrutura de pedra — um forte, na verdade — que era o Torreão. Ele sentia as pessoas o olhando ao passar. Sentia um calor na nuca.

Elas acham que você é um assassino, murmurou uma voz no fundo da mente de Jamie — uma voz que suspeitosamente soava como o próprio Dropwort.

Só que não era. As pessoas sempre olharam para Jamie daquele jeito. Ele passara muito tempo tentando dissecar cada interação sua com os outros alunos, tentando diagnosticar precisamente quando tudo começara a dar errado. Porque, sem dúvida, ele devia ter feito alguma coisa, certo? Devia ter dito algo errado ou desgostado da pessoa errada, e então toda a escola se reunira e decidira que Jamie Ellison era *persona non grata.*

Tinha que ser isso. Porque ele não estava imaginando aquilo. Até mesmo o Professor Dropwort notara isso e jogara na cara de Jamie: *Voltou para mais um ano. Entendi... Embora eu deva admitir que não faço ideia de por que continua impondo sua presença aos pobres dos seus colegas de classe...*

Eles estavam só esperando uma chance para dizer: *Eu sabia que ele era um caso perdido.* Ele não lhes daria essa chance.

— Sr. Ellison, é você?

A voz pegou Jamie de surpresa a apenas alguns passos da saída norte da Torre Taças. O Torreão das Gárgulas ficava a menos de cem metros dali. Teria sido mais fácil ignorá-la, mas a Vice-Diretora Beatriz Ruiz-Marín era uma das poucas pessoas da escola que pareciam não o odiar totalmente. Ele se voltou para ela.

A vice-diretora fizera sua transição um ano antes de Jamie, mas, enquanto as injeções de testosterona haviam deixado Jamie desengonçado e estranho e ainda não tivessem produzido pelos faciais perceptíveis, a transição dela a transformara em uma beldade monumental, com traços delicados e lábios perfeitos. Era estranho ter inveja de uma garota que parecia feminina, mas Jamie *estava* com inveja, sim. Não da feminilidade em si, mas de como fora fácil para ela. Como havia sido tranquilo.

— Oi, vice-diretora — disse ele.

— Eu já disse que pode me chamar de Beatriz. — Ela sorriu para ele, exibindo seus dentes perfeitos e brancos. — Aonde vai?

— Err... — Jamie tentou dar uma resposta aceitável. Ele não era conhecido por sua afinidade com as gárgulas (elas o assustavam, para ser sincero) e duvidava que alguém acreditasse nele se dissesse estar indo para o Torreão passar um tempo agradável ao lado das sentinelas de pedra da escola.

Em vez disso, ele deu de ombros.

— Vou só dar uma volta para tomar um ar. Você sabe... espairecer.

Beatriz retorceu a boca.

— Vou com você. — Ela gesticulou indicando o amplo arco da passagem, e Jamie não teve saída a não ser ir adiante, o ruído de cada passo da vice-diretora sobre os pedriscos atrás dele soando como uma contagem regressiva. — Jamie, eu estava mesmo querendo falar com você. Seus professores dizem que você está tendo dificuldades nas aulas. Anda faltando, deixando de entregar trabalhos... E eu nunca o vi sair dos limites da escola quando atracamos em um lugar novo. Você nunca explora essas cidades vibrantes; fica sempre na biblioteca ou no seu dormitório. Eu queria lhe perguntar... está tudo bem?

Está tudo bem? Por que aquilo parecia um clichê?

O pior é que Jamie não sabia como responder. Porque não, não estava tudo bem. Estava tudo errado, um caos. As pessoas provavelmente achavam que ele era um assassino, todos o odiavam e, sinceramente, Jamie não podia culpá-las.

Ele também odiava a si.

Um vento soprou da baía mais abaixo, e Jamie sentiu o gosto de sal ao murmurar:

— Err... estou bem. Obrigado.

— Fíbula me disse que você tem passado muito tempo na enfermaria — falou Beatriz, emparelhando com ele. — Você está doente?

Ela olhou para ele por detrás de seus óculos gatinho e Jamie soube que ela não estava perguntando porque não soubesse a resposta. É claro que Fíbula havia lhe contado. Ao que parecia, Fíbula não conseguia manter os maxilares fechados.

— Não. Está tudo bem. Só vou lá para tomar meus hormônios ou algo assim. Você sabe.

Ela assentiu devagar.

— Espero que saiba que pode conversar comigo, Jamie. Quando quiser. Minha porta está sempre aberta. Eu já estive no seu lugar; a transição é muito difícil, principalmente no início. E todos esses hormônios podem fazer com que se sinta melancólico e deprimido; são literalmente uma segunda puberdade.

Ele sabia disso. Ele *sabia*. Não era idiota. Sabia que havia um bom motivo para se sentir um lixo o tempo todo. Só que sentia que... era como se ele fosse pior do que deveria ser, era como se bioquimicamente tivesse doze anos outra vez.

Jamie se sentia como um de seus fantasmas, vagando pelo mundo, mas sem nunca o tocar. Sem nunca fazer parte dele.

— E o pior é que... — dizia Beatriz — você acha que não tem mais o direito de ficar triste, afinal conseguiu o que sempre quis. Você finalmente está se tornando quem estava destinado a ser. Então por que não está feliz? Deveria estar eufórico, em êxtase, pulando de alegria... certo? Mas não está. O que isso diz sobre você?

De repente, Jamie sentiu sua garganta fechar. Ele engoliu uma, duas, três vezes, tentando fazer aquele nó descer pela goela abaixo. Ficou difícil respirar.

Ela tinha razão. Aquilo era... ela tinha toda razão. Ele se sentia tão culpado. A vida toda, ele literalmente só quisera uma coisa e, agora que conseguira, tinha a audácia de se sentir triste. Aquilo não fazia sentido.

— É — ele grasnou por fim. E, para sua surpresa, Beatriz esticou a mão e tocou seu cotovelo com delicadeza.

— Vai ficar tudo bem — disse ela. — Vai melhorar. Prometo.

Ele não tinha certeza se acreditava nela, mas assentiu mesmo assim, recebendo em resposta um sorriso discreto e um apertão gentil no braço.

— Vejo você amanhã, com certeza — ela disse. — Tenho uma reunião agora, infelizmente para tratar desse... assunto horrível, do que houve com o Professor Dropwort. Que coisa terrível para ter acontecido. — Ela parou e esticou a mão para fazê-lo parar onde estava e olhá-lo direto nos olhos. — Estou sempre aqui se precisar de mim. Entendido?

De repente, Jamie sentiu vontade de chorar. Mas ele tinha que parecer normal, principalmente agora, ele pensou — principalmente com as pessoas comentando que ele tiraria *Semanas de Descanso* e perguntando se estava *bem*.

Ele olhou Beatriz nos olhos e disse:

— Obrigado. Por tudo.

O sol ainda levaria algumas horas para se pôr, mas o Torreão das Gárgulas conseguia ser ameaçador mesmo à luz do dia, um bloco saliente de torres e ameias, gárgulas entrando em seus ninhos e alçando voo como abelhas de pedra ao redor de uma colmeia.

Ele estava se preparando para ver aquelas criaturas — e para o cheiro delas, na verdade — quando uma voz gutural veio de trás dele.

— Eu estava à sua procura.

Jamie não precisava olhar para saber quem era.

— Por favor, vá embora — ele disse, fechando os olhos.

— Por quê? — perguntou Dropwort. Jamie sentiu a brisa gelada em seu pescoço quando Dropwort saiu de trás dele e passou a flutuar ao seu lado ou à sua frente. — Está arrependido? A consciência pesou depois que me matou?

— Eu não matei você — Jamie disse por fim, expirando com força. — Estou feliz que *alguém* tenha feito isso, mas não fui eu. O que é uma pena.

— Não acredito nisso — falou Dropwort. Sua voz era um sussurro, feito o vento de inverno passando por folhas caídas. — Todo o tempo que passa na biblioteca, todas as horas que fica na enfermaria com aquela mulher-esqueleto pavorosa... Eu sabia que estava sendo envenenado. Suspeitei disso. Foi a esqueleto que lhe deu o veneno, não foi?

— Quê?

— *Ampulheta* — disse Dropwort, e finalmente Jamie abriu os olhos e olhou para ele. Dropwort estava bem à sua frente, perto o suficiente para que Jamie enxergasse, através de seus olhos, as parcdes de pedra desgastadas pelo tempo atrás dele.

— Eu realmente não sei do que você está falando — disse Jamie de forma abrupta.

— Fui envenenado com ampulheta. Os sintomas batem, o tempo...

Jamie ergueu as sobrancelhas e apontou para o sangue no torso de Dropwort.

— Sei. Tenho certeza de que você foi esfaqueado, amigo. É por isso que estou aqui, não? — Ele gesticulou indicando as paredes de pedra do Torreão. — Você *literalmente me disse* que foi aqui que aconteceu. — Fantasmas geralmente se confundiam quanto às circunstâncias da própria morte, mas Dropwort ignorar os ferimentos em seu peito já parecia exagero. — Então, se me dá licença, tenho que descobrir quem fez isso, para as pessoas pararem de achar que fui eu.

Ele seguiu para a escadaria que levava ao Torreão, ignorando de propósito a fala agitada de Dropwort, até que as reclamações do fantasma deixaram de ser audíveis. O cheiro de almíscar úmido aumentava conforme ele subia, um cheiro penetrante que ele sabia que não sairia dele no primeiro banho.

O que você está fazendo? E se Salbiah o pegasse incomodando suas amadas gárgulas? E se uma delas achasse que ele era uma ameaça e o atacasse?

Faria alguma diferença descobrir quem era o verdadeiro assassino se todos já haviam decidido quem tinha matado o professor?

Ele só viu o flash de cores contra as pedras escuras quando já era tarde demais, quando já estava no topo da escada.

Devagar, muito devagar, Jamie ergueu o rosto, e seu olhar encontrou o de Shivanya.

— Oi de novo — ela disse. — Sabe, é falta de educação sair daquele jeito no meio da conversa.

— Certo. — Jamie não sabia bem o que deveria responder àquele comentário.

— Eu estava pensando que sempre vejo você por aí — continuou Shivanya. Ela tamborilava no corrimão com as unhas cor-de-rosa da mão que não estava machucada. — Você é James Ellison, não é? Da Casa Espadas?

— Jamie.

— *Jamie*. Certo, desculpa. Jamie. Vai muito à enfermaria, não? Você e Fíbula são amigos? Não acha estranho ter um esqueleto reanimado como enfermeira escolar?

— Err...

Shivanya continuava.

— Tipo... o nome dela, "Fíbula". O que isso significa? Não é o nome de um osso? Por que o nome dela é "Fíbula"?

— Ela me disse que apenas gostou de como soava — disse Jamie.

— É, *acho* que sim, é legal. E ela faz trocadilhos com ossos e partes do corpo. Faz sentido.

Jamie tossiu.

— Posso...? — Ele indicou com um gesto os últimos degraus que levavam ao Torreão.

— Ah. Certo. — Ela deu passagem. Por um instante, o pungente cheiro almiscarado das gárgulas foi superado pelo perfume de flor de laranjeira da garota. — E então, o que está fazendo aqui?

Uma pergunta perfeitamente natural, mas Jamie não tinha a menor intenção de responder. Ele não conhecia Shivanya, não conhecia os amigos dela, não sabia que boatos ela vinha espalhando. Ele não lhe diria nada.

— O que *você* está fazendo aqui? — ele perguntou em vez disso.

— Dã. — Ela sorriu para ele. — Estou investigando um assassinato.

— O quê?

— Eu sei, eu sei. Já prenderam alguém e blá-blá-blá. — Ela gesticulou para indicar que aquilo era besteira, e a luz refletiu nas pedrinhas de strass que decoravam seu gesso, lançando padrões coloridos nas paredes. — Mas ouça. Escutei a conversa desse cara, um tal de Diego alguma coisa. E *ele* disse que...

— Você não tem que estudar? Não precisa comer? — interrompeu Jamie. A última coisa de que ele precisava era da intromissão dela. O desdém na voz dele soou embaraçoso. — Não tem... amigos para encontrar?

— Tenho dispensa médica das lições de casa até a semana que vem — disse Shivanya, erguendo um dedo. — Comi salgadinho na enfermaria. — Segundo dedo. — E no momento estou investigando um assassinato aqui com você! — Terceiro. E então seus olhos escuros se arregalaram com o entendimento repentino. — É por isso que você está aqui, não é?

— Não — mentiu Jamie, virando-se para descer a escada.

Dropwort estava bem atrás dele, com o olhar cravado nele.

Jamie girou depressa demais, seus pés descendo os degraus.

— Merda...

— Opa! — Uma mão segurou seu pulso e o puxou para cima.

— *Larga.* — Ele se soltou, tropeçou em alguns degraus, a adrenalina correndo veloz em seu sangue.

Shivanya ergueu as mãos.

— Desculpa, sem toques. Entendido. Você está bem?

— Droga, James. Seja útil — resmungou Dropwort. Algo dizia a Jamie que o fantasma continuaria bloqueando sua passagem até conseguir o que queria.

— Estou ótimo — disse Jamie, ofegante. — É, também vim investigar.

— Maravilha! — Shivanya ia segurar no braço dele, mas se conteve. — Duas cabeças pensam melhor do que uma, ou pelo menos é o que dizem. E você é bem inteligente, não? Sempre vejo você na biblioteca. O que sabe até agora?

Havia algo em sua receptividade incondicional que fazia uma pessoa se derreter. Mas o que ele ia dizer a ela? Que o fantasma de Dropwort havia dito a ele, e só a ele, que haviam prendido a pessoa errada?

— Ou digo primeiro. — Shivanya girou uma pulseira brilhante em seu braço. — Ouvi dizer que um cara encontrou um bilhete aqui endereçado a Dropwort, e não sei como, mas muitas pessoas ficaram sabendo dessa carta hoje cedo. Pensei em vir aqui ver se Dropwort deixara cair mais alguma coisa. Certo, sua vez. Pode me contar *tudo*. — Ela sorriu para ele, ansiosa.

Ansiosa demais, insistiu uma parte dele.

Não. Eles tinham um objetivo em comum, só isso.

— Bem, eu... — Ele pigarreou. — Eu soube de uma... fonte diferente... que foi aqui que Dropwort foi morto.

Os olhos de Shivanya brilharam de empolgação.

— Também ouvi isso! Keturah, você a conhece? Bem, ela estava dizendo algo sobre um rastro estranho de areia que vinha até aqui e...

— Uma *fonte*? — disse Dropwort com voz estridente no ouvido de Jamie, que sentiu um frio na barriga. — Como se atreve, garoto? Sou *a* fonte! A única que importa!

— Dá para calar a boca? — chiou Jamie.

Shivanya olhou surpresa para ele.

— Como é?

— Você não!

— Fui *envenenado* — disse Dropwort furioso e tão alto que Jamie se encolheu. — Estavam me envenenando havia semanas e então... Fui

esfaqueado com meu próprio abridor de cartas de prata... o abridor...
Está me ouvindo, garoto?

— *Pare* — Jamie disse com os dentes cerrados.

Shivanya olhava pasma para ele. Tipo... ele era exatamente como
diziam. E bem quando ele começava a gostar da ideia de finalmente
ter uma amiga. Bem, agora não aconteceria.

Era melhor continuar com a farsa.

— Minha fonte disse que Dropwort foi esfaqueado com algo de
prata. Por que Dropwort traria um abridor de cartas de *prata* se sabia
da ampulheta?

— Garoto *impertinente!* — exclamou Dropwort. — Tive meus
motivos!

Shivanya franziu a testa.

— Que ampulheta?

— Veneno de ampulheta — explicou ele. — Ele transforma sangue
em areia quando entra em contato com a prata.

— Ah. — Shivanya girava uma mecha de cabelo em volta do dedo.
Sua alegria tinha virado uma inquietação que ele conhecia bem. — O
que isso tem a ver com a história?

Jamie suspirou.

— Dropwort achava que alguém o estava envenenando com
ampulheta.

— *Sei* que estava sendo envenenado!

Shivanya disse algo, mas Jamie não ouviu, pois tentava não se
encolher com o frio de Dropwort.

— Desculpa, o que disse?

Lá estava a inquietação outra vez.

— Como sabe disso?

— Eu... eu ouvi... — gaguejou Jamie.

— Você está perdendo tempo! — grunhiu Dropwort, lançando gelo
no rosto de Jamie. O frio, o almíscar das gárgulas, as perguntas... eram
demais. — Eles prenderam a pessoa errada! Se o caso for encerrado
e a escola partir... — Espinhos de gelo espetavam o pescoço de Jamie,
e desta vez ele não conseguiu desviar. — ... eles nunca vão pegar...

— Eu *SEI!* — Jamie gritou por fim. — Se *quer* que eu encontre seu assassino, então tem que calar a boca e me deixar *pensar*!

Fez-se um silêncio horrível que abafou até o ruído distante das gárgulas.

— Jamie — Shivanya disse devagar —, com quem você está falando?

Era assim que sempre começava. Era assim que acabava. Ele tinha sido descuidado, já devia saber que seria assim, era tudo sua culpa...

Shivanya estava olhando para sua cara. Não... mais para baixo. Devagar, ela esticou a mão e tocou na gola dele. Jamie sabia o que ela havia encontrado: gelo.

Os olhos dela se voltaram para o espaço vazio entre eles, onde o fantasma de Dropwort estava.

— Você consegue *vê-lo*? — ela sussurrou.

Aquilo era pior do que a enfermaria, pior do que cair da própria carteira, pior do que Beatriz dizendo entender sua culpa. Senhor dos Túmulos, Mestre Necromante em desenvolvimento e tinha sido pego porque não conseguia fingir que era normal.

— Não conte a *ninguém*. Por favor. — Foi tudo que Jamie conseguiu dizer.

Shivanya balançou a cabeça.

— Claro que não. — E emendou: — Meu *Deus*, isso é tão legal!

Jamie estava preparado para diversas reações, mas "isso é tão legal" não era uma delas.

— Quer dizer, não vou contar; é uma coisa sua — ela continuou tagarelando. — É que... espere, deve ser *assustador* às vezes. Você vê... não. Certo, foco. — Shivanya não parecia notar que estava mexendo no strass de seu gesso. — Dropwort sabe quem o matou?

Jamie só conseguia ficar olhando. Aquilo era armação, uma armadilha...

Mas, se era, Shivanya não parecia estar envolvida. Ela agitou seu gesso no ar, onde o espectro de Dropwort flutuava.

— Ele continua aqui?

— Sim — Jamie disse por fim. — Ele ainda está aqui.

Eles poderiam solucionar aquilo e depois... talvez Jamie pudesse *conversar* com alguém. Alguém que tivesse pulsação.

— É claro que estou aqui, crianças ridículas — chiou Dropwort. Sua palidez fantasmagórica agora tinha um estranho brilho, como se fosse suor. — Eu devia ter reprovado você quando tive chance! James. Ouça, James. Precisa me vingar. Se já serviu para alguma coisa na vida, precisa me vingar. Quero justiça. Quero que eles tenham a mesma morte que eu, quero ver o sangue deles virar areia, quero que sintam a prata...

— Prata? — perguntou Jamie. — Fala da lâmina?

Shivanya cutucou o ombro dele delicadamente. E então apontou para o corredor.

— Tipo *aquilo*?

Os três olharam para Maxwell Aster, parado no fim do corredor do Torreão, de olhos arregalados de choque, com a luz do fim da tarde refletindo no abridor de carta que ele trazia na mão.

PROVA TEXTO-1
CASO: 20-06-DROS-STK

Tipo:
[X] Comunicado
[ ] Áudio
[ ] Resíduo de feitiço
[ ] Foto ou outra reconstrução visual
[ ] Objeto
[ ] Formulário ou registro
[ ] Outro: _____

Fonte: Sistema de mensagem em massa da AGPE
Partes Relevantes: Beatriz Ruiz-Marín, vice-diretora
Descrição: Mensagem de texto enviada aos alunos em 29 de junho, às 17h30

LEMBRETE

Partiremos para o Turcomenistão às 22h00 em ponto! Todos os alunos devem se recolher a suas torres-dormitórios até as 21h30 e permanecer lá até de manhã. Em caso de emergência médica, procurem o membro da equipe escolar mais próximo. Para a sua segurança, NÃO saiam do dormitório enquanto estivermos viajando.

— Vice-Diretora Ruiz-Marín

18H: DELFINA MOORE, 16, TAÇAS/ESPADAS

DE YAMILE SAIED MÉNDEZ

Delfina Moore estava sentada na detenção fazia tanto tempo que sua bunda estava dormente. O resto de seu corpo, no entanto, vibrava de ansiedade, enquanto ela se perguntava o que acontecia na escola.

O fantasma superempolgado que a mandara para a detenção devia ter se esquecido dela!

Se ao menos ela pudesse se teletransportar ou manipular dimensões, ou fazer algo útil, além de ter um talento excepcional para aprender idiomas...

Mas não. Ela já tentara e tinha certeza que xingar não abria magicamente as portas, pelo menos não nas vinte e sete línguas que ela dominava.

— Olá? — ela gritou, frustrada. — Continuo aqui. Por favor, me deixe sair — acrescentou num sussurro.

Em resposta, soou uma voz que parecia saída das paredes de pedras, anunciando:

— Todos os alunos devem ir para seus dormitórios imediatamente e permanecer lá até que sejam chamados para interrogatório.

Quando o último eco daquelas palavras morreu, a porta se abriu.

Havia uma pessoa lá parada, observando-a.

Delfina levantou-se num salto.

— Max?

Maxwell Aster, também da Casa Taças, era a última pessoa que ela esperava ver.

— Finalmente encontrei você. — Suas palavras saíram depressa, como se saltassem de sua língua. — Procurei você por toda parte. Toda parte mesmo. Juro que nunca conseguirei tirar as teias de aranha dos meus cabelos. — Ele fechou a porta atrás de si sem fazer barulho. — Sabia que as gárgulas têm aranhas como animais de estimação?

Ela sabia.

Na primeira semana de Delfina na Galileu, a Vice-Diretora Beckley lhe dera acesso ilimitado à área do depósito para que buscasse erva-mate. Entre as caixas de chá, sem o qual Delfina não conseguia viver, ela encontrara um caixote contendo uma aranha-golias-come-dora-de-pássaros que uma das gárgulas havia contrabandeado para dentro da escola após uma parada na Amazônia.

Um arrepio fez o corpo da garota tremer.

Max assentiu e pôs uma mão no ombro dela.

— Eu sabia, mas elas ainda me dão nojo. As aranhas. As gárgulas não são tão ruins assim.

Keturah, amiga de Delfina, chamava Max de "Homem Esguio", porque ele era muito alto e magro, mas Delfina tinha uma quedinha por ele. Quando ele a tocava, sua mente entrava em curto-circuito. Todas as línguas que ela dominava sumiam de seu cérebro.

Ela queria estapear a si mesma. Não era hora de congelar feito uma *comadreja*, uma doninha; ela tinha que estar calma e controlada. Tinha uma reputação a zelar!

Max não era exatamente o garoto mais bonito da Galileu — esse seria Diego, o típico bad boy. Sinceramente? Ela entendia o apelo de Diego, mas, se ela tivesse um tipo, esse seria Max.

Ele era gentil. Ela já o vira perto das gárgulas e ouvira como ele as protegia do cruel Professor Dropwort.

Embaraçada, ela baixou os olhos para os pés dele. Seus sapatos pretos estavam sujos de lama e cobertos de teias de aranha.

Max ergueu a cabeça dela colocando o indicador em seu queixo.

— Preciso de um favor seu. Por favor, Del!

Fazia muito, muito tempo que ninguém a chamava de Del. Lembranças do carinho de pessoas cujos rostos ela não conseguia lembrar ameaçaram inundá-la numa onda de tristeza. Porque aquelas pessoas não existiam mais.

Ele olhou por cima do próprio ombro, como se esperasse que alguém invadisse a sala. Mas a porta continuava fechada.

— O que foi? — ela perguntou, com o pânico dele acelerando sua respiração.

Ele tirou um pedaço de pergaminho amassado do bolso e lhe entregou. Seus dedos se tocaram, e ele tremeu de leve.

— Abra — disse ele. — Não temos muito tempo.

O relógio na parede mal se movia, mas ela sentiu um súbito formigamento no fundo da mente. Era isso que seus ancestrais tentaram lhe dizer de manhã, antes que ela fosse para a detenção?

Delfina podia não se lembrar de sua família verdadeira nem muito de sua vida antes dos onze anos, quando foi adotada pelos Moore. TEPT, disseram os médicos. Mas isso não significava que seus ancestrais tinham se esquecido dela. Os Moore, uma família que emigrara da Irlanda para a Argentina muitas gerações atrás, podiam ter lhe dado uma nova identidade e muitas oportunidades, dentre elas a de estudar, mas ela nunca se sentira totalmente como um deles. Havia diferenças óbvias, como a cor de sua pele e como ela sentia o chamado de sua terra.

Seus ancestrais mantinham uma ligação com ela e lhe davam sua magia, e com isso uma porta de entrada para um mundo que teria sido fechada para ela, uma garota órfã em um país que ainda era governado pelos preconceitos de uma classe dominante que reverenciava a branquitude e censurava a magia.

Geralmente, quando ela conseguia se conectar com as vibrações que sentia em sua pele, recebia avisos ou revelações na forma de equações matemáticas ou geometria celestial, as quais ela adorava analisar como se fossem quebra-cabeças.

Agora sentia aquela sensação familiar no fundo de sua mente, como as engrenagens de um mecanismo funcionando. Seus ancestrais não a haviam abandonado.

Ela abriu o pergaminho, esperando encontrar uma equação matemática ou um diagrama geométrico que precisasse ser decifrado por algum motivo estranho. Por que mais Max precisaria dela? Mas não foi isso que ela encontrou.

O pergaminho estava cheio de palavras escritas na caligrafia inconfundível do Professor Dropwort.

— Eca!

Ver a caligrafia da pessoa que mais detestava na escola gerou nela uma reação visceral.

Ela duvidava que o Professor Dropwort soubesse seu nome. Tirando a vez em que ele confiscara dela uma antiga boneca de sabugo de milho — a única recordação que ela tinha de sua vida de uma época anterior às suas lembranças —, eles praticamente não haviam interagido. Ele alegara que objetos como aquele não eram permitidos na escola, o que era uma mentira cruel. Keturah contara a Delfina que ele roubava por prazer objetos raros dos alunos. Mas por que a boneca? Ela nunca descobrira, e agora ele estava morto.

Embora ela se saísse muito bem em todas as matérias que fazia e fosse uma das melhores alunas da Academia, ele a ignorava de propósito. Era fato conhecido e documentado que ele detestava que certos tipos de alunos poluíssem sua amada escola. Delfina era um desses tipos: pobre, sem família, vinda de um país que a maioria das pessoas ignorava, embora estivesse no início do alfabeto.

O Professor Dropwort nunca escrevera um de seus cobiçados bilhetes convidando-a para suas reuniões exclusivas, mas ela reconheceria a caligrafia dele em qualquer lugar, mesmo que estivesse em alfabeto cirílico.

— Onde arranjou isso? Como...? Por quê...? — Ela tinha muitas perguntas, mas Max já estava balançando a cabeça em negativa.

— Não temos tempo.

— Precisa me dizer o que está acontecendo — disse ela. Seus ouvidos estavam apitando de novo, como uma chaleira fervendo; seu primeiro instinto em caso de perigo era fugir de encrenca, independentemente de qual fosse.

— Encontrei isto na sala de aula do Dropwort — falou Max. — Talvez nos diga quem o matou.

Ela quase dançou de alívio. Se aquele bilhete desse às autoridades uma pista de quem odiava tanto Dropwort a ponto de matá-lo, então ela seria liberada. Talvez também pudesse acabar com as suspeitas que recaíam sobre Lola. Ainda assim, ela permaneceu tranquila por fora.

— Além da Beckley, você é a única pessoa que conheço que fala e lê tantas línguas — disse Max.

Ela tentou ignorar o calor que subia por seu pescoço até seu rosto.

— Então por que não a procurou?

Delfina não acreditava em idolatrar pessoas, mas respeitava e admirava a Vice-Diretora Beckley, que a havia recrutado para a Galileu. Ela representava tudo que Delfina queria ser um dia.

Passos rápidos e delicados vinham na direção deles. Alguém se aproximava da porta.

— A Professora Vaughan-Crabtree me disse para mostrar isso só para *você* — falou Max.

A porta se abriu de novo.

Delfina pôs as mãos nas costas, pronta para atacar qualquer um que considerasse tomar dela o bilhete que Max lhe havia confiado. Mas era só Ivy Barta, da Casa Moedas, precedida por seus cachos saltitantes. Ao contrário de todas as vezes que Delfina a vira, desta vez não havia um sorriso radiante no rosto de Ivy.

— O que está havendo? — perguntou Delfina.

— Eu poderia fazer a mesma pergunta — ela disse e então olhou para Max. — Beckley quer falar com você.

— Como sabia que Max estava aqui? — perguntou Delfina, dando um passo na direção de Ivy.

Ivy manteve sua posição e respondeu:

— Um dos fantasmas o viu entrar aqui. — Então ela se virou para Max e estalou os dedos. — A professora precisa de você agora. Não podemos deixá-la esperando.

Max olhou desesperado para Delfina, mas ela estava fervendo de raiva. O que Ivy estava fazendo?

Delfina tomou uma decisão.

Casualmente, ela levou a mão ao bolso de seu jeans e enfiou ali o bilhete com a ponta dos dedos. Ela pôde ver seu reflexo nos óculos de Ivy quando a outra enfim se virou para olhá-la.

Tentando parecer calma e controlada, Delfina disse:

— Não deixe a Professora Beckley esperando, Maxwell. Se precisar de ajuda com uma barreira de proteção, posso lhe dar algumas sugestões depois.

Eles abordaram esse assunto na aula, então Ivy não acharia que era algo digno de nota. Além disso, o forte de Max era geometria de arcanos; todo mundo sabia disso. Assim como todo mundo sabia que, como a magia de Delfina se manifestava em formas geométricas, os dois passavam muito tempo discutindo isso.

Aparentemente, Max se recompôs. Parecia desinteressado e frio como sempre. Mas suas pupilas estavam dilatadas, pulsando, como para lembrá-la de traduzir o pergaminho que jazia no bolso dela.

— Tem certeza, Moore?

— Juro — ela disse, esperando que Ivy não achasse aquilo exagerado demais.

— Valeu — falou Max, saindo da sala de detenção.

Antes de sair atrás de Max, Ivy agarrou o braço de Delfina e disse:

— Precisa ir para o seu dormitório. Não ouviu o anúncio?

Ela saiu antes que Delfina a confrontasse ou questionasse seus motivos.

Ivy sempre parecera inocente e transparente, mas aquela sua atitude agora... Era inaceitável! Que autoridade a garota tinha para agir daquele jeito?

Havia tantas perguntas. Tantos mistérios.

Delfina estava determinada a descobrir pelo menos o que o bilhete dizia, e a primeira coisa a fazer era pedir ajuda aos seus ancestrais.

Ela se sentou diante da porta, encostada nela para caso alguém tentasse entrar e a interrompesse, e alisou o pergaminho à sua frente. Tinha sido rasgado de uma folha maior. Mesmo assim, ela conseguia ler a mensagem com facilidade, como se alguém ditasse seu significado em seus ouvidos, um intérprete do além em tempo real.

Ela aprendera a ler o alfabeto cirílico em seu segundo ano na Galileu. Ficara de cama duas semanas, como toda vez que usava seus poderes. Mas todo sofrimento valia a pena. Mesmo agora, ela ainda sentia empolgação e surpresa quando o significado das palavras saltava para ela de marcas que nada significavam para outras pessoas. Cada nova língua acrescentada à sua coleção era mais uma ferramenta, mais uma arma em seu arsenal para libertar seu povo.

Então ela leu, articulando as palavras sem emitir nenhum som, para que nem as paredes a ouvissem. Na Galileu, as paredes tinham ouvidos e olhos que ninguém via.

Senhores,

Entendo sua preocupação e fiz o possível para responder às suas perguntas. Observem que escrevo em pergaminho indestrutível, então devem guardá-lo para fins de registro.

Primeiro: autentiquei pessoalmente o ovo Fabergé perdido, comparando-o com exemplares similares da mesma época; verão a marca da Casa de Fabergé gravada em ouro na base do ovo, e a assinatura mágica reflete a data de conclusão de 1911. Anexei ainda um registro do ovo como parte dos tesouros do Palácio de Inverno do Czar Nikolai II Alexandrovich, em 1912, recebido como presente pela celebração, em 1913, dos trezentos anos da dinastia Romanov... poucos anos antes da queda deles. É um item único, não só porque é um artefato de grande significância para a história Neutra, mas também porque o ovo de pássaro-de-fogo escondido dentro dele o torna extremamente valioso também para a sociedade dos Magos (vide adiante).

Segundo: um processo relativamente simples, mas infalível, confirma que o ovo Fabergé esconde um ovo de pássaro-de-fogo. Quando certos mecanismos são ativados, *o ovo decorativo se abre e revela a inconfundível casca do ovo de pássaro-de-fogo. Além disso, um filhote de pássaro-de-fogo latente consegue absorver energia vital de qualquer criatura mágica com ninhada que esteja por perto. Quando recebi o ovo, não detectei nenhum sinal de vida, mas, depois que o coloquei no ninho de uma gárgula com filhotes por uma semana, uma assinatura vital foi identificada nele.*

Naturalmente, deve-se ter discrição, já que se trata de um importante artefato mágico que também tem importância para os Neutros. Todavia, tenho certeza

— Um pássaro-de-fogo — murmurou Delfina, tapando depressa a boca com a mão.

Alguém havia matado Dropwort por causa daquela informação.

Ela fechou os olhos, desejando por um instante não ter aceitado o pergaminho de Max, não ter lido o bilhete.

Ela já sentia, pairando sobre sua cabeça, a sina de todos que tentaram possuir um ovo de pássaro-de-fogo. Mas ela não era idiota de querer possuir o *artefato,* como Dropwort o chamava. Era típico dele falar de um dos seres mais mágicos do mundo como se fosse um simples objeto a ser possuído e usado.

Ela sabia que ele era estúpido, mas não a esse ponto.

Delfina nunca vira um pássaro-de-fogo ao vivo, é claro, mas sabia tudo sobre ele. Segundo a lenda, um pássaro-de-fogo é uma espécie de fogueira alada que respira. Uma única pena dele consegue iluminar uma sala toda. Inúmeros heróis encontraram seu fim na busca por uma pena de sua cauda. A criatura podia ser o arauto da morte.

Era sabido que, após uma onda inicial de riqueza e poder, tragédia e desgraça atingiam aqueles que possuíam um pássaro-de-fogo — ou que tentavam possuir um.

Muitas pessoas ao longo da História haviam sacrificado sua segurança pessoal para o bem de suas comunidades. Alguns diziam valer a pena ser o receptáculo da natureza profética e mágica do pássaro-de-fogo, mesmo que só por algumas horas, dando sua vida em troca.

Um artefato assim nas mãos de Magos ou Neutros poderia mudar a História da humanidade. Um ovo de pássaro-de-fogo era mais valioso do que qualquer pedra preciosa, mais do que qualquer dinheiro que um país ou grupo de pessoas poderia acumular, mais do que a promessa que ela fizera para um garoto de quem estava gostando.

Ela imaginou como o sofrimento de seu povo acabaria com apenas uma pena. A escuridão não assombraria mais suas noites.

Será que a vida de Delfina fora salva para que ela tivesse um papel fundamental nesse evento que mudaria a História? Era por isso que *la bruja de las pampas* havia profetizado seu nascimento e Matilde Moore havia lhe dado lar e instrução? Mesmo se ela morresse, daria ao seu povo uma vida de liberdade nas infinitas planícies do sul, uma vida como deveria ser. Ela lhes daria uma chance, pelo menos. *Se* ela conseguisse pôr as mãos no ovo do pássaro-de-fogo. Ou se pudesse auxiliar a pessoa certa a encontrá-lo primeiro.

Independentemente das reservas de Max, Delfina confiava na Vice-Diretora Beckley. Ela tinha que lhe entregar o bilhete. Sua benfeitora, Matilde Moore, não a havia instruído a sempre confiar em Beckley, velha amiga de Matilde?

Durante tantas noites, Delfina ficara acordada à noite em seu quarto, perguntando a si mesma por que os Moore a haviam salvado, dentre as incontáveis crianças que chegavam à fazenda implorando por comida. Por que ela? Se levasse o ovo para a Argentina, talvez pudesse ajudar a diminuir um pouco a desigualdade e a injustiça que ceifavam tantas vidas antes que as crianças tivessem chance de viver de fato. Verdade, ela teria que lidar com as consequências, mas todo sacrifício valia a pena por seu povo.

A matriarca dos Moore sempre insistira que Delfina havia sido escolhida por seus dons.

Beckley até insinuara que ela era especial, e ela sempre quisera provar que a professora estava certa.

Agora era a hora.

Se ela ajudasse a encontrar o artefato, talvez pudesse pegá-lo e voltar para a Argentina com ele.

Parte dela sofria por ter que abandonar tudo pelo que se esforçara tanto.

Mas ela prometera aos Moore e aos seus ancestrais libertar seu país da ditadura. O pássaro-de-fogo era a chave que usaria para libertar seu povo da opressão.

Ela também tinha uma dívida com Beckley. Precisava contar a ela.

A garota espiou pela porta e viu o fantasma ainda lá parado, resmungando numa língua que nada tinha a ver com italiano. Maldito imbecil! Delfina olhou pela janela. Em sua mente, avaliou todas as suas opções, inclusive sair pela janela. Mas se calculasse mal um único movimento... Não importava como ela imaginava escapar, tudo se resumia a uma única probabilidade: acabar numa poça de sangue no chão se escorregasse para a morte.

Ela considerou outro caminho. Se seguisse em linha reta pelos tijolos sob a janela, poderia chegar ao corredor que levava à biblioteca, e de lá eram só mais alguns passos até as salas da Administração, onde encontraria Beckley. Ela não se importava que Max estivesse lá. A Vice-Diretora Beckley saberia o que fazer.

Mas a biblioteca... Suspirou. Ela amava livros, mas odiava a biblioteca da Academia.

Em seu primeiro ano na escola, alguns alunos de outros anos, liderados pelo irmão mais velho de Dan Corbin, todos eles parte do grupo de prodígios Escolhidos a dedo por Dropwort, trancaram-na na seção de acesso restrito e mandaram as gárgulas atrás dela. Os garotos acharam que ela não falava português porque era muito calada. Mas não pensaram que ela havia aprendido a dizer "por favor" e "obrigada" às sentinelas da escola na língua delas. Isso lhe dera a reputação de garota gentil e respeitosa. E isso salvara sua vida, porque as gárgulas geralmente mordiam primeiro e depois faziam perguntas.

Embora tivesse dado tudo certo, ela ainda tinha calafrios e suava de nervoso quando precisava ir à biblioteca. Era algo que ela nunca esqueceria, tampouco perdoaria Dropwort por sua reação, já que ele ficara rindo e dissera que aquilo fora apenas coisa de garotos.

Prendendo a respiração e agarrando o pergaminho como se fosse sua tábua da salvação, ela se equilibrou no caminho até o corredor, tentando não olhar para baixo. O céu estava bem azul. Naquela época do ano, naquela latitude, o sol só se punha depois das dez da noite, e ela não se cansava de admirá-lo.

Quando chegou às salas da Administração, seu peito doía devido às batidas frenéticas de seu coração. Mas um olhar de relance para o relógio mostrou que ela tinha pouco tempo e que precisava avisar sua amada Professora Beckley.

Ela estava agachada atrás de uma porta quando ouviu pessoas discutindo. Reconheceu a voz esganiçada e irritante de Fornax. Quem era a outra pessoa?

De trás de uma coluna de mármore, Delfina esticou o pescoço para ver com quem ele conversava.

A outra pessoa parecia uma autoridade, um policial ou algo assim.

— A escola *deve* permanecer em Estocolmo — disse o oficial. — Mesmo que Lola Cortez tenha sido liberada.

Delfina quase desabou de alívio. Ela se apoiou na parede e continuou escutando a conversa.

— Ainda temos uma investigação de homicídio em curso. A Galileu não pode deixar a área com um criminoso ainda à solta. Certamente compreende isso, não, senhor?

Fornax estalou a língua feito uma galinha velha.

Mas, quando ele finalmente falou, sua voz fez o sangue de Delfina gelar.

— Não, a escola *deve* seguir seu itinerário e ir para o Turcomenistão. Ponto-final. Já fizemos o anúncio.

— Mas senhor...

— Que parte do "não" você não entendeu? — cuspiu ele. — Temos que dar satisfação a investidores e conselheiros. Só para você ter uma ideia, os Moore, da Argentina, patrocinaram todos os eventos e excursões da próxima parte de nosso cronograma. Não sou eu que farei com que o dinheiro deles seja desperdiçado. Quer ligar para eles e explicar? Verá como eles reagem a inconveniências como notícias indesejadas.

O homem se encolheu como se Fornax tivesse conjurado uma entidade maligna ao dizer aquele nome. O sobrenome de Delfina.

— Mas eles não se importam com os alunos? Sei que há uma Moore na lista e outro garoto que eles estão bancando — insistiu o homem.

Fornax zombou.

— A aluna de quem está falando, Delfina, não é uma Moore legítima. Ela é o que chamam de *arrimada*, como se diz em castelhano. Alguém que eles acolheram como um investimento. É isso que Delfina é para eles. E, para ser sincero, há muitas pessoas promissoras aqui se ela não sair como o planejado. Aquele garotinho de Ceuta é muito promissor. Então, como vê, esse argumento não funcionará com os Moore. Eles podem substituir qualquer um que ficar em seu caminho.

Fez-se um silêncio que durou só um instante, mas que lançou Delfina numa espiral descendente.

As palavras entravam cada vez mais fundo em seu coração, acabando com a fé que ela tinha em sua família adotiva.

Quantas vezes os filhos dos Moore já a haviam chamado de *arrimada*? E era verdade, Matilde Moore havia lhe pedido — não, ordenado — várias vezes que ajudasse Angel, o aluno de Ceuta. Ela lembrara Delfina que sua educação era um investimento que a família fazia.

De repente, Delfina entendeu o que eles iam querer em troca: tudo, até mesmo sua vida.

Ela enxergou as coisas como elas eram de fato. Sentiu-se pequena e insignificante, uma marionete em mãos alheias. Eles até já haviam arranjado um substituto para o caso de ela não se sair como eles queriam. Delfina se sentiu traída e usada.

Se os Moore e Fornax estavam do mesmo lado, o que isso significava? Que Matilde Moore havia mentido para ela e a usado?

Quantas crianças já tinham sido descartadas quando deixaram de ser necessárias?

Fornax era como Dropwort. Como a matriarca dos Moore. Como todos os poderosos que Delfina já conhecera.

Delfina não sabia muitas coisas, mas sabia sobre o pássaro-de-fogo.

E esse conhecimento era poder. Ela mostraria ao mundo que eles estavam mexendo com a pessoa errada.

Quando tivessem partido, ela procuraria a Vice-Diretora Beckley, a única pessoa que Delfina ainda admirava e respeitava. Ela lhe contaria o que Fornax havia dito, e, com sorte, a mulher se tornaria a próxima diretora quando chegasse a hora. E talvez ela pudesse ajudar Delfina a decidir o que fazer, agora que descobrira por que os Moore a mandaram para a Galileu: fazer dela uma soldada obediente que poderiam usar como quisessem.

Pouco depois, Fornax e o oficial foram para a biblioteca.

Com cautela e pernas doloridas por ficar agachada tanto tempo nas sombras, Delfina deixou seu esconderijo e foi pé ante pé na direção das salas. Mas, antes que tivesse tempo de se esconder outra vez, ouviu um barulho, como se alguém estivesse tentando forçar uma porta a abrir.

Ela só teve tempo de botar no rosto uma expressão de inocência e subserviência.

Seu corpo todo se ressentia por ter que fingir em vez de mostrar a força que havia dentro dela. Mas desde cedo ela aprendera a jogar os jogos de poder, porque um dia viraria a mesa e teria tudo a seu favor. Ela fora escolhida para aquilo. Seus ancestrais lhe haviam mostrado isso.

Mas, quando ergueu os olhos, ficou boquiaberta. Ela estava cara a cara com Ivy. De novo. Ivy tentando abrir a porta de Fornax.

Em sua mão havia uma chave. A luz dos candelabros que atravessava os vitrais lançava cores vivas por todo o corredor. Azul feito o céu de Los Teros, sua terra natal. Dourado feito o Rio Paraná, que Delfina amava e esperava rever em breve.

As garotas se olharam. Mas, antes que Delfina pudesse confrontar Ivy, a Vice-Diretora Beckley abriu a porta oculta atrás de uns armários e perguntou:

— O que vocês duas acham que estão fazendo?

PROVA NF-8
CASO: 20-06-DROS-STK

Tipo:
[ ] Comunicado
[ ] Áudio
[ ] Resíduo de feitiço
[ ] Foto ou outra reconstrução visual
[ ] Objeto
[X] Formulário ou registro
[ ] Outro: _____

Fonte: Registros escolares
Partes Relevantes: Ivy Barta, aluna; Fíbula
Smith, enfermeira escolar
Descrição: Dispensa médica para Barta, re-
gistrando uma tentativa de Barta de entrar
em área de acesso restrito

ACADEMIA GALILEU
PARA PESSOAS EXTRAORDINÁRIAS,
ENFERMARIA
FÍBULA SMITH, ENFERMEIRA-CHEFE

Nome do Paciente: Ivy Barta
Data: 29 de junho
MENSAGEM: Dispensar _Ivy Barta_ das aulas no dia
_29/06/2020_ para _fins de recuperação de um caso grave_
de pústulas de queimadura resultantes de um feitiço Tranca-
-Fechadura colocado na sala da Vice-Diretora Beckley.

Assinado,
Fíbula Smith
Enfermeira Escolar

———————————————

Data: Assinatura:

_____   _____

19H: IVY BARTA, 16, MOEDAS

DE JESSICA LEWIS

Ivy estava perturbada.

Na verdade, ela estava perturbada desde que resolvera o assassinato do antigo professor de Química no ano anterior, que, pelo menos até o momento, tinha sido a pior coisa com que ela já tivera que lidar. Ser pega tentando invadir a sala de Bird? Ela?! Humilhante. Ah, sim, também havia o assassinato de Dropwort, mas a pouca simpatia que Ivy tinha por ele havia se transformado em vergonha por ser pega bisbilhotando. Tio Perry ficaria muito desapontado.

— Deixe-me ver se entendi. — A Vice-Diretora Ladybird Beckley lançou um olhar severo para Ivy. — Você não é, de fato, aluna da Galileu; é detetive. E vinha espionando os alunos para o Diretor Fornax. O ano todo.

— Sim. — Ivy tentou não se mostrar impaciente. Ela avaliara suas opções mais cedo e decidira ser melhor contar tudo à vice-diretora do que ser acusada por ela de invasão. Mas agora não tinha mais tanta certeza de que fora a melhor escolha. Não com a velha Bird a olhando como se ela fosse um pedaço de carne podre.

Bird desviou os olhos para a garota à esquerda de Ivy, Delfina.

— E você disse que traduziu um bilhete endereçado ao Professor Dropwort e que há um ovo de pássaro-de-fogo na escola?

Delfina assentiu, segurando firme o bilhete em sua mão esquerda. Ivy observou que a garota parecia mais zangada do que nervosa, como se ter descoberto os segredos sujos da escola a tivesse ofendido pessoalmente. Bem, ela não estava pronta para tudo que Ivy sabia, isso era certeza.

— E acha que Fornax pode ter algo a ver com morte do Professor Dropwort?

— É possível — disse Ivy, mas, na verdade, queria ter dito "Sem dúvida".

Bird ficou em silêncio, olhando para as próprias mãos, pensativa. Ivy aproveitou o momento para examinar o ambiente. Ela nunca havia estado na sala de Bird — estivera na de Fornax ao ser contratada, e parece que a vice-diretora nunca soubera de sua existência. Interessante o fato de o administrador não dividir seus segredos. Ela ficou decepcionada ao notar que a sala que ela tentara invadir (o que lhe causara pústulas dolorosas e horríveis) era tão normal. A sala de Bird tinha decoração extravagante e suntuosa, com pesadas cortinas ornamentadas que bloqueavam toda a luz a intrincados vasos e porcelana chinesa caríssima, e todos estes itens estavam guardados em uma vitrine de madeira. Ela tinha certificados e prêmios emoldurados e dispostos em uma parede. Ladybird Beckley estava em todo canto da sala. Alguns certificados traziam o nome "Ladybird Amboise". Seria seu nome de solteira? Seja como for, ela tinha orgulho de si mesma. Não havia nada de errado nisso, é claro, mas Ivy sabia que esse tipo de coisa fora o motivo em alguns casos que resolvera.

Bird levantou-se de repente, arrancando Ivy de sua observação.

— Isso é sério, garotas. Ivy, você estava tentando invadir a sala de Fornax para conseguir evidências, certo? — Quando Ivy assentiu, Bird sorriu, um sorriso que não se estendia ao seu olhar. — Acho que devemos continuar essa missão.

Delfina soltou uma expressão de descrença, mas Ivy ergueu as sobrancelhas. Ela não se opunha à velha tática de invadir para descobrir a verdade e comprovar seu instinto. Era isso que ela tentara fazer. Mas geralmente era algo que ela e seu Tio Perry realizavam nas sombras e com os dentes dele batendo de medo. Geralmente, vice-diretores não aprovavam seus métodos.

— É sério? — A voz de Delfina estava cheia de surpresa e pavor. — Vamos simplesmente invadir?

— Claro. — Bird caminhou com pressa até a porta, como se fosse deixá-las para trás se elas não se apressassem. — As acusações de Ivy são sérias. Temos que confirmar se ele participou da morte do Professor Dropwort.

Delfina olhou para Ivy, que correspondeu ao seu olhar. Ela sabia que Delfina não era detetive, mas estava se perguntando se sua colega de classe sentia o mesmo que ela...

Havia algo errado.

No entanto, Ivy seguiu Bird porta afora, atravessando o corredor até a sala de Fornax. Ela podia deixar para entender o comportamento estranho da vice-diretora depois; primeiro Ivy tinha que descobrir se Fornax era o assassino. Delfina a alcançou, praguejando baixinho.

— Você pode ir, Delfina — Bird lhe disse. — Mas precisarei de sua ajuda, srta. Barta.

— De jeito nenhum — Delfina disse alto demais. Ela pigarreou. — Desculpa, quer dizer, vou com vocês. Só para ver se é verdade.

Ivy admirava aquilo. Delfina era curiosa, algo que vinha arruinando a vida de Ivy já fazia mais de um ano. Talvez Delfina quisesse se tornar detetive! Isso seria legal, já que Ivy estava sempre sozinha e ninguém entendia suas explicações se ela não fizesse isso por escrito e...

— Isso é loucura — murmurou Delfina. — Como se meteu nisso, Ivy?

Essa era uma boa pergunta. Como Ivy lhe diria que ela estava em casa, cuidando da própria vida, quando uma escola particular lhe escrevera querendo contratá-la para espionar uns alunos ricos e mimados e seu administrador corrupto? *Analisamos seus talentos e esperamos que esteja interessada em... blá-blá-blá.* Você soluciona *um* assassinatozinho nas horas vagas, e de repente estão todos atrás de você. Ela jogara a carta no lixo. Assim como a seguinte. E a seguinte. Mas quando a quarta carta chegara na forma de uma coruja que se transformara em um homem branco, baixinho e irritado, Ivy soubera que estava encrencada.

A Academia Galileu para Pessoas Extraordinárias solicitava que ela se unisse a eles. Ela tentara dizer "não", mas o Tio Perry (com quem fora morar depois que seus pais decidiram viajar para Paris e nunca mais voltaram, aqueles desgraçados) ficara encantado. Mas o que diabos Ivy faria numa escola particular? Uma escola de magia, ainda por cima! Ela nascera com o dom de lançar feitiços e tal, só que mais ninguém de sua família tinha habilidades mágicas, então ela nunca havia segurado uma varinha. Ela recusou a proposta, é claro, mas eles lhe ofereceram um cheque polpudo. Bem, era muito mais difícil dizer "não" depois disso. Ela ainda estava hesitante, mas o Tio Perry deu chilique e disse que ou ela aceitava, ou ele doaria sua coleção de sapatos.

Golpe baixo até mesmo para ele. A garota não podia ter uma coisa sua. Que horror! Mas, com o dinheiro que lhe pagariam, ela poderia comprar sapatos novos. E uma casa longe do Tio Perry, de Paris e daquela escola infernal. E Ivy pensou que poderia aprender alguns truques mágicos bacanas que lhe ajudassem em seu trabalho de detetive. Então aceitou o emprego, um pouco esperançosa, mas estava sendo um pesadelo. Fornax lhe dissera para espionar os alunos e relatar a ele em segredo quaisquer pequenas transgressões, para que lidassem com isso "internamente". Uma palavra sinistra, mas Ivy fez o melhor que podia. Mesmo assim, a maioria do trabalho era absurdamente chata. Julius colando nas provas, Mac cabulando aula para fazer poções ilegais em seu quarto, Greta entrando com um dragão escondido na escola. Coisas bobas que ela não se incomodava em relatar, mas que não podia deixar de notar. Descobrir que Dropwort fazia contrabando foi até que intrigante, mas, conforme ela reunia evidências contra ele, percebeu que não valia a pena todo o trabalho de ter que comprar roupas novas e ir para outra escola. E então seu alvo moderadamente interessante foi assassinado.

Lembram que ela havia solucionado *um* assassinato? Bem, adivinhem só? Agora queriam que ela fizesse aquilo de novo. Pelo menos era isso que ela achou que eles quisessem. Mas, quando soube da morte de Dropwort, ela foi logo à sala de Fornax, pronta para dar início a um caso realmente interessante... e ele a mandou deixar aquilo para lá. Ele também estava suando feito porco quando disse tal coisa e não a olhou nos olhos. "Deixe isso para a polícia", disse ele. Foi então que um alarme soou dentro dela. Se a polícia era tão confiável, por que ele tivera o trabalho de persuadi-la a espionar para ele? Não fora ele que dissera que a reputação da escola deveria ser protegida a todo custo? Ah, não, havia algo errado, algo grande, era isso que seu instinto lhe dizia. E seu instinto não falhava nunca. E podem culpar sua curiosidade, mas ela não deixaria aquilo para lá. Então passou o dia examinando, investigando e estragando seus Jordans novos com baba de gárgula. Um verdadeiro pesadelo. Ela teve que gritar com um aluno que começou um incêndio aleatório às cinco da manhã; e depois a sala de aula onde estava o corpo de Dropwort a *enfeitiçou* (ela ficaria marcada para sempre, literal e metaforicamente, graças a um feitiço que a fizera ouvir gritos por uma hora e meia). E *depois* teve que interrogar um aluno sobre um punhal suspeito, o que não deu em nada. E, é claro, foi enfeitiçada de novo pela sala de Bird, e seu corpo se encheu de pústulas. Um verdadeiro inferno. Todas as peças se encaixavam, e seu instinto estava quase confirmado, mas seu cérebro, seu corpo e seus tênis novos estavam destruídos. Deus, por que ela não continuou numa escola pública?

Delfina olhava para ela, e Ivy percebeu que não falava nada fazia um minuto. Ela não tinha tempo para explicar sua história de vida para a garota. Elas estavam na sala de Fornax, esperando que Bird terminasse de fazer sabe-se lá o que na porta. Não havia tempo para histórias de vida. Elas tinham que se apressar.

— Depois te conto, tá? Faria isso agora, mas...

— *Shh!* — Bird chiou com elas enquanto mexia na porta de Fornax. — Sem barulho. Preciso me concentrar.

Ivy e Delfina observaram Bird murmurar um encanto e a área em volta da porta emitir uma luz vermelha. Ela tentou abrir a porta e... nada aconteceu.

— Isso não é bom, certo? — Delfina olhou ansiosa de Ivy para Bird, que tentava diversos feitiços para abrir a porta, mas sem efeito.

— Vice-Diretora Beckley? Posso tentar? — Ivy sorriu para Bird, que se afastou com uma expressão sombria. Ivy tentou a maçaneta dourada. Trancada. Ela tentou sua chave mágica, que era algo exclusivo... mas também não funcionou. Por que ele trancaria sua sala se não tivesse nada a esconder? Não está pegando bem para você, Fornax.

— E agora? — perguntou Delfina. Ela espiava nervosa de trás das duas.

— Sem problema — Ivy disse animada e vasculhou sua mochila atrás da sua identificação de estudante. Delfina e Bird pareceram horrorizadas quando ela enfiou o cartão no espaço entre a porta e a lingueta, abrindo-a com alguns movimentos do cartão.

— A magia deixa todo mundo preguiçoso — disse Ivy a elas, guardando o cartão de volta em sua mochila. — Podem usar todo tipo de varinha mágica, mas nenhuma é páreo para uma lingueta. Lamentável.

Ivy abriu a porta, e a sala de Fornax surgiu diante delas. Parecia como sempre fora, com sua mesa cheia de papéis, a enorme janela de vidro colorido coberta por uma cortina blecaute. Ela já estivera ali várias vezes, ouvindo seus sermões tediosos sobre alguma bobagem para a qual ela não dava a mínima. Bird passou ventando por elas, enquanto Ivy vasculhava sua mochila de novo, desta vez atrás de luvas de látex. Ela gostaria de ainda ter suas luvas de seda que a deixavam com um visual descolado, mas as manchas de sangue arenoso de Dropwort as haviam estragado naquele dia mais cedo. Quanto antes solucionasse aquele caso, melhor. Ela entregou um par de luvas a Delfina e vestiu as suas.

— Temos que ter cuidado! Não podemos arruinar as evidências! Quer luvas, Vice-Diretora Beckley?

Ivy parou e observou o comportamento de Bird. Ela revirava a mesa de Fornax, espalhando papéis por todo lado. As evidências!

— Bird, pare! Está destruindo possíveis evidências!

A vice-diretora parou, erguendo os olhos para Ivy, como se tivesse esquecido que a garota estava ali.

— Ah, desculpa. Fui descuidada. Espere, você me chamou de "Bird"?

— Vou ajudá-la a examinar a mesa! — Ivy se ofereceu, ignorando aquela última frase. Ela deixou que Delfina entregasse a Bird as luvas enquanto inspecionava a mesa. Formulários de detenção, papelada administrativa confusa, lanches pela metade. Tudo normal. A última gaveta da esquerda estava toda revirada, graças a Bird. Até quem não é detetive sabe que não se deve sair jogando as coisas para todo lado numa investigação! Tio Perry teria tido um infarto. Com cuidado, Ivy colocou as coisas de volta no lugar baseando-se em sua memória (que era bem confiável) e então foi até os armários de arquivo perto da porta. Delfina olhava fixamente para um vaso de planta, o que, em geral, Ivy desaprovava, mas sabe-se lá o que se pode esconder numa escola de magia...

Ivy estava na metade dos nomes da letra "B" quando Bird exclamou.

— Minha nossa! Vejam isso!

Ivy virou-se, surpresa. Bird estava parada de novo perto da mesa, mas desta vez segurava um ovo decorado.

— O ovo do pássaro-de-fogo?

— Um ovo Fabergé! — exclamou Delfina. — É lindo.

O rosto de Bird estava sombrio, sua boca retesada. Mas Ivy observou seus olhos com atenção. Eles não pareciam nem de longe tão contrariados quanto o resto de sua expressão.

— Ivy, você tem razão. O Diretor Fornax deve ter matado Dropwort para pegar isso.

— Ou pegou o objeto depois que o matou — disse Ivy, sem prestar muita atenção. Como ela não vira o ovo na mesa dele? — Onde o encontrou?

— Estava bem aqui, ao lado disto. — Bird gesticulou na direção da mesa, agora segurando um par de luvas pretas de couro com tachas prateadas. Ivy foi até o lado dela e parou. A gaveta da esquerda estava aberta. A mesma que ela havia inspecionado cuidadosamente depois que Bird a revirara durante alguns minutos sem resultado algum.

O formigamento que Ivy sentira mais cedo — aquela sensação de que havia algo errado — voltou com força total. O olhar de Ivy encontrou o de Delfina. Ela esperava que Delfina ficasse animada por ter encontrado evidências, mas a garota estava estranhamente calma.

— Garotas, continuem procurando — tagarelou Bird, ignorando o silêncio delas. — Vou levar estas coisas para os oficiais do DCCAMN antes que haja algum estrago. Volto logo!

Ivy observou Bird sair apressada da sala, deixando a porta escancarada. Ela atravessou o recinto e fechou a porta delicadamente, até ouvir um clique discreto.

— Delfina — disse Ivy, ainda olhando para a porta —, tem alguma coisa errada.

— É — disse Delfina. — A planta, não é?

Ivy virou-se.

— Hã?

— Ah, o quê? Desculpa, achei que estivesse falando disso. Pode falar primeiro.

Ivy lançou um olhar para a planta que Delfina ficara olhando desde o começo. Parecia só uma planta decorativa falsa e sem graça... mas primeiro a investigação.

— Não, eu estava falando de Bird. Não vi ovo nenhum na mesa quando a examinei.

— Talvez tenha deixado passar?

— Sou detetive.

— Então... — Delfina ergueu as sobrancelhas. — O que está dizendo?

— Vamos recapitular. Ver o que sabemos até agora. — Ivy andava em círculos pela sala. Esfregava a mão no rosto. Aquilo era muito mais do que o trabalho que estava sendo paga para fazer. E talvez nem fosse paga, na verdade, porque era uma confusão das grandes. Ivy ia separando as pistas e as descobertas mentalmente, para que pudesse dar uma explicação razoavelmente decente. — Então, você sabe que Dropwort morreu, certo?

— Certo.

— Ele foi assassinado. Quer dizer, isso é óbvio. O cara era ruim demais para morrer por conta própria. Mas isso também significa que muitas pessoas queriam matá-lo, não? — Ivy começou a andar mais depressa, sua mente girando cheia de pistas, evidências e comportamentos suspeitos de dois administradores. — Tudo está ligado. O ovo, Dropwort, Fornax. Talvez Bird também, mas isso ainda não confirmei.

Ela não estava dizendo coisa com coisa. Delfina estava calada, a confusão estampada em seu rosto. Argh! Ivy odiava essa parte. Tio Perry era ótimo com explicações, motivo pelo qual ela lhe *dissera* que não seria boa naquilo...

— Certo. Voltarei um pouco. Dropwort está morto. Mas a pergunta que não quer calar é "por quê?". Fazia meses que eu o investigava e descobri algo muito desagradável. Contrabando, para ser exata, o que é algo muito lucrativo, se você conhecer as pessoas certas. Joias, artefatos antigos...

— E preciosos ovos Fabergé — disse Delfina, compreendendo tudo de repente.

— Isso! — Um sentimento de gratidão encheu o peito de Ivy. Talvez Delfina entendesse sua explicação. Geralmente, ela precisava escrever tudo para que os policiais compreendessem. — E eu acabara de informar Fornax sobre o contrabando. Com direito a PowerPoint e tudo. Ele pareceu muito interessado, agradeceu, e pensei estar tudo acabado e que eu poderia me concentrar em não reprovar em Física. Contudo: *BAM!* Dropwort apareceu morto. E isso dificultou meu trabalho, porque agora eu tinha que descobrir quem o havia matado.

Ivy trocou o peso de perna, mais animada. Delfina a escutava com atenção, realmente entendendo o que ela estava dizendo! Aquilo nunca acontecera!

— Mas Fornax não quis que eu visse o corpo. Por que não? Ele sabia que sou detetive. Foi ele quem me contratou. Fiquei desconfiada e entrei discretamente em uma das salas de aula para ver o corpo. Tive que usar todo tipo de feitiço e outras coisas, você nem acredita... Enfim, vi os ferimentos, que foram feitos por algo estreito e afiado, talvez um punhal, talvez não. Mas o interessante é que havia areia em volta dos ferimentos.

— Areia? — Delfina franziu a testa.

— Eu sei, foi isso que eu disse! Essa garota, Keturah, mostrou que havia areia por toda a doca de carga onde o encontraram. A mesma areia que também estava do lado de fora do Torreão das Gárgulas, onde há evidências de luta. Então, investiguei um pouco mais e descobri esse veneno...

— Ampulheta. — A voz de Delfina era um sussurro. — Não pode ser. Está proibido no mundo todo.

Ivy ficou perplexa e muda. Ninguém jamais havia interrompido sua explicação e concluído sua dedução. Ela precisava convencer Delfina a ser sua parceira de investigação. Ou a se casar com ela. Ivy pigarreou, retomando o raciocínio.

— Sim, é ilegal, mas isso não importa. É isso que as evidências mostram, então temos de segui-las. A ampulheta transforma sangue em areia, então é daí que vem a areia ao redor dos ferimentos. Eu adoraria que a equipe de peritos forenses confirmasse isso, mas temos que trabalhar com o que temos.

— Mas por que apunhalá-lo se ele tinha sido envenenado?

— Bingo! Ou seja lá qual for a expressão que usam nesses casos. Se você é um assassino, não precisa matar Dropwort de duas maneiras distintas. Então, como apunhalar e envenenar fazem sentido?

Delfina franziu o cenho.

— Talvez o assassino quisesse garantir que ele morreria?

— Ainda não sei. Mas digo que há mais coisa envolvida. Só preciso descobrir o quê. — Ivy parou, um pouco ofegante. Delfina entendera toda a sua explicação! Ela estava emocionada. Talvez Delfina realmente tivesse potencial para ser detetive. O que a fez lembrar... — O que você ia dizer sobre a planta?

— Ah, sim. Venha cá. — Delfina conduziu Ivy até a planta, que parecia uma planta de plástico comum. — Não acha isso estranho?

— Bem... — Na verdade, não. — De que tipo de estranheza estamos falando?

— É de plástico, mas debaixo do vaso está molhado. Está vendo? — Delfina apontou para o chão sob o vaso, e havia mesmo manchas escuras de água lá.

Espera aí. Era água, certo? Ivy tocou a substância, mas não era água. Era um resíduo azul grudento, com uma textura quase arenosa.

— O que é isso? E por que Fornax aguaria uma planta de plástico?

— Acho que pode ser aquilo que aprendemos na aula de poções. Encantamento, certo? Esconde as coisas.

Ivy olhou para Delfina, perplexa pela segunda vez naquele dia.

— Você é algum tipo de gênio, não é?

Delfina riu, um som vindo do fundo de sua alma.

— Não, eu só presto atenção nas aulas. Você está sempre dormindo!

Verdade. Quando é que ela ia precisar de uma poção sendo detetive? Mas aquilo provava que ela estava errada.

— Tudo bem. Como é que nos livramos do encantamento?

Delfina examinou com atenção a gosma azul.

— Acho que é só movermos a planta. Está quase seca, então o efeito do encantamento deve estar fraco.

Ivy assentiu, ajustou as luvas e pegou na base do vaso. Era *bem* mais pesado do que parecia, o que a deixou ainda mais desconfiada. Ivy tentou mais uma vez e, quando o arrastou alguns centímetros para a esquerda, ouviu um estalo alto. A planta desapareceu das mãos de Ivy, e em seu lugar surgiu...

... uma garota, amarrada e amordaçada.

— Oh! — exclamou Ivy enquanto Delfina fazia o mesmo e a garota amarrada arregalava os olhos. — Bem, isso é que é surpresa.

Delfina correu para desamarrá-la, mas Ivy ficou observando. Ela era uma garota negra baixinha, com um coque de cada lado da cabeça. Vestia uma estranha camiseta cinza de um material que Ivy nunca vira. Seus sapatos (que eram vermelhos com raios pretos nas laterais eram *tão* legais que Ivy desejou ter um par daqueles na mesma hora) estavam sujos e com um pouco de areia. Ivy nunca havia visto a garota antes e, embora fosse péssima com nomes, raramente esquecia um rosto. Aquilo despertou sua curiosidade. *Interessante.*

Delfina soltou os pulsos da garota, que os esfregou, encolhendo--se. A pele de suas mãos estava vermelha e em carne viva. Ela devia estar ali havia horas. Ou devia estar tentando se soltar havia horas. Se ela estava ali fazia tempo, isso significava que Fornax logo voltaria... e elas não gostariam de estar ali quando isso acontecesse. Ivy olhou para seu relógio — dezenove horas e quarenta e oito minutos. Com certeza, ele logo estaria de volta. Ou Bird. E Ivy não queria ver nenhum deles. Não era ideal.

— Você podia ajudar, sabe? — Delfina resmungou para Ivy, arrancando-a de seus pensamentos.

— Desculpa. — Ivy abaixou-se e desamarrou os tornozelos da garota enquanto Delfina tirava sua mordaça.

— Obrigada — disse a garota assim que conseguiu falar. Ela tossiu, um som rouco e gutural. Devia passar na enfermaria depois, só para garantir. Se Fornax ou Bird não as pegassem e matassem antes, é claro. — Quem são vocês? Como sabiam que eu estava aqui?

— Delfina é um gênio — falou Ivy, soltando os nós. Tinham sido feito às pressas. De forma desleixada. Ela começava a achar que a captura da garota não tinha sido planejada. — Viemos para ver se Fornax era um assassino e descobrimos ser um sequestrador!

Delfina fez cara feia para Ivy.

— Desculpa, sei que é coisa demais. Sou Delfina; esta é Ivy. Qual é o seu nome?

A garota pareceu um pouco incomodada, mas respondeu.

— Meu nome é Sydney. O que estavam dizendo sobre o assassino?

— Longa história, mas um cara morreu, e há algo estranho nesse caso. O que me faz lembrar que fiquei tão perturbada com essa história de Bird e do ovo, que acabei não encontrando nada que prove que Fornax estava por trás disso... — Ivy cruzou os braços, olhando para o relógio-cuco de Fornax. — Não temos muito tempo. Eles vão voltar logo. Fornax não matou você, o que é bom. Mas talvez tenhamos que implorar por nossas vidas se ele chegar aqui antes de Bird. Mas a grande questão é *por que* ele não matou você?

— Não ligue para ela — disse Delfina a Sydney. — Ela é detetive. Não é nada pessoal.

— Tá... — disse Sydney, parecendo querer estar em outro lugar.

— Por que ele amarrou você e a transformou numa planta? — perguntou Delfina. Ivy só ouvia enquanto tirava luvas novas da mochila. Delfina era realmente uma boa parceira. Ivy nem precisou pedir a ela que ajudasse com as declarações de testemunhas! Embora encontrar evidência do comportamento de Fornax fosse mais importante, talvez Sydney pudesse revelar alguma coisa.

— Não sei. Não sei o que está havendo. Não sou desta dimensão... longa história. Eu estava atrás de uma perl chamada Uno e encontrei esse tal de Fornax. Ele começou a falar, eu não consegui me mexer. Foi horrível. Ele disse algo sobre precisar de um corpo.

Ivy olhou boquiaberta para Sydney.

— Você é de outra dimensão? Está falando sério? Conte mais. Conte tudo.

— Foco, Ivy — murmurou Delfina.

O instinto de Ivy estava confuso. Ela *precisava* saber sobre essa outra dimensão na qual as pessoas usavam camisetas cinzentas de aparência macia e sapatos incríveis. Mas primeiro o assassinato. Ivy respirou fundo, com os fatos girando em seu cérebro. Fornax tinha algo a esconder e estava com pressa. Sydney devia ser um acidente; não havia como ele ter previsto que uma viajante interdimensional chegaria à procura de sua gata-lagarto naquele dia. Mas o que ele queria com ela? Ele poderia tê-la deixado ir. Talvez estivesse sob pressão. Talvez ele tivesse pensado que uma conveniente viajante interdimensional fosse um bom bode expiratório se as coisas degringolassem. Isso era mesmo interessante.

— Não sei se isso ajuda — disse Sydney, esfregando os pulsos —, mas estive aqui o dia todo, e muita gente entrou e saiu desta sala. Os policiais conduziram interrogatório ou algo assim, não? Acho que agora entendi. O assassinato. Enfim, o sujeito que me prendeu colocou uma câmera bem ali. — Sydney apontou para cima. Ivy soltou uma exclamação de surpresa; a câmera estava disfarçada de mosca.

— Delfina...

— Pode deixar. — Delfina praticamente correu até o computador sobre a mesa de Fornax.

— Não tem senha? — perguntou Sydney.

— As senhas estão num post-it. Na primeira gaveta. — Ivy sorriu quando Delfina puxou de lá um papelzinho rosa cheio de anotações. — Vi mais cedo. Que idiota. E ele *me* obrigou a fazer treinamento de cibersegurança!

Delfina não respondeu, provavelmente concentrada nas imagens do vídeo. Normalmente, Ivy espiaria por cima do ombro dela, procurando qualquer migalha de evidência, mas seu instinto lhe dizia para confiar em Delfina. Assim ela fez e foi ser útil em outro lugar.

— Sydney, pode vigiar? — Ivy não esperou pela resposta e já começou sua busca. Esquadrinhou o tampo da mesa (chiclete, analgésico mágico, canetas), as gavetas (papelada, seu próprio relatório sobre Dropwort) e, por fim, o closet dele. Ela examinou meticulosamente cada peça de roupa, até que encontrou um pesado casaco preto escondido no fundo. A textura era macia, coisa cara... e tinha arcia cm toda parte, além de um dente de gárgula enfiado em uma das casas dos botões. Bingo.

Ivy saiu do closet com seu instinto satisfeito. Lá estava uma prova concreta. A areia tinha que ser do sangue envenenado de Dropwort, e o dente de gárgula não havia aparecido do nada! Ivy quase saiu dançando.

— Delfina, acho que Fornax matou Dropwort.

— É, também acho — disse Delfina. — Na verdade, sei que matou.

Ivy ficou perplexa. Ela tinha visto o casaco? Não, os olhos de Delfina estavam grudados no monitor. Ivy pendurou o casaco com cuidado numa cadeira e foi até ela diante do computador. Sydney estava do outro lado dela, o que irritou um pouco Ivy. Era para ela estar vigiando.

Um vídeo com imagens granuladas em preto e branco estava sendo exibido no monitor de Fornax.

— Não consegui as imagens dessa câmera, mas encontrei isso. É do Torreão das Gárgulas.

Era estranho que Fornax tivesse acesso às imagens de segurança, mas ela já tinha visto coisa pior.

— Certo, o que tem aí?

Delfina apertou o play, sua boca estava retesada. Ivy viu Dropwort aparecer na tela, checar seu relógio e ajeitar algo que parecia um ovo de pássaro-de-fogo. Delfina avançou alguns segundos e parou quando outra figura se uniu a ele. Era alta, magra e usava um belo casaco preto... Ivy sentiu um frio no estômago. Ela sabia o que estava prestes a ver.

O vídeo não tinha áudio, então os únicos sons na sala eram respirações tensas e o tique-taque sinistro do relógio de Fornax enquanto as duas figuras discutiam, Dropwort empurrava Fornax e Fornax puxava um abridor de cartas prateado do bolso do casaco do próprio Dropwort. Ivy se encolheu quando Fornax enfiou o abridor de cartas no peito de Dropwort e areia escorreu dos ferimentos. Dropwort caiu, e Fornax só ficou parado olhando, aparentemente em choque. Então ele jogou o abridor de cartas no chão e arrastou o corpo até uma das docas de carga, fora de quadro. Delfina avançou mais o vídeo e parou quando a cabeça de uma gárgula curiosa surgiu no quadro. Ela tocou na areia, mas, quando notou o brilho do abridor de cartas, agarrou a arma do crime e voltou para seu ninho.

— Bem... — Ivy fez uma pausa para se recompor. Ela não gostava de ver os assassinatos; preferia a limpeza que se seguia. Era chocante ver uma pessoa ser morta. — Sua evidência é muito melhor do que a minha. Agora me sinto boba.

— O que faremos? — Sydney roía a unha do dedão, nervosa. — O sujeito que me amarrou é um assassino. Tipo, não suspeito, mas assassino de fato.

— Preciso pensar. — Ivy repassou os fatos. Elas tinham prova concreta e definitiva de que Fornax era o assassino. Normalmente isso bastava, mas o instinto de Ivy lhe mandou um alerta. Havia mais coisa. Fornax parecia em pânico no vídeo. Dropwort o surpreendeu, eles lutaram, e ele apunhalou Dropwort. Fornax também amarrou Sydney para usá-la como bode expiatório, mas não tinha como saber que alguém de outra dimensão chegaria. Se ele tivesse envenenado Dropwort, teria escolhido um bode expiatório meses antes. O assassinato tinha sido precipitado. Desleixado. Não planejado. Comparado com o tempo que leva para envenenar alguém com ampulheta, aquilo não fazia sentido. Havia dois modos de operação: um apunhalamento desleixado e apavorado; e um envenenamento cuidadoso e meticuloso. Eles não combinavam. O que significava...

— Sei que Fornax apunhalou Dropwort, mas não acho que ele o tenha envenenado — disse Ivy após um minuto de silêncio. — Acho que temos dois criminosos.

Delfina ergueu as sobrancelhas.

— Por que acha isso?

Ivy começou a explicar, então balançou a cabeça. Elas tinham que se apressar.

— Depois eu explico. Encontrou mais alguma coisa no computador dele?

— Na verdade, sim. Há outro vídeo dele com o ovo. — Delfina fechou o vídeo que viram e carregou outro. Esse era em uma das docas de carga, e uma figura encapuzada aparecia na tela. Ivy chegou mais perto da tela, franzindo a testa. A figura usava um casaco preto, então parecia Fornax, só que...

— Esse deve ser ele pegando o ovo — falou Sydney. As três estavam a poucos centímetros da tela.

— Por que Fornax não o pegou após matar Dropwort? — perguntou Ivy.

— Deve ter se esquecido porque entrou em pânico? — arriscou Delfina.

Ivy nada disse e continuou assistindo ao vídeo com os olhos apertados. A postura da figura não batia; calma, segura. Ela usava belas luvas de couro que lhe pareciam familiares. A figura se abaixou, pegou o ovo e o enfiou sob a capa. Espera aí... era uma capa, não um casaco. O comportamento, a postura, a roupa... estava tudo errado.

— Esse não é o Fornax.

Delfina olhou para Ivy, surpresa.

— Como assim? Quer dizer, é meio difícil enxergar, mas como sabe que...

— Veja as luvas. — Ivy estava tão perto da tela que sua visão estava meio desfocada. — Há algo escrito nelas.

— Parece... LA? — disse Sydney.

LA. Definitivamente, não eram as luvas de Fornax. LA... Ivy já tinha visto aquelas iniciais. Ela revirou seu cérebro, repassando cada detalhe do caso. Fornax agira de forma suspeita, mas outra pessoa também...

— Ladybird Amboise — disse Ivy em voz alta, lembrando-se dos certificados na parede da sala de Bird. Ela não encontrara as luvas na mesa de Fornax, mas as tinha colocado lá. — LA é a velha Bird.

Delfina olhou para ela, pasma.

— Então acha...

— Que é ela nesse vídeo? Sem dúvida. Também acho que foi ela quem envenenou Dropwort. Isso está mais para uma probabilidade, mas minhas probabilidades geralmente estão corretas.

Delfina tinha os olhos arregalados. Ela ia começar a dizer algo quando foi interrompida por uma tosse. Ivy olhou para cima... direto para os olhos frios de Bird em pessoa.

Ivy se assustou. Estivera tão concentrada no computador que não ouvira Bird chegar. Fazia quanto tempo que ela estava ali parada?!

Tio Perry ficaria tão desapontado. Droga! Agora ela tinha que enrolar uma assassina. *Definitivamente*, ela não estava sendo paga o suficiente.

— Parece que vocês encontraram o que não deviam ter visto — disse Bird. Ela parecia mais zangada do que ameaçadora, mas Ivy sabia que aquilo poderia mudar num instante.

— Podemos esquecer o que vimos — Ivy disse de forma descontraída. Seus olhos encontraram os de Delfina; a garota segurava uma tesoura com o pulso cerrado debaixo da mesa. Pronta para atacar. Ivy esperava que não fosse necessário, mas ficou feliz por Delfina estar preparada. — Temos evidências que apontam para Fornax. Não dá para condenar duas pessoas pelo assassinato dele.

— Mas, se você nos matar, irá para a cadeia, sem dúvida — disse Delfina. Sua voz estava trêmula, mas só um pouco.

Bird as observou por alguns segundos, seus olhos de lince avaliando o grupo. Por fim, falou:

— Verdade, mas preciso que fiquem fora do caminho enquanto decido o que fazer.

— Vamos voltar para os nossos quartos — disse Ivy. — Não diremos nada...

— Não. — Bird apontou para o canto onde Sydney fora encontrada. — Vocês três, sentem-se ali. Serão vasos de planta por enquanto.

Delfina segurou a tesoura com mais força, mas Ivy fez que não. Era arriscado demais. Elas estavam em maior número, mas Sydney estava machucada e Ivy não tinha muita força muscular nos braços. Bird era uma assassina, o que já era ruim, e também era hábil em magia, e isso era algo imprevisível e perigoso.

— Esta é a pior escola do mundo — murmurou Sydney entredentes. Mas seguiu as instruções de Bird mesmo assim e se sentou no mesmo lugar de antes. Bird usou sua magia para amarrar seus pulsos e tornozelos, e fechou sua boca com fita adesiva. Ivy a seguiu, sorrindo para Bird na esperança de inspirar alguma misericórdia.

— Não aperte demais, por favor — brincou Ivy. Bird franziu a testa e amarrou Ivy do mesmo modo como fizera com Sydney, apertando mais a corda de seus pulsos. Delfina permanecia na mesa, hesitante.

— Venha, Delfina — disse Ivy, olhando-a nos olhos. — Tenho certeza de que ficaremos bem.

Delfina deu um suspiro, mas se uniu a elas. Bird a amarrou também e passou a gosma azul nojenta em suas testas. Ivy sentiu a gosma passar de fria a quente em segundos, e então Bird sorriu para elas.

— As samambaias mais bonitas de toda a escola! Agora fiquem aí quietinhas. Depois volto para cuidar de vocês.

Ivy não disse nada ao ver Bird arrancar a CPU de Fornax de debaixo da mesa dele, encolhê-la até que coubesse no bolso e sair da sala, fechando a porta delicadamente atrás de si. Ela olhou para a expressão desamparada de Sydney e para a cara de irritada de Delfina e sorriu. Bem, ao menos tentou sorrir, mas era difícil devido à fita adesiva. Ela esperou um minuto antes de levar os pulsos até seu tornozelo, onde havia escondido um canivete. Os olhos de Delfina se arregalaram de surpresa enquanto Ivy tentava sorrir outra vez. Bird era amadora; sempre verifique se suas vítimas de sequestro estão armadas!

Ivy levou dez minutos para soltar seus pulsos, mas depois foi fácil desamarrar a si mesma, Sydney e Delfina, que suspirou ao tirar a fita adesiva de sua boca.

— Este está sendo o pior dia da minha vida.

— De jeito nenhum! Solucionei um caso de assassinato e envenenamento! — As duas olharam para Ivy, e ela deu uma risada estranha. — Tudo bem, ser amarrada é ruim. E ela levou o computador. Sem ele, não podemos provar que ela é a culpada pelo envenenamento.

— Ah, não se preocupe com isso. — Delfina enfiou a mão no bolso e tirou de lá um pen-drive que tinha caveirinhas estampadas nele. — Fiz uma cópia do vídeo assim que o vi.

Ivy olhou para ela, perplexa mais uma vez.

— Você quer se casar?

— Hã?

— Nada. Esquece. — Ivy pigarreou e limpou a gosma de sua testa com a manga da blusa. Ela sentia uma leve pressão nos ouvidos, mas, tirando isso, estava bem. Nada mal para quem teve um desentendimento com uma bandida. Ela se levantou e se esticou, depois sorriu para sua parceira de agência de detetive. — Vamos sair daqui e pegar uns criminosos.

PROVA D2

CASO: 20-06-DROS-STK

Tipo:

[ ] Comunicado

[ ] Áudio

[ ] Resíduo de feitiço

[ ] Foto ou outra reconstrução visual

[X] Objeto

[ ] Formulário ou registro

[ ] Outro: _____

Fonte: Ladybird "Birdie" Beckley, vice-diretora

Partes Relevantes: Ladybird "Birdie" Beckley, vice-diretora; Nicolas Fornax, diretor

Descrição: Luvas plantadas por Ladybird "Birdie" Beckley na sala de Nicolas Fornax

(IMAGEM: um par de luvas pretas de couro com um padrão de anéis prateados e com as iniciais LA gravadas nelas)

20H: LUPITA AUGRATRICIS, 16, MOEDAS

DE NATASHA DÍAZ

Você não tem muito tempo, Lupita. A voz do bisavô de Lupita, sazonada com tabaco e chá de hibisco, corria pela mente dela, enquanto seus segredos se uniam, preparando-se para virá-la do avesso.

Não brinca, Sherlock, pensou Lupita.

Estou te ouvindo, Lupita.

— Desculpa — murmurou ela.

O bisavô podia ter dado seu último suspiro mais de cem anos atrás, mas, no mundo de Lupita, nunca se desrespeitava alguém mais velho.

Foco, ordenou o bisavô.

Foco. Em circunstâncias normais, a morte do Professor Dropwort teria sido uma boa notícia. Ele havia pegado no pé de Lupita desde seu primeiro dia como aluna da Galileu, mas agora não havia motivo para comemoração; em vez disso, ela corria pelos corredores da escola itinerante para encontrar, antes que fosse tarde demais, o que ele tomara dela. Mas a areia da ampulheta já estava no fim. Não importava o quanto se segurasse, ela tinha, no máximo, uma hora antes que sua vida acabasse. Mesmo que estivesse mais morto do que a moda do jeans de cintura baixa, Dropwort ainda seria o fim para ela.

Foco.

A escola vibrava à sua volta enquanto ela atravessava depressa a sala de estar da Moedas e subia os degraus da Casa. Lupita diminuiu o passo ao dobrar a esquina perto da sala de Dropwort. Havia alguém agachado diante da porta dele, bloqueando a entrada. Lupita se aproximou; não tinha tempo para aquilo. Ela tinha um plano:

1. Entrar na sala.
2. Encontrar o que ele havia tomado dela.
3. Voltar para seu quarto e torcer para que tivesse
feito isso sem que ninguém descobrisse a verdade.

O plano não contava com ninguém parado na porta de Dropwort, mas ela teria que transformar esse desvio num atalho. Seja lá quem fosse a pessoa tentando invadir a sala de Dropwort, teria de levá-la junto.

— Arrã. — Lupita anunciou sua presença, mas mal teve tempo de terminar de pigarrear antes que a Vice-Diretora Ruiz-Marín apontasse sua varinha direto para a ponta do nariz da garota.

— Lupita? — A vice-diretora relaxou sua postura de combate ao reconhecer a aluna.

— Vice-Diretora Ruiz-Marín... o que está fazendo aqui?

— Eu estava... montando guarda, é claro. Faço a você a mesma pergunta.

O cérebro de Lupita já estava meio confuso, e sua mente enevoada não conseguia entender o que a vice-diretora estava dizendo. Lola fora detida como a principal suspeita do assassinato de Dropwort. Se quem o matou havia sido pego, por que ainda era preciso ficar de guarda?

— Ouvi dizer que levaram um suspeito em custódia... Lola?

Lupita ouvira muitas outras coisas enquanto zanzava pela escola naquele dia. Seus colegas de classe não estavam convencidos de que as autoridades haviam prendido a pessoa certa, e ela estava inclinada a concordar com eles. Se ela tivesse tempo, poderia investigar melhor; não havia nada que fervesse mais o sangue de Lupita do que ver gente inocente sendo punida por um crime que não cometeu. Qualquer um podia ter tido vontade de dar o fim em Dropwort, mas Lola não parecia o tipo de pessoa que faria tal coisa.

A vice-diretora colocou a mão na cintura, olhando Lupita de cima a baixo.

— Sim, mas, sinceramente, isso não é da sua conta. Então pergunto de novo a *você*: o que está fazendo aqui?

— Eu... err... só vim prestar minhas homenagens — Lupita falou devagar para se acalmar. Ela precisava entrar na sala de Dropwort; estremeceu só de pensar no que aconteceria se não conseguisse.

— É mesmo? — perguntou Ruiz-Marín com curiosidade. — Nunca soube que você gostava tanto assim dele.

Por mais que Lupita quisesse fazer a vice-diretora sumir, não pôde deixar de notar como ela parecia absurdamente poderosa em seu conjunto azul-elétrico. A verdade era que ela gostava da Vice-Diretora Ruiz-Marín; todos na Galileu gostavam. Ela escutava os alunos. Ela se importava com seus interesses, não apenas com suas carreiras acadêmicas. Em qualquer outra situação, Lupita procuraria a ajuda de Ruiz-Marín — mas não naquela. Não valia a pena arriscar.

— Ah. Bem, sabe como é, uma tragédia é uma tragédia. Alguns alunos pretendem fazer uma vigília aqui esta noite. Tipo, agora. — Lupita mordeu o lábio para impedir que as chamas dentro dela saíssem por sua boca.

— Lupita, você ouviu o anúncio. Todos devem esperar para serem interrogados.

— Talvez se você abrisse a porta rapidinho... Preciso prestar minhas homenagens! — Lupita sentiu que o pânico em sua voz transparecia.

A Vice-Diretora Ruiz-Marín se endireitou, ficando alguns centímetros mais alta, e ergueu ainda mais as sobrancelhas.

— Você está bem, Lupita? Não parece bem.

— Err, eu... — Lupita levou a mão ao seu bolso traseiro em busca de sua varinha, rezando por uma força milagrosa. Vencer uma Maga tão hábil era praticamente impossível, mas a vice-diretora não lhe deixava alternativa.

— Aí está você! — Lupita e Ruiz-Marín se viraram e viram Beth Andromeda, colega de quarto de Lupita, também conhecida como cabeleira, pois, não importava o quanto cortasse e hidratasse os fios, eles sempre voltavam com mais força para se vingar. Beth se aproximou correndo tanto que qualquer um acharia que um lince a perseguia.

— O que foi agora?! — explodiu Ruiz-Marín. Se ela entendesse o que Lupita estava tramando, não haveria conversa.

Tenha juízo, Lupita; aquele homem está morto, mas não vale a pena morrer por ele, advertiu o bisavô dentro de sua mente.

Lupita se interpôs entre as duas antes que Beth pudesse fazer ou dizer alguma coisa.

— A vigília, certo? — Lupita falou alto demais, quase gritando. — Parece que foi remarcada. Desculpa por tê-la incomodado, vice-diretora!

— O quê...? — Beth começou a dizer, mas Lupita a arrastou para longe.

— Arghh! — Lupita se curvou assim que a porta da escadaria se fechou. Ela foi atravessada por uma dor tão forte e penetrante que teve que contar sua respiração para impedir que seu corpo explodisse feito fogos de artifício. Só lhe restava uma opção: entregar-se ao seu destino e torcer para que não fosse descoberta. Àquela altura, já seria um milagre se Lupita conseguisse voltar para seu quarto a tempo. Mas, se conseguisse, ela poderia se esconder. Talvez depois que a comoção passasse, pudesse dar um jeito de entrar na sala de Dropwort e pegar de volta o que ele tinha tomado dela. Conseguiria, assim, proteger seu segredo. Mas agora ela precisava desaparecer.

— Lupita! — chamou Beth.

Mais depressa do que ela imaginou ser possível, Lupita se levantou e tapou a boca de Beth com a mão.

— Seja lá o que for, Beth, esqueça, está bem? — Lupita falou com os dentes cerrados. — E encontre outro lugar para dormir esta noite.

Lupita girou nos calcanhares e largou Beth na escadaria. Ela entrou na sala de estar da Casa Moedas. A sala decorada estava cheia de adolescentes tensos. Lupita não podia negar que, apesar da dor e do pânico que sentia, o caos à sua volta era bem-vindo. A morte de Dropwort havia rompido uma barragem de segredos que inundara a escola, e ela se sentia aliviada em saber que, pela primeira vez, não era a única a andar olhando para trás, imaginando se tinha sido descoberta. Enquanto todos estivessem preocupados com o assassinato, seu segredo estaria a salvo... Mas quanto tempo levaria para alguém descobrir o que Dropwort havia pegado dela? Quanto tempo até todos estarem atrás *dela*?

— Lupita! — Ao ouvir seu nome, Lupita se virou para Beth que, determinada e de rosto vermelho, marchava em sua direção. — Precisamos de um plano.

— Nada de "nós"! — explodiu Lupita. — O que preciso está naquela sala, e agora não consigo pegar.

— A questão é essa! Não está lá!

— Quê? Como você...

— É por isso que fui atrás de você. Parece que todos os itens confiscados foram levados para a sala de aula dele, e os alunos poderão pegar suas coisas de volta de manhã.

Lupita parou. Ela nunca tivera uma colega de quarto na Galileu até aquele ano, quando Beth aparecera diante de sua porta depois de uma confusão com os registros. O começo tinha sido conturbado, com Beth confundindo "colega de quarto" com "amiga" e Lupita tendo de tratá-la com frieza, mas ela fora cautelosa. Como Beth sabia do que ela precisava? Mas, antes que pudesse perguntar, Beth prosseguiu.

— Não foi um erro que nos colocou no mesmo quarto, eu pedi para ficar com você. Venho tentando lhe dizer isso o ano todo! Você não era a única a evitar Dropwort fora do laboratório de Física uma vez por mês, Lupita. Sei que você tem essa vibe de "cavaleira solitária mal-humorada que vai salvar o mundo", mas precisa ter alguém do seu lado. Acredite em mim.

Confiança era a única coisa que Lupita nunca aprendera a fingir. Era por isso que não tinha amigos. Não tinha confidentes. Mas Beth sabia do laboratório. Ela soube o que Dropwort pegara de Lupita poucas horas antes de ele ser morto. Se Beth era igual a Lupita, isso significava que havia *outros* como ela. Isso significava que havia mais alguém que entendia como era se equilibrar entre dois mundos todos os dias. Isso significava que talvez Lupita não fosse solitária como pensava que fosse.

Foco, Lupita! O berro de seu bisavô em sua mente a trouxe de volta. Nada disso importaria se ela fosse presa... ou pior.

Uma dor penetrante a atingiu, e Lupita caiu nos braços de Beth enquanto suas costelas se partiam devagar, feito cubos de gelo flutuando num copo de refrigerante quente. Lupita sentia os olhares de seus colegas de classe às suas costas, as pessoas se virando para observá-la.

Se Beth estivesse certa, talvez Lupita conseguisse dar um jeito naquilo. Mas, para tanto, ela tinha que agir agora.

— Beth. Volte para o quarto.

— Mas...

— Beth, não sei se vai dar certo, mas é a melhor chance que tenho e não a teria sem você. De verdade. Não posso colocá-la mais em risco do que já coloquei. Se eu não voltar em vinte minutos, procure a Vice-Diretora Ruiz-Marín e conte tudo. Promete?

Lupita esperou até que Beth assentisse e, então, sem dizer mais nada, saiu correndo.

Quando Lupita chegou à sala de aula de Dropwort, estava em agonia, mas não havia ninguém por perto para vê-la se contorcendo. Ninguém montava guarda diante da sala dele. Não havia ninguém vigiando. O silêncio era sua única testemunha quando ela abriu a porta depois de alguns minutos com uma manobra mágica. Tinha sido fácil demais, perfeito demais, ela sabia, mas não havia outra opção.

— Talvez, pela primeira vez na vida, o universo esteja conspirando a meu favor — ela murmurou e torceu ao erguer um pé para cruzar o umbral da sala.

Lupita! Não!, gritou seu bisavô em sua mente enquanto uma mão saía da sala escura e a puxava para dentro.

— Lupita Augratricis — disse uma voz familiar. — Achei mesmo que fosse vê-la esta noite, já que é lua cheia.

— Quem é você? — perguntou Lupita, mas era tarde demais. Quando a porta se fechou, sua cabeça começou a girar. Sua pele começou a se rasgar. A dor era excruciante, mas, em vez de estrelas, tudo que Lupita viu foi a lua cheia brilhante. E, enquanto se conformava com a mudança, tudo ficou preto.

Os lobisomens haviam sido declarados ilegais mais de dois séculos atrás, depois que os Magos quebraram o tratado de paz que fora assinado por todas as espécies e coordenaram um ataque global contra os licantropos, decididos a exterminá-los. Mas não conseguiram acabar com todos, e os lobisomens que escaparam viviam escondidos, dependendo do elixir Lualoba para impedir sua transformação e permitir que se passassem por Neutros entre aqueles cujos pais, avós e bisavós quiseram vê-los mortos. Na comunidade secreta de Lupita, era proibida a interação entre lobisomens e Magos além do necessário para a sobrevivência; durante séculos os lobisomens obedeceram a essa regra, até que um deles se apaixonou por uma Maga, e assim nasceu Lupita.

Audaciosa, indiferente e inteligente demais, uma garota que usava botas de cano baixo mesmo no verão para encobrir sua marca de nascença: quatro garras na lateral dos pés. Lupita.

Meio acaso, meio romance. Meio loba, meio Maga. Meio criatura, meio feiticeira. Meia-noite, luar. Escondida à vista, carregando o peso da história nos ombros de sua jaqueta de seda desbotada. Fingindo ser Maga para se infiltrar e conseguir a tão merecida paz para os lobisomens. Para dar aos outros de seu grupo a liberdade de ficar às sombras das estrelas e uivar. Lamentar por aqueles perdidos no genocídio. Reunir-se nos recantos do universo que foram roubados deles.

Bem, aquele fora o plano, até que Dropwort a descobrira.

O pálido, odioso, inculto, cruel, decrépito e corrupto Dropwort.

Ele odiava os lobisomens só por existirem. Por profanarem a terra. Por ousarem ter qualquer tipo de poder, embora nunca tivessem tido a intenção de dividir aquilo com ninguém que não fizesse parte do grupo. Ele havia ficado no pé de Lupita desde o início, fazendo observações maliciosas, tentando de tudo para pegá-la com algo que confirmasse suas suspeitas.

Lupita!

A voz do bisavô se espalhou como fogo dentro dela. Se não fossem os Dropworts do mundo, ela teria mais do que apenas uma voz desencarnada que surgia nos momentos mais inoportunos. Saberia como aliviar a dor que naquele momento a fazia se contorcer.

Lupita!

A magnitude de seu propósito às vezes era insuportável. Todos passavam por Lupita preocupados consigo, com seus estudos, suas vidas amorosas, suas notas. Ela se preocupava em salvar uma parte do mundo.

Lupita!

Em circunstâncias normais, o grito no fundo da mente de Lupita mal teria sido registrado, mas não esta noite. Graças a Dropwort, que a pegara saindo apressada do laboratório de Física na noite anterior à lua cheia e confiscara seu Lualoba, esta noite o grito ecoava do fundo de sua garganta até a ponta de suas orelhas. Um aviso. Um manto de perigo que envolvia seu pescoço. Uma coceira num ponto inalcançável no meio das costas. Um grito inabalável, purulento e nauseante. O mais profundo dos uivos.

— Lupita.

Quando Lupita abriu os olhos, não estava mais parada no corredor diante da sala de aula de Dropwort; ela estava sentada no chão em frente à mesa dele. A dor da transformação de seu corpo devia tê-la apagado de novo, mas algo estranho a mantinha lúcida: seu corpo estava congelado. Lupita tentou com toda força sair da posição sentada, mas, ao olhar para baixo, suas mãos, agora quase transformadas em patas, permaneciam imóveis em seu colo. O elixir mantivera seu lobo afastado por anos, mas ela sabia como era se transformar — e aquilo não fazia parte do processo.

Passos interromperam os pensamentos de Lupita enquanto a Vice-Diretora Beckley se revelava. Ela se encolheu ao ver Lupita meio transformada.

— Um feitiço Amarras — explicou ela, apontando para os membros imóveis de Lupita. — No seu estado, eu não podia arriscar, você compreende, mas não precisamos nos preocupar com coisas triviais agora. Quero ajudar você, Lupita. É por isso que estou aqui.

— Quer? — Pela primeira vez, Lupita teve esperança.

— Claro! Sei como é ser discriminada. Riam da ideia de ter um professor do sexo feminino quando comecei. Não imagina pelo que passei. Eu poderia lhe contar histórias que fariam seus pelos se arrepiarem. — Beckley passou sermão em Lupita, apontando o dedo para a cara dela, e então começou a se afastar. — Pessoalmente, não tenho nada contra lobos. Você deve ter ouvido falar que Dropwort ia sempre a festivais. Ele era obcecado. Sempre são, não é? Esses Magos medíocres se agarram desesperadamente ao passado e ao poder que um dia tiveram... Enfim, é melhor não falar mal dos mortos. Marchei contra as injustiças que fizeram com os da sua espécie; estou do seu lado. Dropwort... bem, sei como ele fazia pressão. Teve o que mereceu. Você e eu sabemos disso. Podemos nos aproveitar da situação.

— O que... do que está falando? — balbuciou Lupita.

Beckley enfiou a mão no bolso e tirou de lá um frasco, que fez pairar a centímetros de onde Lupita estava sentada. O brilho inconfundível da lua no mar. O Lualoba. Seu elixir. Ela fez menção de pegá-lo, mas lembrou que não conseguia se mexer.

— Foi por isso que veio aqui, não? Era isso que Dropwort procurava para provar que lobos ilegais continuavam pelo mundo. Ele era uma ameaça para você e inúmeros outros da sua espécie que se escondem. *Tsc, tsc, tsc.* Você não teve escolha a não ser matá-lo. — Beckley balançava a cabeça enquanto clicava a língua em sinal de reprovação.

— O quê? Não. Não! Já prenderam...

— Eu sei, mas parece que pegaram a suspeita errada — disse Beckley, interrompendo-a. — Farei com que prendam a certa.

Lola era inocente! Era por isso que Ruiz-Marín estava do lado de fora de Dropwort. Ela estava tentando descobrir quem era o verdadeiro assassino...

— Sabe, Lupita, eles pegariam mais leve com você se confessasse. Posso interceder por você para que tenha sua pena reduzida.

— Por favor! Se me der mais um tempo, posso descobrir quem foi. Sou inocente, eu juro! Só preciso chegar até a próxima lua.

— Ouvi dizer que a transformação afeta o cérebro. Faz sentido que você estivesse confusa, mas posso ajudá-la, Lupita. Talvez pudéssemos colocar tudo no papel para que você organize sua história direito.

— Não fui eu, Vice-Diretora Beckley. Entendeu errado.

Beckley tremeu de frustração diante da negativa de Lupita.

— Entendi tudo no fim. Um truque muito esperto, se me permite dizer, mas não esperto o suficiente. Dropwort apunhalado com o abridor de cartas de prata...

— Não apunhalei ninguém — protestou Lupita, mas Beckley subiu o tom de voz.

— Isso ativou o veneno que VOCÊ deu a ele para ocultar SUAS mentiras...

— Vice-Diretora Beckley, por favor! Se quer me ajudar, precisa acreditar em mim. Eu não fiz isso!

— E às vésperas da lua cheia, ainda por cima! Lupita, não tinha como ser outra pessoa! Está dificultando as coisas para si mesma. Acha que sou idiota?

— É claro que não, mas o que está dizendo não é verdade! É uma boa história, admito, mas não é a minha.

— BASTA! — rugiu Beckley, lançando a cadeira de Dropwort na lousa, de tanta fúria. — Constantemente diminuída e ignorada pela equipe e por vocês, alunos, que se acham mais espertos que todo mundo.

Um anúncio escolar da Vice-Diretora Ruiz-Marín ecoou pela sala e interrompeu a irritação de Beckley:

— Este é um lembrete para os alunos de que partiremos em breve. Todos os alunos devem permanecer em suas torres de dormitório pelo resto da noite.

— Não vou mais discutir esse assunto, Lupita. Quer você se lembre ou não, eu já disse o que aconteceu. Você não roubará este momento de mim.

As chamas e o desespero nos olhos de Beckley fizeram finalmente sentido. Todos esses anos escondendo quem ela era de fato. Se havia uma coisa que Lupita sabia era identificar quando alguém estava fingindo. Lupita podia implorar e tentar argumentar com ela o quanto quisesse, mas não ia adiantar. Beckley não estava tentando ajudar. Ela sabia que Lupita era inocente.

— Você virá comigo, Augratricis, e virá tranquilamente...

A irritação de Beckley foi para segundo plano enquanto a de Lupita entrou em foco. Ela sentia a esperança deixar seu corpo a cada expiração difícil. A dor era grande demais. A exaustão era grande demais. Ela tinha sido pega, exposta. Beth seguiria em frente por ela, por todos eles. Pelos lobos. Enquanto Beckley continuava reclamando, Lupita arrastou-se para debaixo da mesa e abraçou os joelhos. Ela sentiu os pelos de sua pata na bochecha ao baixar a cabeça, resignada...

— Oh! — exclamou Lupita baixinho, tapando a boca com a mão enquanto recuperava o controle de seu corpo. O feitiço Amarras de Beckley só devia funcionar se ela mantivesse seu foco e, no momento, ela estava dando um chilique do tipo Neutro em loja de departamento. Lupita conseguia se mover, mas para onde ir?

Bisavô, estou com medo. Não sei o que fazer. Por favor, me ajude, Lupita implorou em seu coração.

Se eles puderem ouvir, ouvirão.

O que quer dizer?!, ela gritou mentalmente, esperando que um antepassado analisasse a sala e lhe concedesse uma profecia um pouco mais clara.

Se eles puderem ouvir, ouvirão, repetiu, ecoando ao lado do corpo dela.

Bisavô, Lupita o chamou dentro de si outra vez, mas ele não respondeu.

Ela estava perdendo o controle de seu corpo e o tempo não estava acabando — já havia acabado. Se ela esticasse a mão para pegar o elixir, poderia retardar a transformação, mas já estava metade transformada. Essa era toda a prova de que Beckley precisava.

Lupita tentou enxergar além da névoa e do olho fervente que pulsava em suas veias. Poderia correr, mas seria vista antes de chegar ao meio da sala.

Ela estava encurralada. Era o fim.

— Eu já avisei as autoridades suecas, Lupita. Não quero ter que dizer a eles que você me ameaçou... isso pegaria muito, muito mal para você — advertiu Beckley numa voz monótona.

Foco, ela gritou consigo mesma, olhando desesperada à sua volta, procurando uma resposta. Ao fazer isso, bateu a cabeça em algo duro e frio sob o tampo da mesa. Lupita se preparava para o que Beckley pretendia fazer com ela quando seu bisavô falou outra vez.

Se eles puderem ouvir, Lupita, eles ouvirão. SE puderem ouvir.

Desta vez, ela entendeu. O sistema de alto-falantes.

O botão para ligá-lo estava encostado em sua cabeça. Todo professor tinha acesso ao sistema de alto-falantes em suas mesas. Era a única coisa que conectava toda a Galileu, e, após anos de reclamações sobre eco e retorno, atualizaram o sistema para que a sala de onde era feita a transmissão fosse a única a não ouvi-la. Se ela ligasse os alto-falantes e deixasse que a escola toda ouvisse a verdade, estaria se entregando... mas talvez esse fosse seu destino. Durante sua vida toda, os Dropworts e as Beckleys do mundo a fizeram sentir que ela não podia ser quem era. Eles eram o motivo pelo qual ela e sua família se escondiam. Bem, eles podiam ter vencido no passado e talvez vencessem desta vez, mas não levariam o orgulho dela com eles.

Lupita respirou fundo e apertou o botão para começar a transmissão, bem na hora em que Beckley a tirou de seu esconderijo. A vice-diretora materializou uma bala de prata na ponta de sua varinha e a apontou para o peito de Lupita.

— Vamos lá. Devagar e com calma, Lupita.

Pela primeira vez na vida, Lupita sentiu paz. Ela fechou os olhos e engoliu o nó do tamanho da lua em sua garganta. Viu seu bisavô ao seu lado e mergulhou em seu sorriso enquanto contava as rugas do rosto dele, os pelos do mesmo tom terroso daquele de sua mãe. Depois de anos de tristeza e luta, ela ficaria firme ali até o fim. Se desse certo, poderia ser ela mesma. Se desse errado, poderia ser ela mesma.

Não precisaria mais se esconder. Não precisaria mais fingir. Parte angústia, parte aurora. Parte escolhida, parte encontrada. Parte ontem, parte amanhã.

Lupita juntou o pouco de força que lhe restava de cada segundo de história roubado de sua vida e falou:

— Vice-Diretora Beckley, por favor, deixe-me ir. Não machuquei ninguém. Sim, sou lobismulher, mas também sou Maga. Tenho o direito de estar aqui, e Dropwort odiava isso, mas eu não o matei. Sei que você teve um bom motivo para fazer o que fez com o Professor Dropwort. Não contarei a ninguém. Juro que não...

Beckley jogou a cabeça para trás numa gargalhada perturbada.

— Acha que alguém vai acreditar em você, uma lobismulher imunda, em vez de mim?

PROVA TRANSCRIÇÃO A-5
CASO: 20-06-DROS-STK

Tipo:
[X] Comunicado
[ ] Áudio
[ ] Resíduo de feitiço
[ ] Foto ou outra reconstrução visual
[ ] Objeto
[ ] Formulário ou registro
[ ] Outro: _____

Fonte: Arquivos de anúncios da escola
Partes Relevantes: Septimius Dropwort (falecido); Nicolas Fornax, diretor; Ladybird "Birdie" Beckley, vice-diretora; Fíbula Smith, enfermeira escolar; Beatriz Ruiz-Marín, vice-diretora; Lupita Augratricis, aluna
Descrição: Transcrição do anúncio escolar para os alunos de toda a escola às 20h23, feito na sala de aula de Septimius Dropwort (falecido)

[Início da transcrição.]

Lupita Augratricis: Vice-Diretora Beckley, por favor, deixe-me ir. Não machuquei ninguém. Sim, sou lobismulher, mas também sou Maga. Tenho o direito de estar aqui, e Dropwort odiava isso, mas eu não o matei. Sei que você teve um bom motivo para fazer o que fez com o Professor Dropwort. Não contarei a ninguém. Juro que não...

Vice-Diretora Beckley: [Risos.] Acha que alguém vai acreditar em você, uma lobis-mulher imunda, em vez de mim? Acha que *eu* cometi um erro?

Lupita: Vice...

Beckley: *Vice. Diretora.* [Suspira.] Esse é o único erro aqui. Eu não erro. Vou acabar com Fornax. Eu soube... no momento em que botei os pés aqui, em meu primeiro dia de aula, eu soube que seria eu. Ladybird Amboise nasceu para ser a primeira diretora da história da Galileu.

Lupita: Amboise?

Beckley: Nome de solteira. "Beckley" agora. Diretora Ladybird Beckley. Eles *deviam* ter me escolhido! Era para eu ter sido...

Lupita: ... Escolhida.

Beckley: Eu merecia! Dei a esta escola *décadas* da minha vida, e o conselho simplesmente... simplesmente deu a vaga a um Elon Musk de meia-tigela do Clube do Bolinha. Se eu estivesse no comando, Dropwort teria sido preso meses atrás, mas *nããããо*, Fornax queria *diversidade de pensamentos*. O que isso significa?

Lupita: [Devagar.] Nada. Realmente, nada.

Beckley: Viu só? Você compreende. Sabe quantas horas extras fiz limpando a sujeira de Dropwort? Todas as reclamações dos pais, todas as mediações, todos os itens confiscados que ele "esquecia" onde tinha guardado? Transformando a Galileu em seu próprio centro de contrabando? Era um trabalho pesado proteger a reputação da minha... da minha escola, e não era para isso que eu havia me candidatado. Até os conselheiros estavam furiosos com o fato de Fornax ter deixado as coisas chegarem a tal ponto! Sabe quanto você tem que ser descuidado para fazer com que um bando de velhos brancos e ricos se irrite com seu garoto de ouro?

Lupita: Então você o *envenenou*?

Beckley: Resolvi um problema que estava pendente.

Lupita: Podia simplesmente tê-lo entregado à polícia.

Beckley: E criar mais sujeira que *eu* teria que limpar? Sinceramente, Lupita, você não estuda aqui com bolsa?

Lupita: [Pausa significativa.] Não.

Beckley: Devo estar confundindo você com outra pessoa. Não importa. Não era para ter sido assim. Era para a ampulheta ter cristalizado no sangue dele ontem à noite. Ele estava apresentando todos os sintomas. *Eu vi.* [Sons de passos rápidos.] Ele cairia morto depois do jantar. Então eu encontraria o ovo de pássaro-de-fogo que estava em sua posse, Fornax afundaria com o escândalo, e… Ah.

Lupita: O quê?

Beckley: Fornax. Aquele estúpido. É claro. Ele contratou aquela espiãzinha para ser minha "assistente", e ela acabou registrando, de fato, todas as falcatruas de Dropwort e deixando um rastro de documentos que os conselheiros da escola não poderiam ignorar. Pela primeira vez na vida, Fornax teria que lidar com as consequências, então ele entrou em pânico. Foi por isso que ele apunhalou Dropwort.

Lupita: Você viu o diretor apunhalar Dropwort?

Beckley: Não, Lupita. *Você* viu o diretor apunhalar Dropwort. E então pegou o ovo do pássaro-de-fogo do corpo inerte de Dropwort e o trouxe para Fornax.

Lupita: Não estou enten…

Beckley: Está, sim. Tenho duas testemunhas que dirão que eu encontrei o ovo do pássaro-de-fogo na sala de Fornax, junto com estas luvas. LA… Suas iniciais.

Lupita: Ladybird Amboise.

Beckley: Lupita Augratricis.

Lupita: Não. Nunca toquei no veneno…

Beckley: [Farfalhar.] Este veneno? *Oops*. Acho que esqueci de preencher o formulário de confisco quando tomei isto de você. Beatriz vai compreender. Tudo que você tem que fazer é contar a todo mundo que Fornax a obrigou a envenenar Dropwort. Você pode até usar a desculpa de ser lobismulher e dizer que Fornax a estava chantageando. Você só estava tentando manter seu segredo a salvo. Talvez mudem seu crime para homicídio culposo.

Lupita: Ou…

Beckley: Ou?

Lupita: Está me pedindo para assumir a culpa por um assassinato…

Beckley: Para fazer o que é o *melhor* para a escola…

Lupita: Isso geralmente envolve um "ou". E se eu disser "não"?

Beckley: [Voz trêmula.] E-então vou gritar e pedir socorro, dizendo a todos que fiquei com muito medo, que uma l-l-lobismulher tentou me matar e… [Voz fica firme de repente.] Você terá muito tempo para convencê-los de que foi homicídio culposo.

[Silêncio.]

[Som de pancada.]

Beckley: O que você...

Lupita: Não fui eu.

Beckley: Não minta para mim. Eu vi aquele livro e... *Argh!*

[Som de pancada mais alto.]

Lupita: O que está havendo?

Beckley: Acenda as luzes de novo. *Imediatamente!*

Lupita: Eu não... A estante.

[Som de alguém praguejando, papéis voando e pancadas fortes.]

[Barulho alto de móveis sendo jogados.]

[Som distante de pancada.]

Beckley: *EU DISSE PARA PARAR, LUPITA. É UMA ORDEM.*

Lupita: Não sou eu! Juro!

[Madeira partindo.]

[Som de pancadas mais perto.]

Beckley: *JÁ CHEGA!*

[Sons de pancadas, coisas caindo, vidro quebrando.]

Lupita: *As gárgulas?!*

[Som de porta sendo rachada; pancadas abafadas.]

Beatriz Ruiz-Marín: Sim, Lupita. O trabalho delas — o nosso trabalho — é proteger nossos alunos. Obrigada, Castelli. Fim do Protocolo Amityville. Pode voltar para o seu posto de sempre.

[Murmúrios indistintos em italiano antigo. Silêncio.]

Beckley: Beatriz. Eu só estava...

Ruiz-Marín: O quê? Ensaiando uma peça?

Enfermeira Fíbula Smith: Só se for *Adeus, Bir…*

Ruiz-Marín: *NÃO COMECE.* [À parte.] Está registrado. [Mais alto.] Vice-Diretora Ladybird Beckley, há uns oficiais no corredor que gostariam de falar com você. Como toda essa conversa foi transmitida pelos alto-falantes, imagino que seu papo com eles será breve.

Beckley: Você não entende. Estou fazendo um favor a esta escola! Estou me livrando de Fornax *e* de uma lobismulher, e…

[Série de pancadas.]

Ruiz-Marín: [Com frieza.] De novo, Beckley. As gárgulas estão aqui para proteger nossos alunos… e você viu o que elas fizeram com o Professor Dropwort. Sugiro que você se afaste de Lupita antes que elas sejam mais incisivas.

Beckley: Mas eu…

[Feitiço Cone do Silêncio feito por Ruiz-Marín.]

Ruiz-Marín: *Saia.*

[Pancadas acompanhando passos vacilantes porta afora.]

Lupita: Posso desligar o microfone agora?

Ruiz-Marín: Sim. Eles farão algumas perguntas, mas… acabou. Você está a salvo.

[Fim da transcrição.]

DA NOVA DIREÇÃO

Aos novos alunos da Academia Galileu para Pessoas Extraordinárias:

Quando cheguei à Galileu, o conselho a chamava de instituição. Eles tinham muito orgulho de suas tradições, de sua rica história, das longas linhagens de seus professores; eles se gabavam da elite, dos Escolhidos, dos garotos que percorriam estes corredores e saíam daqui como líderes de outros homens. Mas eram apaixonados demais por sua instituição para pensar na sombra que ela lançava sobre os outros. Acabaram se esquecendo de como e por que ela tinha sido criada.

Quando nos perguntam o motivo de a escola ter decidido se desarraigar, tanto fisicamente quanto com relação à nossa abordagem acadêmica, a resposta é simples. A Galileu é uma academia, não uma instituição. Estamos aqui para extrair o melhor de vocês, para fazer perguntas antigas e novas, e para buscar respostas com as quais nossos antepassados nem sonhavam.

Não é a história da escola nem seu legado que a tornam extraordinária, mas vocês, alunos. Não porque sejam os Escolhidos, mas porque são quem escolheram ser. Temos a honra de ser seu novo lar e de levá-los ainda mais alto.

Eppur si muove, essas são as palavras de nosso fundador. A Academia Galileu para Pessoas Extraordinárias continua avançando, e nós também.

Sua nova diretora,

Beatriz Ruiz-Marín

AGRADECIMENTOS

Precisamos agradecer a muitas pessoas que ajudaram a transformar esta enorme empreitada em realidade, mas nenhuma delas merece mais nosso agradecimento do que nossa agente, Victoria Marini, que sempre ouve nossas ideias e mesmo assim não foge para as colinas.

Agradecemos imensamente a Krista Marino, por sua fé em nós e em nossa visão do *Grimório*, e a Hannah Hill, por sua prontidão em nos aceitar e levar o projeto adiante. Agradecemos ainda a Beverly Horowitz, Wendy Loggia, Barbara Marcus, Tamar Schwartz, Colleen Fellingham, Alison Kolani, Melanie Muto, Alison Impey, Trisha Previte, Kenneth Crossland, Dominique Cimina, John Adamo, Kelly McGauley, Elizabeth Ward e Adrienne Waintraub da Delacorte Press/RHCB; este livro não existiria sem vocês.

Por fim, gostaríamos de agradecer a nossos colaboradores, por ouvirem nossa apresentação e dizerem "sim" — ainda não acreditamos que fizeram isso — e por aguentarem nossas infinitas observações e revisões. Temos muito orgulho do que criamos juntos e esperamos que vocês também tenham.

SOBRE AS CRIADORAS

Hanna Alkaf é a autora do livro vencedor do Freeman Award *The Weight of Our Sky*, do finalista do Kirkus Prize *The Girl and the Ghost,* de *Queen of the Tiles* e de *Hamra and the Jungle of Memories.* Hanna mora perto de Kuala Lumpur com sua família.
hannaalkaf.com

Margaret Owen é a autora da duologia aclamada pela crítica Merciful Crow e da premiada trilogia Little Thieves. Em seu tempo livre, gosta de explorar destinos de viagem não recomendados e de angariar fundos para organizações não governamentais de justiça social por meio de suas ilustrações. Ela mora em Seattle.
margaret-owen.com

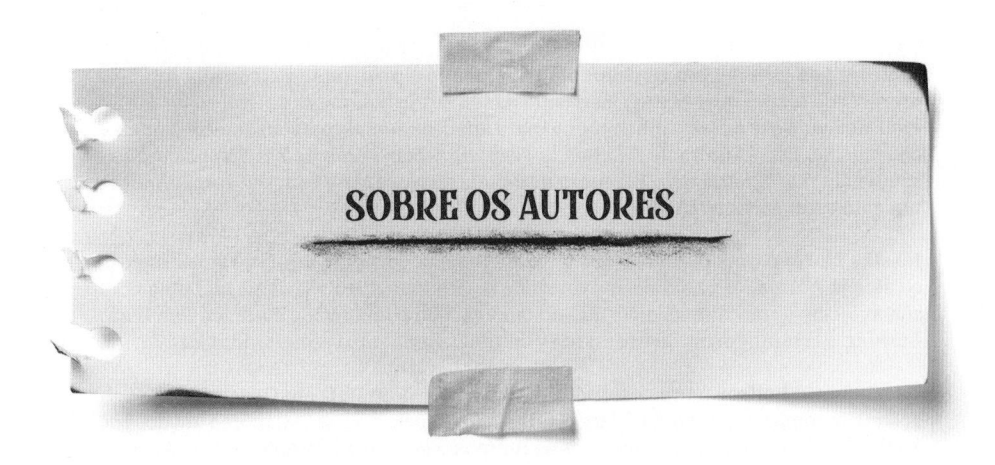

SOBRE OS AUTORES

Preeti Chhibber é escritora, palestrante e freelancer. Já escreveu para SyFy, Polygon e Elle, entre outros veículos. Em 2022, fez sua estreia nos quadrinhos da Marvel em *Women of Marvel #1*, com uma história inédita da Gata Negra. No mesmo ano, foi lançado pela Marvel Press *Spider-Man's Social Dilemma*, a primeira parte de uma trilogia original de Peter Parker para leitores com idades entre 11 e 14 anos. Ela é uma das apresentadoras dos podcasts *Desi Geek Girls* e *Tar Valon or Bust*. Participou de mesas na New York Comic Con e na San Diego Comic Con, e de programas do SyFy. Você provavelmente a reconhece de uma das várias listas de tweets do BuzzFeed. Pode ser encontrada em PreetiChhibber.com.

Kat Cho é uma das escritoras mais vendidas em todo o mundo e adora incorporar sua herança cultural coreana à escrita, principalmente se isso envolver a descrição de comidas. Ela também ama tudo ligado ao universo nerd, incluindo livros, K-dramas, K-pop e animes. Ela é a autora da duologia Gumiho (Penguin) e do livro *Once Upon a K-Prom* (Disney). Pode ser encontrada no perfil @KatCho do Twitter, no perfil @KatChoWrites do Instagram e do TikTok, e no site KatChoWrites.com.

Mason Deaver é o autor premiado dos livros para jovens adultos *I Wish You All the Best*, *The Ghosts We Keep* e *The Feeling of Falling in Love*, e colaborou com várias antologias, tendo escrito ainda a novela de terror *Another Name for the Devil*. Mora atualmente em San Francisco, onde assiste a filmes de terror demais e luta para encontrar espaço para sua coleção de sabres de luz.

Natasha Díaz é uma autora premiada e roteirista que atualmente mora no Brooklyn, Nova York. Seu romance de estreia, *Color Me In*, já está à venda.

Hafsah Faizal é uma das escritoras mais vendidas do *New York Times* e a autora premiada de *We Hunt the Flame*, *We Free the Stars* e *A Tempest of Tea*, bem como fundadora da IceyDesigns, onde cria websites para autores e lindos produtos para diversos públicos. Incluída na lista da Forbes dos 30 Autores com Menos de 30 Anos, quando não está escrevendo, ela está trabalhando com design, jogando *Assassin's Creed* ou viajando pelo mundo. Nascida na Flórida e criada na Califórnia, atualmente vive no Texas, com estantes cheias de livros esperando para serem devorados.

Victoria Lee cresceu em Durham, na Carolina do Norte, onde passou sua infância escrevendo histórias de fantasmas e fantasiando que estudava em um internato. É PhD em Psicologia e usa esse conhecimento para analisar demais personagens ficcionais e a si mesma. Lee é autora de *A Lesson in Vengeance*, bem como de *The Fever King* e sua sequência, *The Electric Heir*. Ela mora na cidade de Nova York com seu companheiro, um gato e um cachorro maligno.

Jessica Lewis é uma autora negra e recepcionista, formada em Literatura Inglesa e Ciência Animal (o plano de ser veterinária não deu certo). Vive no Alabama com sua avó, que é muito mais divertida do que ela. Seu romance de estreia é *Bad Witch Burning*. Ela também escreve romances infantojuvenis sob o pseudônimo Jazz Taylor.

Darcie Little Badger é uma escritora lipan apache com PhD em Oceanografia. Seu aclamado romance de estreia, *Elatsoe*, foi escolhido pela revista *Time* como um dos 100 Melhores Livros de Fantasia de Todos os Tempos. *Elatsoe* ganhou ainda o Locus Award de Melhor Romance de Estreia e foi finalista dos prêmios Nebula, Ignyte e Lodestar. Seu segundo livro de fantasia, *A Snake Falls to Earth*, recebeu o Newbery Honor e o Nebula Award, e foi finalista do National Book Awards. Darcie é casada com uma veterinária chamada Taran.

Kwame Mbalia é marido, pai, escritor, um dos autores mais vendidos do *New York Times* e ex-metrologista farmacêutico, nesta ordem. Seu romance infantojuvenil de estreia, *Tristan Strong Punches a Hole in the Sky*, ganhou o Coretta Scott King Author Honor e, com as sequências *Tristan Strong Destroys the World* e *Tristan Strong Keeps Punching*, foi publicado por Rick Riordan Presents/Disney Hyperion. Ele é coautor de *Last Gate of the Emperor* com Prince Joel Makonnen, da Scholastic Books, e editor da antologia número 1 da lista dos mais vendidos do *New York Times*, *Black Boy Joy*, publicada pela Delacorte Press. Formado na Howard University, é natural do centro-oeste e agora mora na Carolina do Norte, onde sobrevive de piadas de pai e salgadinhos Cheez-Its.

Leatrice "Elle" McKinney (que assina seus livros como L.L. McKinney) foi incluída na lista dos 100 Afro-Americanos Mais Influentes do The Root e do BET, e é defensora da igualdade e inclusão no meio editorial, além de criadora das hashtags #PublishingPaidMe (o meio editorial me pagou isso) e #WhatWoCWritersHear (o que escritoras não brancas ouvem). Seu amor por tudo que é geek e nerd é evidente em suas obras, o que inclui desde escrever para Power Rangers, Mulher-Maravilha e Viúva Negra até inserir referências de anime e videogames em seus livros. Ela é autora da série Nightmare-Verse e dos romances muito aguardados (ou já lançados, depende de onde você estiver ao ler isto) *Escaping Mr. Rochester* e *Splintered Magic*.

Tehlor Kay Mejia está na lista dos autores mais vendidos e é a autora premiada da duologia We Set the Dark on Fire, da série Paola Santiago e de outros livros infantojuvenis e para jovens adultos. Ela mora com sua filha, seu companheiro e dois cãezinhos no Oregon, onde cultiva milho e continua em busca do tamale vegano perfeito. Nas redes sociais, usa o perfil @tehlorkay.

Yamile (sha-MEE-lay) Saied Méndez é uma autora argentino-americana. Ela mora em Utah com seu marido porto-riquenho e seus cinco filhos, dois cães adoráveis e um gato majestoso. Uma das primeiras participantes do programa *Walter Dean Myers Grant*, também participou do *Voices of Our Nations* e do programa de escrita para crianças e jovens adultos da Vermont College of Fine Arts. Ela escreve livros ilustrados e histórias infantojuvenis, bem como ficção para jovens adultos e adultos. Seu livro *Furia* foi vencedor do prêmio Pura Belpré e finalista do Amelia Elizabeth Walden Book Award. Yamile é fundadora do Las Musas, o primeiro coletivo de autores latinos não binários e do sexo feminino que escrevem livros infantis.

Cam Montgomery (ela/dela não binária) é nascida e criada em Angeleno. É autora de dois romances para jovens adultos — *Home and Away* e *By Any Means Necessary* — e editora da antologia *All Signs Point to Yes*. Durante o dia, Cam trabalha com crianças que estão para adoção e passa todo seu tempo livre no ginásio de boxe local ou sonhando com o próximo romance que está escrevendo. No Instagram, pode ser encontrada em @camstagram.Jpg, e no TikTok em @hey.itsCam. Ela abandonou L.A. e agora vive em Seattle com seu cãozinho resgatado, Sébastien ("Bash").

Marieke Nijkamp (ela/elu) é a autora número 1 da lista do *New York Times* de romances, graphic novels e quadrinhos, incluindo *This Is Where It Ends, At the End of Everything, Critical Role: Vox Machina — Kith & Kin, Hawkeye: Kate Bishop, The Oracle Code* e *Unbroken: 13 Stories Starring Disabled Teens*. Marieke mora e escreve em Small Town, nos Países Baixos.

Karuna Riazi é nascida e criada em Nova York, em uma família grande e amorosa, com a experiência de ser a filha mais velha desse clã. É bacharel em Literatura pela Hofstra University e fez mestrado em Escrita para Crianças e Jovens Adultos na Hamline University, além de ser educadora e defensora da diversidade on-line. É autora de *The Gauntlet* (S&S/Salaam Reads, 2017), *The Battle* (S&S/Salaam Reads, 2019), *Ghostwriter: The Jungle Book* (Sourcebooks Wonderland/Sesame Workshop, 2019) e *A Bit of Earth* (HarperCollins/Greenwillow Books, 2023).

Randy Ribay é o premiado autor de ficção para jovens adultos, incluindo *An Infinite Number of Parallel Universes, After the Shot Drops* e *Patron Saints of Nothing*, que foi finalista do National Book Award. Fez bacharelado em Literatura Inglesa na University of Colorado, em Boulder, e mestrado em Língua e Alfabetização na Harvard Graduate School of Education. Nascido nas Filipinas e criado no centro-oeste americano, Randy mora em San Francisco com esposa, filho e um cão que parece um gato.

Kayla Whaley é autora da série de livros *A to Z Animal Mysteries*. Seus ensaios e contos apareceram em diversas antologias, incluindo *Unbroken, Vampires Never Get Old, Game On* e *Allies,* bem como em publicações como *Bustle, Catapult* e *Michigan Quarterly Review*. Ela fez mestrado em Não Ficção criativa na University of Tampa e participou da Clarion Workshop. Kayla mora em Atlanta, onde bebe café em excesso e compra livros demais.

Julian Winters é autor do vencedor do IBPA Benjamin Franklin Gold Award com *Running with Lions*, do título escolhido pelo Junior Library Guild Selections, *How to Be Remy Cameron,* e de *The Summer of Everything*, bem como do aclamado *Right Where I Left You*. Autoproclamado nerd dos quadrinhos, Julian atualmente mora em Atlanta, onde pode ser visto lendo ou assistindo a partidas dos dois únicos esportes que acompanha: vôlei e futebol.